José Luis Corral, Premio de las Letras Aragonesas 2017, Aragonés del Año 2015 y medalla de plata en el XXXIV Festival Internacional de Cine y TV de Nueva York, ha dirigido programas de radio y televisión y ha sido asesor histórico de Ridley Scott en la película *1492. La conquista del paraíso.*

Catedrático de Historia Medieval, es autor de treinta y cinco ensayos como *Historia contada de Aragón*, *Breve historia de la Orden del Temple*, *Una historia de España*, *El enigma de las catedrales*, *La Corona de Aragón*, *Aragón. Reyes, reino y corona* o *Misterios, secretos y enigmas de la Edad Media.*

Está considerado como el maestro de la novela histórica española contemporánea, por obras como *El Salón Dorado*, *El amuleto de bronce*, *El invierno de la corona*, *El Cid*, *Numancia*, *El número de Dios*, *El caballero del templo*, *El amor y la muerte*, *La prisionera de Roma*, *El médico hereje*, *El trono maldito* (con Antonio Piñero), *Los Austrias*, *Batallador* (con Alejandro Corral), *El Conquistador*, la novela gráfica *El Cid* (con Alberto Valero) y *Matar al rey.*

Papel certificado por el Forest Stewardship Council®

Primera edición en este formato: marzo de 2023

Travessera de Gràcia, 47-49. 08021 Barcelona
Diseño de la cubierta: Penguin Random House Grupo Editorial / Marta Pardina
Fotografía de la cubierta: © David Herraez Calzada / Shutterstock

Printed in Spain – Impreso en España

ISBN: 978-84-1314-769-7
Depósito legal: B-765-2023

Impreso en Black Print CPI Ibérica, S. L.
Sant Andreu de la Barca (Barcelona)

BB 4 7 6 9 7

El número de Dios

JOSE LUIS CORRAL

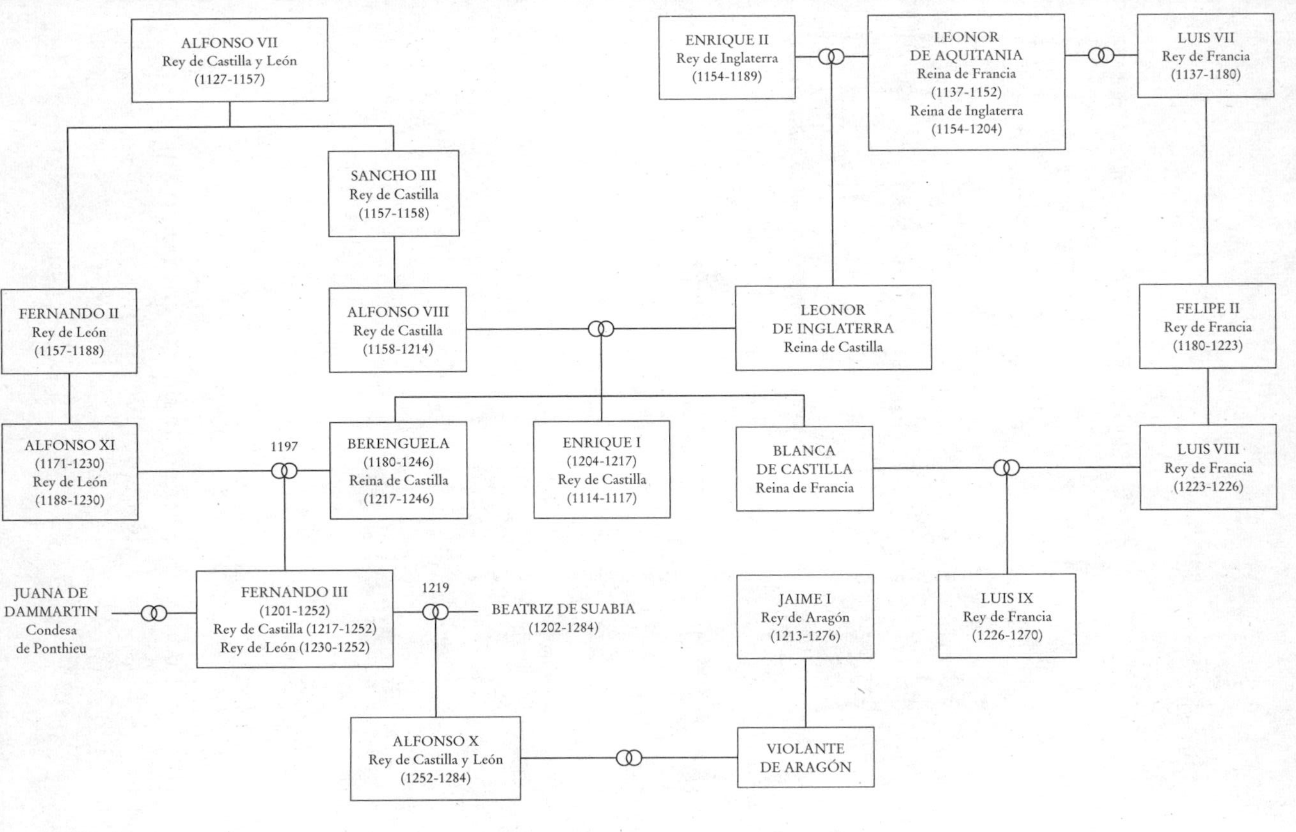
ALFONSO VII
Rey de Castilla y León
(1127-1157)
SANCHO III
Rey de Castilla
(1157-1158)
FERNANDO II
Rey de León
(1157-1188)
ALFONSO VIII
Rey de Castilla
(1158-1214)
ENRIQUE II
Rey de Inglaterra
(1154-1189)
LEONOR
DE AQUITANIA
Reina de Francia
(1137-1152)
Reina de Inglaterra
(1154-1204)
LUIS VII
Rey de Francia
(1137-1180)
LEONOR
DE INGLATERRA
Reina de Castilla
FELIPE II
Rey de Francia
(1180-1223)
ALFONSO XI
(1171-1230)
Rey de León
(1188-1230)
1197
BERENGUELA
(1180-1246)
Reina de Castilla
(1217-1246)
ENRIQUE I
(1204-1217)
Rey de Castilla
(1114-1117)
BLANCA
DE CASTILLA
Reina de Francia
LUIS VIII
Rey de Francia
(1223-1226)
JUANA DE
DAMMARTIN
Condesa
de Ponthieu
FERNANDO III
(1201-1252)
Rey de Castilla (1217-1252)
Rey de León (1230-1252)
1219
BEATRIZ DE SUABIA
(1202-1284)
JAIME I
Rey de Aragón
(1213-1276)
LUIS IX
Rey de Francia
(1226-1270)
ALFONSO X
Rey de Castilla y León
(1252-1284)
VIOLANTE
DE ARAGÓN

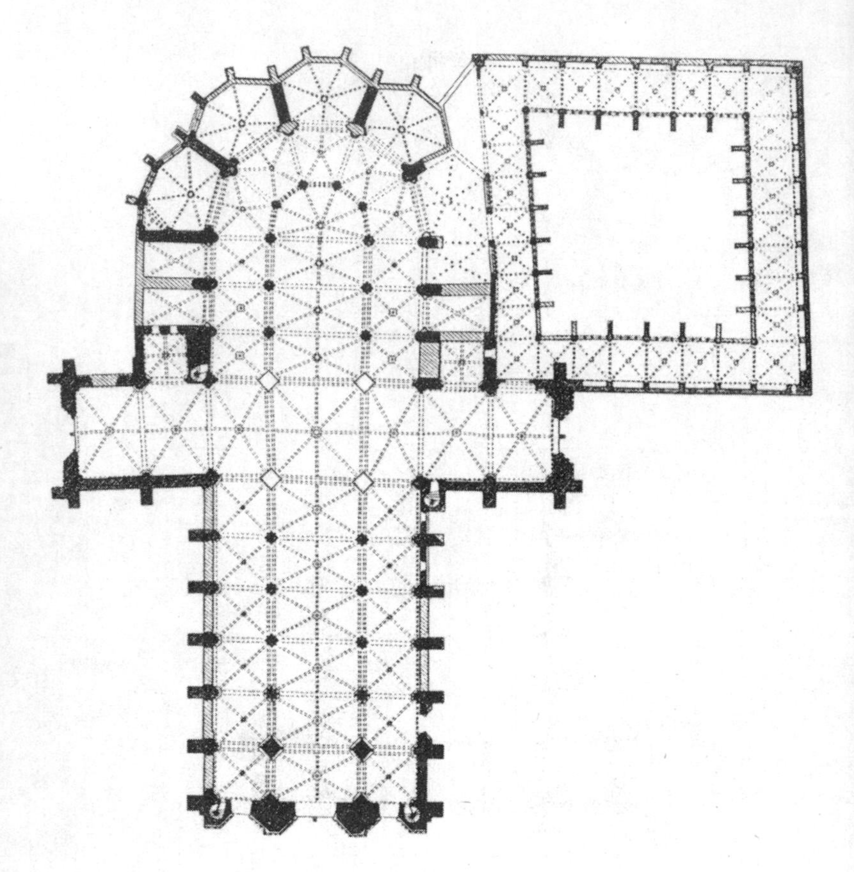

Plano de la catedral de Burgos en el siglo XIII
(longitud: 106 metros)

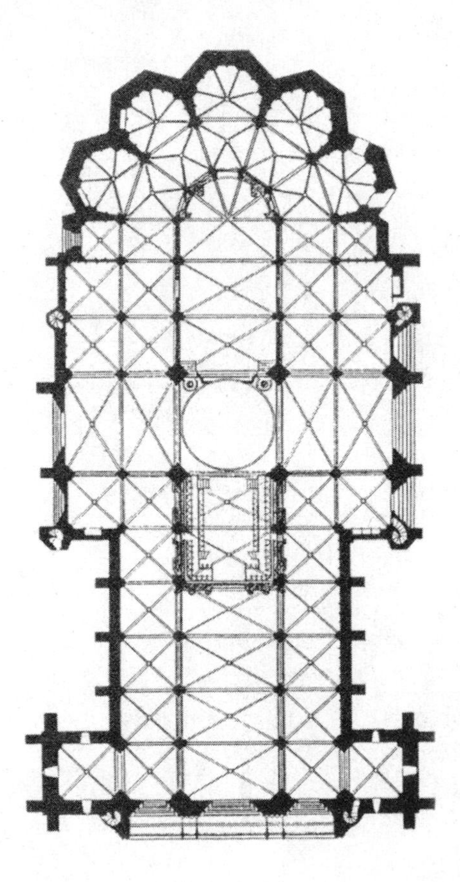

Plano de la catedral de León en el siglo XIII
(longitud: 90 metros)

I

LA CIFRA Y EL NÚMERO

1

El estuco de cal todavía estaba fresco. Con extraordinaria habilidad, Arnal Rendol acababa de trazar las líneas maestras del dibujo que el cabildo de la catedral le había encargado para decorar la bóveda del ábside lateral izquierdo. Encaramado sobre un andamio de madera, con varias lámparas de aceite encendidas a su alrededor, el maestro pintor inspeccionaba el revestimiento de cal con el que sus ayudantes habían cubierto los sillares de piedra. Había elegido la zona central de la bóveda, en el punto más alto, para comenzar a pintar la escena de la Virgen en el momento de la Visitación.

Al pie del andamio, ensimismada ante la bóveda parcialmente cubierta de un blanco reluciente y bruñido, la pequeña Teresa contemplaba a su padre sin perder un solo detalle del movimiento seguro y firme de su experta mano, que iba y venía de izquierda a derecha y de arriba abajo llenando de color un dibujo perfilado en negro.

Teresa Rendol tenía cinco años. Había nacido en Burgos en el año del Señor de 1212, el de la victoria cristiana en la batalla de las Navas de Tolosa, justo tres años después de que sus padres se instalaran en la ciudad que era considerada cabeza del reino de Castilla, huyendo de la persecución que el papa Inocencio III había decretado contra los herejes del sur de Francia. Sus padres eran originarios de la villa occitana de Pamiers y en su tierra habían profesado las creencias y los ideales de «los hermanos perfectos», los cátaros, a quienes la Iglesia romana consideraba como herejes irreductibles a los que había que combatir hasta la muerte. Convencidos de la fuerza de su fe, de la razón de sus creencias, de la bondad de sus sentimientos y de que eran los verdaderos imitadores de Cristo, los cátaros habían logrado atraer a su lado a un gran número de gentes de todo el país de Languedoc, hasta que Roma consideró que se habían convertido en un movimiento demasiado peligroso y que ante su contumacia no quedaba otro remedio que iniciar contra ellos una cruzada que los guiara por la correcta senda trazada por la Iglesia o los eliminara de la faz de la tierra.

Arnal Rendol se había ganado una buena reputación en Languedoc como pintor de frescos de escenas religiosas. Miembro de un prestigioso linaje de maestros pintores, había aprendido el oficio en el taller de su padre y a él le debía también sus creencias religiosas, que intentaba plasmar en todas sus obras. Los cátaros se consideraban a sí mismos como «los perfectos», «los puros», «los hijos de la luz», y Arnal entendía que no existía nada mejor para iluminar sus ideales religiosos que la pintura al fresco.

Su vida en Pamiers había transcurrido feliz y con cierto bienestar, el que le proporcionaban los ingresos que recibía al realizar los encargos de murales al fresco, que no cesaban de llegar a su taller. En aquel tiempo Europa entera florecía y prosperaba; los campos recién roturados proporcionaban cosechas copiosas, los ganados engordaban en los abundantes y ricos pastos, los mercaderes ganaban verdaderas fortunas comerciando con lana, trigo, sal y especias y los artesanos encontraban con facilidad mercados donde acudían adinerados clientes ansiosos de adquirir sus productos; las malas cosechas, el hambre, la peste y las enfermedades eran un triste recuerdo de un pasado remoto.

Arnal había unido su vida a la de una mujer también cátara, y vivía dichoso en su casa del burgo nuevo de Pamiers, y una vez conseguido el grado de maestro había logrado fundar su propio taller, en el que llegaron a trabajar tres oficiales y siete aprendices.

Pero aquel nefasto día de fines de primavera de 1209 el mundo de sueños que había comenzado a construir se vino abajo de manera estrepitosa. El belicoso Simón de Monfort, hombre decidido e impetuoso, irrumpió en Languedoc al frente de un ejército de soldados mercenarios bendecido por el Papa y asoló villas y aldeas, dejando a su paso un sangriento reguero de muerte y dolor sin cuento. Los cátaros fueron perseguidos y masacrados por millares.

Incapaz de empuñar un arma para defenderse, tal y como le obligaban sus creencias, y antes de que la justicia pontificia cayera sobre su alma cátara, Arnal Rendol y su compañera Felipa huyeron hacia occidente siguiendo el Camino Francés que bajo el nocturno cielo lechoso de la Vía Láctea acaba en Compostela, allá donde la leyenda señala que había sido enterrado el apóstol Santiago.

Durante varias semanas, ocultando su verdadera identidad bajo la inocente apariencia de un matrimonio de peregrinos en camino hacia Compostela en busca del perdón de sus pecados, fueron ganando etapas en la ruta y alejándose de la matanza que las tropas pontificias estaban perpetrando en su tierra. A fines del verano, confundidos entre la marea de peregrinos, llegaron a Burgos.

La ciudad castellana, casi a mitad de camino entre los Pirineos y Compostela, hervía de bullicio y de oportunidades para quien se decidiera a establecer una tienda o un taller. Nacida al abrigo de una recia fortaleza, Burgos estaba creciendo gracias a las donaciones reales y a los negocios que surgían por doquier en torno al caudal de peregrinos que hacían el Camino. Cuando Arnal y Felipa llegaron a esa ciudad, la catedral fundada por el rey Alfonso VI, el conquistador de Toledo, estaba terminada y varios pintores habían recibido diversos encargos para decorar con escenas bíblicas todo el interior.

Arnal, que llevaba varias semanas sin pintar, no lo pensó dos veces, y al enterarse de que el cabildo y el obispo demandaban artistas que fueran capaces de plasmar las escenas de la Biblia en una pared, se presentó para hacer una prueba.

El canónigo encargado de la obra de la catedral, un adusto y casi etéreo individuo de perfil aguileño y vivaces ojos pequeños y hundidos, lo sometió a examen. Arnal dibujó con delicada precisión un pantocrátor, el Cristo en figura mayestática rodeado de los símbolos de los cuatro evangelistas, la misma escena que había realizado en Pamiers para obtener el grado de maestro; ante la perfección del dibujo, fue contratado de inmediato.

Teresa nació tres años después de que la pareja se instalara en Burgos.

La muchachita tenía el iris del color dorado de la arena. Su madre había muerto en el momento del parto y desde entonces Arnal la había cuidado con esmero, dedicándole tanta atención que apenas se separaba un instante de su lado. Desde el momento en que comenzó a dar sus primeros pasos, Teresa solía acompañar a su padre en el trabajo. Mientras el maestro de Pamiers dibujaba o pintaba sobre la pared encalada de alguna iglesia, la niña se sentaba frente a su progenitor y observaba cómo iban surgiendo de su prodigiosa mano ángeles y demonios, santos y pecadores, mártires y verdugos. Pero lo que más le fascinaba eran los colores. Cuando Arnal preparaba los intensos pigmentos con los que más tarde colorearía sus precisos dibujos sobre la cal fresca, Teresa contemplaba extasiada los rojos sangre, los ocres dorados, los verdes esmeralda y los azules cobalto; sus ojos curiosos de niña parecían querer atrapar todos y cada uno de los matices de todos y cada uno de los tonos que su padre creaba mezclando esencias vegetales, óxidos metálicos y pigmentos minerales.

Arnal acababa de trazar el perfil del manto de la Virgen y estaba a punto de comenzar a aplicar las primeras pinceladas de azul cobalto cuando volvió la mirada hacia abajo. Apostado desde lo alto del andamio, contempló a su hijita, que recostada sobre una de las paredes miraba hacia arriba absolutamente fascinada.

—Teresa —le dijo—, ¿te gustaría pintar?

La muchachita hizo un gesto afirmativo con la cabeza.

—Sí, padre, pero no sé.

—No te preocupes, yo te enseñaré.

Arnal bajó con preocupación del andamio y le pidió a uno de sus aprendices que le ayudara a subir a su hija.

—No tendrás miedo, ¿verdad?

—No, padre.

—Ten mucho cuidado y haz cuanto te ordene.

Con la ayuda del aprendiz, Arnal y su hija ganaron la plataforma del andamio sobre la que el maestro occitano estaba pintando los últimos frescos de la catedral. Una docena de candiles de aceite colocados en un círculo en la plataforma del andamio iluminaba la pared recién enjalbegada de cal, sobre la cual Arnal había trazado unas líneas negras que perfilaban los dibujos que había que colorear de inmediato, antes de que se secara el enlucido. La técnica de la pintura al fresco requería de una habilidad extraordinaria. Los colores tenían que aplicarse necesariamente sobre la cal todavía húmeda, de modo que los pigmentos penetraran y se fijaran de manera que cuando se secara, la pintura no se desprendiera y acabara desapareciendo, o con los colores tan rebajados que no quedaran con el aspecto luminoso y brillante que se requería.

—Coge ese pincel, empapa la mitad de la longitud de las cerdas en el cuenco de pintura azul y rellena el espacio que hay entre esas dos líneas negras; hazlo despacio, con movimientos seguros, sin miedo, pero antes de dar cada una de las pinceladas piensa bien lo que vas a hacer, y no dudes nunca. Si te equivocas, no habrá lugar para rectificaciones.

Teresa cogió el pincel, lo untó en la pintura tal como le había dicho su padre y lo aplicó en el lugar que le había señalado. El pincel, guiado por la mano de la niña, se desplazó sobre la superficie encalada con tal seguridad que a Arnal le dio la impresión de estar dirigido por un buen oficial.

Lentamente pero con firmeza y serenidad, Teresa rellenó el espacio de pared que le había delimitado su padre.

—¡Hija mía! —exclamó Arnal emocionado—, jamás había visto a ningún aprendiz manejar el pincel con tanta seguridad.

—Es muy divertido, padre, me gusta.

—Bien, en ese caso te incluiré entre los aprendices del taller. Aún eres demasiado pequeña para hacer ciertas cosas, pero puedes ayudar a preparar las pinturas e incluso a rellenar de color los dibujos que no presenten demasiada dificultad. Si tu madre pudiera verte ahora estaría orgullosa de ti.

—Me gustan los colores, padre, sobre todo el azul.

—El azul es el color más difícil de conseguir, y el más caro, bueno después del púrpura, pero a estos austeros castellanos no les gusta demasiado el púrpura, prefieren colores más sobrios.

—Mi favorito es el azul.

—Mira —le dijo Arnal señalando una zona de la pared pintada en azul—, el azul es un color frío, y el rojo es cálido.

—Pero no quema —dijo Teresa.

—No, no quema, pero da sensación de calidez. Fíjate en esas escenas. —Arnal dirigió a su hija hacia un lado del andamio. En el ábside central de la catedral un gran fresco representaba la Coronación de la Virgen rodeada de ángeles músicos—. Observa cómo se alternan prendas en colores rojo y azul en los ropajes de esas figuras. Parece que las azules están más lejos y da la impresión de que las rojas estén mucho más cerca. Las coloreamos así para que veamos las figuras como si tuvieran relieve, como si fueran esculturas. Si no lo observas bien, entorna un poco los ojos y mira de nuevo.

—¡Es verdad! —exclamó la niña.

—Bueno, no es más que un truco. Hay otros muchos; si te gusta pintar, te los enseñaré todos.

—¡Sí, sí! —gritó Teresa un tanto excitada.

—Pero a su tiempo. Si quieres ser pintora deberás cumplir con todos los requisitos. Yo te ayudaré, pero sobre todo ha de ser cosa tuya. ¿Lo entiendes?

La niña asintió con la cabeza.

—Bueno, y ahora es el momento de que descanses.

—Quiero pintar más —dijo Teresa.

—A su tiempo, hija mía, a su tiempo, todo a su tiempo.

El joven soberano Enrique de Castilla estaba jugando con varios muchachos de su edad, hijos de nobles y de las altas dignidades del reino. Heredero del gran Alfonso VIII, el vencedor de las Navas de Tolosa, y de Leonor de Inglaterra, tenía apenas diez años cuando fue proclamado rey a la muerte de sus padres.

A sus trece años era un apuesto muchacho, de complexión fuerte y de rostro delicado. Por sus venas fluía la sangre de su abuela, la bella duquesa Leonor de Aquitania, la mujer más famosa de la última centuria, reina de Francia primero y de Inglaterra después, y llevaba el nombre de su abuelo, el rey Enrique II de Inglaterra, el soberano más osado, ambicioso y temerario del siglo anterior.

Fue un accidente. Una teja se desprendió del alero y fue a impactar en la cabeza del joven rey Enrique mientras jugaba con unos muchachos, produciéndole una gravísima fractura craneal. Los médicos judíos de la corte de Castilla intentaron salvar la vida del monarca e incluso le practicaron una trepanación, procurando restañar el maltrecho cerebro, pero nada pudieron hacer por su vida. El joven soberano de Castilla murió a los trece años de edad dejando al reino sin un heredero varón al frente.

En aquel año de 1217 hacía ya sesenta que León y Castilla se habían separado. Fue a la muerte del rey Alfonso VII, llamado el Emperador, quien dividió en dos sus dominios y los entregó a sus dos hijos: a Sancho le dio Castilla y a Fernando, León.

Mientras reinó el joven Enrique, fue el noble don Álvaro Núñez de Lara quien se hizo cargo efectivo del gobierno de Castilla. Cabeza de una de las familias más influyentes y poderosas del reino, este personaje había ejercido durante la minoría de don Enrique como verdadero soberano, apoyado por las todopoderosas órdenes militares.

Fallecido su hermano Fernando, al malogrado rey Enrique sólo le habían sobrevivido varias hermanas; Berenguela era la mayor. Nacida unos años antes que él, se había casado con el rey Alfonso de León, un hombre ambicioso y de fuerte carácter, que también anhelaba la corona de Castilla. De ese matrimonio real habían nacido varios hijos, pero en la primavera de 1204 el papa Inocencio III lo había declarado nulo, pues los dos esposos estaban emparentados por línea directa; el abuelo de Berenguela de Castilla y el padre de Alfonso de León fueron hermanos.

Uno de los hijos del rey de León y de Berenguela de Castilla se llamaba Fernando. Era cuatro años mayor que su tío Enrique y el favorito de Berenguela.

Un caballero anunció a Berenguela que su hermano el rey Enrique había muerto.

—Los médicos nada han podido hacer por su vida, mi señora. Tenía quebrados los huesos de la cabeza y hundido el cerebro. El cirujano judío hizo cuanto pudo y le practicó al rey una operación en el cráneo, pero su alteza falleció.

—Escucha. Hay que mantener en absoluto secreto la muerte del rey. Mi antiguo esposo, don Alfonso de León, desea anexionarse Castilla más que cualquier otra cosa, y eso no debe ocurrir.

—Pero señora —intervino el caballero—, Castilla no puede estar sin rey.

—Y no lo estará. Sal inmediatamente hacia las tierras de León y preséntate ante su rey. Serás portador de una carta personal mía en la que le solicitaré que permita que mi hijo Fernando venga a pasar una temporada conmigo. Le dirás que hace tiempo que no lo veo y que añoro su presencia. Y sobre todo no reveles que ha muerto don Enrique.

El rey de León estaba en aquellos días en la villa de Toro con su hijo Fernando y con las infantas Sancha y Dulce, hijas a su vez de su primera esposa, la infanta Teresa de Portugal, cuyo matrimonio también había sido anulado por la misma razón de consanguinidad.

Alfonso de León, que nada sabía de la muerte de su joven

primo el rey de Castilla, no sospechó de las intenciones de Berenguela y permitió que Fernando, de diecisiete años, viajara a Castilla para reunirse con su madre.

Para entonces, Berenguela ya había urdido todo su plan. Apoyada en varios nobles, la nieta de Leonor de Aquitania fue proclamada reina de Castilla en Valladolid, alegando para ello sus derechos como hija primogénita del rey Alfonso VIII, el vencedor de las Navas. La ceremonia tuvo lugar en Valladolid, el día 2 de julio. En aquel mismo momento, Berenguela renunció a la corona de Castilla y ante la muchedumbre congregada en una explanada junto a una de las puertas de la villa del Pisuerga cedió sus derechos al trono a su hijo Fernando, tras un discurso en el que aseguró que una mujer podía transmitir la potestad regia, pero no podía defender al reino de las graves amenazas que sobre él se cernían, y añadió que gracias al prudente consejo de los ricoshombres consideraba que el rey legítimo no era otro que su hijo Fernando. Ni siquiera había transcurrido un mes desde la muerte del joven Enrique.

La multitud estalló en vítores que alentaban algunos agentes de Berenguela, convenientemente distribuidos entre aquella muchedumbre. Fernando era un joven atractivo y de buen juicio. Cuando el matrimonio de sus padres fue declarado nulo, el joven infante permaneció en León, al lado de su padre, aunque de vez en cuando viajaba a Castilla para pasar alguna temporada con su madre, la reina Berenguela. Muerto Enrique, Fernando era la única esperanza de Castilla para mantenerse independiente de León

Los castellanos vieron en el joven Fernando al soberano capaz de hacer frente a las ansias anexionistas del ambicioso rey leonés. Aclamado por varios miles de personas, el nuevo monarca entró en Valladolid encabezando un desfile de caballeros y escoltado por todos los ricoshombres de Castilla. En la iglesia de Santa María los obispos de Burgos y de Ávila rezaron un solemne *Te Deum* y Fernando, arrodillado ante el altar de la Virgen, dio gracias a Dios y aceptó defender a Castilla y a la fe cristiana de todos sus enemigos.

En cuanto se enteró del engaño urdido por doña Berenguela, Alfonso de León se sintió burlado y ofendido, y convocó a los nobles leoneses al ejército. Sin pérdida de tiempo penetró en Castilla y se dirigió por el Duero hacia Valladolid. Enterada de que el rey leonés se acercaba furioso al frente de su poderoso ejército, doña Berenguela ordenó a los obispos Mauricio de Burgos y Domingo de Ávila que salieran a su encuentro enarbolando las cruces episcopales y que procuraran entretenerlo para ganar tiempo y poder huir hacia Burgos y organizar desde allí la defensa.

Los dos obispos se encontraron con don Alfonso apenas a una hora de camino de Valladolid. El monarca leonés bramaba como un toro furioso y no cesaba de clamar contra su antigua esposa Berenguela, a la que llamaba arpía y bruja. Los prelados Mauricio y Domingo intentaron calmarlo aduciendo que la sucesión al trono de Castilla se había realizado conforme al derecho castellano, y que era necesario evitar por todos los medios un enfrentamiento entre cristianos. Le recordaron que el verdadero enemigo estaba en el sur, y que no había que malgastar fuerzas en luchas estériles entre castellanos y leoneses, sino saber aprovechar la victoria conseguida cinco años atrás en las Navas de Tolosa sobre los musulmanes almohades para engrandecer los reinos de Castilla y de León y con ellos toda la Cristiandad.

Pero Alfonso de León no estaba dispuesto a escuchar discursos de hermandad entre cristianos. No era demasiado inteligente, pero su orgullo no conocía límite y se sentía humillado por la farsa que había tejido Berenguela para alzar al hijo de ambos al trono de Castilla.

—Yo soy el legítimo heredero de Castilla, señores obispos —les dijo—. Muerto el joven rey Enrique, mi primo, la corona castellana me corresponde sin duda. Habéis coronado como rey a un mozalbete nacido de un matrimonio que Su Santidad el papa Inocencio III anuló convenientemente. Ese muchacho a quien ahora llamáis rey no tiene legitimidad para serlo. Yo soy el heredero de mi abuelo el emperador Alfonso, rey de Castilla y de León.

—Pero alteza —intervino Mauricio—, don Fernando es vuestro hijo.

—Vos, señor obispo de Burgos, sois un ministro de la Iglesia, y vuestro sumo pontífice dijo en su momento, y de ello hace ya trece años, que mi matrimonio con mi prima Berenguela era nulo de pleno derecho, y por tanto son nulas todas sus consecuencias, y el infante Fernando —el rey de León puso especial énfasis en la palabra «infante»— es una más de ellas.

—Os pedimos que recapacitéis, señor. Los castellanos hemos vitoreado la proclamación de don Fernando, lo hemos aceptado como legítimo soberano y nuestros ricoshombres han jurado defender a su rey con su propia vida. En el nombre de Dios y de su santa madre la Virgen María os pedimos que no provoquéis un enfrentamiento entre nuestros dos reinos que sólo acarrearía la muerte y la destrucción mutua.

En tanto los dos prelados entretenían a Alfonso de León, Fernando y Berenguela cabalgaban a toda prisa hacia Burgos, en el corazón de Castilla, donde habían planeado hacer frente a su padre y antiguo esposo.

Burgos era una floreciente ciudad en plena expansión urbana, recostada sobre la ladera de un cerro dominado por un poderoso castillo, a cuya sombra crecía. Hacía poco más de un siglo, y gracias a que el Camino Francés a Compostela atravesaba la ciudad, que se habían instalado allí decenas de comerciantes y artesanos que habían contribuido a su desarrollo.

Instalados en la fortaleza, Fernando y Berenguela fueron informados por un correo de que los obispos no habían logrado convencer a don Alfonso para que desistiera de su idea de atacar a Castilla, y que este avanzaba hacia Burgos al frente de su mesnada.

El rey de León estableció su campamento a dos horas de camino de Burgos. Sobre una colina desde la que podía contemplarse la vega del río Arlanzón y las torres del castillo burgalés, don Alfonso plantó sus estandartes. El león rampante, símbolo inmemorial del viejo reino, tremolaba desafiante con el viento del oeste, que arrastraba etéreos olores de humedades atlánticas.

Unos legados del rey leonés cabalgaron hasta Burgos demandando la rendición de la ciudad y el sometimiento a su soberanía. Don Alfonso había estimado que los castellanos claudicarían enseguida ante la sola presencia de su ejército y que no moverían un dedo ni arriesgarían su vida por defender los derechos de una mujer y de un jovenzano de diecisiete años.

Pero la respuesta de los castellanos fue tan contundente como inesperada. La inteligente Berenguela no se había limitado a replegarse hacia Burgos; en su retirada había ido recabando apoyos de nobles, villas y ciudades de Castilla, y había logrado poner de su parte a la mayoría de ellos. Nadie en Castilla deseaba verse sometido al poder del rey de León, pues estaban convencidos de que entregaría el gobierno del reino a sus ambiciosos nobles.

El alcaide de Burgos respondió a la demanda de capitulación del rey leonés aseverando que toda Castilla había jurado defender la causa del rey Fernando y que ese juramento sagrado les obligaba a resistir hasta el final.

Cuando leyó la misiva, Alfonso de León contempló a lo lejos las murallas blancas de Burgos. Sabía que, sin apoyo interno, sus deseos de someter a Castilla eran inútiles. Bien a su pesar y tragando buena parte de su orgullo, ordenó a sus hombres levantar el campamento y dar media vuelta hacia León. Por el momento, Castilla había logrado salvaguardar su independencia.

Pero la amenaza del leonés no era el único problema de Castilla. Desde que don Fernando fuera coronado en Valladolid, don Álvaro Núñez de Lara, quien durante la minoría del rey Enrique detentara todo el poder, no había cesado de conspirar contra el nuevo rey. Envalentonado, don Álvaro había retado a combatir con él en una justa a todos los nobles castellanos que habían jurado obedecer a don Fernando. Su tentativa fue vana y acabó derrotado y apresado.

A fines de 1217, Berenguela podía sentirse satisfecha. Su hijo Fernando era rey de Castilla, las familias más poderosas, como los Girón, los Haro o los Téllez, y los grandes concejos urbanos del reino, como Burgos, Palencia, Valladolid, Toledo, Ávila o Segovia, lo habían aceptado unánimemente, y el único disidente, el señor de Lara, estaba a buen recaudo. El camino de don Fernando para construir la gran Castilla que doña Berenguela había soñado para su hijo estaba libre de obstáculos.

La pequeña Teresa había sentido miedo. Uno de los canónigos de la catedral burgalesa había irrumpido en el templo anunciando a gritos que el rey de León se acercaba con un poderosísimo ejército dispuesto a arrasar la ciudad y a degollar a cuantos en ella moraban si no se sometían a su dominio. Entre los aprendices del taller de pintura de Arnal Rendol se había organizado un revuelo al escuchar al exaltado canónigo, que amenazaba con las más terribles calamidades si Alfonso de León entraba en Burgos.

Arnal habló con la gente de su taller, que estaba afanada en ultimar el gran fresco de la Visitación de la Virgen.

—Si lo que este canónigo dice es verdad, nuestro trabajo puede estar llegando a su fin. En cualquier caso, hemos recibido el encargo de realizar este fresco y yo al menos pienso acabarlo en tanto me sea posible. Por lo que a vosotros respecta, el que desee marcharse a su casa puede hacerlo. El que quiera quedarse conmigo a terminar el espacio encalado hoy...

—Nos quedamos todos —dijo Ricardo, el primer oficial del taller—. ¿No es así?

El resto de los oficiales y aprendices asintieron con la cabeza.

—Os lo agradezco, a todos. Tú, Ricardo —le dijo al oficial—, coge a Teresa y llévala a mi casa. Dile a mi criada que cierre bien la puerta y que no salgan de ahí hasta que yo regrese.

—Yo quiero quedarme contigo, padre —protestó la niña—. Dijiste que sería uno más de los aprendices.

—Ya me has oído, Teresa. Claro que eres uno más de mis aprendices, pero eres demasiado pequeña todavía para algunas cosas. Vamos, obedece.

Ricardo tomó de la mano a Teresa, que salió de la catedral a regañadientes.

A su regreso, el primer oficial informó de que los leoneses habían acampado muy cerca de Burgos, pero que toda la ciudad estaba del lado de don Fernando y de doña Berenguela, y que los defensores se habían juramentado para no rendirse.

—Es curioso, esta ciudad se ha poblado con franceses y con sus descendientes, con vascos y con judíos, e incluso quedan algunos sarracenos, pero en los momentos más peligrosos todos se sienten castellanos antes que cualquier otra cosa.

»Bueno —reflexionó Arnal—, nosotros nada podemos hacer. Volvamos al trabajo, esta cal no se mantendrá eternamente húmeda.

Cuando el rey de León se retiró a sus dominios, todos respiraron aliviados.

2

El otoño había teñido de un ocre amarillento los dorados campos de trigo de Chartres. Encaramado sobre el andamio, el maestro Juan de Rouen señalaba a uno de los oficiales de la obra ciertos detalles que debían corregirse en una de las bóvedas de la nave mayor de la catedral.

La vieja catedral de Chartres había ardido la calurosa noche del 10 al 11 de junio de 1194. Del terrible incendio sólo se había salvado la cripta, respetada en la nueva obra, en la que se conservaba una de las reliquias más preciadas de aquel templo: la camisa que la Virgen María llevaba sobre su sagrado cuerpo inmaculado el día que dio a luz a su hijo Jesucristo.

Cuando las llamas se apagaron y las brasas del incendio remitieron, los consternados habitantes de Chartres pudieron entrar en las ruinas de su catedral y descubrieron el hecho milagroso de la conservación intacta de su más venerada reliquia.

Enseguida corrió por toda la ciudad el rumor de que aquella era una clara señal que la Virgen enviaba a Chartres. Sin duda, con ese signo la madre del Redentor quería decir que era necesario construir una nueva catedral en su honor, un gran templo que estuviera a la altura de la mujer que había dado a luz al hijo de Dios; el nuevo templo tendría que ser el de la luz, la claridad y el color.

Chartres no era una ciudad demasiado poblada, ni demasiado importante, ni siquiera demasiado rica. No podía competir con la grandiosidad de la populosa París, ni con la magnificencia de la orgullosa Reims, donde se coronaban los reyes de Francia, ni con la riqueza de la estratégica Amiens, pero estaba rodeada de una inmensa llanura por la que se extendían feracísimos campos hasta más allá de donde la vista era capaz de atisbar, y sus cereales aprovisionaban de pan y pienso a media Francia. En primavera, los campos sembrados de trigo, cebada y avena reverdecían como una interminable alfombra verde que a principios de junio comenzaba a tornar hacia tonos dorados y amarillos.

La ciudad de Chartres no tenía el prestigio ni la fama de las primeras ciudades de Francia, pero en lo alto de la suave colina donde se asentaba guardaba un misterio como ninguna otra ciudad podía ostentar. Existía la creencia de que en el solar donde se alzaba la catedral había habido desde antes de que existiera memoria en el género humano un santuario sagrado en el que los hombres y las mujeres de aquella región adoraban a un dios peculiar. No se trataba de un dios cualquiera, no era uno más de ese largo centenar de falsas deidades paganas que el cristianismo lograra arrinconar hacía ya siglos y convertir en vagos recuerdos o en demonios, sino el rutilante dios de la luz, la divinidad representada por el mismísimo sol glorioso que inundaba de luminosidad todos los amaneceres y triunfaba cada día sobre la oscuridad y las tinieblas.

Una antiquísima tradición sostenía que el lugar mismo donde se alzaba aquella catedral era el más sagrado de la tierra, una especie de corazón palpitante en pleno centro del mundo, un *ónfalos* donde confluían poderosísimas fuerzas telúricas y asombrosas corrientes mistagógicas.

En el tiempo en el que ardió la vieja catedral de Chartres, hacía ya varias décadas que en Francia se estaba imponiendo una nueva forma de construir los grandiosos templos catedralicios, las imponentes basílicas y las fastuosas iglesias abaciales. Fue Suger, el influyente abad del monasterio de San Dionisio, quien a mediados del siglo XII proclamó la nueva doctrina del triunfo de la luz y la necesidad de construir los templos cristianos teniendo en cuenta el valor de la claridad frente a la penumbra. En una de sus obras dejó escrito un mensaje críptico que sólo algunos iniciados eran capaces de interpretar; el abad Suger decía que «brillantemente relucía aquello que multiplicaba el esplendor y que brillante era el trabajo noble a través del cual resplandecía la nueva luz».

Para Suger, Cristo era la nueva luz que había iluminado al mundo tras una larga época de tinieblas, el sol triunfante y revivido que alumbraba el alma de los seres humanos y guiaba sus corazones hacia la verdad. Y como las iglesias eran la casa de Dios, cada templo debía ser por tanto la morada de la luz.

El abad de San Dionisio ansiaba poder atrapar la luz, o al menos construir un templo en el que la luz fuera la protagonista y lo bañara todo. Con las viejas técnicas de la arquitectura, eso no era posible. Para poder soportar las pesadas bóvedas de piedra sin que se vinieran estrepitosamente abajo, primero era necesario levantar gruesos y macizos muros en los que no se podían abrir grandes vanos por los que penetrara la luz a raudales e iluminara el interior del templo como ansiaba Suger.

Para el abad de San Dionisio era necesario, imprescindible, abrir los muros y rasgarlos de arriba abajo con grandes ventanales para a través de ellos capturar la luz del sol y dejar que esta inundara los santuarios cristianos. Suger indicó a sus maestros de obra que buscaran las soluciones técnicas precisas a su demanda de luz, y los maestros respondieron al reto con eficacia.

La nueva arquitectura introdujo el arco ojival de dos centros, de forma apuntada, y el arbotante. Gracias a estas dos soluciones técnicas fue posible abrir esos grandes vanos y que el empuje de las bóvedas de piedra ya no fuera soportado directamente por los muros, sino por los contrafuertes en los que los arbotantes descargaban la presión que hasta entonces sostenían las paredes.

El nuevo estilo garantizó el triunfo de la luz, ganó la claridad para el interior de las iglesias y posibilitó construir naves tan altas como jamás hasta entonces se había logrado en el Occidente cristiano.

Enrique jugueteaba con otros chiquillos de su edad en el arroyo que corría al pie de la colina donde se arracimaba el caserío de Chartres. Los muchachitos acostumbraban a pasar las últimas horas de la tarde cerca del molino, apurando los momentos previos a la puesta del sol, instante en el que con la llegada de la noche corrían a refugiarse en sus casas. El joven Enrique era hijo del maestro Juan de Rouen, quien desde hacía varios años dirigía la fábrica de la nueva catedral de Chartres.

Tras el incendio de 1194 y la destrucción de la vieja catedral «al estilo romano», el obispo y el cabildo de Chartres habían decidido construir una nueva en el triunfante estilo de la luz. Aquellos años de fines del siglo XII eran en verdad muy prósperos; hacía varios decenios que no se recogía una mala cosecha y verano tras verano las rentas de la diócesis aumentaban sin cesar. En consecuencia, ¿qué mejor destino para las riquezas obtenidas en beneficio de Dios que dedicarlas a la construcción de un templo para su madre?

Enrique llegó a su casa justo cuando el sol acababa de ocultarse tras la línea crepuscular del horizonte. Su padre se estaba lavando las manos en un pequeño barreño de cerámica gris mientras la madre y una criada preparaban la cena: unas tajadas de tocino guisado aderezadas con una crema de cebolla y nabos, pan de nueces, cerveza y queso.

—Mañana comenzaremos a colocar las claves de la bóveda del crucero —comentó el maestro Juan.

—La construcción de la catedral va deprisa —le dijo su esposa.

—Sí, mucho más rápido de lo que habíamos supuesto. Las rentas del cabildo son cuantiosas y el obispo está empeñado en oficiar la primera misa cuanto antes. Esta misma mañana me ha dicho que si necesito más obreros, que los contrate. Pero no son precisamente obreros lo que hace falta, sino artistas. Hay tantas obras por todas partes que es difícil encontrar a escultores, canteros y vidrieros cuyo trabajo sea de calidad. París ofrece mucho dinero a los mejores, y Reims y Amiens no le van a la zaga. Y luego está Inglaterra, cuyos obispos se han empecinado en construir en las principales sedes episcopales de ese reino catedrales que rivalicen con las de Francia e incluso las superen.

El maestro Juan se sentó a la mesa. Enrique lo miró con admiración y esperó a que bendijera la cena. En cuanto su padre lo hizo, el niño cogió su cuchara de madera y comenzó a comer el guiso de carne.

—Mañana vendrás conmigo a la obra.

—¿Yo, padre? —se extrañó Enrique.

—Sí, claro, tú. Tienes siete años, y va siendo hora de que

comiences a trabajar en este oficio. Durante este próximo año aprenderás los rudimentos que debe conocer cualquier aprendiz. La mayoría de mis aprendices comienza a trabajar a los doce o trece años, pero tú eres el hijo del maestro y lo harás mucho antes. Dentro de un par de años irás a la escuela de la catedral. El obispo me ha dicho que te reservará una de las plazas escolares. Allí aprenderás matemáticas, geometría, filosofía y latín. Voy a hacer de ti un gran arquitecto; espero que no me defraudes.

Todavía no habían acabado de cenar cuando unos golpes sonaron en la puerta.

El maestro Juan le indicó a su esposa que abriera; era su hermano, que acababa de llegar de París.

—¡Hermano, hermano, lo he conseguido, lo he conseguido! El examen ha sido muy duro y difícil, pero aquí está, aquí lo tengo.

Luis, hermano menor del maestro Juan de Rouen, acababa de conseguir el título de maestro de obra en un examen celebrado ante un tribunal de maestros en París. Nada más recibir el diploma había salido al galope hacia Chartres para comunicarle la buena noticia a su hermano mayor, bajo cuyas enseñanzas se había formado como arquitecto.

—Enhorabuena, hermano, nunca dudé de que lo lograrías —repuso Juan.

—¡Aquí lo tengo! —reiteró Luis mostrando orgulloso el pergamino en el que el tribunal de cinco maestros le había concedido la capacidad para dirigir la construcción de edificios.

—Mira, sobrino, mira. Algún día tú también tendrás uno parecido a este. ¿Te queda algo de cena, cuñada? Con las prisas me he olvidado hasta de comer.

—Claro; vamos, siéntate, te prepararé carne y queso.

—Y cerveza; esto hay que celebrarlo.

—Mejor que sea vino —dijo Juan—. ¿Cómo ha sido el examen?

—Tan difícil como esperaba. Me interrogaron sobre las teorías de Roberto Grosseteste, y creo que los dejé impresionados. Hace unos meses pude estudiar su tratado sobre la expresión matemática del pensamiento y sus comentarios y sus correcciones al sistema de observación y experimentación de Aristóteles. Durante más de una hora diserté sobre la relación entre la matemática y la razón y la necesidad de conjugar ambas a la hora de planear un edificio.

—¿Y las pruebas prácticas?

—Bueno, esas fueron, al menos para mí, las más sencillas. Ya sabes que soy muy hábil manejando el martillo y el escoplo. Tuve que tallar una imagen de san Pedro, y para hacer las cosas más difíciles me dijeron que tenía que ser de bulto redondo, totalmente exenta. Después me encargaron dibujar la planta de una catedral nueva. La tracé con una girola simple, con cinco capillas semicirculares, un crucero de una sola nave y tres naves en el tramo de los pies.

—Bueno, sencillo, pero eficaz.

—No creas, hermano. Tuve que resolver algunos problemas de la estructura del crucero, pues alargué la nave del transepto destacándolo mucho en planta, lo que me obligó a introducir una innovación técnica en esa zona del templo.

—¿Y sobre la luz, te preguntaron sobre la luz?

—Ni una sola palabra; pero tal como tú me habías aconsejado, les hablé de cuanto me has enseñado sobre la importancia de la luz, y quedaron muy sorprendidos.

—La luz es la señal de Dios —dijo el maestro Juan—. Y Dios está presente en el mundo a través de la luz. Nosotros construimos catedrales, pero Dios es el único que puede crear la luz. La luz hace posible la belleza del mundo, la armonía de la naturaleza. Los arquitectos hemos recibido de Dios un don extraordinario: podemos hacer que la luz ilumine la piedra, que la resalte; somos los únicos capaces de atrapar la luz en el interior de una catedral y darle vida.

»¿Lo entiendes, hijo?

Enrique miró a su padre, ensimismado.

—No, padre.

—No importa. Cada cosa a su tiempo, a su tiempo.

Un perlado manto de rocío había esmaltado los campos de Burgos. Arnal Rendol había madrugado para acudir al velatorio del maestro Ricardo, el constructor de la iglesia abacial del monasterio femenino de Las Huelgas, uno de los principales del reino de Castilla. El maestro Ricardo había llegado desde París hacía quince años y había trabajado durante todo ese tiempo en la iglesia abacial según los cánones del nuevo estilo.

Fundado en 1180 por los reyes Alfonso VIII y su esposa Leonor de Inglaterra, la hija de Enrique II y de Leonor de Aquitania, el monasterio de Las Huelgas sólo admitía a novicias de sangre real o a hijas de la más alta nobleza, y se había construido con el propósito de convertirlo en panteón de los reyes de Castilla. La abadesa era tan poderosa que sólo dependía jerárquicamente del Papa y del abad de Cîteaux.

El maestro Ricardo había contratado al maestro Arnal para pintar unos frescos en Las Huelgas, y gracias a ese trabajo le habían surgido otros muchos en toda la comarca de Burgos. El obispo Mauricio también se había acercado hasta Las Huelgas, pues en su cabeza hacía ya algunos años que anidaba la idea de construir una nueva catedral en Burgos que sustituyera a la que fundara hacía más de un siglo el rey Alfonso VI.

Don Mauricio era un hombre de gran influencia en el reino. Amigo y asesor de la reina Berenguela, había viajado a Francia, y en París, donde había estudiado filosofía, teología y leyes, se había entusiasmado con las obras de la gran catedral de Nuestra Señora. Desde que fuera nombrado obispo de Burgos en el año 1213 ansiaba construir en su ciudad una catedral como aquella que crecía hacia el cielo en la isla llamada de la Cité, en el corazón de París, que el Sena rodeaba como los brazos de un amante.

El obispo don Mauricio había pensado que el maestro Ricardo podría ser el arquitecto adecuado para construir su nueva catedral, pero la repentina muerte del maestro francés había quebrado sus planes.

—Buenos días, maestro Arnal. Ha sido una gran pérdida —dijo el obispo Mauricio saludando al pintor de frescos.

—Así es, señor obispo. Ciertamente, maese Ricardo era un buen hombre.

—Yo había pensado en él para dirigir las obras de la nueva catedral que llevo en mente, si Dios quiere, construir para mayor gloria del Redentor y de nuestra madre la Virgen María. Vos trabajabais con él, ¿acaso seríais capaz de...?

—No, don Mauricio, no. Yo sólo sé pintar; no tengo capacidad ni preparación para dirigir una obra de semejante magnitud —se apresuró a contestar Arnal.

—Bueno, en ese caso no quedará más remedio que buscar a un arquitecto en Francia; allí hay muchos y muy buenos.

—¿En verdad planeáis una nueva catedral?

—Hace tiempo que le doy vueltas a esa idea. Hasta ahora no ha sido posible por la minoría de edad del rey Enrique y por los problemas sucesorios, pero con don Fernando asentado en el trono y su madre Berenguela a su lado, creo que ha llegado el momento de plantearlo en serio.

—Eso sería un logro extraordinario, eminencia.

—Una nueva catedral, maestro Arnal. Una iglesia que glorifique el nombre de Dios y el de su madre, que sea el orgullo del reino de Castilla y de la villa de Burgos. ¡Ah, cuántas noches he soñado con ella! Una catedral a semejanza de las que se están construyendo en París o en Chartres. Hace ya cuatro años que estuve allí y todavía recuerdo impresionado cómo ascendían hacia el cielo sus muros, sus bóvedas y sus arcos ligeros y gráciles, que, aunque construidos con piedras, parecían sostenidos por el viento.

—Yo me limito a pintar paredes, don Mauricio.

3

El obispo de Chartres estaba furioso. Entró en la catedral, en cuyas bóvedas seguían trabajando varios obreros que estaban cubriéndolas con el tejado, gritando como un poseso. Llamaba a gritos al maestro Juan de Rouen, que había subido a lo alto de los andamios para dirigir la colocación de algunas piezas del tejado. Desde aquella altura apenas podían oírse los gritos del prelado, pero uno de los obreros trepó hasta arriba en busca del maestro.

—Maese Juan, el obispo está abajo. Ha entrado en la catedral demandando vuestra inmediata presencia.

—¿Sabes qué desea?

—No, maestro; sólo me ha ordenado que subiera a buscaros enseguida; parece muy enfadado. Quiere hablar con vos sin demora.

Juan le dijo a su hermano Luis que continuara dirigiendo el trabajo y descendió por los andamios hasta el suelo.

En el centro de la catedral, justo bajo la clave de la bóveda del crucero, el obispo de Chartres esperaba a Juan.

—Eminencia —Juan se acercó hasta el prelado, se inclinó ante su presencia y le tomó la mano para besarle el anillo episcopal, un enorme aro de oro que lucía engastado un fabuloso rubí escarlata—, me han dicho que preguntáis por mí.

—Así es. Os imagino enterado de la noticia —dijo el obispo dando por supuesto que Juan debía de saberlo.

—¿A qué noticia os referís, eminencia?

—A cuál va a ser, maestro, a la que todo el mundo comenta: que el obispo de Reims ha ordenado que su catedral sea la mayor del mundo.

Hacía siete años que habían comenzado las obras de ese templo y su obispo había dado instrucciones al maestro director para que la de Reims fuera la mayor de las catedrales de Francia. No en vano, allí se coronaban sus reyes.

—Bueno, eminencia, la vuestra casi está acabada, ya no podemos hacerla más grande —se lamentó Juan.

—Primero París, luego Amiens, ahora Reims. Nos superarán todos, todos. Cualquier obispo querrá construir una catedral más grande que la nuestra...

—Pero, creedme, eminencia, que ninguna será tan bella; aquí han trabajado los mejores artistas de Francia. Y os aseguro que no sólo es cuestión de tamaño, sino también de proporción y armonía.

»Fijaos, eminencia. Vuestra catedral está construida siguiendo las pautas más bellas de las relaciones matemáticas. Esta catedral ha crecido conforme a la proporción de las medidas humanas, y ya sabe vuestra eminencia que el hombre fue creado por Dios a su imagen y semejanza.

»Mirad el ábside —dijo Juan señalando hacia la cabecera—. Ahí está la cabeza del hombre, aquí, en el centro del crucero, está el corazón, en el transepto, los brazos y en la nave, las piernas. El hombre como medida de todas las cosas, a imagen y semejanza de Dios.

»Y además, eminencia, está la luz. Hemos construido la representación del universo, pero no un universo opaco, sino transparente, lleno de luz. Dios es luz, y Dios se hace presente en este templo a partir de esa misma luz. Esta iglesia hace patente el esplendor de Dios, su verdad, con todo aquello que hace hermosa a la naturaleza pero que da firmeza a la razón. Esta catedral representa la fe en la naturaleza y en el hombre, una fe en Dios, al que coloca en el centro del universo mientras el hombre ocupa el centro de la naturaleza, el lugar que le corresponde por voluntad divina.

—Todo eso ya lo sé, maestro Juan, pero las catedrales de nuestros rivales serán más grandes, más altas...

—En ese caso, también esa será la voluntad de Dios, eminencia.

El obispo se marchó algo más calmado.

—¿Qué quería ese fatuo presuntuoso? —le preguntó Luis, que acababa de bajar del tejado, a su hermano Juan.

—Está molesto porque en otras diócesis del reino de Francia se están construyendo catedrales mayores que esta.

—Bueno, eso es inevitable. Siempre habrá alguien dispuesto a superar lo ya hecho; las cosas suelen suceder así.

»Por cierto, hermano, ayer recibí una visita. Era un enviado del obispo de Bourges. Allí también están construyendo una catedral. Uno de los maestros del tribunal que me examinó le dio mi nombre. Al parecer le gustó mucho la idea de una cabecera con capillas destacadas al exterior, de planta semicircular, y quiere que vaya allí como primer ayudante del maestro de la obra. ¿No te importa...?

—Por supuesto que no, hermano. Eres un maestro arquitecto, uno de los mejores que conozco. De mí ya no puedes aprender nada. Ahora eres tú quien debe enseñar, aunque sin dejar de aprender jamás.

La primera nevada del invierno cubrió Burgos de un manto blanco de más de un palmo de altura. La pequeña Teresa salió a la calle excitada por el anuncio de su criada. Al abrir la puerta, un estallido de luminosa claridad le inundó los ojos. El sol brillaba amarillo en medio de un cielo límpido, de un azul intenso y puro, mientras la nieve blanquísima reflejaba sus rayos con tanta fuerza y fulgor que hacía daño a la vista. Entre el azul celeste y el blanco de la nieve, las casas ocres de la ciudad parecían como dibujadas por la mano experta de un delicado miniaturista.

Teresa había cogido entre sus manitas de niña un buen puñado de nieve cuando oyó el sonido inconfundible de la trompeta del sayón del concejo burgalés que anunciaba un pregón.

En la esquina de la calle, el pregonero avisó a gritos que los reyes de Castilla y de León, don Fernando y don Alfonso, habían acordado una tregua que duraría hasta la Pascua de la próxima primavera.

La criada, que había salido tras Teresa, suspiró aliviada.

—Gracias a la Virgen y a su hijo Jesucristo, nuestro rey don Fernando ha firmado la paz con su padre, el rey de León. Este invierno será menos crudo.

Doña Berenguela lo había conseguido. Tras varias semanas de intensas conversaciones, la madre del rey Fernando había logrado de su antiguo esposo, el rey Alfonso de León, una tregua. A cambio había tenido que ceder al leonés la posesión de varias plazas fronterizas, le había garantizado que no iría en contra de las propiedades y derechos de los Lara y le había entregado una considerable cantidad de dinero. Pero en contraprestación se había asegurado la tranquilidad y la paz necesaria para asentar definitivamente a su hijo Fernando en el trono de Castilla y ganar tiempo para atraerse a algunos grandes del reino, todavía recelosos de que un hijo del rey de León habido de un matrimonio anulado por la Iglesia fuera quien reinara en Castilla.

El reino de Castilla, tras la euforia que lo contagió todo por la decisiva victoria conseguida en 1212 en la batalla de las Navas de Tolosa contra el imperio almohade, atravesaba unos momentos muy delicados debido a la ambición de Alfonso de León. Aquella victoria, lograda gracias a la coalición de castellanos, aragoneses y navarros, había sorprendido al rey de León en la comarca de Babia, a donde solía retirarse para practicar la caza con halcón. Cinco años después de la victoria, aún había nobles leoneses que recriminaban a su monarca que no hubiera estado presente con sus tropas en aquella crucial batalla, cuya campaña previa había sido predicada por el papa Inocencio III como una cruzada.

—Vamos, Teresa, entra en casa. Hace mucho frío —le ordenó la criada.

—No; quiero quedarme aquí y jugar con la nieve.

—Vamos adentro, tu padre se enfadará mucho si te resfrías y enfermas.

—No tengo frío.

—Vamos, adentro he dicho.

Teresa echó a correr por la calle nevada perseguida por la criada. La hija del maestro Arnal Rendol reía y reía ante la torpeza de la criada, incapaz de darle alcance entre la nieve.

Unas manos poderosas atraparon a Teresa con fuerza y la alzaron en vilo.

—Vaya, conque querías escapar, ¿eh?

Arnal Rendol había sorprendido a Teresa.

—Padre, padre —la niña se abrazó a su progenitor—, ¿has visto cuánta luz?

—Sí, claro que la veo, mi niña. Pero además de mucha luz, hoy también hace mucho frío. Vamos a casa, no quiero que caigas enferma.

Arnal bajó a su hija al suelo y ambos regresaron a casa de la mano mientras la criada los seguía jadeando bocanadas de aliento que dibujaban vaporadas de aire caliente en la gélida mañana burgalesa.

—El color azul del cielo es como el que tú pintas en las bóvedas de las iglesias. ¿Por qué el cielo es azul, padre? —le preguntó Teresa mientras Arnal avivaba el fuego de la chimenea de la cocina aplicando a las brasas del hogar unos leños.

—Porque es el color más hermoso, hija mía, por eso es también el más difícil de conseguir.

—Entonces, ¿Dios es azul? —demandó Teresa.

—No, Dios es como el hombre. Él quiso que fuéramos perfectos y nos dio la libertad de obrar, y ese libre albedrío ha propiciado que algunos hombres se hayan extraviado del buen camino.

—¿Y las mujeres también son como Dios?

—El sabio Aristóteles, un filósofo que vivió en el país de Grecia hace muchos años, decía que la mujer es un hombre imperfecto... Bueno, yo no lo creo, pero hay muchos hombres que dicen que es así. En la tierra de donde vinimos tu madre y yo, los hombres y las mujeres creíamos que éramos buenos e iguales, «los perfectos» nos llamábamos, pero otros hombres consideraron que eso estaba mal y nos persiguieron por ello.

—¿Eran hombres malos?

—Sí, muy malos. Decían que la muerte era lo único que merecíamos, y por eso tuvimos que marcharnos de allí.

—Pero ¿Dios no os defendió?

—Sí, lo hizo; nos protegió y consiguió que tu madre y yo escapáramos de allí. Luego naciste tú...

—¿Y mi madre?

—Murió al darte la vida, por eso debes quererla siempre.

—¿Mamá era azul?

—Sí, mi niña, sí, tu madre era azul.

Alfonso IX de León fracasó al intentar conquistar la ciudad de Cáceres, una fortaleza musulmana en la frontera sur de su reino que estaba protegida por unas sólidas murallas que fueron asediadas inútilmente durante varios meses. Herido en su orgullo, el aguerrido monarca leonés tornó su ira contra Castilla y, aprovechando el término de la tregua pactada a finales del año anterior, atacó al reino de su hijo.

Pero de nuevo los castellanos respondieron con la misma contundencia que en la última ocasión, y al rey de León no le cupo otro remedio que acordar una paz honrosa.

Durante el invierno, doña Berenguela había tramado toda una red de adhesiones en torno a la figura de su hijo. El joven rey Fernando era, a sus diecisiete años, un apuesto soberano, de carácter decidido y valiente, temeroso de Dios y de voluntad firme. Había heredado el coraje y la resolución de ánimo de su padre, el rey Alfonso de León, con quien había vivido hasta poco antes de ser coronado rey de Castilla, y el ánimo y la inteligencia de su madre, Berenguela, y a través de ella la energía desbordada de Enrique II de Inglaterra y de Leonor de Aquitania, sus bisabuelos.

Consciente de que Castilla no claudicaría ante el ejército leonés, de que Fernando se había asentado como soberano de Castilla y de que contaba con el apoyo de la inmensa mayoría de los concejos, universidades y nobles del reino, Alfonso de León optó por acordar una paz definitiva con su hijo y su antigua esposa. El tratado de paz se firmó en la villa de Toro, en la colegiata construida según el viejo estilo «al romano», el día 26 de agosto de 1218. Berenguela y Fernando tuvieron que entregar al leonés once mil maravedís. La paz estaba resultando cara, pero la bonanza económica del reino permitía a los castellanos comprar la estabilidad necesaria para crecer como nación en aquellos tiempos tan inciertos.

Doña Berenguela no se había separado un solo instante de su hijo Fernando desde que lograra convertirlo en soberano de Castilla. La reina madre tenía el firme carácter de su abuela Leonor de Aquitania y se había hecho tan necesaria para su hijo que participaba en todas las curias en las que el rey convocaba a los más notables hombres del reino para asesorarle en los asuntos relativos al gobierno de sus Estados. Berenguela ocupaba un lugar principal en la curia regia y sus opiniones siempre eran respetadas y tenidas en cuenta por todos.

Cuando el rey Fernando cumplió dieciocho años, la reina Berenguela creyó llegado el momento de buscarle esposa. En una asamblea de consejeros celebrada en el palacio real de Burgos, la reina anunció sus planes.

—Mi hijo, el soberano de Castilla, es ya un hombre. Y todo hombre necesita a su lado una esposa; así lo dice la ley de Dios. Y si ese hombre es, además, un rey, su obligación es procurar descendencia para que su linaje se perpetúe y proporcionar al reino un heredero.

»Vosotros, nobles ricoshombres de Castilla, habéis jurado fidelidad a don Fernando y lealtad a la corona que encarna. Ahora ha llegado el tiempo de que el rey de Castilla busque esposa con la que tener descendencia y proporcionar a Castilla ese anhelado sucesor.

Los ricoshombres congregados en la curia real de Burgos asistían callados y atentos a la prédica de doña Berenguela; de vez en cuando algunos de ellos asentían con ligeros golpes de cabeza a las palabras de la reina madre.

—¿Ya habéis pensado en alguna candidata a ser la futura reina de Castilla, señora? —preguntó don Mauricio, el obispo de Burgos.

—Creo haber encontrado la candidata ideal. Su alteza debe casarse con una princesa de sangre real, pero no puede tener relaciones de parentesco con ella, pues, y yo bien sé lo que digo, un matrimonio de este tipo podría ser anulado por el Papa. La candidata que he elegido es la princesa Beatriz de Suabia, la hija del emperador Felipe. Su primo y custodio, el actual emperador Federico, está de acuerdo con esta boda.

—Habrá que ir a buscar a la novia —supuso don Mauricio.

—Por supuesto, señor obispo. Y para ello ya he pensado en el hombre adecuado.

—¿De quién se trata?

—De vos, don Mauricio. Vos habéis estudiado en Francia y viajado por Francia y Alemania, y conocéis al emperador. Sois un hombre ecuánime y un ministro de Dios. Y además, como obispo de Burgos, os corresponderá el privilegio de celebrar la boda.

»¿No os parece así, señores?

Los nobles y ciudadanos asistentes a la curia asintieron de inmediato.

—Pero, señora, yo... Bien, haré, cuanto ordenéis.

—En ese caso, don Mauricio, preparad vuestro viaje. En cuanto pase este crudo invierno saldréis hacia Alemania. Entre tanto escribiremos cartas al emperador Federico para que disponga lo necesario y guarde a su prima con la diligencia que debe hacerlo el tutor de la futura reina de Castilla.

4

Enrique de Rouen ingresó en la escuela catedralicia de Chartres al poco de cumplir los nueve años. Los obispos de Chartres habían conseguido que su escuela tuviera tanto prestigio como el que habían alcanzado las universidades que ya funcionaban en algunas ciudades europeas. A la escuela de Chartres acudían estudiantes ávidos de conocer disciplinas que sólo allí disponían de los maestros adecuados. En la escuela estaban orgullosos de sus maestros, sobre todo de Bernardo, uno de los fundadores, quien había acuñado una frase que los alumnos aprendían de memoria el primer día de su aprendizaje: «Los hombres modernos sólo somos enanos sobre los hombros de gigantes». Esa frase resumía mejor que ninguna otra el espíritu docente de la escuela. Significaba que para comprender al hombre y al mundo era necesario apoyarse en las enseñanzas de los grandes sabios, sobre todo de los antiguos. Y entre ellos, el más reconocido y estudiado era el filósofo griego Platón. El texto oficial de la escuela catedralicia era la obra *Timeo* de Platón. En ese libro, el filósofo ateniense sostenía que el mundo había sido creado a partir de la geometría y del poder del número, y no por la luz. Los alumnos de Chartres aprendían que la última realidad, y por tanto la más perfecta, de la creación eran los números matemáticos y, en consecuencia, las formas geométricas que de ellos surgían; el hombre sólo veía las sombras de la verdadera realidad. Toda la naturaleza derivaba de combinaciones numéricas, y todo era, en suma, geometría.

Los maestros de Chartres enseñaban que Dios padre era el

primero y el más perfecto de los geómetras, y así lo representaban manejando un compás, a modo de un arquitecto que estuviera creando el mundo a partir de los números y de las figuras geométricas. De este modo, el misterio de la Trinidad se representaba con un triángulo y la relación del Padre con el Hijo, una relación entre iguales, con la figura de un cuadrado. Y de esa relación los arquitectos establecían el que llamaban «el número de Dios», la relación geométrica armónica y perfecta cuya aplicación permitía construir las nuevas catedrales de la luz.

En la biblioteca catedralicia había textos de Platón, Cicerón, Séneca, Boecio y Macrobio, todos ellos convenientemente anotados y comentados por el maestro Bernardo de Chartres, quien había descubierto a Platón leyendo a Séneca y sus preciosos comentarios sobre la teoría platónica de las ideas. Bernardo había cristianizado los planteamientos filosóficos de Platón, identificando las ideas con el pensamiento divino, y a partir de ahí explicaba la creación de la materia y la concepción del mundo.

El joven Enrique de Rouen fue educado en la teoría de las ideas de Platón. A los nueve años, nada más ingresar en la escuela, le enseñaron a leer y a escribir y comenzó a estudiar latín, necesario para leer los libros de la biblioteca. Después aprendería matemáticas, geometría, álgebra, filosofía, gramática, retórica y teología.

Su padre le había preparado un plan de estudios para hacer de él un gran maestro de obra. Hasta los trece años aprendería aquellas disciplinas imprescindibles para el conocimiento, después trabajaría en un taller como aprendiz, compaginando su trabajo con los estudios, para que cuando alcanzara el grado de oficial tuviera un bagaje tal que le permitiera acceder al grado de maestro cuanto antes.

Para ello tendría que ir a estudiar a París y visitar las obras de las principales catedrales que se estaban construyendo en el reino de Francia. Sólo así podría comparar diferentes tipos de trabajos, talleres, materiales y técnicas y dominar todos los aspectos de su compleja disciplina.

Enrique aprendía deprisa; algunas cuestiones no tenían secretos para él, pues desde muy niño su padre le había estado explicando los misterios del oficio.

—Los maestros de obra de las catedrales somos un grupo especial de hombres —le había dicho en una ocasión—. Dios ha puesto en nuestras manos una habilidad que muy pocos hombres son capaces de desarrollar. Nos ha sido concedido el don de crear una casa para morada de Dios, somos quienes construimos su templo, y ese privilegio es extraordinario.

Lo más crudo del invierno ya había pasado. A fines de febrero de 1219, el rey Fernando y su madre, la reina Berenguela, se reunieron en Burgos con el obispo don Mauricio. El prelado todavía estaba enojado porque semanas atrás se había visto obligado a excomulgar a los monjes del poderoso monasterio de Santo Domingo de Silos, que habían rechazado la reforma del cenobio por él propuesta. Don Mauricio no estaba dispuesto a hacer dejación de su autoridad como obispo de la sede burgalesa y había obrado con dureza contra los monjes del cenobio.

Pero a la reina Berenguela esas disputas entre clérigos le parecían cuestiones de escasa relevancia y apenas dedicaba tiempo a comentarlas con indiferencia. Ella estaba ahora ocupada en casar a su hijo el rey de Castilla con la princesa alemana Beatriz y no quería dejar que sus energías se desperdiciaran en asuntos que consideraba menores.

Don Mauricio acaba de recibir el encargo en firme de salir

hacia el norte de Europa en busca de Beatriz y custodiarla en su viaje a Burgos.

El obispo paseaba entre la penumbra de las naves de la catedral. De vez en cuando levantaba la vista y contemplaba las pesadas bóvedas y las macizas paredes de piedra sillar. Aquel edificio siempre le había parecido denso, frío y oscuro, más propio de un templo del Maligno que de la casa de Dios.

Los escasos y estrechos vanos, cerrados con finas láminas de alabastro, apenas dejaban pasar débiles haces de luz amarillenta que enseguida se difuminaban en el aire creando un mundo de penumbras. Recordaba con envidia su estancia en Chartres, cuando visitó las obras de la nueva catedral cuyas paredes aparecían rasgadas por enormes vanos dispuestos para dejar entrar la luz a chorros, para inundar el templo de la luminosidad que sólo Dios era capaz de crear.

Una y otra vez el obispo Mauricio repetía en su cabeza lo que había leído en tantas ocasiones en las Escrituras Sagradas: que Dios era la luz, la luz del mundo.

«Necesitamos una nueva catedral, un templo de luz, una catedral en la que el poder creador de Nuestro Señor se manifieste en todo su esplendor y con toda su fuerza», pensó.

Al salir de la catedral se topó con el maestro Arnal Rendol, que regresaba con su hija Teresa de la abadía de Las Huelgas. El pintor y su hijita montaban una mula parda que caminaba cansina.

—Buenas tardes, don Arnal —saludó el obispo.

—Señor obispo —el maestro Rendol inclinó la cabeza y se despojó de su sombrero—, he oído que partís hacia Alemania en busca de la futura reina.

—Así es. Doña Berenguela me ha encomendado la custodia de la princesa Beatriz.

—Sois afortunado. —Arnal bajó de la mula a la que había ordenado detenerse tirando de las riendas.

—Lo soy por disfrutar de la confianza de sus altezas —dijo el obispo.

—¿Qué ruta vais a seguir?

—Iré por el Camino Francés. Quiero llegar a París y desde allí dirigirme hacia el este, hacia el Imperio. Es el camino más seguro. Occitania está revuelta todavía. A pesar de la cruzada que contra los cátaros ha predicado Su Santidad y de la energía que ha puesto el noble Simón de Monfort en acabar con la herejía, esos endemoniados herejes siguen empeñados en sostener su error y en mantenerse en el pecado. No merecen otra cosa que la hoguera.

Arnal tuvo que contenerse para no delatarse ante el obispo. Desde que saliera de Pamiers huyendo de la persecución de los cruzados de Simón de Monfort no había tenido oportunidad de revivir su pasado cátaro. Una vez instalado en Burgos con su esposa, había tenido que comportarse y actuar como un fervoroso católico, pero en el fondo de su corazón sus sentimientos cátaros se conservaban muy arraigados.

Tuvo que hacer un esfuerzo para no responder al obispo y no revelar sus íntimas creencias.

—Por cierto, he estado meditando en el interior de la catedral y me he fijado en vuestro fresco de la Visitación de la Virgen. Es muy bueno.

—Gracias, don Mauricio —repuso Arnal.

—Pero es una pena que tenga que ser destruido.

—¿¡Cómo!?

—Quiero construir una nueva catedral en honor de Santa María, y deseo que sea edificada según el nuevo estilo francés. Esta será derribada, y con ella, don Arnal, vuestros frescos.

Arnal Rendol se mordió la lengua; tras unos instantes de meditada pausa, repuso:

—Bueno, sólo las obras de Dios son eternas.

—En efecto, maestro. Y por eso debemos rendirnos ante la grandeza de su creación, y ante la luz.

—¿La luz?

—Sí, la luz. Fijaos en el cielo. Está atardeciendo y la luz se debilita por momentos. Lo que hace un instante era luminosidad, dentro de poco será oscuridad. ¿Entendéis el mensaje de Dios? Vos, maese Arnal, sois un artista. En vuestras obras reflejáis una parte de la majestuosa plenitud de la creación divina: pintáis hombres, mujeres, animales, paisajes, y lo hacéis según os dicta vuestra imaginación. En cierto modo sois un imitador de la creación divina de las cosas.

—Nunca había pensado que mi trabajo fuera imitar a Dios.

—Pues lo es, lo es. Los artistas habéis sido dotados con un don extraordinario, una cualidad que os permite reflejar, aunque sea pálidamente, la grandeza de la creación.

—Nuestro arte es tan sólo una habilidad.

—No, es más, mucho más que eso. Dios se manifiesta a través de vuestras manos, es Él quien las dirige.

—Tal vez, señor obispo, tal vez.

—No lo dudéis, don Arnal, no lo dudéis.

Arnal Rendol se despidió de don Mauricio. Cogió las riendas de la mula y continuó hacia su casa.

—Padre —le dijo Teresa—, ¿tú eres como Dios?

—No, hija, claro que no.

—Pero el señor obispo ha dicho que...

—Don Mauricio sólo ha dicho que los artistas intentamos imitar la obra de Dios.

Al llegar a casa, Arnal encerró la acémila en la cuadra y ordenó a uno de los dos aprendices que vivían con él que le quitara los arreos al animal y llenara el pesebre de paja fresca y el bebedero de agua.

El día había sido muy duro. Las monjas de Las Huelgas le

habían encargado una pintura mural que representara las bodas de Caná, y querían tenerla lista pronto, antes de que el rey Fernando se casara con la princesa alemana.

La recua de acémilas estaba preparada para salir de Burgos. La comitiva la encabezaba el obispo don Mauricio, a quien la reina Berenguela le había encomendado que fuera en busca de la princesa Beatriz, la novia del rey Fernando.

Varias mulas cargadas con fardos y dos docenas de soldados bien pertrechados aguardaban al obispo en la puerta del palacio episcopal, al lado mismo de la catedral. Don Mauricio salió de palacio calándose un sombrero de viaje de ala ancha. Subió a lomos de una mula con ayuda de un criado y con un gesto de su cabeza indicó al capitán de la guardia que podían partir. El jefe de la guardia levantó el brazo derecho y con energía ordenó la partida.

Junto al obispo cabalgaban los abades de San Pedro de Arlanza y de Río Seco, el camerario de San Zoilo de Carrión, el maestre de la Orden de Santiago y el prior de la Orden del Hospital en Castilla.

Decenas de burgaleses se habían concentrado a lo largo de la calle de los Peregrinos, que desde la puerta de San Esteban llegaba hasta la catedral y cuyo trazado correspondía a una parte del Camino Francés a Compostela.

Teresa y Arnal Rendol habían acudido a presenciar la marcha de la comitiva. La niña miró a su padre, le tiró de la manga y le preguntó:

—¿Adónde van todos esos soldados?

—A buscar a una princesa. Dentro de unos meses nuestro rey don Fernando se casará con ella, y será la nueva reina de Castilla.

—¿Las reinas se eligen?

—Sí, claro. Las eligen los reyes, o las madres y los padres de los reyes.

—¿Y cómo se elige a una reina?

—Pues depende, pero es preciso que su rango se ajuste al de su futuro esposo, el rey, y por tanto que sea de sangre real, que posea tierras y riquezas, que disponga de siervos y vasallos...

—Entonces ¿yo nunca podré ser reina?

—Claro que sí, pequeña, tú ya eres mi princesa, mi reina.

Don Mauricio, desde su mula, bendecía solemnemente a los burgaleses que se santiguaban a su paso. En sus ojos vivaces se intuía un cierto orgullo por haber sido designado para custodiar a la futura reina de Castilla y conducirla hasta Burgos. Le quedaban por delante muchas semanas de camino y anhelaba el momento de regresar, pero a la vez ardía en deseos de volver a ver París, Chartres y Reims, las ciudades del norte de Francia que ya visitara varios años atrás y en cuyas escuelas aprendiera el valor de la retórica y la utilidad de la filosofía. Pero sobre todo ansiaba contemplar las portentosas catedrales que estaban levantando sus colegas obispos y ansiaba ser el primer obispo hispano que pusiera en marcha la construcción de una de aquellas fabulosas edificaciones siguiendo el nuevo estilo del arco ojival. Al dejar atrás su catedral, esta le pareció una iglesia pesada y antigua. Era un edificio grande, el mayor de la ciudad, pero su aspecto resultaba demasiado macizo, oscuro, bien distinto a las catedrales llenas de luz que había visto construir en las florecientes ciudades del norte de Francia.

La reina Berenguela le había dicho que la boda debería celebrarse antes de que acabara aquel año de 1219, de modo que don Mauricio disponía de cierto margen para viajar hasta París y poder entrar en contacto con alguno de los grandes maestros, e incluso acordar ya el inicio de la nueva catedral que tanto ansiaba construir.

5

La comitiva castellana siguió el camino de los peregrinos, pero en dirección hacia oriente, y atravesó el reino de Pamplona, donde reinaba Sancho el Fuerte, un monarca belicoso y audaz, inmensamente rico gracias al tesoro real del califa almohade que capturara en la batalla de las Navas de Tolosa. Don Sancho había conseguido tantas riquezas que se decía de él que era el principal banquero de la Cristiandad, y que disponía de tal cantidad de dinero que podía prestar enormes sumas a todos los reyes, nobles, eclesiásticos, comerciantes y campesinos de Europa, lo que suponía para su hacienda una nueva fuente de ingresos debido a los altos intereses de los préstamos.

Conforme iban atravesando Navarra, contemplaron que por todas partes se estaban edificando nuevas construcciones: castillos, palacios, abadías, monasterios, iglesias... La mayoría de esas obras estaban financiadas por el tesoro real de Pamplona, acrecentado con el extraordinario botín obtenido en la batalla de las Navas de Tolosa.

Tras pasar unos días en Pamplona y después en la abadía de Roncesvalles, donde un maestro de obra francés estaba dirigiendo la construcción de una gran basílica para acoger a los peregrinos, atravesaron los Pirineos por el puerto de Ibañeta, por la calzada donde según se cantaba en algunos poemas épicos franceses había sido derrotada la retaguardia del ejército de

Carlomagno que mandaba Roldán, el sobrino del emperador de la barba florida.

Aquitania se abrió ante sus ojos cubierta por un manto verde esmeralda. Las tierras de Leonor estaban bañadas por una luz que refulgía bajo un cielo límpido y celeste. Don Mauricio cabalgaba casi al frente de la comitiva, inmediatamente detrás del capitán que encabezaba la escolta siempre con la mirada atenta a los lados del camino, presto a desenvainar su espada en cuanto atisbara la menor situación de peligro.

Todo el Camino Francés a Compostela estaba lleno de alegorías a la batalla en la que Roldán perdió la vida. Los franceses lo consideraban el principal de sus héroes nacionales, el ejemplo del caballero arrojado y valiente de un tiempo lejano en el que todas las tierras entre los Pirineos y el mar del Norte estaban unidas bajo la gloriosa corona imperial de Carlomagno. No había iglesia, abadía o castillo en cuyas paredes no existiera un fresco con una representación del héroe legendario, o un capitel con la talla de una escena de alguna de sus aventuras; por todas partes los juglares y los trovadores cantaban canciones en las que Roldán abatía a un dragón, derrotaba a un gigante o resultaba vencedor en un singular combate con terribles enemigos.

Y junto a las leyendas de Roldán y sus hazañas coexistían las aventuras de los caballeros de la Tabla Redonda, los míticos compañeros del rey Arturo, el soberano de Bretaña, quienes habían jurado dedicar toda su vida y sus energías a la búsqueda del Santo Grial.

En una aldea del sur de Aquitania, el párroco de una iglesia que se preciaba de custodiar valiosas reliquias y de ser una de las más veneradas por los peregrinos jacobeos le contó a don Mauricio que el verdadero cáliz de la Última Cena estaba depositado en un templo fabuloso esculpido en una enorme roca en lo más profundo de los montes Pirineos. Le aseguró que algunos peregrinos lo habían visitado y que sus guardianes eran los miembros de una cofradía de monjes que custodiaban la más preciada reliquia de la Cristiandad en nombre de los reyes de Aragón, que se proclamaban sucesores de Arturo y protectores del Santo Grial.

Don Mauricio le preguntó al párroco por la distancia a la que se encontraba de allí ese fabuloso templo y el cura le indicó que a unos siete u ocho días de viaje, pero que el templo estaba oculto en medio de sierras fragosas y ásperas, siempre cubiertas de pesada bruma y densa niebla y que era imposible encontrar aquel recóndito lugar si no se disponía de un guía que conociera su ubicación exacta, pues estaba tan escondido que le pasaba desapercibido a cualquiera.

Durante varias semanas viajaron hacia el norte, siempre por el Camino Francés; en cuanto perdieron de vista los Pirineos, el paisaje se tornó monótono: suavísimas colinas en medio de una llanura infinita cubierta de campos de trigo en los que de vez en cuando destacaba la torre de una iglesia o un castillo en lo alto de una suave loma. En las encrucijadas y en las orillas de los ríos se agrupaban numerosos caseríos de tamaños muy diversos; algunos eran apenas pequeñas aldeas de poco más de una docena de casas y otros configuraban aglomeraciones tan grandes como Burgos, e incluso más.

Muchas disponían de fortalezas imponentes construidas con piedras bien escuadradas, cuajadas de torreones poderosísimos labrados en sillares tan blancos que reflejaban los rayos del sol como si de un espejo de azogue se tratara. Esas ciudades poseían magníficas iglesias y catedrales, todas ellas construidas en el viejo estilo «al romano», pero todos los obispos de esas diócesis anhelaban construir pronto nuevas catedrales tal cual estaban siendo levantadas al norte del río Loira.

Aquitania había sido un gran Estado autónomo, rico y poderoso, donde la riqueza y el bienestar habían florecido por doquier. Muchas de sus gentes todavía recordaban los tiempos en los que Leonor, su excelsa duquesa, reunía en su refinada corte a decenas de trovadores que rivalizaban en la belleza de sus composiciones. Hacía apenas medio siglo que la mujer que ostentara sucesivamente las coronas reales de Francia y de Inglaterra había hecho de Aquitania la tierra del amor, del lujo y del estilo de vida más refinado que había conocido Occidente.

Los trovadores todavía poetizaban las hazañas de aquella mujer portentosa que siguiendo a su primer esposo, el rey de Francia, hasta Tierra Santa había levantado el ánimo de los alicaídos cruzados mostrando su pecho desnudo y su maravillosa cabellera al viento, cabalgando a lomos de su caballo al frente de los soldados de Cristo. Los últimos juglares cantaban en las esquinas de las plazas de las ciudades y en los patios de los palacios y castillos la pasión amorosa de Leonor de Aquitania y Enrique de Inglaterra, cuyo amor venció al mundo, y la energía que mantuvo, ya anciana, para sustentar sobre sus delicados y envejecidos hombros los derechos al trono de su hijo, el rey Ricardo Corazón de León.

La gran dama de las cortes de amor y de los caballeros galantes, la mujer que había asombrado a Europa, yacía ahora durmiendo su sueño eterno en la abadía de Fontevrault, en un sarcófago de piedra policromada al lado de las tumbas de dos de sus pasiones en vida: su esposo, el rey Enrique II de Inglaterra y su hijo Ricardo, el Corazón de León.

Al norte del Loira el cielo era menos luminoso. El intenso azul celeste de las tierras del Mediodía se tornaba en un desvaído azul blanquecino. Pero los campos de cereales y el paisaje monótono y ondulado seguían dominándolo todo.

Una mañana de principios de junio, bajo un sol ardiente y

amarillo, divisaron el valle del Sena, y en el corazón de la extensa llanada, abrazada al río como una amante dormida, apareció el caserío gris y ocre de la ciudad de París.

Cinco soldados se habían adelantado una jornada para mostrar el documento rodado en el que el rey don Fernando de Castilla nombraba al portador del salvoconducto, don Mauricio, obispo de Burgos, embajador real y le otorgaba su representación en toda tierra de fieles y de infieles.

—Señor obispo, hemos avisado al preboste de París de vuestra inminente llegada; se ha mostrado muy amable y nos ha recomendado que nos alojemos en las dependencias de un convento que unos monjes italianos están construyendo en las afueras de la ciudad.

—¿Habéis hablado con el señor obispo?

—Hemos ido hasta su palacio, que está situado en una isla en el centro del río, pero allí nos han dicho que está fuera, visitando algunos lugares de la diócesis, pero que regresará pronto.

—Pues hagamos caso al preboste y vayamos a instalarnos donde nos ha aconsejado.

En cuanto dejaron sus pertrechos a resguardo fueron a visitar la catedral de Nuestra Señora. El templo, en pleno corazón de la isla llamada de la Cité, estaba muy avanzado. El plan de la obra era grandioso; cinco naves escalonadas en altura se extendían a lo largo de cuatrocientos pies de longitud, con un crucero sólo acusado en alzado, que no en la planta.

—Cuando estuve estudiando aquí, hace diez años, la nave todavía estaba al aire libre, pues faltaba colocar casi toda la techumbre. Pero ahora, ¡Dios santo!, es extraordinario. Fijaos en esas bóvedas, las tribunas, los ventanales, observad la luz, que lo inunda todo, todo... La luz, la luz...

Don Mauricio contemplaba extasiado la gran iglesia catedral de Nuestra Señora, tan grande que hubiera podido contener dentro de ella a tres catedrales como la de Burgos.

El obispo Mauricio había vivido en París algunos años antes. En esta ciudad, destino de cuantos eclesiásticos quisieran aprender todo lo que el mundo era capaz de enseñar hasta entonces, había estudiado con su amigo y compañero Rodrigo Jiménez de Rada. Cuando este fue nombrado arzobispo de Toledo en 1209, Mauricio regresó a Castilla, pues don Rodrigo lo llamó a su lado como arcediano. Cuatro años después, y debido a su prestigio, fue nombrado obispo de Burgos, sin que hubiera cumplido aún los treinta años.

Durante varios días, y aprovechando que el obispo parisino regresó de su visita pastoral por la diócesis y lo recibió en su palacio, don Mauricio se interesó por todos los aspectos relacionados con la construcción de la catedral de Nuestra Señora. Le preocupaban los costes de la obra, el tiempo de ejecución, la manera de realizar las bóvedas, la cantidad de obreros y de oficios necesarios para semejante trabajo y la manera de coordinar a todos ellos.

Todos los días se acercaba hasta la catedral, donde una cuadrilla de escultores estaba comenzando a labrar las esculturas de la fachada principal, que en su estado final dispondría de dos enormes torres enmarcando un grandioso pórtico en el que las cinco naves se manifestaban al exterior en cinco puertas.

—Tenemos que ir a Chartres. No está muy lejos, apenas a dos días de camino hacia el oeste. Cuando estuve aquí no visité esa ciudad, pero todo el mundo hablaba de la catedral que se estaba construyendo en esa pequeña ciudad. Uno de los oficiales de esta obra me ha recomendado visitarla.

Don Mauricio y el abad de Arlanza partieron hacia Chartres con una pequeña escolta de cuatro soldados mandados por el prior del Hospital. El resto de la comitiva castellana se quedó en París aguardando el regreso del obispo, en tanto el abad de Río Seco viajaba hacia Alemania para preparar el encuentro con la princesa Beatriz.

La catedral de Chartres surgió de entre los campos de trigo, ya amarillentos por el estío, como el esqueleto de una enorme ballena varada en una playa de dunas doradas. Desde la lejanía, el templo parecía totalmente acabado. Los arbotantes destacaban como las cuadernas de un navío o el gigantesco costillar descarnado de un animal fabuloso. Conforme don Mauricio y sus acompañantes se acercaban, la catedral de Chartres, ubicada en lo alto de una colina, parecía crecer hacia el cielo, agudizando su perfil estriado y difuso.

Aquel día era el último de la primavera, una jornada muy señalada, pues la nueva catedral de Chartres se había construido como un verdadero monumento a la luz, y el sol alcanzaría al día siguiente su punto más álgido de todo el año.

—¿Obispo de Burgos, decís? —le preguntó el posadero al que don Mauricio, el abad de Arlanza y los cuatro soldados de la escolta solicitaron posada.

—Sí, Burgos, en Castilla.

—He oído hablar de esa ciudad; algunos de mis clientes han hecho la peregrinación hasta la tumba del apóstol Santiago en Compostela. Parecéis un señor principal, pero perdonadme si os pido que me paguéis por adelantado.

Don Mauricio le indicó al abad de Arlanza que así lo hiciera; al posadero se le iluminó la cara cuando vio el brillo plateado de las monedas.

De inmediato se dirigieron a la catedral, que, tal como les había parecido desde lejos, estaba prácticamente terminada.

—Al fin, una catedral casi acabada. ¿Creéis, señor abad, que algún día tendremos en Burgos una como esta?

—Si os lo proponéis, eminencia, seguro que sí.

Los dos clérigos entraron en la catedral. La tarde comenzaba a declinar y el sol rasante inundaba el espacio de una luz irisada. A través de los ventanales los haces de luz se desplegaban por todo el interior del templo en una catarata de colores tornasolados.

Don Mauricio no pudo reprimir su emoción. Unió sus manos, alzó los brazos al cielo y cayó de rodillas en medio de la nave mayor. Sus ojos pasmados contemplaban la sinfonía de colores filtrados por los vidrios de los ventanales como si estuvieran presenciando el primer amanecer del universo.

Un personaje vestido con ropas talares se acercó a los dos castellanos.

—¿Sois extranjeros? —les preguntó en latín.

—Somos castellanos —respondió el abad de Arlanza mientras don Mauricio seguía de rodillas, los brazos alzados, los ojos asombrados y la boca abierta—. Su eminencia, el obispo Mauricio de Burgos, y quien os habla, el abad de San Pedro de Arlanza.

—Yo soy Jean de la Tour, canónigo de la catedral de Chartres. Sed bienvenidos a la casa de Dios y de su Madre Santísima.

Pero don Mauricio no oía nada, todos sus sentidos estaban en esos momentos absortos en la luz de la catedral.

—¿Y qué os trae por aquí, señor obispo? —El canónigo De la Tour había acompañado a don Mauricio y al abad de regreso a la posada, y estos le habían invitado a cenar con ellos.

—Vamos en busca de la futura esposa del rey de Castilla, la princesa Beatriz de Suabia.

—Pues os habéis desviado bastante de vuestro destino.

—Antes hemos decidido visitar París y Chartres para contemplar sus catedrales. Tengo la intención de construir una iglesia en Burgos, en este nuevo estilo.

—Esa es ahora la idea de la mayoría de los obispos cristianos. Desde que el abad Suger encargara la construcción de su nueva iglesia en honor de San Dionisio y le indicara a su maestro de obra que el templo debía ser la casa de la luz, todos desean imitarlo.

—Vos sois clérigo, un ministro del Señor, bien debéis saber que si Dios es la luz, su casa ha de ser la casa de la luz.

—Y esta lo es, señor obispo. No encontraréis en ningún otro lugar del mundo ninguna iglesia como esta, eminencia. Esta es la verdadera casa de la luz. Si tenéis a bien venir mañana a la catedral, lo comprobaréis.

—¿Mañana?

—Precisamente mañana. Si lo que buscabais era la luz, habéis llegado en el mejor día del año para ello. Os espero poco antes de mediodía en la portada occidental. Seréis testigos de algo extraordinario, si no amanece cubierto.

A la mañana siguiente el obispo Mauricio y el abad de Arlanza se dirigieron hacia la catedral. El día era luminoso y claro y ni una sola nube amenazaba con cubrir el sol. Poco antes de mediodía, como les había indicado Jean de la Tour, los dos castellanos se presentaron en la fachada occidental. Allí esperaba el canónigo acompañado de un caballero que por su vestimenta parecía un individuo principal.

—Señor obispo, señor abad, os presento a Juan de Rouen, maestro de obra de la catedral de Chartres. Maese Juan, os presento a don Mauricio, obispo de Burgos, en el reino de Castilla, y al señor abad de Arlanza.

Los cuatro hombres se saludaron.

—Señor canónigo, ¿qué es eso tan extraordinario que nos espera? Habéis logrado despertar de tal modo mi curiosidad que esta noche apenas he podido pegar ojo.

—El maestro Juan de Rouen os lo explicará; seguidnos, por favor.

Los cuatro entraron en la catedral. Era poco antes del mediodía y la luz bañaba todo el templo penetrando a raudales por las vidrieras multicolores. El arquitecto los condujo hasta un lugar determinado en el centro de la nave mayor.

—Estamos en el solsticio de verano, casi a mediodía. Dentro de unos momentos el sol alcanzará su plenitud cenital aquí, en la latitud de Chartres; ese será el momento en el que la luz solar brillará con la mayor intensidad de todo el año.

—¿Y bien? —preguntó don Mauricio, cada vez más extrañado.

—Observad aquella vidriera, es la que llamamos de San Apolinar, y ahora esa espiga dorada incrustada en la piedra blanca.

En medio del enlosado gris del crucero sur destacaba una piedra blanquecina en la que se había engastado una espiga de metal dorado.

—Sí, lo veo, pero ¿qué significa...?

—Un momento, eminencia, un momento.

Pasó un rato hasta que un rayo de luz penetró por una abertura en la vidriera de San Apolinar en la que se había colocado un cristal convexo. En el momento en el que el sol alcanzó el cenit, justo a mediodía, el rayo penetró por la apertura de la vidriera para ir a incidir precisamente sobre la espiga dorada, que pareció iluminarse como si estuviera dotada de luz propia. Y en ese preciso momento toda la catedral se iluminó con decenas de haces dorados que rebotaron por las paredes creando un espacio absolutamente mágico. Las paredes, los pilares, las bóvedas, todo parecía difuminarse entre los rayos dorados y el tremolar de los haces de luz.

—¡Dios santo! —exclamó el obispo de Burgos.

—Disfrutad de este momento, don Mauricio, sólo es posible hacerlo una vez al año —dijo De la Tour.

—¡La luz de Dios! —exclamó don Mauricio.

—Ya lo habéis visto, eminencia, hemos logrado capturar los rayos del sol y que al menos durante unos instantes sean nuestros.

—Habéis logrado un efecto maravilloso, pero... ¿cómo...?

—Es un problema de óptica —intervino Juan de Rouen—; bueno, de óptica y de teología. Dios es la luz, la luz del universo que fecunda la tierra y que nos libra de la materia oscura. La piedra significa el mundo femenino que al recibir la luz da la vida. Si os habéis fijado, la Virgen está esculpida en la portada en piedra negra.

»Pero eso no es todo, seguidme.

El maestro Juan los llevó hasta la nave mayor, casi a los pies del templo.

—Hemos construido esta catedral a imagen del mundo. Este templo es el símbolo del universo entero, aquí están juntas la luz y la oscuridad, la razón y la locura. Pero, sin duda, es el templo del triunfo de la luz sobre las tinieblas. Las vidrieras dan forma a la divina luz solar. La luz es el elemento fecundador masculino y la piedra, el receptor femenino, ambos nos hablan y nos recuerdan quiénes somos y de dónde venimos.

A don Mauricio le pareció que algunas cosas de las que decía el arquitecto de Chartres rayaban la herejía, o al menos ciertas creencias paganas condenadas por la Iglesia.

—Dios hizo la luz —dijo el obispo de Burgos.

—En efecto. Y para su mayor gloria hemos construido este

templo, el mayor esfuerzo jamás hecho por el hombre para imitar la obra de Dios en la naturaleza. Nuestro Padre celestial construyó el mundo en siete días, y lo hizo a partir de la geometría, de la razón y del orden de los números. El Creador sometió el caos primigenio al número, a la lógica y a la inteligencia. Esta catedral es el compendio de la obra de Dios y de sus enseñanzas. Aquí está compendiado el número de Dios.

El obispo Mauricio y el abad de Arlanza seguían boquiabiertos las explicaciones del maestro Juan.

—Ojalá pudiéramos construir una catedral así en Burgos —dijo don Mauricio.

—¿Disponéis de rentas para ello? —preguntó Jean de la Tour.

—Ahora tal vez no, pero podríamos conseguirlas.

—Construir un templo de esta magnitud es muy costoso. Hacen falta canteros, transportistas, carpinteros, albañiles, herreros, techadores, vidrieros, escultores, pintores... Y aunque estos tiempos que corren son venturosos, podrían sucederse unos años de malas cosechas, o estallar alguna guerra inoportuna y dar al traste con el plan.

»Nosotros mismos, a pesar de la bonanza de rentas de que disfruta esta diócesis y de las abundantes donaciones de los fieles, hemos tenido que reducir el tamaño que inicialmente habíamos previsto para la catedral. No sé si os habéis dado cuenta, pero desde la cabecera y hasta el crucero el templo tiene cinco naves; en cambio, desde el crucero hasta los pies se reducen a tres. En el plan original la catedral tenía cinco naves en toda su longitud, y era unos cien pies más larga. Pero hace unos años, cuando las obras estaban a la altura del crucero, se decidió reducir el proyecto inicial. Cuestión de dinero y de tiempo, ya veis. Desafortunadamente, las obras para glorificar al Creador en la tierra las construimos los hombres, y es necesario pagarlas.

—Si en Burgos decidiéramos edificar una catedral como esta, ¿estaríais dispuesto a ayudarnos? —le preguntó don Mauricio al maestro Juan.

—Tal vez, eminencia, tal vez. Pero antes debo acabar esta de Chartres. Como veis, todavía falta cerrar la fachada principal y rematar las torres. No obstante, hay muy buenos maestros de obra en Francia. Mi hermano acaba de obtener su título en París y lo ha hecho de manera muy brillante. Durante mucho tiempo ha trabajado a mi lado y conoce todos los secretos del oficio; tal vez él aceptara vuestro encargo si fuera en firme, aunque ha recibido un oferta para trabajar como primer ayudante en la catedral de Bourges, una ciudad al sur de París.

—¿Bourges? El nombre de esa ciudad es casi el mismo que el de Burgos. Parece una premonición.

Don Mauricio elevó la vista hacia los ventanales multicolores. La luz solar del mediodía era tamizada, descompuesta y reflejada por toda la catedral en una verdadera cascada de haces multicolores. El obispo burgalés se imaginaba cantando misa en una catedral así, con el pueblo de Burgos obnubilado por la luz y su palabra, postrado de rodillas ante la magnificencia de la obra en honor del Creador.

Sí, lo haría, construiría una catedral como aquella aunque tuviera que dedicar a ello todos los años que le restaban de vida. Antes habría que convencer al joven rey don Fernando y a su madre la reina Berenguela para que le concedieran rentas y donaciones suficientes como para poder afrontar los gastos. Pero no sería difícil. Castilla era un reino dinámico y en expansión que necesitaba de una catedral que simbolizara el triunfo de la Cristiandad sobre el islam. Este era el momento propicio para conseguirlo.

—¿Podríamos visitar a vuestro hermano en Bourges? —le preguntó don Mauricio a Juan de Rouen.

—Mucho más fácil, eminencia, podéis hablar con él aquí mismo. Mi hermano Luis está en Chartres; llegó hace dos días.

»Si me lo permitís, señores, os ofrezco mi humilde casa; es hora de almorzar. Ahí podréis conversar con mi hermano. ¿Aceptáis?

El obispo Mauricio y el abad de Arlanza asintieron. El maestro Juan ordenó a uno de los aprendices que trabajaban en la fachada de la catedral que corriera a su casa a avisar a su esposa para que preparara comida para tres comensales más.

La casa del maestro Juan de Rouen estaba situada en la ladera sur de la colina donde se amontonaba el caserío de Chartres. En la puerta esperaban Isabel, la esposa del maestro, su hijo Enrique y su hermano Luis.

Isabel tenía treinta años; todavía era una mujer hermosa. Su rostro sereno y bello denotaba un aire de nobleza. Sus cabellos rubios comenzaban a lucir algunos destellos plateados, pero su cuello firme y sin arrugas mantenía la tersura de la juventud. Junto a Isabel estaba el pequeño Enrique y tras ellos, el maestro Luis de Rouen.

Juan hizo las presentaciones. Isabel se inclinó con gracia ante la presencia del obispo de Burgos, que parecía disfrutar con aquella acogida, saludó al abad de Arlanza y al canónigo De la Tour y los invitó a pasar.

La casa era una de las mejores de la ciudad. En la planta baja había un salón con paredes de piedra tallada, de diez pasos de longitud por ocho de anchura, al que se accedía a través de una delicada arquería triple en la que el arco central de doble centro se cerraba con una puerta de madera labrada y los dos laterales, con sendas vidrieras de colores. Una gran mesa de madera ocupaba el centro; en uno de los lados, frente a la arquería, una refinada chimenea permanecía apagada, en tanto en una de las paredes laterales había colgada una tabla con una pintura que representaba a la Virgen con el Niño y contra la otra estaba apoyado un gran arcón de madera.

Una vez sentados en torno a la mesa, el obispo Mauricio se dirigió a Luis.

—Me ha dicho vuestro hermano Juan que hace poco tiempo que habéis conseguido el grado de maestro de obra; os felicito por ello.

—En efecto, eminencia, lo obtuve en París. Ahora he sido contratado para trabajar en Bourges, en la nueva catedral que allí están levantando.

—¿Vos dirigís la obra?

—No. Soy maestro ayudante, pero me siento capacitado para dirigir la fábrica de una catedral por mi cuenta.

—¿En verdad seríais capaz de construir una nueva catedral vos solo?

—Por supuesto. Tengo plena capacidad para hacerlo. Durante años he trabajado con mi hermano Juan, de quien he aprendido cuanto sé. El tribunal que me examinó alabó mi preparación y mi destreza, y en Bourges me contrataron de inmediato.

—¿Y por qué no habéis continuado aquí en Chartres al lado de vuestro hermano?

—Quiero buscar mi propio camino; además, aquí en Chartres queda poco por hacer. Mi hermano sabe cuánto lo admiro, pero deseo seguir avanzando por mí mismo, no me asustan los retos.

—¿Ninguno?

Luis titubeó un poco antes de contestar.

—Ninguno.

—¿Y si yo os propusiera uno realmente difícil?

—Vos diréis.

—Construir una catedral en la ciudad de Burgos, en Castilla.

Luis miró a su hermano Juan, que se encogió de hombros en un gesto con el que parecía declinar cualquier responsabilidad en el asunto.

—¿Cuándo empezamos? —demandó Luis.

—En cuanto sea posible. El año que viene, tal vez. Antes tengo que casar a un rey y conseguir las rentas necesarias para afrontar el inicio de la obra. Entre tanto, ya podéis ir pensando cómo será nuestra nueva catedral. Y no olvidéis que Burgos es una importantísima etapa en el camino de los peregrinos a Compostela y que habrá que tener en cuenta el constante flujo de peregrinos que pasarán por la catedral.

Isabel y una criada aparecieron en la sala con dos humeantes ollas.

—Eso huele muy bien —dijo don Mauricio.

—Es sopa de cebolla con queso fundido y pan.

Isabel le sirvió un buen plato al obispo, que, tras bendecir la mesa y rezar una oración, la sorbió con fruición.

En una esquina de la mesa el jovencito Enrique no quitaba ojo a su tío Luis.

«Algún día —pensó—, yo también construiré una catedral.»

Entre tanto, don Mauricio no se cansaba de exclamar tras cada cucharada de sopa:

—Exquisita, señora, realmente exquisita.

6

Los campos de trigo de las parameras burgalesas lucían espléndidos aquel verano. Si no se desencadenaba alguna tormenta de granizo que arruinara la cosecha antes de la siega, la de esa temporada iba a ser una de las mejores que se recordaban en Castilla, en donde todo parecía ir bien.

El joven rey Fernando mostraba, asesorado por su madre Berenguela, una voluntad y una firmeza extraordinarias, y con su carácter enérgico y decidido pero justo y ecuánime se había granjeado la simpatía de la inmensa mayoría de sus súbditos.

La pequeña Teresa Rendol acababa de cumplir siete años y ya no se separaba un momento de su padre. Todos los días lo acompañaba hasta el convento de Las Huelgas a lomos de su mula, y mientras su padre y los oficiales del taller pintaban el fresco de las bodas de Caná, ella ayudaba a los aprendices en la preparación de las pinturas. De vez en cuando, y si el trabajo lo permitía, Arnal le dejaba utilizar los pinceles, y si el trabajo no era demasiado delicado, la muchachita se encargaba de pintar algunos fondos, y lo hacía con extraordinaria destreza para su edad.

Por las tardes, cuando regresaban a casa, Arnal le explicaba a su hija cuanto él había aprendido en el taller de Pamiers y cuanto la experiencia le había revelado. Y de vez en cuando, aunque evitando cuestiones comprometidas, le hablaba de su añorada tierra occitana, de las suaves y verdes colinas de Languedoc, del aire fresco y limpio de los Pirineos, del cielo celeste y luminoso y de la brisa cálida del este que en algunos días de primavera acariciaba la piel como si el viento arrastrara un paño de terciopelo. A veces, Teresa le preguntaba por su madre, y Arnal le contestaba que había sido una mujer hermosa y llena de dulzura, y que aunque ella no la viera, su madre siempre estaba a su lado, protegiéndola desde el cielo.

Teresa no era una niña como las demás. Le gustaba jugar y corretear por las calles de Burgos y subir hasta el castillo persiguiendo a sus compañeras de juegos. Le complacía tumbarse sobre los verdes prados esmaltados de flores rojas, amarillas y violetas y contemplar las nubes algodonosas recortadas sobre el hermoso cielo azul de Castilla. Pero sobre todo le entusiasmaba pintar y descubrir los colores y sus mezclas. Cada vez que su padre le enseñaba a elaborar alguna preparación o a mezclar pigmentos y óxidos para conseguir novedosas texturas o nuevos matices de color, se sentía tan feliz como si hubiera descubierto un maravilloso tesoro.

El día que su padre le reveló el secreto para preparar pintura dorada, sus ojos se encendieron de dicha al comprobar que ella misma también era capaz, siguiendo las indicaciones de Arnal, de hacerlo.

Nunca se cansaba de contemplar a su padre y a sus ayudantes trabajando en los muros encalados. Se seguía maravillando cada vez que de una pared de piedra gris, fría y descarnada surgía al cabo de un tiempo un maravilloso dibujo que con la rapidez que requería la pintura al fresco se llenaba de inmediato de colores, con figuras que parecían adquirir vida propia, con paisajes tan idílicos que semejaban estar copiados del mismísimo Paraíso. Pero sobre todo, sus ojos de niña se entusiasmaban con la luz, aquella luz que surgía de las pinturas y hacía posible diferenciar los colores y las formas.

Una calurosa tarde de julio la pequeña Teresa estaba preparando un cuenco con pintura azul. La abadesa de Las Huelgas urgía al maestro Arnal Rendol a que terminara el gran fresco con la escena de las bodas de Caná antes de que llegara el mal tiempo y, por supuesto, antes de que se celebrara la boda real, prevista para el mes de noviembre.

—Que quede fina y bien disuelta, Teresa, muy bien disuelta —le indicó su padre desde lo alto del andamio.

Teresa estaba sentada sobre una esterilla, con las piernas cruzadas y entre ellas el cuenco de pintura azul, a la que no cesaba de dar vueltas y vueltas con una espátula de madera.

—Ya está, padre —le dijo.

Arnal Rendol le indicó a uno de los aprendices que cogiera el cuenco y lo subiera al andamio. La cal estaba lista para recibir la pintura. El azul iba destinado a una túnica de la Virgen María. La escena representaba el momento del Evangelio de san Juan en el que Jesucristo ordena llenar de agua hasta el borde seis hidrias de piedra, para convertirla de inmediato en vino en presencia de su madre y de sus discípulos.

El color azul era el favorito de Teresa; le recordaba el cielo, ese cielo luminoso y limpio de Castilla, y siempre que su padre le encargaba preparar un cuenco de pintura azul intentaba obtener el mismo tono del cielo de Burgos al mediodía.

—El azul es el color más hermoso porque es el color del cielo —dijo Teresa de repente.

—Así es, hija, así es. Pero también es el color más frío, por eso es el más difícil de combinar. Mira este manto de la Virgen. —Arnal comenzó a repartir las primeras pinceladas perfilando el dibujo—. En cuanto esté lleno de color azul parecerá lejano.

Cuando acabó de perfilarlo entregó el cuenco y el pincel a uno de los oficiales para que siguiera rellenando el manto con aquel color.

—Por el contrario, observa la túnica de Cristo. La he pintado en rojo, y parece que está más cerca. Bueno, con este truco las figuras de la escena adquieren volumen a los ojos del espectador, como si fueran esculturas. ¿Lo entiendes, hija?

Teresa asintió con la cabeza.

Arnal Rendol era un gran pintor; muchos lo consideraban el mejor, pues era capaz de dotar a sus figuras de una elegancia que las hacía extraordinariamente delicadas. Otros pintores dibujaban figuras demasiado rígidas, de un estatismo tal que parecían momias petrificadas. En cambio, las del maestro Arnal resultaban gráciles, como si estuvieran a punto de comenzar a moverse en cualquier momento.

En alguna ocasión le había confesado a Teresa que para conseguir esa sensación de movimiento el pintor tenía que poner el alma en su pincel, y que además de por la mano, el pincel tenía que ser guiado por el espíritu.

—Es el alma, Teresa, el alma la que debe conducir la mano a la hora de pintar. Si alguna vez llegas a ejecutar tus propias obras, deja que tu alma guíe a tu mano. Siente lo que pintes, y déjate llevar por lo que sientas. Sólo así serás una gran pintora.

—Yo quiero pintar la luz, padre, la luz —le decía la pequeña.

—Eso es lo más difícil, hijita. Dios está hecho de luz y toda luz procede del Creador. Nosotros sólo podemos aproximarnos a su grandeza, pero nunca podremos reflejarla en toda su inmensidad.

El obispo Mauricio y la comitiva que lo acompañaba llegaron al Sacro Imperio a mediados de agosto. El emperador esperaba a los castellanos en uno de sus castillos del Rin, cerca de la ciudad de Colonia. Con él estaba la princesa Beatriz de Suabia, del poderoso linaje de los Hohenstaufen, la joven destinada a casarse con el rey de Castilla.

Cuando el emperador Enrique les presentó a su prima, de la que era tutor y custodio, los embajadores castellanos quedaron sin habla. Beatriz era una joven hermosísima. Tenía dieciocho años, como su futuro esposo, y estaba dotada de un exquisito refinamiento natural. Desde su nacimiento la habían educado para ser la esposa de un rey. De una serena sabiduría, se mostraba extremadamente pudorosa y mantenía siempre costumbres y maneras honestas; su prudencia era alabada como proverbial y se decía que era una mujer dulcísima. Eso rezaba al menos en un informe que la reina Berenguela había ordenado elaborar cuando comenzó a negociar el matrimonio de su hijo. El obispo Mauricio, que conocía el informe de boca de la propia Berenguela, ratificó a primera vista que lo de la belleza era cierto, y tras varios días de entrevistas con la joven princesa concluyó que todo cuanto se había dicho de ella se ajustaba a la verdad y que difícilmente se podría encontrar en toda Europa una mujer más adecuada, más virtuosa y más preparada para ser reina de Castilla que Beatriz de Suabia.

Cuando la reina Berenguela le encomendó a don Mauricio la jefatura de la embajada que iba a recoger a la princesa alemana, el obispo burgalés mostró cierto recelo. En los tiempos que corrían, en Occidente las mujeres habían alterado el papel tradicional que la sociedad de señores feudales y de clérigos intransigentes les había asignado.

Desde que Leonor de Aquitania rompiera todos los moldes y desde que los trovadores ensalzaran a las damas como verdaderas dueñas de la voluntad de los hombres, la mujer había alcanzado un prestigio como jamás antes hubiera siquiera soñado.

Don Mauricio pidió formalmente y en nombre del rey don Fernando de Castilla la mano de la princesa Beatriz Hohenstaufen. El emperador Federico aceptó la petición y entregó a la princesa a la custodia del obispo castellano. Un escuadrón de caballeros de la guardia imperial escoltaría a la princesa hasta Castilla, sumándose a los soldados que habían venido a buscarla desde Burgos.

Don Mauricio informó al emperador de que regresarían por el Camino Francés, que era el más seguro y el mejor. Eso le permitiría volver a París y desde allí ir a Bourges, pues el maestro

Luis de Rouen le había dicho que su catedral podría ser el modelo de la que pensaba construir en Burgos.

La catedral que se estaba construyendo en Bourges sería realmente grandiosa. La cabecera dibujaba un perfecto semicírculo del que arrancaban cinco naves que se extenderían hasta más allá de cuatrocientos pies. Carecía de crucero y cada uno de los futuros doce tramos tendría las mismas dimensiones. Sólo se alargaría ligeramente el tramo decimotercero, el de la portada principal, destinado a ubicar además las torres. La enorme altura de la nave central destacaba todavía más merced a la gracilidad de las columnas y a la finura de los arcos.

Don Mauricio quedó impresionado al visitar el edificio acompañado por el maestro Luis.

—¿Podríais construir una catedral como esta en Burgos? —le preguntó.

—Si vos me ofrecéis los recursos necesarios, por supuesto que sí.

—Sólo deseo que introduzcáis una reforma.

—Vos diréis, eminencia.

—El crucero. Esta iglesia no tiene crucero, y un templo cristiano debe plasmar el instrumento en el cual Cristo sufrió la pasión. La planta de la catedral debe ser la de una cruz. La forma de cruz es la mejor manera de diferenciar una iglesia cristiana de una mezquita musulmana o de una sinagoga hebrea.

»Aquí, al norte de los Pirineos, no hay musulmanes, pero en Castilla todavía viven sarracenos en nuestras ciudades, además de los judíos. En Burgos, los musulmanes disponen de dos mezquitas y los judíos, de otras dos sinagogas; son edificios pequeños y modestos, pero cambiando algunos detalles bien pudieran pasar por iglesias, pero un templo cruciforme sólo puede ser un lugar para el culto cristiano. Mi catedral tendrá forma de cruz.

—Como vos digáis, eminencia. Aquí, en Francia, se están construyendo catedrales en forma de cruz, aunque con los brazos poco acusados, como la de Chartres, pero la mayoría de los obispos prefiere una catedral sin crucero; ahorra gastos, permite una construcción más rápida y facilita una visión mucho más diáfana del interior.

—La nueva catedral de Burgos tendrá forma de cruz, y así la construiréis, maestro Luis.

—Como vos digáis, eminencia.

—Ahora debemos continuar nuestro viaje de regreso a Castilla. El rey Fernando estará ansioso esperando a su novia.

—Dicen que es muy hermosa.

—Lo es, pero todavía es más hermosa su alma. Será una gran reina para un gran rey. Y un rey cristianísimo como don Fernando requiere en su reino de una gran catedral. Y vos, maese Luis, vais a tener el privilegio de construirla.

—Puede que surja algún inconveniente —advirtió Luis de Rouen.

—¿A qué os referís?

—A lo que cuesta construir una catedral.

—Burgos es una ciudad floreciente, y además convenceré a nuestro rey para que destine a esa tarea cuantas rentas sean necesarias. Es un monarca muy joven, pero Dios lo ha dotado de un alma generosa y de un espíritu piadoso y cristianísimo.

—No, señor obispo, no me refiero a una posible carencia de recursos, sino a las nuevas teorías de elogio de la pobreza y de la sencillez y humildad de la Iglesia que llegan desde Italia y que se están extendiendo por toda la Cristiandad.

»Hace unos días estuve en París y puede oír a unos frailes

que predicaban las virtudes de la pobreza. En principio creí estar en presencia de gentes heréticas, pero me aseguraron que se trataba de una nueva... digamos sensibilidad, no sólo admitida, sino incluso difundida por la propia jerarquía de la Iglesia. Esos frailes a los que me refiero vestían el hábito más humilde y decían ser devotos de un italiano llamado Francisco de Asís, a quien sus seguidores consideran un santo. No cesaban de insistir en que la riqueza es el peor de los males y que es la ambición que esta despierta entre los hombres la principal causa de la corrupción del mundo.

»Fueron muchos los que, como yo mismo, los consideraron herejes, por eso, para demostrar que lo que decían estaba ratificado por el Papa, tuvieron que enseñar las cartas selladas en las que Su Santidad les autorizaba a predicar esa doctrina en toda la Cristiandad.

—¿Francisco de Asís?... ¡Claro!, en París estuvimos hospedados en el convento que han fundado sus seguidores.

—Pues pronto tendréis también a sus seguidores presentes en Castilla; se están extendiendo con una gran celeridad.

—Cristo predicó las virtudes de la pobreza, y en el Sermón de la Montaña dijo: «Bienaventurados los pobres, porque vuestro es el reino de Dios»; pero también dijo: «¿Quién de vosotros, queriendo edificar una torre, no echa primero despacio sus cuentas para ver si tiene el caudal necesario con que acabarla?».

—La catedral que vos construiréis en Burgos no será la casa del rico, sino la de Dios. ¿Quién podría negarse a eso?

—Estad preparado, maese Luis, pues espero llamaros muy pronto a Burgos.

—Allí estaré.

—En ese caso... —don Mauricio alargó la mano.

—Podéis contar conmigo para construir vuestra catedral

—aseveró Luis de Rouen alargando su mano hasta estrechar la del obispo y después besar su anillo.

La comitiva de castellanos y alemanes se dirigió a Burgos por el Camino Francés. Conformaban un grupo imponente. En cabeza siempre figuraba el prior del Hospital, a cuyo lado cabalgaba un soldado que enarbolaba el estandarte de Castilla. Después marchaban los soldados de la guardia real castellana, equipados con uniformes en los que destacaba el emblema del reino, un castillo almenado sobre fondo rojizo. En el centro iba la carroza de la princesa de Suabia y sus damas, un enorme carretón de madera labrada y pintada en azul con ribetes dorados, estrechamente vigilado por seis fornidos caballeros alemanes, y tras él se alineaba una hilera de carros con los bagajes, la impedimenta y el ajuar de la novia, y al fin el resto de los soldados imperiales.

El otoño los sorprendió cerca de los Pirineos, y a la vista de que el clima empezaba a empeorar, don Mauricio ordenó que se acelerara la marcha para ganar todo el tiempo posible. Al atravesar el paso de Roncesvalles, en el reino de Navarra, algunos soldados alemanes murmuraron entre ellos. Don Mauricio fue alertado por uno de sus hombres, pero el obispo se tranquilizó cuando supo por uno de los germanos que la mayoría de esos soldados procedía del ducado de Sajonia, en el norte del Imperio, y que allí todavía se recordaban las sangrientas campañas militares del emperador Carlomagno, en una de las cuales había cortado la mano derecha a cinco mil varones sajones.

—Maldicen a Carlomagno. Saben que en estas montañas fue derrotada la retaguardia del ejército franco que mandaba el conde Roldán, y, aunque eso sucedió hace siglos, todavía se alegran por ello —le dijo un sargento de la guardia imperial alemana a don Mauricio.

—Carlomagno fue un gran emperador, toda la Cristiandad debe estar agradecida. Lo que hizo con aquellos sajones estuvo bien, pues los sometió a la ley de Cristo. Eran paganos contumaces empeñados a no ceder ante la luz de la verdad del Evangelio. Carlomagno cumplió con su deber de buen cristiano.

—Quizá aquellos sajones no lo entendieron así.

—Los paganos y los herejes están poseídos por el diablo, si no aceptan la verdad de Cristo no queda otra salida que aplicarles un castigo que los redima.

Atravesaron los Pirineos sin contratiempo, pues aunque en aquellos parajes siempre había algunos bandidos que aprovechaban cualquier circunstancia para asaltar a viajeros descuidados y robarles, nadie que no dispusiera de un poderoso ejército se hubiera atrevido siquiera a acercarse a semejante comitiva, entre la que destacaban más de cuarenta lanzas enarboladas con sus gallardetes.

En cuanto llegaron a Roncesvalles, don Mauricio dispuso que los dos mejores jinetes eligieran los cuatro caballos más rápidos y más resistentes y que salieran de inmediato y a todo galope hacia Burgos para anunciar a la corte la inminente llegada de la princesa Beatriz.

Doña Berenguela había pasado las últimas semanas en Burgos preparando la boda de su hijo el rey. La nieta de Leonor de Aquitania sabía que la principal obligación de un soberano era perpetuar su linaje, y para ello era preciso celebrar un matrimonio canónico y después tener hijos legítimos. Pese a que sus informes aseguraban que Beatriz era una joven sana, además de muy hermosa, doña Berenguela mantenía la duda de si sería fértil. La inmensa mayoría de las mujeres lo eran, pero algunas eran estériles, y eso significaba una gran desgracia, mucho más si la estéril era una reina. Y en ocasiones, la esterilidad de la soberana era interpretada por los enemigos como una prueba de que Dios no bendecía el enlace de los reales esposos.

El reino de Castilla necesitaba un heredero. Don Fernando era joven y fuerte, pleno de vigor y de energía, pero podía ocurrirle cualquier accidente, una enfermedad o que sucumbiera en alguna batalla. En los últimos años no eran pocos los reyes que habían muerto de manera violenta. El propio don Enrique había fallecido a los trece años al golpearle una teja en la cabeza, y el aguerrido y caballeresco Pedro II de Aragón había sucumbido en la batalla librada contra las tropas cruzadas de Simón de Monfort en Muret. La muerte, aunque pareciera algo lejano, siempre estaba al acecho, y nadie sabía el momento en que le iba a tocar iniciar el tránsito al otro mundo.

En cuanto recibió la noticia de que Beatriz se acercaba, doña Berenguela acudió a su encuentro para recibirla en el confín oriental de Castilla, más allá de Vitoria, cerca de Salvatierra, en la frontera con Navarra.

En el primer encuentro con su futura nuera, la joven alemana le pareció una mujer espléndida, capaz de colmar de todo tipo de felicidad a su hijo, y se alegró por la buena elección que había hecho.

Entre tanto, don Fernando aguardaba en Burgos la llegada de su novia, que entró en la ciudad a principios del mes de noviembre, un día frío y algo ventoso pero luminoso y soleado. La población burgalesa se había echado a las calles para recibir a la princesa que pronto sería su reina y cuya belleza había corrido de boca en boca hasta hacerse legendaria.

La calesa real en la que viajaban doña Berenguela y doña Beatriz se acercó a Burgos por el Camino Francés. En el exterior de la puerta de San Esteban esperaba paciente el rey Fernando, montado a lomos de un caballo blanco y vestido con una amplia capa de piel de marta. Al llegar a su altura, la calesa se detuvo, el rey saltó del caballo y se acercó hasta ella. Doña Berenguela besó a su hijo y le presentó a su futura esposa. El rey inclinó la cabeza y besó la mano de doña Beatriz ante las aclamaciones de las gentes allí congregadas, centenares de curiosos que no habían querido perderse la entrada triunfal en Burgos de su futura reina.

La comitiva real entró en la ciudad y recorrió la calle de Calderería hasta que llegó a la iglesia de San Nicolás; siguiendo el trazado habitual en los grandes desfiles reales, desde allí cruzó una travesera para llegar hasta la catedral, donde el deán y el prior esperaban a la puerta. A la vista de su iglesia, el obispo Mauricio no tuvo duda de que era necesario un nuevo templo. El que tenía ante sus ojos le parecía oscuro, pesado y antiguo, y comparado con las catedrales de Bourges, Chartres o París no era sino un montón de piedras talladas colocadas de manera más o menos ordenada, nada parecido a los maravillosos templos que acababa de ver en Francia.

Mientras se ultimaban los preparativos de la boda y se esperaba a que acudieran todos los invitados, el rey Fernando recibió la Orden de Caballería. Fue en el monasterio de Las Huelgas, donde pasó la noche velando armas, para recibir al día siguiente su investidura. Tras una misa celebrada por el obispo Mauricio, que bendijo las armas del rey, don Fernando ciñó la espada y su madre le abrochó el cinturón. Don Fernando pensó que si las cosas hubieran transcurrido de otro modo, tal vez debiera haber sido su padre, el rey don Alfonso de León, quien le hubiera entregado las armas, pero ante la imposibilidad de que eso pudiera suceder, fue el propio don Fernando quien se armó a sí mismo caballero.

Tres días más tarde, en la fiesta de San Andrés, se celebró la boda. La abadesa de Las Huelgas, la infanta Constanza, hija del rey Alfonso VIII de Castilla y hermana de Berenguela, que acababa de tomar posesión de su cargo al frente de la poderosa abadía, hizo cuanto pudo para conseguir que la ceremonia nupcial se celebrara en la iglesia de su monasterio, donde el fresco con la escena de las bodas de Caná que pintara Arnal Rendol lucía esplendoroso y el manto de la Virgen en azul vivísimo destacaba en el centro de la composición con una luminosidad extraordinaria. Pero pesó más la opinión del obispo Mauricio y la boda tuvo lugar en la catedral. La abadesa argumentó que aquel era un edificio demasiado oscuro y lúgubre, y que por el contrario la iglesia del monasterio, construida por el maestro Ricardo y pintada por el maestro Arnal, era más adecuada para una boda real.

Don Mauricio alegó que un rey debía casarse en una catedral, y sugirió que ya era hora de construir un nuevo templo catedralicio conforme al nuevo estilo francés.

Tanta gente estaba dispuesta a contemplar la boda real que la catedral se quedó pequeña. Aquella fue una buena oportunidad para don Mauricio, que en cuanto pudo le recordó a don Fernando la necesidad de construir un nuevo templo.

—Hablaremos de eso enseguida —le dijo el rey.

Entre los invitados que pudieron acceder al interior de la catedral estaban el maestro Arnal Rendol y su hijita Teresa. Era la primera vez que la niña asistía a un acontecimiento semejante, y se sintió muy importante cuando presenció el desfile de toda la retahíla de condes, barones, hidalgos, obispos, abades, clérigos y monjes que pululaban por la catedral haciendo ostentación de sus mejores trajes y joyas.

Teresa contempló orgullosa los frescos pintados por su padre.

—¿Te acuerdas? Hace dos años estábamos subidos en un andamio pintando aquel fresco. Algunas de las pinceladas de ese mural son tuyas. Fue la primera vez que te dejé utilizar el pincel en una de mis obras.

A pesar de su corta edad, Teresa todavía recordaba el día en que su padre le colocó un pincel en la mano y le dejó pintar la pared recién encalada. ¡Cómo iba a olvidarlo si hasta entonces aquel había sido el día más feliz de su vida!

—Dios merece otra casa en Burgos; el rey de Castilla, un nuevo símbolo de su recuperado poder, y esta ciudad, una verdadera catedral de la que sentirse orgullosa —sentenció el obispo Mauricio en presencia de todo el cabildo.

Los canónigos lo escuchaban atentos. Don Mauricio los había citado para debatir la que él creía una urgente necesidad: construir una catedral conforme al nuevo estilo imperante en Francia.

—Una nueva catedral costaría mucho dinero, y no disponemos de las rentas suficientes para semejante empresa —alegó el deán.

—El rey Fernando nos las proporcionará. Le demandaremos nuevas donaciones, más propiedades, conseguiremos que Su Santidad otorgue bulas que contengan amplias indulgencias a quienes donen bienes en dinero o en propiedades para la obra de la nueva catedral. Dios es la luz y necesita una casa donde la luz lo inunde todo, un templo edificado en el nuevo estilo francés.

—¿Y quién construirá ese templo? —demandó el deán.

—En mi viaje en busca de la reina Beatriz estuve en la ciudad de Chartres. Allí conocí a Juan de Rouen, maestro de obra de su catedral, quien me presentó a su hermano. Se llama Luis y también posee el título de maestro; lo acababa de obtener en París. Ahora trabaja en la fábrica de la catedral de Bourges; está esperando a que lo llamemos para comenzar nuestra nueva catedral.

»Queridos hermanos, si estáis de acuerdo con mi plan podemos empezar el nuevo templo enseguida. El rey Fernando se ha mostrado dispuesto a colaborar para que sea posible y a interceder ante el Papa para conseguir su bendición y sus bulas de indulgencias.

—Burgos es una etapa principal en el Camino Francés a Compostela. Una nueva catedral atraería a más peregrinos; yo estoy de acuerdo con su eminencia el obispo —intervino el sacristán.

Varios canónigos asintieron con un murmullo de voces que cesó de repente en cuanto don Mauricio ordenó silencio y volvió a tomar la palabra.

—Ser enterrado en la nueva catedral será un privilegio extraordinario, y los derechos de sepultura proporcionarán también notables ingresos. Serán muchos los potentados que deseen que sus huesos descansen para siempre ahí.

Todo el cabildo decidió apoyar el plan del obispo Mauricio y que las obras comenzaran bajo la dirección del maestro Luis de Rouen en cuanto fuera posible.

Acabada la reunión del cabildo, Mauricio se dirigió hacia la que ya consideraba vieja catedral. Caminó bajo sus pesadas y oscuras bóvedas, contempló los frescos pintados con escenas de la vida de la Virgen y del Juicio Final y se alegró ante la inmediata construcción del nuevo templo. Cerró los ojos e intentó imaginarse dentro de la catedral que construiría Luis, tan hermosa como la de Chartres, tan esbelta como la de Bourges, tan grandiosa como la de Nuestra Señora de París.

Don Mauricio tenía treinta años, con un poco de suerte y si

Dios lo consentía, podría vivir hasta los sesenta o quizá incluso más, pues había casos de gentes que habían sobrepasado los setenta. Si conseguía que las obras comenzaran enseguida y lograba que no se interrumpieran, podría contemplar su catedral completamente terminada antes de morir.

Bien, no había tiempo que perder. Tenía que hablar con el rey, conseguir todo su apoyo, escribir a Roma y comenzar a recaudar dinero para la fábrica. Había mucho trabajo por delante y tenía que hacerlo pronto y bien. Castilla necesitaba esa catedral. Revisando algunos pergaminos del archivo había leído una nota en la que hacía treinta años un canónigo recién llegado de París, donde había estudiado teología, ya había planteado la necesidad de construir un nuevo templo como los que se estaban levantando en Francia, y citaba como ejemplo la iglesia que el abad Suger había edificado en la abadía de San Dionisio, junto a la ciudad París.

7

Don Fernando estaba encantado con su bella esposa alemana. Los reyes pasaron en Burgos las semanas que siguieron a la boda y los dos jóvenes monarcas parecían disfrutar de su mutua compañía. El invierno se había echado encima con la crudeza que siempre lo acompaña en las altas tierras castellanas, pero todas las mañanas, cuando el tiempo soleado aunque gélido lo permitía, salían a cabalgar por los campos al norte de la ciudad, hacia los páramos de Vivar y Ubierna. Allí, entre las laderas arcillosas cubiertas de nieve, practicaban la caza con halcón. Acompañados de una nutrida corte de nobles y guerreros, lanzaban sus halcones al vuelo esperando conseguir alguna torcaz o una liebre.

Al atardecer regresaban a Burgos, y antes de la cena, mientras la reina recibía clases de lengua castellana, el rey despachaba con sus consejeros, entre los que siempre estaba presente la reina madre Berenguela. Tras la cena, don Fernando y doña Beatriz se retiraban a unos aposentos convenientemente caldeados con braseros de bronce. En toda la ciudad no se hablaba de otra cosa que de la felicidad de los dos jóvenes monarcas, de sus noches de amor en el palacio y de sus largos paseos por los campos nevados de Castilla.

Los domingos acudían a misa a la catedral, donde el obispo don Mauricio no dejaba pasar ninguna oportunidad para insistir ante don Fernando en que era necesario un nuevo templo que reflejara la nueva era que había comenzado para Castilla, bajo el que presumía iba a ser un glorioso reinado. Don Mauricio, que asistía a todas las curias regias como consejero real, insistía además en todas ellas en el mismo asunto.

Entre noches de amor con doña Beatriz y mañanas de caza en los páramos burgaleses, don Fernando y doña Berenguela no olvidaban sus obligaciones políticas. El linaje de los Lara, sus más enconados enemigos, fue enseguida derrotado. Don Álvaro de Lara murió en Toro, intentando llegar a un acuerdo con el rey Alfonso de León, que para entonces, y abandonada al menos por el momento su idea de conquistar Castilla, estaba acercándose al reino de Portugal. Don Fernando de Lara, otro de los miembros más relevantes de esta familia, tuvo que emigrar al norte de África en busca de fortuna, ofreciendo su lanza al soberano musulmán que más pudiera pagar por ella, y don Gonzalo, el tercero de este linaje, buscó refugio entre los musulmanes de al-Ándalus. De un plumazo, el rey don Fernando había logrado desembarazarse de sus tres enemigos principales y despejar el camino hacia una Castilla en la que nadie cuestionase su autoridad y su legitimidad en el trono.

Pese a su juventud, y siempre aconsejado por su madre Berenguela, don Fernando estaba empeñado en recuperar la dignidad real en Castilla, que había quedado un tanto mermada durante la minoría de edad de su tío, el malogrado rey Enrique.

El primer día del año 1220 llegó a Burgos una noticia que causó un gran impacto en don Fernando. Los cruzados de Juan de Brienne, portador del título de rey de Jerusalén, aunque la Ciudad Santa seguía en manos de los musulmanes desde que la conquistara el gran Saladino, acababan de conquistar la estratégica ciudad de Damieta, en el delta del Nilo, y se comentaba que estaban dispuestos a llegar hasta la ciudad de Jerusalén para devolverla a la Cristiandad.

—Deberíamos incorporarnos a la cruzada. Jerusalén ha de retornar a la Cristiandad —comentó uno de los consejeros del rey de Castilla en una curia celebrada el mismo día de Año Nuevo.

—Nuestra cruzada está aquí mismo. Un tercio de la tierra de esta península permanece todavía en manos del islam. Desde que mi abuelo don Alfonso derrotara a los almohades en la batalla de las Navas de Tolosa no hemos avanzado absolutamente nada para obtener réditos de esa gran victoria. Es hora de hacerlo. Castilla debe acabar con la presencia de reinos musulmanes en esta tierra, y en cuanto lo logremos, iremos a esa cruzada y a cuantas sea necesario, pero antes tenemos que rematar nuestra tarea aquí —puntualizó don Fernando.

—Para mayor gloria de Dios y de vuestra alteza —terció el obispo de Burgos—. Y para ello nada mejor que una gran catedral...

—Está bien, está bien —le cortó tajante el rey—. Decidme, señor obispo, qué necesitáis para construir esa catedral, de modo que pueda ser iniciada cuanto antes. Espero que a partir de ahora dejéis de agobiarme con vuestra insistencia en este asunto.

—Sólo pretendo la gloria del Señor, de vuestra alteza y de Castilla.

—Jamás he entendido vuestros deseos de otra manera, don Mauricio —ironizó don Fernando.

—Y yo nunca he imaginado siquiera que pensarais lo contrario, alteza —replicó el obispo.

—Dentro de tres días partiré hacia Valladolid; un rey que se precie debe asegurar la lealtad de sus súbditos con su presencia en todos los rincones de su reino. Pero antes dictaré a mi canciller varias donaciones que os faciliten las rentas para la construcción de esa catedral que tanto anheláis.

—¿Eso quiere decir que ya podemos comenzar las gestiones para edificarla?

—Sí, exactamente eso es lo que significa. Mañana mismo firmaré la autorización para iniciar la nueva obra. Es lo menos que puedo hacer por vos en agradecimiento por haber traído hasta mí a mi esposa.

Don Mauricio tuvo que contenerse para no dar saltos de alegría en presencia de toda la corte. Esa noche apenas pudo dormir imaginando cómo sería el nuevo templo y cuánta gente podría admirar en esa obra la grandeza de Dios.

Antes de partir de Burgos, el rey Fernando asistió a una misa solemne en la catedral; durante el sermón, el obispo Mauricio anunció orgulloso que gracias a la magnanimidad del rey de Castilla, Burgos tendría una nueva catedral, y que él procuraría que fuera la más hermosa de toda la Cristiandad.

Después de la misa, don Mauricio se retiró a orar en la capilla de Santo Tomás Becket, el arzobispo de Canterbury que medio siglo antes fuera asesinado en su propia catedral por instigación, según se rumoreaba, del rey Enrique II de Inglaterra. Pidió al Altísimo que hiciera posible su sueño de un nuevo templo y pidió perdón si en algún momento la soberbia había ocupado su corazón.

Dos canónigos, seis soldados contratados como escoltas y otra media docena de criados salieron por el Camino Francés con destino a Bourges. Eran portadores de una carta del obispo Mauricio, a la que se adjuntaba una certificación notarial de un privilegio del rey Fernando de Castilla, en la que se solicitaba la presencia en Burgos del maestro Luis de Rouen para llevar a cabo la obra de la nueva catedral de la ciudad.

Cuando llegaron a Bourges, la cabecera de la gran catedral allí en construcción ya estaba prácticamente terminada. Comenzada veinticinco años antes, hacía no menos de seis que se utilizaba como lugar de culto.

Los embajadores del cabildo burgalés quedaron muy impresionados por la magnitud de semejante obra y algunos incluso dudaron de que fuera posible construir una iglesia de tamaña envergadura en su ciudad. Pudieron contemplar que el taller estaba en plena actividad; más de cincuenta personas trabajaban diariamente en su fábrica.

Luis recibió la visita de los dos canónigos. El maestro estaba revisando con uno de sus oficiales la verticalidad de dos pilares recién asentados. En cuanto vio acercarse a los canónigos castellanos caminando con paso decidido y firme entre las obras, comprendió que había llegado el momento de partir hacia Burgos.

Don Mauricio estaba tan ansioso que no quería esperar ni un solo momento. El maestro Luis de Rouen había llegado a Burgos a fines de junio y el obispo le había encargado que se pusiera de inmediato a trabajar en los planos de la nueva catedral. Las condiciones que Luis había demandado eran considerables, pero don Mauricio las había aceptado todas sin discutir. Una casa, dos criados, algunos muebles y ropas nuevas fueron entregados a Luis, además de una renta anual de seiscientos maravedís.

Luis de Rouen se instaló en su nueva casa de la calle Tenebregosa, apenas a cien pasos de la catedral. Esa calle era una de las más importantes de la ciudad y a lo largo de ella se disponían las tiendas de los mercaderes más ricos, la mayoría de ellos de origen francés. La casa tenía unos sólidos muros de mampostería enlucidos con cal. Lo más acogedor era una amplia estancia en el piso alto, con una enorme chimenea que vendría muy bien en los largos y fríos inviernos burgaleses.

Don Mauricio convocó a Luis a una primera reunión para tratar de definir cómo sería la nueva catedral. El propio obispo, tres canónigos y el maestro Arnal Rendol aguardaban al maestro de Rouen en una de las salas bajas del palacio episcopal. Luis no hablaba castellano, pero don Mauricio conocía bien el idioma francés porque lo había aprendido durante la época en la que estuvo estudiando en París, y Arnal, aunque su lengua materna era el occitano, también conocía el francés del norte. Así, la conversación discurrió en francés.

—El modelo de la catedral nueva de Burgos será el de la de Bourges, aunque con notables modificaciones. He pensado trazar una cabecera semicircular, con cinco capillas de absidiolos ultrasemicirculares destacados en planta, de modo que serán necesarios cuatro pilares para sostener las bóvedas de la girola. A partir de ahí arrancarán las tres naves, con tres tramos antes de llegar al crucero.

—La catedral de Bourges tiene cinco naves —intervino uno de los canónigos que había ido a Bourges a buscar a Luis.

—Será suficiente con tres —aseveró don Mauricio—. Las catedrales de cinco naves deberían quedar reservadas para las sedes metropolitanas.

—Bien —continuó Luis—, vuestras mercedes desean que esta catedral tenga un gran crucero, pues para ello debemos actuar sobre el entorno de la actual catedral, y modificar plazas y calles de manera considerable.

—Eso no representa ningún problema —asentó don Mauricio—. Vos, don Luis, plantead cuanto necesitéis para construir el templo.

—El crucero será de una sola nave. Existen algunas catedrales que lo tienen de tres, pero eso les resta luminosidad. La luz que entre por los ventanales de los brazos del crucero debe ser la más nítida de toda la catedral, sobre todo la del rosetón de la puerta sur, el foco más importante de cuantos iluminan el templo.

—¿Habéis pensado en las pinturas? —preguntó Arnal.

Luis se quedó mirando al pintor cátaro, pero sin decir una sola palabra.

Enseguida intervino don Mauricio.

—Perdonad que no os haya presentado. Este es don Arnal Rendol, nuestro maestro pintor. Acaba de terminar unos imponentes frescos en el monasterio de Las Huelgas.

Arnal saludó con una ligera inclinación de cabeza a Luis, quien le correspondió con el mismo gesto.

—En esta nueva catedral no habrá espacio para pinturas murales. La pintura se aplicará sobre las esculturas de las portadas y como decoración para perfilar algunas zonas del interior; no habrá frescos.

—Ningún cristiano de Castilla entenderá que se edifique

una iglesia en la que no existan pinturas con escenas de la Historia Sagrada —replicó Arnal.

—Este es un arte nuevo, el arte de la luz. Las paredes de piedra son un estorbo para la luz, por eso intentamos que su superficie sea lo más reducida posible. En vez de pinturas sobre paredes macizas y oscuras, habrá grandes ventanales con vidrieras de colores que tamizarán la luz del sol al penetrar en el interior y la convertirán en la luz mística de Cristo.

Arnal miró a don Mauricio con cierto resquemor.

—Bueno, bueno, siempre hay lugar para la pintura, maestro Arnal, siempre. Ya ha dicho don Luis que será preciso pintar las esculturas de las portadas, perfilar el interior...

—Un pintor necesita grandes muros para reproducir escenas; y si esos muros no existen...

—Podréis dibujar los motivos de las vidrieras —dijo Luis.

—Yo nunca he trabajado con vidrio; desconozco esas técnicas —replicó Arnal.

—Os las puedo enseñar... Aquí apenas hay vidrieros, y necesitaremos mucho vidrio para cubrir todos los vanos del templo.

—No. Yo soy un pintor. Mi padre me enseñó que la pintura es la mejor y más noble de las artes, el mejor método para plasmar en los muros la grandeza de la creación. Los pintores creamos figuras y paisajes, mezclamos los colores, somos capaces de dar vida a lo inanimado.

—Ahora lo más importante en un templo es la luz y la proporción —insistió Luis.

—Lo siento, don Mauricio, pero no puedo dedicarme a cubrir de pintura las estatuas que otros han labrado. Eso es cosa de aprendices y yo soy un maestro.

—La pintura no ha de hacerse necesariamente sobre un muro —dijo Luis.

—No os entiendo.

—Me refiero a que podéis pintar lo mismo pero sobre tabla, como ya se hace en Francia y en Italia.

—Ya lo he hecho. En mi tierra natal es costumbre pintar el frente de los altares con imágenes de Cristo.

—Un pintor tiene la oportunidad de que su obra pueda ser trasladada de un lugar a otro, pero un arquitecto no dispone de ese privilegio. Vuestros frescos desaparecerán cuando se derrumbe el muro sobre el que están pintados, pero si vuestras pinturas están hechas sobre tabla, podrán ser transportadas de un sitio a otro, y serán eternas. Pensadlo bien —dijo Luis.

—Las tablas arden y la pintura se deteriora; nada es eterno.

—Lo es la luz —asentó Luis.

—Ni siquiera la luz. ¿No recordáis el Génesis? «Al principio creó Dios el cielo y la tierra. Pero la tierra era informe y vacía, y las tinieblas cubrían la superficie del abismo, y el Espíritu de Dios se cernía sobre las aguas...» —dijo Arnal.

—«Dios dijo: Haya luz. Y hubo luz. Y vio Dios que la luz era buena, y separó la luz de las tinieblas» —continuó Luis con los primeros versículos de la Biblia.

—Pues ya lo sabéis, don Luis, la oscuridad y las tinieblas eran lo eterno. Fue Dios quien creó la luz. Dios dibujó el mundo, como un pintor dibuja un gran fresco. Creó las distintas formas de las cosas del mundo, las imágenes, los colores... Dios fue el primer pintor del universo.

—Os equivocáis; Dios fue el arquitecto del universo. Y creó el sol para separar la luz de las tinieblas. Eso es lo que hace un arquitecto: separar la luz de la oscuridad, ordenar la proporción según el número divino y hacer que esa luz inunde la casa de Dios.

—También creó la luna y las estrellas, para que existieran diversos matices de luz, y para que la oscuridad de la noche no fuera absoluta.

—Esta discusión es inútil, don Arnal. El nuevo arte de la luz se está imponiendo en toda la Cristiandad, y vos deberíais aceptarlo. Sé que sois un gran maestro, y por eso podréis seguir trabajando en la nueva catedral. Necesitaré mucha ayuda y para ello cuento con vos.

—Eso es razonable —intervino don Mauricio.

—No, no puedo traicionar aquello en lo que siempre he creído. La luz está en la pintura, en saber combinar los colores, en la destreza necesaria para dotar a una escena de luminosidad propia. Así me lo enseñó mi padre, y así deseo seguir. Señor obispo, señores canónigos, don Luis... —Arnal les saludó con la cabeza, dio media vuelta y salió de allí con paso resuelto.

—Ese hombre es un gran artista —dijo don Mauricio.

—Vos queréis un templo de luz; en él, señor obispo, no hay sitio para una gran pintura mural, lo siento —apostilló Luis.

Don Mauricio miró a los canónigos y asintió ante lo que decía el arquitecto.

—Nos vamos al reino de León; aquí nada tenemos que hacer —dijo Arnal Rendol a su hija Teresa y a su criada en cuanto regresó a casa tras su agitada entrevista en el palacio episcopal.

A sus nueve años Teresa podía comprender algunas de las cosas que pasaban a su alrededor. En cuanto vio el rostro de su padre entendió que algo grave había sucedido y que aquella ciudad se había vuelto de repente hostil.

—Recoge nuestras cosas más imprescindibles en los dos arcones de madera de mi alcoba y vende el resto. En cuanto eso esté solucionado nos marcharemos al reino de León; tal vez allí acojan a un pintor con experiencia —le dijo a la criada.

Arnal explicó a su hija y a su criada, que era a la vez su concubina, lo que le había pasado con don Mauricio y con Luis, y que, por dignidad del rango en su oficio, no podía pasar el resto de su vida pintando las esculturas de otros en los colores que esos otros le indicaran.

La criada se llamaba Coloma y tenía veinticinco años. Había entrado al servicio del maestro Arnal al poco tiempo de morir su esposa. Era una joven soltera que había quedado embarazada y que había dado a luz a un niño muerto. Las monjas de Las Huelgas se la presentaron al maestro Rendol, pues este les había pedido que le proporcionaran alguna mujer que tuviera abundante leche para amamantar a su hijita. Coloma había sido recogida en el convento, pues sus padres, avergonzados por el embarazo de su hija, la habían echado de casa. Era una joven robusta, hermosa y con abundante leche, y fueron sus pechos los que criaron a Teresa en sus primeros tres años. Pasado algún tiempo, Arnal, que solía visitar el burdel del Puente de vez en cuando, le propuso a Coloma que además de criada cohabitara con él como esposa, pero sin llegar a contraer matrimonio. La joven aceptó su papel de barragana y desde entonces Arnal y Coloma contemplaron todos los amaneceres juntos.

—Iremos a Toro, a Zamora y a Salamanca. Allí han construido templos con enormes muros de amplias superficies que alguien tendrá que pintar.

—¿Y los oficiales y aprendices del taller? —preguntó Teresa.

—Hasta que no consiga un contrato en el reino de León no puedo hacerme cargo de ellos. Les dejaré algo de dinero y recomendaré a don Mauricio que los contrate para que trabajen en la nueva catedral. Si lo desean, no les faltará trabajo aunque tengan que limitarse a pintar las esculturas que otros hayan tallado. Cuando consiga un buen encargo, los llamaré y podrán venir a trabajar conmigo de nuevo los que así lo deseen.

»Sentiré vender esta casa. En ella nos instalamos tu madre y yo cuando vinimos de Languedoc, y aquí naciste tú, Teresa. Y aunque sólo la compartimos tres años, fueron los más felices de nuestras vidas. Pero el tiempo es mudable, hija mía, y Dios suele ponernos a prueba disponiendo de nuestras vidas de manera que a veces no entendemos.

Teresa se acercó a su padre y lo tomó de la mano.

—Yo quiero pintar como tú.

—Que nos vayamos de Burgos no cambia todas las cosas. Te seguiré enseñando a pintar, lograré que seas una gran artista. Otras muchas mujeres lo han sido; nadie mejor que ellas ha sabido captar la luz y la belleza de la creación. Al fin y al cabo, la mujer es la que «da a luz» a los recién nacidos, la que trae a los seres humanos a la luz del mundo. Sí, Teresa, serás una gran pintora.

La pequeña contempló a su padre ensimismada. Lo admiraba hasta tal punto que en su cabecita de niña sólo aspiraba a pintar algún día como él.

Aquella noche Arnal Rendol hizo el amor con su criada. La joven concubina sintió más que nunca la fuerza de su amante y se entregó a él con la pasión que Arnal solía generar en todo cuanto se proponía. El alba los sorprendió abrazados, como dos sabinas cuyos troncos se hubieran enlazado hasta confundirse en uno solo.

8

El maestro Luis de Rouen empleó todo aquel verano en elaborar los planos de la nueva catedral, en seleccionar de entre los aspirantes a los que iban a formar su equipo de ayudantes y en visitar canteras y bosques cercanos a Burgos para elegir dónde obtener piedras y madera para la construcción. Entre tanto, el obispo Mauricio conseguía obtener del rey Fernando los privilegios y donaciones prometidos que proporcionaran las rentas necesarias para poder financiar las obras. A mediados de septiembre el cabildo se reunió en la sala capitular de la vieja catedral. Luis había sido llamado para que expusiera su proyecto. Tras varios meses en Burgos ya hablaba castellano con cierta soltura, pero para ser mucho más preciso en sus explicaciones optó por darlas en el latín que había aprendido en la escuela catedralicia de Chartres.

—Se trata, como ya acordé con don Mauricio, de una iglesia de tres naves, con ábside semicircular y cinco capillas también semicirculares, con un crucero de una sola nave pero de gran amplitud. El desarrollo de la cabecera será similar al de la catedral de Bourges, en la que he trabajado como primer ayudante de obras, en tanto las capillas del ábside serán semejantes a las de Chartres. La nueva catedral, siguiendo vuestras indicaciones, señores canónigos, tendrá trescientos pies de largo por doscientos de ancho en el crucero, setenta y cinco en la anchura de las tres naves y setenta y cinco de altura en la nave mayor.

»Todas las medidas, todas las proporciones estarán regidas por el número de Dios.

—¿El número de Dios? ¿Cuál es ese número, el uno, la unidad de la Divinidad, el tres, el de la Trinidad? —preguntó el obispo.

—Permitid que guarde ese secreto, don Mauricio.

Luis desplegó un enorme pergamino en el que había dibujado la planta de la futura catedral; era muy similar al proyecto que había presentado en París ante el tribunal que le había otorgado el título de maestro, aunque tenía el crucero mucho más desarrollado. Los canónigos jamás habían visto un dibujo semejante. Hasta entonces lo habitual era que el maestro de obra, siguiendo unos cálculos geométricos básicos y unas medidas a base de cuerdas, trazara con polvo de yeso blanco una serie de líneas que unían unas estacas previamente colocadas sobre el solar donde se iba a construir el templo. Mediante pasos, los que encargaban la obra podían hacerse una idea aproximada de sus futuras dimensiones. Pero Luis les presentaba un dibujo en el que con unas rayas se expresaba la forma de la planta en un tamaño cuyas medidas estaban proporcionalmente reducidas.

—Yo no entiendo qué representa ese dibujo —dijo uno de los canónigos.

—Esta línea curva es la cabecera, y estos puntos los pilares que sostendrán las bóvedas, y estas medias lunas son las capillas del ábside.

Luis señalaba con una varita sobre el plano cada uno de los elementos que iba describiendo.

—¿Y cuánto tiempo estimáis que será necesario para acabar la obra? —demandó don Mauricio.

—Si vuestras señorías conceden el permiso para iniciar los trabajos enseguida, si se dispone de las rentas suficientes para ello y si no sufrimos interrupciones, creo que desde la cabecera hasta el arranque del crucero podría estar lista en once años, tal vez diez si el clima y las circunstancias son propicios.

—¿Estáis seguro?

—Sí, completamente. He visto construir, y he contribuido a ello, las catedrales de Chartres, París y Bourges, y os puedo asegurar que los plazos que os señalo son los adecuados.

—¿Y si consiguiéramos más recursos? —preguntó don Mauricio.

—No avanzaríamos mucho más. Una obra de estas características requiere de una mano de obra muy precisa. No se trata de tener más o menos trabajadores sino de disponer de los adecuados. Además, no podemos acelerar ciertos procesos. El fraguado de la argamasa lleva su tiempo, y no se puede seguir trabajando en una zona hasta que no se ha terminado por completo la precedente.

»Lo importante es que se disponga siempre del personal necesario y que no se interrumpan las obras por falta de recursos o por cualquier otra causa.

—Bueno, habrá que comenzar a excavar los cimientos y...

—Perdonad que os interrumpa, don Mauricio —dijo Luis—, pero no podemos excavar la cimentación hasta que no se haya decidido el plan definitivo de la obra.

El obispo estaba ansioso por comenzar cuanto antes.

—En ese caso, debatiremos de inmediato vuestro proyecto.

—Pues decidme dónde podemos extraer la piedra y la madera.

—De eso no os preocupéis, el obispado tiene canteras y bosques suficientes para que no os falten los materiales necesarios.

Durante todo el otoño Luis se encargó de organizar al equipo de aprendices y oficiales, y envió cartas a Bourges y a Chartres a algunos de los compañeros con los que allí había trabajado, proponiéndoles un puesto a su lado. Media docena de oficiales franceses decidieron viajar a Burgos e incorporarse al taller recién creado por Luis de Rouen.

A las herrerías de Burgos les encomendó que fueran forjando todos los instrumentos que iban a ser necesarios para trabajar las piedras y la madera. Para una obra de tal magnitud hacían falta picos, mazas, palas, martillos, cinceles, taladros, sierras, hachas, palancas, cuñas, brocas y todo un sinfín de materiales diversos como clavos, bisagras, grapas y abrazaderas.

Todas las semanas el maestro Luis se reunía con el obispo y con el cabildo en interminables sesiones que solían acabar entrada la madrugada. Ninguno de los canónigos sabía nada de arquitectura, pero todos opinaban sobre el tamaño que debía tener la futura catedral, sobre el plano que había presentado Luis, sobre los bocetos para las puertas, sobre las esculturas que decorarían portadas y gárgolas o sobre la necesidad de dotar al templo de edificios complementarios como el claustro, un hospital, nuevas casas para el cabildo...

Don Mauricio no cejaba en su empeño de conseguir más y más rentas para la iglesia de Burgos. Del rey Fernando obtuvo importantísimas donaciones, además de ver ratificadas otras, como la que el obispado tenía sobre la percepción del diezmo real desde hacía casi cien años.

Fue durante las Navidades cuando el cabildo y don Mauricio acabaron aceptando de manera definitiva el proyecto que había presentado el maestro Luis de Rouen, aunque incorporaron algunas reformas propuestas por varios canónigos y por el propio obispo.

En la primavera del año 1221 se derribaron varias casas al este del ábside de la catedral vieja y se allanó el terreno en la zona de la futura cabecera. El solar de la catedral ocupaba la terraza más baja de la ladera del cerro donde se asentaba el caserío. Luis trazó la gran curva del ábside mediante un sistema de estacas fijas y cuerdas con nudos, a modo de un gigantesco compás, y después fue señalando con estacas de madera y con líneas hechas con polvo de yeso las zanjas que se debían excavar. Los zapadores comenzaron su trabajo horadando el suelo; una vez preparado el terreno, se excavaron los cimientos, unas zanjas de la altura y la anchura de dos hombres, que se cavaron con picos de hierro recién forjados en el taller de la herrería. Entre tanto, los canteros extraían y desbastaban las primeras rocas de la cantera de Hontoria, varias millas al sur de la ciudad, que serían trasladadas en carretas a Burgos para ser talladas con su forma definitiva a pie de obra. El maestro carpintero se desplazó con sus ayudantes a un bosque de pinos al sudeste de la ciudad para seleccionar los árboles más robustos y más rectos a fin de tenerlos listos para cuando llegara el momento de realizar la techumbre; pero antes deberían preparar andamios para que pudieran trabajar los albañiles y fabricar las cimbras que darían forma a los enormes arcos de piedra.

La vieja catedral quedó en pie, pues mientras duraran las obras de la cabecera de la nueva no había otro remedio que emplear ese templo para el culto.

Todos los talleres estaban prácticamente completos a principios del verano. Los cimientos ya habían sido excavados y las profundas zanjas se habían rellenado de argamasa de cal y canto, creando así una solidísima base sobre la que se apoyarían los muros. Durante la excavación habían aparecido una gran cantidad de tumbas; los huesos de los difuntos se guardaron en cajones de madera para ser enterrados de nuevo en una fosa común.

Entre tanto, don Mauricio logró obtener del rey Fernando y del papa Honorio III cuantiosos privilegios para la construcción de la nueva catedral. Por concesión real, varios pueblos con sus rentas pasaron a comienzos de verano a propiedad del obispado de Burgos, en tanto todos los pleitos que tenía planteados con los grandes monasterios y con las iglesias de Castilla fueron fallados a favor del prelado. El viento soplaba a favor de don Mauricio.

A principios de julio Luis de Rouen le comunicó al obispo que los trabajos de cimentación habían acabado y que podía procederse a colocar la primera piedra del edificio. Y fue el rey Fernando en persona quien presidió la ceremonia. A media mañana del día 21 de julio los reyes desfilaron acompañados por una solemne y nutrida comitiva que avanzó en medio de una gran expectación desde el castillo hasta la zona donde se habían excavado los cimientos de la cabecera de la nueva catedral. Justo donde iba a alzarse la capilla central del ábside unos operarios colocaron un sillar perfectamente labrado en una de cuyas caras se había tallado en latín la leyenda «Fernando, rey de Castilla, y Mauricio, obispo de Burgos, hicieron este templo en el año del Señor de MCCXXI».

En la ceremonia de bendición de esa primera piedra, el obispo don Mauricio abrió la Biblia por el Apocalipsis de san Juan y, antes de purificarla con el agua bendita y el hisopo, leyó el capítulo veintiuno.

—«Con eso me llevó en espíritu a un monte grande y encumbrado, y mostróme la ciudad santa de Jerusalén, que descendía del cielo y venía de Dios. La cual tenía la claridad de Dios, cuya luz era semejante a una piedra preciosa, a piedra de jaspe, transparente como cristal.» Esta es la nueva casa de Dios, y será la casa de su luz celestial.

Don Fernando asintió ante las palabras del obispo.

—Me ha dicho don Mauricio —comentó el rey dirigiéndose al arquitecto— que le habéis asegurado que en diez años estará concluida la obra hasta el crucero.

—Tal vez once; si no falta el dinero que hemos presupuestado, así será, alteza —repuso Luis.

—Contad con ello, maestro.

—Gracias.

—Debemos aprovechar los buenos tiempos que corren para las arcas del tesoro y la prosperidad de Castilla. Hemos ordenado acuñar una nueva moneda de oro, la dobla, para que sustituya a los viejos maravedís; con ello habrá más dinero y más riqueza para todos.

La nueva moneda de oro castellana imitaba al dinar de oro del imperio almohade, que aunque estaba inmerso en plena descomposición desde la derrota en las Navas de Tolosa aún conservaba su poderío económico gracias al control del comercio del oro africano.

—A la reina le sientan bien los aires de Castilla —comentó uno de los canónigos en voz baja—. Desde que está entre nosotros ha engordado; será a causa de nuestro cordero y de nuestro buen pan.

—Tal vez sea eso, pero creo que está encinta —comentó otro de los miembros del cabildo.

En efecto, la reina doña Beatriz estaba embarazada de cinco meses, y aunque iba vestida con un amplio sayal de seda, su cintura comenzaba a revelar el avanzado estado de su preñez.

Entre los asistentes a aquella ceremonia, muchos de los cuales habían podido observar el talle delicadísimo y la fina cintura de la reina durante la boda real celebrada meses atrás, enseguida se corrió el rumor del embarazo real, y varios de los asistentes comenzaron a gritar vivas al rey, a la reina y al futuro heredero de Castilla.

La reina madre Berenguela lo observaba todo en silencio. Orgullosa de su hijo, sabedora de que el pueblo de Castilla lo había aceptado de buen grado, contenta por haber acertado en la elección de esposa para don Fernando, mostraba su talante más complaciente y amable, pero sin perder el rictus de alteza que siempre dibujaba en su rostro.

—Sois afortunado, don Mauricio —le dijo doña Berenguela al obispo de Burgos al acabar la bendición de la primera piedra—. Habéis tenido la suerte de coincidir en vuestro episcopado con quien será el mejor rey de Castilla, y sin duda el más cristiano.

—Y vos, mi reina, sois la principal responsable de que así sea.

—Procuraré que damas y caballeros principales del reino elijan sepultura en la nueva catedral; eso os reportará cuantiosos beneficios para pagar vuestro nuevo templo.

—No será el mío, señora, sino el de Castilla, la casa que Dios merece en este reino.

—Claro, claro, la casa de Dios —ironizó doña Berenguela.

Arnal Rendol había llegado a Toro mediada la primavera. Durante varios meses había aguardado respuesta a su ofrecimiento al cabildo de su iglesia para trabajar en la decoración pictórica que se estaba realizando en unas capillas del templo. La iglesia mayor de Toro era una magnífica obra en el viejo estilo «al romano», coronada por una airosa cúpula que parecía copiada de alguna iglesia de Oriente.

Al fin, tras una larga espera de varios meses, Arnal llegó a la casa que había alquilado, y venía contento porque acababan de ofrecerle su primer trabajo en el reino de León.

—Voy a pintar un muro de la sala capitular. Es una obra pequeña, pero suficiente para empezar a trabajar aquí, en el reino de León. El rey Alfonso ha conquistado Valencia de Alcántara y la iglesia de Toro desea conmemorar esta victoria con un fresco que represente las glorias guerreras de su rey.

»No dispongo de ayudantes y además la obra encargada es tan nimia y me han ofrecido tan poco dinero que no me permite contratar a nadie, de modo que, mi pequeña Teresa, tendrás que hacer de ayudante de tu padre. Necesitaré a alguien que me ayude a preparar la pintura y a aplicar algunos colores. Se trata de un fresco y ya sabes que hay que pintar antes de que se seque el encalado. Ahora ya no es tiempo de jugar con las pinturas, ni de practicar con los pinceles, ahora tendrás que trabajar de verdad. ¿Estás dispuesta a hacerlo?

Teresa no lo dudó ni un momento. Pese a sus diez años de edad tenía la resolución y la fuerza de ánimo de una persona adulta.

—Sí, padre.

—En ese caso, considérate aprendiz de mi taller. Ya sabes que normalmente no suelo aceptar a aprendices menores de trece años, pero el tuyo es un caso excepcional, y además, tú sabes ya mucho más que cualquier aprendiz.

En ese momento alguien llamó a la puerta. Se trataba de un sayón que traía el contrato para la ejecución del fresco en la sala capitular del cabildo de la iglesia de Toro.

—El texto está copiado dos veces en el mismo pergamino, una en la parte superior y otra en la inferior. Si estáis de acuerdo cortaré el documento por el centro, por la línea en la que se reparten estos tres grupos de letras —dijo el sayón.

En el centro del pergamino, separando las dos copias del texto, una línea servía para autentificar las dos mitades, pues en caso de desavenencia, una de las dos partes podía obligar a la otra a presentar su copia y comprobar que las letras cortadas coincidían en los dos cuerpos.

—Sí, de acuerdo —repuso Arnal tras leer el documento.

—En ese caso...

El sayón le pidió unas tijeras a Arnal y cortó el pergamino por la mitad de las tres letras.

—Aquí tenéis, maestro Arnal, vuestra copia del contrato. Y aquí —el sayón sacó una pequeña bolsa de tela de su cinturón—, el adelanto, y el albarán correspondiente para que firméis esta primera entrega.

El albarán estaba escrito en una pequeña tira de pergamino de apenas tres dedos de ancho por un palmo de alto; en el recibo, Arnal Rendol admitía recibir el adelanto del pago por su obra. La bolsa de tela contenía diez maravedís en monedas de plata.

—Bien, todo está bien.
—Quedad con Dios, maestro.
—Id con él —repuso Arnal.

Teresa no cabía en sí de gozo. Al fin iba a ser una aprendiza de verdad, y no como hasta entonces, pues los aprendices y oficiales del taller la habían tratado condicionados porque era la hija del maestro. Teresa quería ser considerada por sí misma. Sí, sólo era una niña de diez años que apenas comenzaba a despertar a la pubertad, pero era consciente de que pese a ser mujer, ella podía lograr lo mismo que había conseguido su padre, y se había propuesto luchar cuanto fuera necesario y aprender cuanto fuera preciso para lograrlo.

—Padre, ¿hubieras preferido que yo hubiese nacido varón? —preguntó Teresa a Arnal en cuanto el sayón abandonó la casa.

—No, hija, no. Dios se llevó a tu madre y te trajo a ti. Esa fue su voluntad. Existen ciertas cosas que los hombres no podemos elegir. Tú viniste de Dios y eres su bendición.

Teresa se abrazó a su padre con fuerza. El maestro le acarició el cabello y la besó en las mejillas.

—Y ahora vamos a cenar. Por cómo huele, Coloma nos ha preparado un verdadero manjar. ¿Tienes hambre?

—Como un lobo.

—Pues vamos, que la cena se enfría.

9

Todo parecía ir bien para la Cristiandad, pero aquel verano los cruzados perdieron la ciudad de Damieta, y la nueva cruzada, en la que tantas esperanzas habían puesto muchos caballeros cristianos, fracasó de manera estrepitosa. El mismísimo rey Felipe Augusto, el orgullo de la caballería de Francia, el rey al que muchos consideraban santo, resultó derrotado y humillado.

Pero las cosas marchaban bien en Castilla y no parecía que hubiera problema alguno. A fines de noviembre nació en Toledo el primogénito de los reyes Fernando y Beatriz. Fue un varón al que pusieron por nombre Alfonso, el del padre y del abuelo de don Fernando, ambos reyes, el uno de León y el otro de Castilla.

«Tal vez este niño esté destinado a unir las dos coronas que nunca debieron separarse», dicen que comentó don Fernando cuando nació su heredero.

En Burgos, las obras de la nueva catedral continuaban a un ritmo extraordinario. Don Mauricio conseguía, con su habilidad sin par, más y más rentas para la fábrica, y las donaciones, las limosnas y los ingresos por la consecución de indulgencias y por derecho de sepultura se acumulaban mes a mes.

El poder de convicción de don Mauricio sólo era comparable a su capacidad para exigir el cumplimiento de sus derechos. Desde que se colocara la primera piedra había logrado someter a varios clérigos que habían intentado en vano cuestionar su autoridad episcopal. Si podía hacerlo por sí mismo, don Mauricio imponía su derecho, pero si la resistencia se enconaba, no dudaba en recurrir al Papa aprovechando el privilegio de que la diócesis de Burgos dependiera directamente de la Santa Sede.

Además de conseguir un sinfín de donaciones, logró someter a su disciplina a clérigos tan ariscos y rebeldes como los de Castrojeriz, un lugar muy importante por su posición en el Camino Francés, a los que impuso la prerrogativa de elegir abad y por tanto controlar sus rentas.

Pero don Mauricio no olvidaba su ministerio episcopal, y cuando era necesario actuaba como un verdadero mecenas. Así, concedió a los Trinitarios, una orden mendicante que había alcanzado gran prestigio, licencia para construir un oratorio y un cementerio para los fallecidos en el hospital que regentaban en Burgos. Sabía que cuanto más creciera la ciudad, más alta sería la cuantía de las rentas de sus habitantes y mayores las donaciones y privilegios que recaerían en la catedral.

A fines de 1221 los talleres de cantería, herrería y carpintería de la nueva catedral de Burgos estaban trabajando a pleno rendimiento.

Al primer sillar siguieron otros muchos que los canteros labraban a pie de obra, en unos cobertizos que se habían levantado cerca de la cabecera. Allí llegaban las carretas con los bloques desbastados desde la cantera de Hontoria, para aligerar peso en el transporte, que el jefe del taller, un francés que se había formado en Chartres y Bourges, y dos docenas de oficiales y aprendices se encargaban de convertir en sillares, todos ellos de tamaño similar.

El maestro Luis había decidido aplicar el pie de París para todas las medidas de la catedral. Y en cuanto a los sillares, uno de los lados siempre había de tener la longitud del pie de París, o referencia próxima a su medida en tanto el otro podía ser más corto o más largo, pero siempre según una misma relación. Todos los sillares debían estar marcados por el cantero que los labraba con su signo personal, a fin de llevar el control de cuántos elaboraba cada uno de ellos y así proceder al abono correspondiente; un buen cantero era capaz de tallar dos sillares en una jornada.

Todos los días el maestro Luis se personaba en la obra, dirigía la construcción y marcaba las pautas que se habían de seguir.

Su modelo era el de la catedral de Bourges pero con planta cruciforme y de tres naves en vez de cinco; y así, conforme los muros empezaron a ganar altura, aplicó la forma de construir que había aprendido en esa catedral, que consistía en elevar a la vez los muros exteriores y los pilares del interior; con ese sistema se avanzaba muy deprisa, aunque el coste de la mano de obra y de los materiales aumentaba de modo considerable, pues hacían falta muchos más canteros, más obreros, más andamios y más caleros.

Siempre que sus obligaciones como prelado se lo permitían, y si no tenía que viajar en visita episcopal a algún lugar de la diócesis para solucionar algún conflicto, don Mauricio también pasaba diariamente por la obra.

—La planta de la catedral está en correspondencia con las medidas humanas. La cabeza con la cabecera, el tronco y las piernas con las naves, los brazos con el crucero —le explicaba un día Luis a don Mauricio.

—¿Y qué pasa entonces con las catedrales que no tienen crucero? —preguntó el prelado.

—En ese caso, es como si el hombre no tuviera brazos, pero las proporciones no dejan de ser las mismas. Mirad.

Luis trazó con un puntero en la arena del suelo un dibujo que semejaba el plano de la catedral. Y en el interior del dibujo insertó una figura humana con los brazos abiertos.

—No —dijo el obispo—, los hombres no somos así. Tenemos los brazos mucho más largos y la distancia de la cabeza a los hombros es menor que la del ábside al crucero.

—Habéis visto al hombre con los ojos del hombre —sentenció Luis—. Fijaos de nuevo ahora.

El arquitecto trazó un gran círculo envolviendo todo el dibujo y dentro lo dividió en cuadrados regulares.

—Sigo sin ver qué pretendéis —dijo don Mauricio.

—Se trata de geometría, eminencia. Vos estudiasteis en París, y allí se enseña...

—Yo estudié teología, filosofía y leyes, desconozco los secretos de los maestros constructores, y dudo mucho que algún día me los reveléis; un clérigo no necesita ni de la geometría ni de la aritmética. Dejad ya de confundirme con vuestra perorata matemática y limitaos a cumplir los plazos de esta obra.

—Los arquitectos hemos jurado mantener las enseñanzas que nuestros maestros nos enseñaron. En cierto modo es algo similar al secreto de confesión; sólo podré transmitir las técnicas que aprendí a un oficial avezado a quien yo considere en disposición de poder obtener el grado de maestro.

—Bueno, yo soy un clérigo, podéis confiarme vuestro secreto cual si fuera una confesión —dijo don Mauricio.

—Pero también sois quien me ha encargado la obra.

—Olvidaos de ese pequeño detalle.

—No, es imposible; el juramento de los maestros de París me lo impide. Si lo quebrantara, jamás podría volver a ejercer mi oficio.

—Nadie lo sabrá; tened en cuenta que yo estoy obligado a mantener el secreto de confesión.

—Bueno, existe una manera de que conozcáis nuestros secretos.

—¿Cuál?

—Que os incorporéis a mi taller. Deberíais hacerlo en calidad de aprendiz, y a los diez años podríais alcanzar el grado de oficial, si os aplicarais y aprendierais bien vuestro trabajo, claro. Y tal vez, con esfuerzo y dedicación, cinco o seis años después seríais maestro. Entonces sí que os transmitiría todos nuestros secretos, y la proporción perfecta, el número de Dios.

—¿Estáis de broma, don Luis?

—En absoluto, eminencia; en este trabajo la cosas suceden

así, y no hay otra manera de que ocurran. Todo maestro ha pasado antes por esos grados; yo mismo comencé a trabajar en la cantera, como aprendiz de mi padre Enrique, llamado el Viejo, el primer arquitecto que utilizó las nuevas técnicas de tallado de la piedra. Luego pasé a desbastar los bloques en bruto y no esculpí figuras en bulto redondo hasta siete años después, para, por fin, tallar cabezas y manos. Y además de practicar la escultura, tuve que estudiar geometría y otras ciencias, y todas las disciplinas del *trivium* y el *quadrivium*. En esta profesión no basta con saber latín, retórica, gramática y teología, es preciso dominar el escoplo y el cincel, saber aplicar la gubia con el ángulo preciso en cada tipo de roca, calcular las proporciones del edificio, los pesos que pilares, muros y arcos son capaces de soportar, coordinar a todo un amplio equipo de oficiales y aprendices, o incluso de maestros, y, lo más difícil, discutir plazos, presupuestos y bocetos con gente que no sabe nada del oficio pero que paga la obra y se considera con todo el derecho a opinar, es decir, con vos y con vuestro cabildo de canónigos. Y creedme si os aseguro que esta es la parte más difícil de este trabajo.

—No parece demasiado complicado —ironizó don Mauricio.

—No si se conoce el número.

—El número de Dios, claro.

—Así es; el número perfecto, el número de Dios.

Dos años después de iniciada la nueva catedral de Burgos las obras continuaban a buen ritmo, pero el obispo y el cabildo comenzaron a inquietarse cuando se enteraron de los planes inmediatos del joven rey Fernando.

Pacificado y asegurado el reino, sometida la nobleza levantisca a su autoridad y acordada una paz estable y duradera con León, don Fernando había decidido que era hora de recoger los frutos de la gran victoria que diez años antes había encabezado su abuelo don Alfonso VIII contra los almohades. Tras muchos meses de preparativos, comenzaron a reclutarse efectivos para el ataque a los territorios musulmanes del sur. El imperio almohade se estaba deshaciendo como un puñado de sal en agua hirviendo y Castilla aspiraba a quedarse con la mejor parte del botín.

Desde que en 1214 los ingleses de Juan sin Tierra fueran derrotados en Bouvines por el ejército francés de Felipe II, decenas de caballeros y soldados que vivían de la guerra se habían quedado sin trabajo. Algunos se habían ido a la cruzada y otros muchos se habían dedicado a tornear de feria en feria y de alarde en alarde; pero con ese oficio apenas se ganaba para vivir, y no era comparable con el ejercicio de la guerra, en la que se podían ganar no sólo honores y fama, sino riquezas extraordinarias, tierras y vasallos, e incluso alcanzar algún título de nobleza.

Al sur de Sierra Morena se extendían los campos más feraces de la península, valles y más valles de clima suave y soleado, con una red de acequias bien dispuesta y grandes ciudades y mercados que demandaban productos agrícolas. Eran tierras de infieles que sólo estaban esperando a un puñado de hombres audaces que las conquistaran y se repartieran aquellos feudos riquísimos.

Además, el fracaso de la Quinta Cruzada hizo volver sus ojos hacia al-Ándalus a muchos de los caballeros que habían confiado en ganar un señorío en Oriente. No era necesario embarcarse en una peligrosa aventura, en un largo viaje lleno de avatares por el Mediterráneo para conseguir tierras y fama en Tierra Santa, ahora bastaba con poner las armas al servicio del rey de Castilla, seguirle en la batalla contra los musulmanes y esperar como pago a los servicios prestados un buen puñado de buena tierra en el fértil valle del Guadalquivir.

El anuncio de que el rey Fernando estaba preparando un ataque contra el islam en el sur de la península Ibérica animó a numerosos caballeros franceses a encaminarse hacia Castilla. La mayoría lo hicieron siguiendo el Camino Francés, mezclados con los peregrinos que llenaban los albergues, posadas y hospitales que habían ido fundándose a lo largo de esa ruta.

El mismísimo Juan de Brienne, que ostentaba el título, bien que meramente honorífico, de rey de Jerusalén, al regreso de Tierra Santa tomó en la catedral de Tours el bastón de peregrino de Santiago y comenzó el camino de Compostela a fines del invierno de 1224. Llegó hasta la tumba del apóstol, y de regreso se acercó a Toledo, donde el rey Fernando preparaba su campaña contra los almohades. Apenas un mes después, el rey de Jerusalén se casaba con la hermana de don Fernando. La boda se celebró en Burgos y la ofició el obispo don Mauricio en presencia del arzobispo de Toledo, don Rodrigo Ximénez de Rada, que también bendijo la unión. Don Mauricio pudo mostrar orgulloso a toda la corte los avances en la obras de la catedral, aunque don Rodrigo aprovechó la ocasión para anunciar que la nueva catedral de Toledo, cuyos cimientos ya habían comenzado a ser excavados, tendría cinco naves y sería la más grande y hermosa de toda Castilla, y tal vez de toda la Cristiandad.

No obstante, la ceremonia nupcial tuvo que celebrarse en la catedral vieja, que se mantenía en pie aunque cada vez más amenazada por el avance hacia el oeste de la cabecera del nuevo templo.

Aquel de 1224 acababa la tregua que se había acordado diez años atrás entre castellanos y almohades. Don Fernando había aguardado pacientemente a que se agotara el plazo, pues quería transmitir la idea de que su legitimidad estaba fuera de duda y que por tanto mantenía los acuerdos firmados por su abuelo don Alfonso VIII como si los hubiera pactado él mismo.

En el mes de julio el rey de Castilla celebró curia en la villa de Carrión. Don Mauricio acudió a la cita no sin antes confesar a Luis de Rouen que tenía dudas sobre el futuro de las obras de su catedral, pues temía que en aquella curia se declarara la guerra a los almohades y el rey decidiera emplear todas las rentas del reino en la campaña militar que se avecinaba.

Previamente a la curia, los agentes que don Fernando había infiltrado en las principales ciudades de al-Ándalus comenzaron a agitarlas contra los almohades. En muchas de ellas brotó la rebelión y sus dirigentes musulmanes se alzaron contra el califa almohade. Las aristocracias de Córdoba, Sevilla, Granada y Murcia encabezaron las revueltas.

Con los musulmanes disgregados y en plena guerra civil, muerto el gran califa almohade Yusuf, la curia reunida en Carrión decidió iniciar la guerra. Don Mauricio y don Rodrigo, que también veía peligrar la continuidad de las obras de su recién iniciada catedral en Toledo, pusieron algunos reparos, pero toda la nobleza del reino insistió en que era necesaria la guerra, apelando a la obligación de todo buen cristiano de imponer el triunfo del cristianismo sobre los infieles.

Don Mauricio sintió que un escalofrío le recorría la columna vertebral cuando el rey, aprobado el inicio de la guerra, proclamó que dedicaría a ella cuantos recursos fueran necesarios para llevarla a buen término y acabar con el dominio del islam en la península.

Cuando, finalizada la curia, regresó a Burgos, se mostró muy inquieto.

—Don Fernando ha declarado que no escatimará esfuerzos

en esta guerra. Eso significa que, en caso de que las necesite, dedicará las rentas de la iglesia de Burgos a pagar guerreros y armaduras en vez de continuar con la construcción de esta catedral —comentó un desanimado don Mauricio a Luis en una visita a la obra.

—Tal vez no sea necesario —intentó consolarlo Luis.

—Ojalá, pero me temo que el rey va en serio. Es un soberano muy orgulloso y plenamente consciente de lo que dice. Está absolutamente empapado del espíritu de la cruzada y se ha empeñado en conquistar todo al-Ándalus; lo conozco bien, y creo que no cederá hasta que lo consiga. Va a convocar la hueste para el mes de septiembre en Toledo y antes de que acabe el año lanzará el primer ataque contra los musulmanes. Si los sarracenos se resisten, la guerra durará muchos años, y en ese caso, tal vez... No quiero ni pensarlo.

—¿Tendremos que suspender las obras? ¿Os referís a eso, eminencia?

—Sí, claro que sí, pero mientras podamos continuar, lo haremos. Y bien, ¿cómo va el trabajo?

Luis le explicó que había iniciado el alzado de la cabecera siguiendo el modelo de Bourges pero que la altura iba a ser menor al tener los tramos una anchura inferior.

—Los tramos de Burgos tienen dieciocho pies y medio, en tanto los de Bourges alcanzan los veintidós y medio. Pero he previsto que este alzado, al ser menor la altura y la distancia entre los pilares, sea mejor que el de Bourges, y así se compense la diferencia de tamaño.

—¿Y cómo lograréis eso..., si vuestra respuesta no supone romper uno de vuestros secretos? —preguntó don Mauricio.

—Los pilares de Bourges son demasiado complejos y eso ha planteado algunos inconvenientes. Estos de Burgos los he trazado de modo más simple, así que ganarán en esbeltez y gracilidad; por eso, aunque sean más bajos, parecerán más estilizados incluso.

Un canónigo llegó corriendo para anunciarle a don Mauricio que acababa de recibirse una bula del papa Honorio III por la cual el pontífice concedía catorce días de indulgencia a quienes contribuyeran con sus donativos a la obra de la catedral.

—¡Sólo catorce días! —exclamó Luis.

—Suficientes. Si concediéramos un año, o dos, sólo pagarían una vez, pero si quieren disfrutar de muchos meses de indulgencias tendrán que hacerlo varias veces —dijo don Mauricio.

Luis frunció el ceño.

—Dinero por el perdón de los pecados... —susurró el arquitecto.

—No, dinero para construir la casa de Dios. Miradlo de esta manera, don Luis, y comprenderéis mejor los designios del Señor.

Luis acudió puntual. Estaba citado para presentar los bocetos de la traza y de las esculturas de la portada sur del crucero tras la oración de la mañana. Luis de Rouen había planteado un programa muy atrevido en el que la Virgen adquiría un protagonismo casi absoluto, pero los canónigos de Burgos habían insistido en que las esculturas de las portadas tenían que seguir los viejos cánones, y que los apóstoles, los reyes y el Juicio Final debían estar presentes en esas portadas.

Luis saludó con una reverencia a los miembros del cabildo, que presidía el obispo don Mauricio en la sala capitular del viejo claustro catedralicio, y ordenó a su ayudante que desplegara el pliego de papel en el que estaba dibujado el boceto de la portada sur. Era la primera vez que Luis utilizaba este nuevo material para hacer sus dibujos. El primer papel había llegado a Burgos ese mismo año; lo había traído un mercader musulmán valenciano y enseguida Luis se había dado cuenta de su enorme utilidad para dibujar sobre él. Mucho más barato que el pergamino, el papel podía ser doblado en varios pliegues y la homogeneidad de su textura lo convertía en un material muy versátil.

—Como han indicado vuestras mercedes, en el tímpano irá una escultura sedente de Cristo coronado en majestad y rodeado por los cuatro evangelistas a modo de escribientes sentados en sus pupitres al lado de sus cuatro símbolos: el águila de san Juan, el león de san Marcos, el toro alado de san Lucas y el ángel de san Mateo. Bajo la escena principal y a modo de dintel, se dispondrán los doce apóstoles, todos ellos sentados de frente, con san Pedro y san Pablo en el centro. Para ello me he basado en una de las portadas de la catedral de Amiens. En el parteluz de la puerta voy a colocar una escultura de vuestra eminencia.

Don Mauricio abrió los ojos exagerando una presunta sorpresa.

—Es un honor que no merezco —dijo el obispo.

—Por supuesto que sí —intervino uno de los canónigos—. Es un regalo de este cabildo. Vuestra eminencia reverendísima es el principal artífice de este nuevo templo; sin vos, la nueva catedral de Burgos jamás se hubiera construido. Todos nosotros apoyamos que vuestra figura quede plasmada en piedra para siempre en la portada sur.

El resto de los canónigos asintieron, aunque algunos de no muy buena gana.

—Yo no soy digno de semejante honor —insistió el obispo, aunque dejando entrever que en verdad estaba encantado con la propuesta.

—Nada mejor que vuestra imagen para ocupar ese lugar; insistimos en que el parteluz de la puerta sur sea una escultura que os represente.

—Bueno, si tanto insistís...

—Por supuesto, eminencia, es un derecho que habéis merecido sobradamente.

—En cuanto a las arquivoltas —continuó Luis—, serán tres, con figuras de ángeles músicos tocando todo tipo de instrumentos, alabando la gloria del Señor y...

—Bien, bien, esos detalles son ya cosa vuestra, maestro Luis. Lo esencial de la portada sur ya está visto y aprobado; podéis comenzar las esculturas enseguida.

—Antes necesito un buen equipo de escultores. Aquí, en Castilla, los hay excelentes, pero utilizan las viejas técnicas que hacen que las esculturas parezcan rígidas. La nueva catedral requiere de tallistas que sepan plasmar la nueva imagen que requiere este nuevo estilo de la luz, que infiere a cada figura una señal de identidad propia.

—¿Necesitaréis tallistas franceses? ¿Os referís a eso?

—Bueno, ya he dicho que los castellanos son muy buenos en su trabajo, y además su imaginación es desbordante, pero aquí son necesarias nuevas imágenes. Si me lo permitís, eminencia, mandaría llamar a maestros franceses. Hay al menos media docena de tallistas en Bourges y en Amiens que...

—De acuerdo. Id por ellos y regresad enseguida.

—No es necesario, de momento, tal vez dentro de un par de años.

—¿Y entre tanto?

—Me gustaría emplear a algunos tallistas musulmanes —dijo Luis.

—¿¡En la catedral!? —se sorprendió don Mauricio.

—No podemos consentir que los sarracenos modelen la figura de Cristo o las de los santos de la Iglesia, de ninguna manera —intervino un canónigo.

—Los musulmanes no esculpirían una sola figura; su religión les impide representar el cuerpo humano, pero sí podrían trabajar en la decoración floral y geométrica de cenefas y capiteles. ¿Es eso malo? Son artesanos extraordinarios y no hay nadie como ellos para ese tipo de trabajo. En las últimas semanas he visitado algunos talleres de la morería y he quedado gratamente sorprendido por el nivel de perfección de sus trabajos con motivos geométricos y vegetales. Además, ganaríamos tiempo y ahorraríamos dinero.

—Bien, si no ponen su mano en las esculturas del Señor y de sus santos, yo no tengo ninguna objeción. ¿Y sus señorías? —preguntó el obispo a los canónigos.

Los canónigos se miraron entre ellos y consintieron. Casi todos habían encargado en alguna ocasión ciertas labores artesanales a los musulmanes que trabajaban en los talleres de la morería de Burgos.

—En ese caso, contrataré a tallistas de la morería para los elementos decorativos —asentó Luis.

—Antes de terminar esta reunión quiero anunciar algo importante —dijo don Mauricio—. Su alteza el rey don Fernando ha regresado victorioso y con un cuantioso botín de su incursión por tierras de Jaén.

Los canónigos aplaudieron y se felicitaron.

—Eso es estupendo.

—Mejor todavía, ya se encuentra en Toledo sano y salvo y nos ha prometido una importante donación para las obras de la catedral.

—Un gran monarca, digno de la santidad —proclamó un canónigo.

Mientras se retiraban de la sala capitular, el obispo se acercó hasta Luis.

—Maestro —le susurró al oído—, disponed de cuanto necesitéis para la obra. Nuestra diócesis y nuestro reino, y ello gracias a Dios y a nuestro rey, disfrutan de una prosperidad como jamás antes se había conocido. Y si la guerra contra los sarracenos continúa como hasta ahora, lejos de retraer rentas, nos proporcionará nuevos ingresos. Haced cuanto podáis antes de que lleguen tiempos peores, que de seguro aparecerán.

Siguiendo las indicaciones de don Mauricio, Luis contrató a algunos canteros, albañiles y carpinteros, además de a peones no especializados para los trabajos de acarreo de materiales y transporte. En las canteras se trabajaba a un ritmo excelente y cada día llegaban al pie de los muros, que ya comenzaban a elevarse hasta el arranque de las bóvedas, un par de carretas llenas de piedras desbastadas que los canteros especialistas se encargaban de retocar y afinar hasta convertirlas en sillares perfectamente escuadrados. Los mejores bloques, que el maestro de cantería seleccionaba personalmente, se destinaban a las esculturas y a los elementos decorativos.

A comienzos de 1225 la cabecera de la nueva catedral ya había tomado forma y sus cinco capillas semicirculares habían quedado cubiertas con sus correspondientes bóvedas y tejados.

Espoleado por el éxito de su primera campaña en el otoño de 1224, el joven rey don Fernando, animado por sus principales consejeros, se lanzó a la conquista del sur musulmán con todas sus fuerzas. Mientras Luis de Rouen y don Mauricio seguían paso a paso la construcción de la catedral de Burgos, don Fernando combatía a los musulmanes, logrando un éxito tras otro. Su fervor religioso era tal que algunos de sus caballeros decían que era el mismísimo don Rodrigo Díaz de Vivar, el famoso Cid Campeador, revivido y encarnado en el cuerpo del hijo de doña Berenguela. Otros comparaban su valor con el de su abuelo Alfonso VIII, el vencedor de las Navas, y todos aseguraban que no había rey más cristiano ni monarca más justo en sus prácticas de gobierno.

Los cronistas escribían elogiosas loas sobre su figura y los poetas destacaban sus valores caballerescos y sus virtudes épicas. Convencido de que era el monarca elegido por Dios para reintegrar toda la vieja Hispania de los romanos a la obediencia de Cristo, irrumpió con su ejército como un ciclón en el valle del Guadalquivir y entre 1225 y 1227 conquistó Andújar, Baeza y su región. Jaén, defendida por el noble castellano Álvar Pérez de Castro, enemigo de Fernando III y mercenario al servicio de los musulmanes, resistió el asedio del rey de Castilla, pero la conquista de Jaén y después la de Córdoba, Sevilla y Granada parecían sólo cuestión de tiempo, de muy poco tiempo.

Entre tanto, el rey Alfonso de León tomó al fin Cáceres, cuyos muros hacía tiempo que se le resistían. Padre e hijo, reyes de León y de Castilla, competían ahora por quién lograba ganar más territorios a los musulmanes del sur, y todo ello mientras el imperio almohade se desmoronaba tan deprisa como había surgido.

En 1226 el rey Fernando III y el arzobispo don Rodrigo Ximénez de Rada colocaron la primera piedra de la catedral de Toledo. Hacía cuatro años que se habían iniciado los trabajos de cimentación y las paredes de la cabecera ya habían alcanzado una buena altura, pero el arzobispo no quiso dejar pasar la ocasión de que el rey hiciera lo mismo que había hecho en Burgos pocos años antes.

Don Rodrigo había contratado como arquitecto de las obras de la nueva catedral de Toledo al maestro Martín, que acababa de llegar de Francia recomendado por Luis de Rouen; ambos habían recibido el grado de maestro en el mismo examen y eran compañeros desde que estudiaran juntos en la Universidad de París. Antes de viajar a Toledo el maestro Martín había pasado unos meses en Burgos, donde se había casado con María Gómez, una joven castellana hija de un rico comerciante en lanas.

Fue a comienzos de 1228 cuando Luis de Rouen pidió permiso a don Mauricio para viajar al fin a Francia.

Blanca de Castilla, nieta de Leonor de Aquitania, hija de Alfonso VIII de Castilla y tía de Fernando III, se había casado con Luis VIII de Francia, que murió en el cuarto año de su reinado. Como el hijo y heredero de ambos, Luis IX, era un niño, la infanta castellana, que había sido madre recién cumplidos los doce años, se convirtió en regente de Francia. Luis aludió a esa circunstancia para destacar que ahora las relaciones entre Francia y Castilla serían extraordinarias y que había que aprovechar esa situación.

En la nueva catedral de Burgos ya se había construido el triforio de los tramos de la cabecera. Frente a la sencillez y simplicidad de formas del de Bourges, el triforio de la catedral castellana se había labrado con mayor riqueza decorativa. Los canteros musulmanes habían aportado su buen hacer y su refinada tradición en la ornamentación de edificios elaborando unas celosías de piedra en las que los calados daban al conjunto una variedad magnífica.

A partir del modelo de la catedral de Bourges, Luis de Rouen había logrado crear en Burgos un edificio de características singulares, cuya mayor riqueza decorativa paliaba el mayor tamaño y la amplitud que le proporcionaba a la de Bourges la espaciosidad de sus cinco naves y la ausencia de crucero.

El cubrimiento de la cabecera estaba ultimado. Luis había decidido utilizar la bóveda de crucería simple, con nervios longitudinales, más sencilla pero en su opinión más ligera y grácil que las bóvedas sexpartitas con las que se habían cubierto las naves de Bourges.

Resueltos los problemas arquitectónicos de la catedral de Burgos con las soluciones aportadas por Luis y con los trabajos arquitectónicos a pleno ritmo, era preciso resolver las dos portadas del crucero, donde se iban a colocar los dos grandes conjuntos escultóricos. Para ello, Luis de Rouen creyó que era imprescindible contratar a los más reputados especialistas, y estos se encontraban en Francia.

Durante varios meses recorrió los talleres de las principales catedrales del reino de Francia y finalmente, la de Chartres, cuya fábrica ya había sido casi concluida. Pasó parte del verano en Chartres, descansando del agotador viaje que lo había llevado por todo el norte de Francia. Su hermano, el maestro Juan de Rouen, lo recibió alborozado.

—¿Es el sur tan cálido como dicen? —le preguntó Juan a su hermano menor al finalizar la cena y con sendas copas de licor de ciruelas en las manos.

—La tierra bajo dominio de los sarracenos tal vez, pero la región de Burgos es muy fría en invierno, más si cabe que la nuestra. Claro que no llueve tanto y hay mucha menos humedad, pero el sol, hermano, y la luz, ¡ah!, la límpida luz de Castilla... Si la vieras... El cielo es de un azul tan intenso que hace daño a los ojos, y el sol brilla todo el año con la luminosidad de un millón de estrellas.

—En ese caso, tu catedral tendrá una luz maravillosa.

—Te lo diré cuando lo pueda ver con mis propios ojos. Ya hemos colocado el tejado de la cabecera. Mi viaje aquí se debe precisamente a que necesito escultores que tengan experiencia en tallar las figuras más importantes de las portadas y para colocar las piezas escultóricas de las fachadas del crucero. Antes de venir a Chartres he visitado las obras de las catedrales de

Bourges, París, Reims y Amiens, y he logrado que el maestro del taller de Amiens vaya a Burgos para esculpir las figuras principales del tímpano de la portada sur.

—Llévate contigo a Enrique —dijo Juan.

—¿A tu hijo, a mi sobrino? Pero si me has dicho que está en París.

—Regresa dentro de dos o tres días. Ya han acabado las clases en París, y había pensado que pasara el verano aquí, en Chartres; todavía tengo que enseñarle muchas cosas, pero creo que aprenderá más yendo a Burgos contigo.

Cuando llegó el joven Enrique, su tío apenas lo reconoció. El joven tenía dieciocho años, y la última vez que Luis lo había visto apenas había cumplido los doce.

—¡Cómo has crecido, sobrino! Seguro que las mozas de París te acosan sin descanso. Por cierto, recuerdo una taberna en el barrio de... bueno, es igual, siempre estaba llena de mujeres hermosas dispuestas a todo por un puñado de monedas.

—Enrique no es de ese tipo de muchachos —afirmó tajante su padre.

—¿No? ¿Un estudiante, sólo en París, con todas esas tabernas llenas de mujeres ardientes esperando ansiosas a que un joven y fogoso estudiante las monte? Vamos, hermano, tu hijo es ya todo un hombre. Tal vez tú no te hayas dado cuenta, pues lo ves a menudo, pero fíjate bien en él.

»Sobrino, tu padre me ha pedido que te lleve conmigo a Burgos. Estamos trabajando en la cabecera y el crucero de la nueva catedral, y necesito gente que sepa... Bueno, tú eres todavía demasiado joven, pero necesitarás acumular experiencia para obtener en su momento el grado de maestro de obra. Castilla es una buena tierra para eso. Burgos y Toledo están construyendo dos nuevas catedrales y hay proyectos para hacer lo mismo en el vecino reino de León, en las ciudades de León y Compostela. Al parecer, todos los obispos de los reinos hispanos se han empeñado en emular a sus homólogos franceses e ingleses.

—Te sorprenderá la habilidad de Enrique para tallar la piedra; pese a su juventud, es uno de los mejores escultores que conozco —dijo Juan.

—Si mi padre así lo quiere... —asintió Enrique.

—Será bueno para tu formación, hijo. Puedes ir a Burgos con tu tío y regresar a Francia el año que viene. Allí tienes la oportunidad de ver cómo se construye un catedral desde el principio.

—Bueno, la cabecera ya está casi acabada —intervino Luis.

—Pero has dicho que hay proyectos nuevos para León y Compostela. Todos los arquitectos ambicionamos poder iniciar las obras de una catedral. Y en los reinos cristianos de León y de Castilla eso todavía es posible.

—¿Sabes, hermano? Yo aún era un crío cuando aquello ocurrió, pero ahora, con el paso de los años... Siempre he tenido una duda: ¿las viejas catedrales de Chartres, Reims y Amiens ardieron de manera accidental o fueron sus obispos quienes provocaron intencionadamente los incendios?

—¿Por qué dices eso? —preguntó Juan.

—He visto en los ojos del obispo de Burgos la ambición que provoca ser el fundador de una nueva catedral. Hace algún tiempo me propuso tallar su imagen en el parteluz de la portada sur, y aunque se mostró en público aparentemente reacio y dijo que no lo merecía, se trabajó a los canónigos más fieles para que me presentaran su propuesta como si fuera una iniciativa espontánea del propio cabildo.

»Por eso creo que algunos de estos obispos matarían a su

propia madre si con ello pudieran construir su sueño: la catedral más bella, más larga, más alta y más luminosa de la Cristiandad.

El joven Enrique y su tío, el maestro Luis de Rouen, partieron hacia Castilla una calurosa mañana de agosto. Los extensos campos de cereales de Chartres estaban siendo segados por centenares de campesinos que cantaban dulces melodías de amor mientras las hoces cercenaban los tallos repletos de espigas. Las cosechas seguían siendo excelentes, la prosperidad inundaba de dones las casas de ricos y pobres, todo parecía estar santificado por la mano divina, que al fin, tras siglos de sufrimientos, pestes y hambrunas parecía reconciliada con el género humano.

10

—¡Burgos, Enrique, ahí está Burgos!

Luis señaló a su sobrino el caserío que se extendía perezoso por la ladera sur del cerro coronado por el imponente castillo. Habían viajado durante todo el mes de agosto bajo un sol inclemente siguiendo el Camino de los Franceses, a lo largo del cual habían visitado los santuarios más importantes de la que ya se había convertido en la ruta de peregrinación más frecuentada de toda la Cristiandad.

—No es muy grande —comentó Enrique mientras la mula que montaba se acercaba a paso cansino hacia las murallas.

—Apenas seis mil almas, tal vez siete mil si contamos también a los sarracenos y a los judíos. Todos los habitantes de Burgos cabrían en uno de los barrios de París, pero está creciendo deprisa, ya lo creo, y mucho.

»¡Mira, mira allí! —Luis señaló con el dedo hacia la catedral—. Ahí la tienes, sobrino, el nuevo templo de la luz.

Los tejados rojos de la nueva catedral destacaban por encima del caserío igual que un gigante en medio de un grupo de enanos.

Ya bajo las bóvedas de la cabecera, Luis le explicó a su sobrino sus planes.

—Lo que me importa es la luz, Enrique, la luz y la armonía. Y para ello estoy aplicando las proporciones ideales, las que los grandes matemáticos y geómetras han descubierto durante siglos. Busco reflejar en este templo la armonía de los números que regulan la naturaleza y cada una de las obras del Creador. En la escuela de Chartres aprendí las proporciones que según los maestros matemáticos rigen la armonía celestial. Allí aprendí que la luz es el principio que ordena la multiplicidad y la materialidad de las criaturas del Señor.

»En la catedral, la luz es como la palabra de Dios, que es la luz de la vida cuyo fulgor alumbra el mundo y a los hombres. Dios nos ha dado a los arquitectos un don superior: podemos lograr que todo el mundo pueda ver la luz de Dios reflejada en la casa del Señor, que es el templo de Cristo. A través de nuestra obra, la luz de Dios alumbra el mundo; la podemos ver, sentir, casi tocar.

»Esta obra no es sólo un edificio de piedra y argamasa, es un homenaje a la belleza, el símbolo más sabio y más sagrado de la hermosura de la luz de Dios. Por eso, querido sobrino, es tan importante saber determinar la armonía en las proporciones de nuestras obras, porque a través de ellas vamos a mostrar la armonía de Dios, su número divino. Ese es el secreto de esta catedral: está construida siguiendo las proporciones del número áureo, el que Dios eligió para construir el universo. Sólo nosotros, los maestros de obra, lo conocemos, y no debemos revelárselo a nadie que no sea capaz de guardar la confianza que en cada uno de nosotros deposita nuestra hermandad.

»Escucha bien: ese número es la unidad y su relación constante con dos tercios de la unidad más la unidad misma. Así ha construido Dios el mundo, y así nos ha encargado que construyamos sus templos. Somos la mano de Dios.

—Sólo somos hombres, sólo hombres —contestó el joven Enrique.

—Hombres hechos a imagen y semejanza de Dios, no olvides jamás eso.

—No podemos imitar a Dios.

—¿Eso crees? Has visto con tus propios ojos lo que ha construido el maestro Juan de Orbais en Reims, o Roberto de Luzarches en Amiens, o tu propio padre en Chartres. ¿No es acaso eso imitar la creación de Dios? ¿Has visto en la naturaleza algo más bello que las catedrales de Nuestra Señora de París o de Chartres?

»Nosotros tenemos la facultad de crear belleza, de continuar la obra de Dios, para eso estamos aquí. Me gustaría que vieras la catedral de Bourges, donde trabajé como segundo maestro antes de venir a Burgos. Allí hemos logrado tal grado de ilusionismo a partir de la luz que cuando los rayos del sol bañan el interior de sus cinco naves parece que se está en presencia de varias iglesias fundidas mágicamente en una sola. Eso es imitar a Dios.

—Lo que dices casi suena a herético.

—La herejía es sucumbir a los temores y a los miedos.

»Bueno, y ahora vayamos a casa. Tienes que instalarte. Mañana habrá tiempo para trabajar.

El maestro Luis destinó a su sobrino Enrique a las obras de la portada sur del crucero. Los Rouen eran afamados maestros en el arte de tallar figuras, y Enrique no desmerecía de su padre y de su tío, incluso era superior a ellos a la hora de plasmar cierta naturalidad en los rostros de las esculturas.

—En el parteluz vamos a colocar una imagen del obispo Mauricio; tu padre me dijo que eras un gran escultor, el mejor; ¿te sientes capacitado para tallarla?

—Sí, pero no lo conozco.

—Lo harás enseguida; mañana regresa a Burgos tras un viaje rutinario en visita episcopal por la diócesis. Bueno, en realidad ha recorrido los monasterios e iglesias más ricos para recaudar rentas para esta catedral, ya verás que está obsesionado con esta obra.

—Bueno, tío, creo que tú también.

Luis sonrió.

—Tienes razón; esta catedral se ha convertido en toda mi vida, en la principal razón para vivir. No puedo evitarlo; debe de estar en la sangre de los Rouen. Mi padre y mi hermano me enseñaron cuanto sé, y tú vas a ser el continuador de la tradición familiar. El arte de construir catedrales se transmite de padres a hijos, o a otros parientes, de generación en generación. No se trata de un secreto que haya que guardar celosamente porque sí, sino de un don de Dios que no nos es permitido compartir con cualquiera.

Durante varios meses Enrique trabajó sin descanso en las esculturas destinadas a la portada sur del crucero. Pese a su joven edad, era un consumado tallista y, tras esculpir varias figuras para las arquivoltas, a comienzos del invierno y aprovechando que a causa del frío se habían suspendido los trabajos en el exterior de la catedral comenzó a preparar en la estatua del obispo Mauricio, destinada al parteluz de la portada sur.

En un mes terminó la escultura. De tamaño natural, la estatua del obispo Mauricio presentaba un realismo asombroso. Había tallado al prelado vestido con un amplio hábito, con la mano derecha ligeramente destacada del cuerpo, doblado el brazo por el codo y en posición de bendecir. En la mano izquierda portaba el báculo episcopal forjado en hierro en el taller de la propia catedral. Vestido con una amplia toga, Enrique había dedicado sumo cuidado al tallado de los pliegues. Siguiendo la técnica que había aprendido de su padre, había esculpido los paños del hábito a base de varios pliegues generados a partir de la flexión del brazo derecho, lo que dotaba a la figura de una veracidad extraordinaria y daba la impresión de que la piedra se había convertido en un verdadero lienzo de tela. La mitra episcopal cubría una cabeza en cuyo rostro destacaba la mirada tranquila, de rasgos tan serenos que despertaban en el espectador una confianza poco habitual, a lo que contribuían unas mejillas limpias y delicadas, desprovistas de barba.

La réplica de don Mauricio parecía a punto de cobrar vida, con su rostro casi humano pese a ser de piedra, hasta tal punto que cuando Luis examinó la obra de su sobrino sólo pudo decir que no le extrañaría que aquella figura se pusiera a hablar de un momento a otro.

Luis invitó a don Mauricio para que visitara el taller de escultura y observara su figura en piedra. Enrique había dibujado en papel algunos rasgos del obispo en tres sesiones en las que don Mauricio posó con mucho agrado para el joven escultor.

Cuando el obispo entró en el taller, un barracón de madera instalado en el exterior de la zona de la cabecera de la nueva catedral, su escultura estaba cubierta por un paño.

—Eminencia —dijo Luis—, he aquí la figura que recibirá a cuantos fieles entren en la catedral por la puerta sur.

El maestro tiró de una punta del paño y la figura de piedra quedó a la vista del obispo y de la media docena de canónigos y criados que lo acompañaban.

—¡Dios bendito! —exclamó uno de los canónigos—, sois vos mismo, eminencia.

Don Mauricio se quedó boquiabierto, sin apenas poder articular palabra ante la contemplación de su imagen en piedra.

—¿Así... así soy..., en verdad que soy así? —balbució el prelado.

Luis le hizo una indicación a su sobrino para que hablara.

—Así es como mis ojos os ven, eminencia.

—Os dije, don Mauricio, que mi sobrino era el mejor escultor de Francia. Tiene en sus venas la sangre de los Rouen, una saga de maestros tallistas y arquitectos.

Don Mauricio se acercó hasta colocarse apenas a un palmo de distancia de su estatua en piedra. Alargó la mano y tocó el rostro frío de la escultura; después se tocó el suyo.

—Es una talla para la eternidad —dijo Luis.

—Sólo Dios es eterno, maestro, no lo olvidéis —repuso de inmediato don Mauricio con la aceptación de los canónigos.

—Me refería...

—Ya sé a qué os referíais, don Luis, pero ni siquiera esta catedral será eterna. Las obras de los hombres están destinadas a desaparecer: obras y cuerpos, todo viene del polvo y al polvo volverá; sólo Dios permanece, y con él, su luz. El hombre puede disfrutar de la grandeza de Dios, contemplarla y admirarla, y esta catedral es el ejemplo de lo que digo. Cuando Dios lo quiera, mis huesos y mi carne apenas serán polvo que alimentará la tierra, cuando el Creador lo decida, esta estatua volverá a la piedra amorfa y mineral de donde surgió; sólo permanece el alma que Dios nos ha dado, don Luis; sólo el alma es inmortal.

»En cuanto a ti, Enrique, has realizado un trabajo excelente. ¿Cuántos años tienes?

—He cumplido diecinueve hace muy poco —dijo Enrique.

—Ya eres un hombre, pero todavía eres joven. ¿Quién sabe hasta dónde podrás llegar?

—Mi sobrino es oficial, pero esta talla es digna del mejor de los maestros. Os aseguro, don Mauricio, que no he visto nunca a ningún aspirante que presentara una escultura de semejante calidad en el examen para obtener el grado de maestro —repuso Luis.

—En ese caso, ¿por qué no le concedéis ese grado ya? —demandó don Mauricio.

—Esa facultad debe otorgarla un tribunal compuesto por varios maestros; pero antes mi sobrino ha de completar el ciclo de estudios, y todavía no ha cumplido con todos los requisitos; tal vez en dos o tres años lo consiga. Nuestro oficio requiere de un aprendizaje que tiene que recorrer un camino determinado para el que no hay atajos.

—Y conocer unos secretos que muy pocos saben.

—Ye hemos hablado de eso en alguna ocasión, eminencia. Permitid que me reserve en este asunto.

—Y bien, señores, ¿qué les parece a vuestras mercedes mi escultura?

—Digna de vos, señor obispo —repuso un canónigo.

—Magnífica, magnífica —reiteró otro.

—¿Y la pintura? —preguntó entonces el obispo.

—No la pintaremos hasta que no quede colocada en su sitio. Ya sabéis que irá en el parteluz de la portada sur, bajo un dosel, justo debajo de san Pedro y san Pablo y del dintel con los doce apóstoles. Ocupará la mitad superior de la columna del parteluz; los pies estarán dispuestos a tal altura que sólo un hombre muy alto podría llegar a tocarlos alzando su brazo.

—¿Cuándo estará colocada en su sitio? —demandó el obispo.

—Dentro de unos cuantos meses, tal vez dos o tres años. Tenemos que esperar a que esté acabada la portada y talladas todas las figuras de la portada para comenzar a colocarlas en sus respectivas posiciones. Todo está medido para que ajuste perfectamente, pero siempre hay que hacer retoques —contestó Luis.

—¿Cuánto tiempo decís?

—Tres años.

—¡Tres todavía!

—Quizá un poco más.

—¡Os comprometisteis a acabar la cabecera y el crucero en siete años! —dijo don Mauricio.

—Perdonad, eminencia, os dije diez, diez años —repuso Luis—. Y está escrito en...

—Bueno, bueno, diez, diez, es igual, pero colocad esa estatua en su lugar cuanto antes. No me gustaría morir dejando a mi imagen abandonada en este almacén.

»Has hecho un buen trabajo, Enrique; si de mí dependiera, ya serías maestro —continuó don Mauricio dirigiéndose al joven Rouen—. Y ahora quedad con Dios, tengo que preparar una entrevista con su alteza don Fernando.

Don Mauricio salió del taller seguido por la comitiva de canónigos y criados.

—Todo un personaje, este obispo —comentó Enrique.

—Sí, lo es. Y tu obra le ha impresionado; no esperaba que esa escultura fuera tan extraordinaria. Y si he de confesarte la verdad, sobrino, yo tampoco.

Con la llegada de la primavera de 1229, Enrique le indicó a su tío que quería visitar Compostela.

—He recorrido casi todo el camino de los peregrinos para llegar hasta Burgos. De aquí a la tumba del apóstol Santiago quedan muy pocas etapas. Además, algunos de los canteros del taller que han visitado la catedral de Compostela aseguran que las esculturas de su portada oeste son extraordinarias; me gustaría verlas, siempre se aprenden cosas.

—Me haces falta aquí; quiero acabar cuanto antes las figuras de la portada sur para empezar a montarlas en cuanto la fachada esté lista para ello. Don Mauricio se impacienta cada vez que visita las obras y no ve su escultura colocada en el parteluz. Además está a punto de lograr nuevas rentas sobre Carranza, Miranda de Ebro y otros pueblos de esa comarca que se disputa con el obispo de Calahorra. Si los dos prelados llegan a un acuerdo, habrá más dinero para la obra.

—Sólo serán unas semanas. Puedo ir con alguno de los grupos de peregrinos franceses que partirán en los próximos días. Me han dicho que los puertos de los Pirineos ya están libres de nieve y que han comenzado a llegar los primeros viajeros hacia Compostela.

»Soy joven y fuerte; en quince días puedo estar en Compostela, y regresar en otros tantos; sólo me ausentaría de Burgos poco más de un mes.

—Bueno, eso si no llueve demasiado, no nieva en las montañas, no te roban, no caes enfermo o no te accidentas...

—Tendré sumo cuidado y siempre caminaré acompañado por un grupo nutrido de peregrinos.

—En ese caso emplearás más de quince días.

—Me uniré a los que vayan más deprisa o a los que salgan antes. Dame permiso para ir, tío; quiero ver ese pórtico.

Luis cogió a su sobrino por el hombro y al contacto con el muchacho pudo comprobar la dureza de su brazo y la fortaleza de sus músculos, modelados a fuerza de martillazos con el escoplo sobre la piedra.

—Ten mucho cuidado y no te fíes de nadie, ¿me oyes?, de nadie. Le diré a don Mauricio que te expida una carta para que seas bien acogido en todos los lugares por donde pases.

»¿Cuándo piensas partir? Porque imagino que ya tenías planeado todo eso.

—En las últimas semanas he estado informándome de la ruta hasta Compostela.

Enrique sacó un papel de un bolsillo de su chaqueta y lo desplegó ante su tío.

—Vaya, sí que lo tenías preparado.

En el papel estaba dibujado el itinerario desde Burgos hasta Compostela. Dividido en quince etapas, indicaba cada una de las paradas en el itinerario; desde Burgos, la ruta seguía el llamado Camino Francés o de Santiago, y pasaba por Castrojeriz, Sahagún, León, Astorga, el puerto del Cebreiro y Villar de Donas, para finalizar en Compostela.

—El único tramo difícil es este. —Enrique señaló el punto que indicaba el puerto del Cebreiro—. Pero me han dicho que las montañas de Galicia son mucho menos elevadas que los Pirineos y que, aunque abundan los lobos, en esta época del año lo único molesto son las lluvias constantes y las nieblas.

—No dejes de visitar León, creo que es una ciudad extraordinaria; toda ella está llena de iglesias construidas en el viejo estilo «al romano». Y cuídate mucho, si te pasara algo no me lo perdonaría nunca; ya sabes que para mí eres como un hijo, el que nunca he tenido.

—Por cierto, ¿puedo hacerte una pregunta, tío?

—Claro.

—¿Por qué no te has casado?

Luis titubeó.

—Dios no me ha hecho para el matrimonio; tal vez debiera haber profesado órdenes religiosas. No sé... Desde muy joven, en la escuela de Chartres y luego en París... Bueno, sobrino, la vida nos conduce a veces por vericuetos que no podemos entender. Será la voluntad de Dios, o el destino.

—¿Nunca has tenido necesidad de... de una mujer? —preguntó Enrique.

—La mujer había sido considerada una encarnación de lo demoníaco desde que Eva le hizo comer la fruta del árbol prohibido a Adán, pero eso se acabó cuando Leonor de Aquitania cabalgó por Tierra Santa con los pechos desnudos. ¡Ah, qué mujer!

—¿¡Llegaste a conocerla!?

—Sí, en una ocasión. Fue en Fontevrault. Yo tenía catorce años. Iba con tu padre y con tu abuelo. El viejo Enrique de Rouen nos había llevado a sus dos hijos a esa abadía. Tu padre estaba preparando el examen de maestro y yo era un aventajado aprendiz que soñaba con alcanzar el grado de oficial. Y ella estaba allí; acababa de enterrar a su hijo Ricardo, el Corazón de León, rey de Inglaterra. Doña Leonor tendría entonces más de ochenta años, pero su figura era tan luminosa y sus pasos tan firmes como los de una mujer de veinticinco.

»Iba vestida de luto y lloraba la muerte de su hijo más querido. La acompañaban numerosas damas de la corte de Aquitania y decenas de caballeros aquitanos, angevinos, normandos e ingleses. Entre las damas había algunas hermosísimas, jóvenes y esbeltas, lozanas como rosas a mediados de mayo. Ella podría ser la madre, la abuela incluso de aquellas bellezas, pero las superaba a todas en porte y distinción.

»¡Ah, sobrino, qué magnífica hembra debió de ser! Duquesa de Aquitania, reina de Francia y de Inglaterra, musa de juglares y trovadores, señora del mundo...

—Pareces entusiasmado con su recuerdo.

—No ha habido en la historia otra mujer igual, ni creo que la haya jamás. Siendo una adolescente, se enamoró de su tío, lo siguió hasta Tierra Santa, cabalgó con los pechos desnudos ante los soldados que defendían nuestra fe a las puertas de Jerusalén... Brilló en su tiempo como jamás lo hiciera ninguna estrella y dejó un recuerdo imborrable en los corazones de cuantos la conocieron.

»Si su segundo marido, el rey Enrique de Inglaterra, la hubiera amado hasta el fin, se hubieran convertido en una pareja de leyenda. Pero Enrique Plantagenet era un hombre demasiado orgulloso. Yo creo que no pudo resistir el brillo de Leonor, que hacía palidecer el suyo propio, y acabó encerrándola en una prisión de la que sólo salió a la muerte de su esposo, cuando su hijo Ricardo Corazón de León fue proclamado rey de Inglaterra.

—Una mujer digna de un reino —dijo Enrique.

—Ya lo creo. Pero ahora lo que importa es que tu peregrinación a Compostela se realice sin contratiempo. Hablaré con el obispo para que te facilite esos documentos que lo hagan más fácil. Y ten mucho cuidado, sobrino.

Compostela apareció al fin a los ojos de Enrique envuelta en una neblina plateada. El joven oficial del taller de Luis de Rouen había caminado durante toda la jornada para cubrir la última etapa del camino. Desde lo alto del monte del Gozo contempló la colina sobre la que se asentaba el caserío de la ciudad sagrada, y en la ladera sudoeste, su catedral, ante la cual se abría una enorme plaza para acoger a los centenares de peregrinos que año tras año se daban cita para visitar la que decían que era la tumba del apóstol Santiago.

Enrique, cansado pero alegre, caminó los últimos pasos hacia la catedral del apóstol con decisión. La luz tamizada por un manto perlado de nubes esmaltaba las colinas verdes y brumosas. El joven Rouen no aguardó ni un sólo instante y se dirigió sin tardanza hacia la catedral, anhelando contemplar cuanto antes el Pórtico de la Gloria.

La catedral se alzaba imponente sobre la ladera del suave cerro que coronaba la ciudad. Dos torres cuadradas y macizas enmarcaban una portada protegida por un pórtico abovedado al que se abrían tres puertas: el Pórtico de la Gloria.

Enrique levantó la cabeza hacia el tímpano central y contempló la figura solemne, rígida y poderosa del Creador. A su alrededor centenares de figuras multicolores se amontonaban en un ordenado caos de cuerpos y utensilios. Apóstoles, santos, ángeles y figuras de otros personajes rodeaban al Señor, unos tocando todo tipo de instrumentos, otros portando los símbolos de sus atributos. Las figuras estaban pintadas con una policromía fastuosa: azules vivísimos, verdes delicados, rojos intensos, ocres naturales y amarillos brillantes dotaban a figuras e instrumentos de una luminosidad extraordinaria.

Durante un buen rato el joven Enrique contempló extasiado aquel prodigo de piedra, tallado en granito gris, una de las rocas más duras para un cantero. Cuando la luz comenzó a desvanecerse con la caída del atardecer, Enrique se apercibió de que ni siquiera se había preocupado por buscar un aposento para pasar la noche.

El hospital de peregrinos de San Marcos estaba lleno de viajeros. Enrique enseñó la carta credencial firmada por el obispo Mauricio y un monje le indicó que se dirigiera al palacio episcopal. Allí fue recibido por un hermano lego que, atendiendo a las explicaciones del joven Rouen y a la vista del sello de lacre rojo del obispo de Burgos, le aseguró que le buscaría acomodo en la catedral.

—Esta semana han llegado muchos peregrinos. Dicen que en Francia, Sajonia e Inglaterra están preparándose para una nueva cruzada y son centenares los caballeros que desean visitar la tumba del apóstol para encomendarle su alma antes de partir hacia Tierra Santa. Todos han hecho testamento antes de venir hasta aquí y la mayoría ha llegado con sus esposas, hijos, parientes y criados. Nos queda algún sitio libre en la tribuna alta de la catedral. Allí estarás bien. Es menos húmeda que las naves laterales y el hedor de los cuerpos es soportable.

»¿Tienes un saco de paja para dormir?

—No, sólo mi manta de viaje —repuso Enrique.

—Eso es poco. Tal vez te quite el frío, pero no te librará de la humedad y te levantarás con los huesos molidos. Por un par de monedas puedo proporcionarte un saco de heno.

—De acuerdo.

—Veamos esas monedas.

Enrique sacó dos monedas de vellón de una bolsa que guardaba entre su ropa, atada al cinturón de cuero, y se las entregó al lego.

—¿Es suficiente? —preguntó.

—Puede servir. —El hermano lego alargó su mano y cogió las dos monedas—. Aguarda aquí, que yo te traeré enseguida tu saco.

Al poco tiempo el lego apareció con un saco de heno bajo el brazo. Los dos caminaron hasta la puerta lateral de la fachada este del crucero. Entraron en el templo y por una escalera interior subieron hasta la tribuna ubicada sobre la nave lateral derecha. La catedral olía a una imprecisa mezcolanza de incienso, cera, humo, aceite quemado, sudor y orines.

Varias decenas de personas se estaban acomodando para dormir en la tribuna alta del templo, que recorría la parte superior de las dos naves laterales. La catedral estaba en semipenumbra, apenas iluminada por unas cuantas lámparas de aceite que alumbraban con luz trémula el templo.

—¿Has cenado?

—No, bueno, he comido un poco de pan, queso y tocino...

—¿Y has evacuado? La puerta de la catedral se cierra enseguida y nadie puede entrar ni salir hasta el amanecer. Si tienes ganas de mear procura no molestar a nadie y utiliza tu bacinilla.

—No tengo —dijo Enrique.

—Vaya, no tienes de nada. Bien, yo te daré una, por otras dos monedas, claro. ¡Ah, y no te preocupes por lo que veas u oigas esta noche! Limítate a dormir, despreocúpate de cuanto pase a tu alrededor y guarda bien tu bolsa; todos los peregrinos que duermen en la tribuna parecen gentes de fiar, pero nunca se sabe...

El lego regresó con una bacinilla de barro; con las dos monedas se hubieran podido comprar diez como aquella en cualquier alfarero.

Apenas se había acomodado sobre el saco de heno cuando Enrique oyó cómo se corrían los cerrojos de las puertas de la catedral de Santiago.

El joven se cubrió con la manta e intentó conciliar el sueño. A su alrededor, tumbados sobre similares sacos de heno, dormitaban decenas de peregrinos. El rancio olor a aceite quemado de las lámparas pronto se perdió entre el hedor a sudor, orines y excrementos. Los ronquidos y las ventosidades se confundían con los jadeos amorosos de algunas parejas que aprovechaban los rincones más oscuros para fornicar. Apenas a cinco o seis pasos de su saco, Enrique observó en la penumbra el rostro de una muchacha joven que se contoneaba bajo las embestidas de un gordinflón que resoplaba como un ciervo en celo mientras entornaba los ojos y movía su trasero como si le estuvieran golpeando las nalgas con una correa. Tras un buen rato, el sueño fue venciendo a los peregrinos y todos cayeron rendidos ante el silencio sólo roto por los ronquidos y las flatulencias.

Un penetrante y continuo toque de campanas despertó a Enrique y al resto de los peregrinos.

—Vamos, arriba, arriba, enseguida va a comenzar la primera de las misas y el señor deán quiere que todo esto esté recogido —anunció un sacristán.

—Marca tu saco —le dijo un hombre bien vestido y con el pelo completamente blanco a Enrique—. Puedes dejarlo allí.

El hombre señaló una puerta al final de la tribuna. Enrique caminó hasta ella, desde la que se accedía a una especie de almacén en la que se guardaban sacos de dormir, mantas y bacinillas.

—¿Y la bacinilla? —preguntó el joven oficial.

—Guárdala en tu bolsa.

—Tiene orines.

—Pues vacíalos, idiota.

—¿Dónde?

—Ahí mismo.

Junto a una de las paredes había una canalización de piedra labrada que desembocaba en un orificio que desaparecía tras la pared.

Enrique buscó con su mirada a la joven que la noche anterior había sido montada por el gordinflón, y al fin la vio salir de la tribuna ajustándose un vestido de estameña marrón.

El hombre canoso observó a Enrique.

—Te gusta, ¿eh? Es la mejor puta de Compostela. Por seis monedas de vellón puedes montarla. Duerme casi todas las noches aquí. Si te apetece la encontrarás a media tarde en la taberna del Duende, ahí mismo, en la plazuela de la portada este. Si te gustan las mujeres fogosas te la recomiendo; es de las pocas putas que he visto disfrutar con su trabajo. Hace dos noches me la ventilé tres veces seguidas. La muy zorra... Tenías que haber visto cómo gozaba. Tú eres joven, y a lo que veo bien parecido y sano, tal vez te haga un buen descuento. Esa ramera está acostumbrada a que la monten gordos comerciantes sebosos y viejos desdentados, pero con una bolsa bien repleta en su cinturón. Podría ser la puta de un rey, la concubina de un obispo o la barragana de un rico canónigo, pero su lascivia no conoce límites y prefiere cambiar de hombre cada noche. Créeme, merece la pena que te gastes unas monedas en esa mujer. No hay una igual de aquí a Sevilla.

»Por cierto, ¿y tú, de dónde vienes? Por tu acento pareces francés, tal vez del norte. Pero bueno, eso no es nada raro, la mayoría de los peregrinos que vienen a Compostela proceden de Francia.

—Soy natural de Chartres y estoy estudiando para obtener el grado de maestro de obra. He viajado hasta Compostela para hacer el camino de la peregrinación, pero también para ver iglesias y catedrales, sobre todo el Pórtico de la Gloria.

—Vaya. Yo soy mercader de sedas. Mi nombre es Giacomo, Giacomo Marco, y soy genovés. Pero hace mucho tiempo que vivo en Málaga, donde poseo un par de tiendas en la alcaicería de la ciudad. ¿Sabes?, los musulmanes malagueños se vuelven locos por la seda, y yo les vendo paños de seda para que se hagan túnicas, capas, pañuelos e incluso alfombras. Con una buena túnica de seda hasta el más rudo de los labradores puede parecer un sultán.

—¿Y qué hacéis en Compostela?

—La peregrinación, claro, ¿qué otra cosa se puede hacer aquí? Aunque vivo entre sarracenos, soy cristiano y quiero que mi alma quede en paz con Dios antes de mi muerte. Y además tengo algunos negocios que cerrar. He traído conmigo a tres ayudantes que han dormido en un establo, junto a las mulas y a varios fardos con piezas de seda. Estoy esperando a que el señor obispo me reciba para enseñarle mi mercancía. Seguro que querrá esas piezas para que le hagan alguna casulla.

—Parecéis un hombre rico, ¿por qué habéis dormido en la catedral?

—Pues porque hace seis días que llegué a esta ciudad y todavía no he encontrado ninguna posada decente en la que albergarme. Resulta que el emperador Federico II ha entrado en Jerusalén y ha tomado posesión de la Ciudad Santa; se ha coronado rey en la iglesia del Santo Sepulcro y lo ha hecho sin librar una sola batalla, tras llegar a un acuerdo con el sultán de Egipto. Creo que por ello el papa Gregorio lo excomulgará, si es que no lo ha hecho ya. Los musulmanes han pactado la entrega de la Ciudad Santa, pero me temo que esto no quedará así y que no tardarán en intentar recuperarla. El rumor de que se prepara una inminente cruzada para ir a defender Jerusalén y que no vuelva a ser conquistada por un nuevo Saladino ha provocado hacia Compostela una verdadera avalancha de gentes que han llenado todas las posadas, albergues y hospitales. Centenares de caballeros, nobles, príncipes y soldados de fortuna han llegado hasta aquí en busca del jubileo. Esos idiotas están convencidos de que haciendo la peregrinación irán directamente al cielo si mueren en la guerra contra los musulmanes.

»Tal vez sea así, pero semejante fervor religioso me ha dejado sin una cama en condiciones.

»¿Y tú, has viajado solo desde Francia?

—No, no. He pasado varios meses en Burgos. Mi nombre es Enrique de Rouen; mi tío es Luis de Rouen, el arquitecto que está construyendo la nueva catedral de Burgos, y mi padre es Juan, el maestro de obra de Chartres.

—Vaya, vaya, así que eres un joven importante.

»Aguarda; ¿has dicho que vienes de Burgos?

—Sí, de allí es de donde procedo.

—Pues el maestro que está pintando los frescos del palacio episcopal también viene de esa ciudad. Lo vi ayer, cuando fui a palacio a pedir que me recibiera el obispo para enseñarle mis telas de seda. Tal vez lo conozcas.

—No, no creo. Sólo hace unos meses que llegué a Burgos.

—Pues parecía un tipo interesante. Y más lo era su hija, una joven hermosísima que estaba a su lado pintando las figuras más delicadas. Te convendría ir a verlos, tal vez... Bueno, ¿quién sabe?

»Y ten cuidado; entre la muchedumbre de peregrinos no faltan ladrones, estafadores, timadores y todo tipo de individuos prestos a dejarte sin tu dinero en cuanto te descuides Y no compres nada, y menos aún reliquias. Te ofrecerán todo género de ellas: pelos de la Virgen, huesos de santos, jirones de tela de la túnica de Jesús, espinas de la corona de la Pasión, astillas de la Santa Cruz... Ayer vi a un incauto pagar diez monedas de plata por una pluma que le aseguraban que había pertenecido a la paloma del Espíritu Santo, y alguna más a otro que compró una ampollita de cristal en la que el vendedor aseguraba que se contenían unas gotas de la leche que María le dio de mamar a su hijo Jesucristo.

»Esta ciudad está llena de gentes que han venido hasta ella movidos por su fe, pero también de delincuentes sin escrúpulos dispuestos a dejarte sin un vellón en cuanto se les presente la primera oportunidad.

—Gracias por vuestros consejos, señor.

—Nos los olvides, o no sobrevivirás entero a esto, muchacho.

Enrique salió de la catedral. La mañana era brumosa pero no demasiado fría. No llovía, pero el ambiente era tan húmedo que sólo de caminar por las calles la ropa se empapaba de agua.

No podía quitarse de la cabeza la imagen de una joven pintando frescos en un mural. Paseó por las calles cercanas a la catedral de Santiago, todas ellas llenas de tiendas cuyos propietarios comenzaban a abrir para ofrecer sus productos a los peregrinos, y al fin decidió ir hasta el palacio episcopal, al lado de la catedral.

En la puerta de entrada había dos guardias equipados con cota de malla, coraza, grebas, lanza, espada al cinto y escudo rectangular y amplio. En cuanto se acercó hasta ellos, los soldados le cerraron el paso.

—¿Qué deseas? —le preguntó uno de ellos.

—Soy Enrique de Rouen, y vengo de Burgos. Me han informado de que aquí trabaja un maestro en pintura que procede de mi ciudad. Me gustaría saludarlo.

—¿Te conoce? —le preguntó el soldado que había tomado la palabra.

—Creo que no, pero...

—En ese caso, largo de aquí. Su eminencia no quiere que nadie moleste al maestro Arnal Rendol cuando está trabajando. Pierde demasiado tiempo atendiendo a curiosos desocupados, y los frescos de palacio deben estar acabados cuanto antes.

—¿Os basta con esto para cambiar de opinión?

Enrique mostró el documento del obispo Mauricio de Burgos. Los dos soldados, impresionados por el sello de lacre rojo, se miraron por un momento y uno de ellos dio media vuelta y penetró en el interior del edificio tras decirle que aguardara allí.

Instantes después regresó y le indicó que lo siguiera.

El maestro Arnal y su hija Teresa estaban subidos en un andamio de madera para poder alcanzar con comodidad la bóveda de la cabecera de una pequeña capilla en la que el obispo de Compostela celebraba sus oficios religiosos privados. Al pie del andamio dos aprendices trabajaban con varias vasijas de barro que contenían pintura de diversos colores.

—Me han dicho que vienes de Burgos —dijo el maestro Arnal sin dejar de pintar y sin siquiera mirar hacia abajo para observar cómo era el visitante.

—Sí, maestro, bueno, no...

—Bien, aclárate, ¿vienes o no vienes de Burgos?

—Vengo de Burgos, señor, pero no soy burgalés. Hace varios meses que vivo en esa ciudad, pero nací en Francia. Me llamo Enrique de Rouen, y estoy aprendiendo el oficio de maestro de obra con mi tío Luis de Rouen, maestro de la nueva catedral de Burgos; no sé si vos lo llegasteis a conocer.

Cuando oyó el nombre de Luis, Arnal Rendol dejó de pintar. Lentamente se volvió hacia Enrique y lo miró con ojos airados.

—¿Sobrino de Luis de Rouen? ¿Sabes qué hizo tu tío conmigo? Consiguió que tuviera que salir de Burgos. Allí dejé el cadáver de mi esposa y buena parte de los mejores años de mi vida.

Enrique se sobresaltó.

—Yo no sé..., no sabía...

—¿No lo sabías? ¿No sabías que tu tío fue el culpable de mi marcha de Castilla? ¿Qué haces aquí entonces?

—He venido yo solo a hacer la peregrinación, y voy viendo los edificios que los maestros constructores han ido levantando a lo largo del camino. Quiero ser algún día maestro de obra y...

—¿Maestro de obra, dices? Y claro, imagino que estarás aprendiendo con tu tío, y sus métodos: esa tontería de la luz, de que la luz inunde todo el edificio, toda la catedral, de ir ganando espacio para los ventanales suprimiendo la superficie de los muros. Es el nuevo estilo, el estilo de la luz, la luz contra la piedra...

»Esto —gritó Arnal señalando las pinturas inacabadas—, esto es la luz. Si dejamos que los maestros constructores del nuevo estilo del arco ojival se impongan y continúen derribando las viejas catedrales para edificar esos desdichados "templos de la luz", no quedará libre ni un palmo de muro para poder pintar un fresco.

»Tu tío me invitó a trabajar con él, pero tenía que limitarme a pintar sus esculturas y sus capiteles. ¡Sus esculturas! Un pintor necesita muros, amplios muros en los que plasmar la naturaleza. No hay mejor manera que la pintura para rendir homenaje a la obra del Redentor.

—Padre, este joven parece sincero —intervino Teresa Rendol, que también había dejado de pintar.

Enrique contempló el rostro de la muchacha, que hasta entonces había permanecido de espaldas al joven oficial. Y ante la luz que parecía emanar de sus pupilas, quedó fascinado. Sus ojos color de miel parecían brillar con luz propia, como si desde el interior surgiera una delicada y suave luminosidad que los convertía en unos órganos especialmente brillantes.

Jamás había visto unos ojos así, nunca había contemplado a una mujer de cuyas pupilas emanara semejante fulgor. Aquella mirada le turbó de un modo especial y sintió cómo se encendía un singular calor en cada uno de los poros de su piel.

La voz aterciopelada de Teresa, suave como un arrullo pero enérgica, actuó sobre el airado Arnal Rendol como un bálsamo relajante.

—Tal vez tengas razón, hija; sí, parece que no sabía nada de..., digamos mi incidente con su tío.

»Y bien, si no sabías nada de eso, ¿qué te ha llevado a preguntar por mí?

—Maestro, ya os he dicho que estoy estudiando para alcanzar algún día el título de maestro de obra. Llegué ayer a Santiago y he pasado mi primera noche en la catedral, y gracias a que llevo conmigo una carta del obispo Mauricio, pues no había ninguna posada libre, porque de lo contrario hubiera tenido que dormir en algún establo entre mulas y piojos. Un comerciante de Málaga me dijo que un pintor de Burgos estaba trabajando aquí, y quise ver qué era lo que estabais haciendo.

—¿Sabes pintar? —le preguntó Arnal.

—Prefiero esculpir la piedra, pero claro que sé hacerlo.

—En ese caso, y si así lo deseas, puedes quedarte unos días en mi casa; pero pagarás la manutención y el alojamiento con tu trabajo.

—Pero, maestro, eso es para los aprendices, y yo ya soy un oficial.

—O lo tomas o lo dejas.

—De acuerdo. Dentro de unos días tengo que regresar a Burgos, pero me gustaría aprender a vuestro lado.

—Pues ya has empezado. Coge esa vasija de pintura amarilla y súbela hasta aquí, y ten cuidado de no derramarla, que este encalado no espera.

Desde que abandonaron Burgos a la llegada del maestro Luis de Rouen, Arnal y Teresa Rendol habían viajado por el reino de León buscando trabajo en iglesias, monasterios y abadías. Tras pasar algunos años en Toro, Zamora y Salamanca, donde consiguió de nuevo el prestigio que había alcanzado en Burgos, el maestro Rendol y su hija, que iba creciendo en edad y en habilidad como pintora, se instalaron en Compostela a fines de 1226. Allí murió Coloma, la criada y concubina de Arnal, que no pudo soportar un parto prematuro de un hijo del maestro; el niño nació muerto. El obispo de la ciudad, enterado de su habilidad como pintor y de la calidad de sus murales, lo había contratado para que pintara un fresco en la capilla del palacio episcopal, que el prelado compostelano utilizaba como oratorio privado y donde le gustaba pasar mucho tiempo rezando y meditando.

Teresa Rendol había cumplido diecisiete años y se había convertido en una mujer muy hermosa. Su cabello y sus ojos tenían un color similar al de la miel dorada, y ambos brillaban cual si emergiera de su misma sustancia una luz propia. Siempre al lado de su padre, Teresa era una pintora de tal capacidad artística que Arnal solía decir que a no mucho tardar sería la mejor artista de su tiempo, y que su capacidad para captar la luz en su pintura sólo era comparable a la del más luminoso mediodía. El maestro Rendol estaba seguro de que su hija lo superaría en un par de años más, pues era capaz de captar la luz en su pintura como ningún otro pintor y de reflejarla en sus obras con tal belleza que cuantos la contemplaban se admiraban de cómo una mujer tan joven era capaz de conseguir aquel efecto tan maravilloso.

La joven Teresa había quedado desde muy pequeña fascinada por la luz y el color de las obras de su padre. Cuando le encargaban alguna obra y el maestro presentaba a su hija como su primer oficial, ciertos clientes dibujaban en sus rostros una mueca o un gesto evidente de duda, pero enseguida Arnal Rendol les hacía saber que las mejores miniaturas solían ser obra de mujeres y que en muchos monasterios femeninos algunas monjas pintoras habían realizado magníficos murales que nada tenían que envidiar a los frescos de los grandes maestros masculinos.

«Para la miniatura, la mano de la mujer, más pequeña y delicada, su mayor paciencia y su mejor capacidad de concentración son factores mucho más adecuados para ejecutar una buena obra; y en cuanto a los frescos..., bueno, el hombre es más enérgico y vital y tiene una mayor capacidad para resolver con celeridad una figura, pero los trazos ejecutados por la mano femenina son más delicados y las líneas mucho más continuas y mucho menos bruscas. Por eso, los mejores frescos son los que están realizados por la suma de esfuerzos de un hombre y una mujer», solía argumentar Arnal Rendol si alguno de sus clientes le ponía alguna pega con respecto a su hija.

Tres días después de que Enrique se quedara a trabajar en el taller del maestro Arnal, el joven Rouen ya era consciente de que Teresa tenía una personalidad distinta a cuantas hasta entonces había conocido.

La joven oficial se levantaba la primera; dormía sola en una pequeña alcoba al lado de la de su padre, en la planta alta de la casa, bajaba a la inferior para encender el fuego de la chimenea, donde ayudaba a una vieja criada que había contratado Arnal a la muerte de Coloma para atender la casa y a los aprendices que allí vivían, y ponía a calentar una olla con carne y verduras para el desayuno, que compartían los seis miembros del taller poco antes del amanecer. Después, en el trabajo, se colocaba junto a su padre, y siguiendo sus instrucciones comenzaba a pintar el muro recién encalado con tal decisión que parecía transmitir un soplo de vida a cada una de las pinceladas que trazaba. Padre e hija habían llegado a tal grado de compenetración que Arnal, cuyos trazos y pinceladas estaban cargados de fuerza y rotundidad, dibujaba aquellas figuras que requerían ofrecer una sensación de movimiento rápido y contundente, en tanto Teresa lo hacía con las que precisaban de una especial atención al detalle y a la dulzura. Ambos configuraban un equipo de tal expresividad que ningún otro taller de pintura podía ofrecer obras de calidad semejante.

—Mañana es domingo —dijo Teresa cuando regresaban a casa desde palacio una vez acabada la tarea—, y los domingos vamos a misa a la catedral. Padre, ¿puede venir Enrique con nosotros?

Arnal Rendol miró a su hija, que se ruborizó un tanto al encontrarse de pronto con los ojos penetrantes de su padre. Por el tono de voz, por la mirada y por el propio y repentino rubor de Teresa, Arnal Rendol comprendió que el corazón de su hija comenzaba a palpitar con mayor celeridad a causa del joven Enrique.

—Claro, claro, es el deber de todo buen cristiano.

El repique de campanas despertó a Enrique, que dormía en un catre al lado de los aprendices, en un pequeño cuarto al fondo de la planta baja de la casa. Enseguida olió el aroma del caldo que llegaba desde el hogar. Su rostro se alegró porque supo que Teresa ya estaba allí.

Cuando Enrique entró en la cocina, Teresa estaba sentada en una banqueta, cerca del fuego. La vieja criada le cepillaba su pelo dorado con un peine de hueso.

—Buenos días, Teresa.

La muchacha se sobresaltó un tanto.

—No te había oído. Buenos días, Enrique.

—Huele muy bien.

—Es el mismo guiso de todas las mañanas —repuso Teresa—. Pero hoy es domingo, y si vas a comulgar no puedes comer hasta después de la eucaristía.

Teresa se levantó una vez acabado el cepillado del pelo y, agachada sobre el fuego, añadió unas hojas de grelos al cocido de carne y cebolla que solían tomar todos los días como desayuno.

—No, no, no voy a comulgar. ¿Y tú? —le preguntó Enrique.

—Tengo que hacerlo.

—¿Tienes que hacerlo? Sólo es obligatorio hacerlo una vez al año.

—Sí. Y no preguntes por qué. Tal vez algún día te lo explique.

A la salida de misa, la plaza de la catedral estaba rebosante de peregrinos. Aquel día había amanecido brumoso pero poco a poco el sol primaveral había ido disipando las nubes y el cielo celeste estaba completamente despejado a mediodía.

Arnal Rendol se había apercibido de que durante la misa los dos jóvenes no habían dejado de mirarse de soslayo.

—Voy a ir a ver al señor obispo —dijo de pronto Arnal—; me gustaría comentarle algunos cambios que quiero introducir en el mural del lado de la Epístola de la capilla de palacio. Vosotros regresad a casa e id preparando la comida.

Teresa miró asombrada a su padre y comprendió que estaba mintiendo. Pero sólo cabía una explicación a aquello: Arnal estaba propiciando que ambos jóvenes tuvieran unos momentos para hablar entre ellos a solas, aunque fuera por las calles de Compostela entre los centenares de peregrinos, comerciantes y buhoneros que atestaban los viales de la ciudad.

Apenas se había alejado unos pasos el maestro Arnal, Teresa se quitó el pañuelo y liberó los hermosos rizos de su cabello melado; al instante, una voz tronó a espaldas de los dos jóvenes.

—¡Eh, burgalés! ¡Vaya, vaya! No es tan voluptuosa como la ramera de la taberna del Duende, pero tiene una grupa magnífica esta zorrita. ¿De dónde la has sacado?

Enrique se giró molesto y se topó casi de bruces con el mercader genovés Giacomo Marco.

—Es la hija del maestro Arnal Rendol —dijo Enrique mirando fríamente al genovés.

—Perdona, muchacha, perdona, pero así, vista de espaldas y con el pelo suelto creí que... Bueno, sólo las putas y las jóvenes doncellas llevan el pelo de esa manera por aquí...

»No te he vuelto a ver por la catedral, muchacho.

—He conseguido otro aposento —replicó Enrique.

—Claro, claro. —Giacomo Marco sonrió con ironía—. Espero que sea más confortable que la tribuna de la catedral. Bueno, me espera el señor obispo, al fin me ha concedido audiencia para que pueda mostrarle mis paños de seda. Deséame suerte en el negocio, burgalés.

—Suerte —replicó Enrique, muy molesto, a la vez que asentía con la cabeza.

—Quedad con Dios, doncella —dijo el genovés remarcando cada una de las sílabas de la palabra «doncella» a la vez que se quitaba la gorra y hacía una exagerada reverencia dejando ver su densa cabellera cana.

—Ese bruto... —bisbisó Enrique al ver alejarse a Marco, que no dejaba de lucir su irónica sonrisa.

—No importa —dijo Teresa.

Los dos jóvenes continuaron caminando hacia casa. En más de una ocasión tuvieron que sortear a saltimbanquis, juglares y titiriteros que ocupaban el centro de la calle, en donde recitaban poemas, cantaban canciones o ejercitaban juegos malabares con pelotas o estacas. En cada esquina alguien cantaba o hacía malabarismos en tanto alguno de la cuadrilla pasaba un sombrero demandando alguna moneda de los viandantes ociosos que se arremolinaban para presenciar aquellos ejercicios.

—Ten cuidado con tu bolsa —le dijo Teresa—, entre los curiosos que miran siempre hay algún ladrón presto a dejarte sin ella en cuanto te descuides.

Dos mujeres tocaban sendos laúdes en una esquina, a la vez que cantaban una delicada canción.

—Suena muy hermoso, aunque no entiendo todo lo que dicen.

—Cantan en gallego, y ya has podido comprobar que cuando se habla en ese idioma es fácil entenderlo, pero cuando lo cantan se hace un poco más difícil.

—Hablan de amores perdidos —supuso Enrique.

—Claro. Las canciones gallegas siempre hablan de lo mismo: amores perdidos, amores imposibles, amores soñados que jamás se encuentran...

—Todas las canciones hablan de las mismas historias, de los mismos sentimientos.

Teresa y Enrique continuaron caminando y por un momento los dorsos de sus manos se tocaron. Ambos jóvenes provocaron que aquel roce se prolongara durante varios pasos, justo hasta que un mendigo se acercó hasta ellos tirándole a Enrique de la manga para reclamarle una moneda.

Enrique le había asegurado a su tío Luis que en cuanto contemplara el Pórtico de la Gloria y cumpliera con el ritual de la peregrinación regresaría de inmediato a Burgos. Hacía ya quince días que había llegado a Compostela y no sentía el menor deseo de marcharse. Cada noche, cuando se acostaba en su camastro en la sala de la planta baja y se cubría con su manta, intentaba aguzar el oído por si podía escuchar algún tenue sonido procedente del piso superior, donde dormían Teresa y el maestro Arnal.

Desayunar, trabajar, cenar y vivir bajo el mismo techo que Teresa se estaba convirtiendo para Enrique en una situación de permanente inquietud. A sus diecinueve años hacía ya tiempo que se le habían despertado todas sus pasiones varoniles. En París había frecuentado algunas de las tabernas de los barrios de la orilla izquierda del Sena, donde los estudiantes solían acudir las veladas de los sábados en busca de sexo con las prostitutas que abundaban en los burdeles propiedad del concejo de París o del propio obispo.

Pero en Burgos no se había atrevido a visitar el burdel para no molestar a su tío, que mostraba una repulsión especial hacia las prostitutas, y había vaciado su vigor masturbándose por las noches, cuando todo quedaba completamente a oscuras.

En la casa de Arnal Rendol, cuando los aprendices se acostaban, Enrique escuchaba el crujir de las maderas de los catres, que no cesaba hasta que los muchachos se aliviaban y descargaban su entrepierna. Algunos días, el maestro se ausentaba para visitar el burdel. Desde que muriera Coloma no había tomado otra concubina y la criada que atendía la casa era una viuda tan anciana que casi requería ella más cuidados que el trabajo que realizaba.

Una y otra vez la figura torneada y espléndida de Teresa acudía a su mente, y aunque evitaba masturbarse, casi todas las mañanas despertaba manchado por una polución nocturna. Teresa le parecía la mujer más bella del mundo. Estaba seguro de que no podía existir sobre la tierra una mujer de hermosura semejante. De estatura media, caderas y pechos perfectamente torneados, de piel blanca con alguna peca, sus ojos brillantes y melados y su risa alegre y vital lo envolvían en todo momento.

Aquella mañana, mientras Enrique tallaba un relieve con figuras vegetales que había aprendido de uno de los canteros musulmanes de la obra de Burgos y Teresa acababa una figura de la Virgen en el momento de la Anunciación, un heraldo del obispo entró en la capilla preguntando por Enrique de Rouen. Traía una carta de don Mauricio en la que solicitaba al obispo de Compostela que le hiciera saber al joven oficial que regresara de inmediato, si es que estaba en condiciones de hacerlo, a Burgos.

—Debí enviarle alguna carta con un correo, o con algún peregrino de los que regresan a Francia por Burgos; mi tío ha debido de preocuparse por mi tardanza. Le prometí que regresaría enseguida y hace más de un mes que estoy en Compostela.

—Tú no quieres irte —le dijo Teresa.

—No, no es eso, lo que no quiero es... dejar de verte.

Teresa cogió la mano de Enrique, acercó sus labios a los del joven y lo besó.

—Debes regresar.

—Busco la luz, y creo que...

—No. —Teresa puso sus dedos en los labios de Enrique para que no siguiera hablando—. No. Todo tiene su tiempo, y el tiempo para lo que ibas a decir no ha llegado todavía.

—¿Cómo sabes lo que iba a decir?

—Es fácil leer en tus ojos.

En ese momento Arnal entró en la cocina, en donde se encontraban los dos jóvenes.

—El obispo de Burgos ordena que regreses de inmediato a Castilla. Me ha dicho que don Mauricio te reclama para que termines una estatua que representa su imagen. Debes partir mañana mismo.

—Claro. Mañana me iré.

—Me hubiera gustado que hubieras permanecido aquí más tiempo; has hecho un buen trabajo —dijo el maestro Arnal.

—Tal vez regrese alguna vez.

—Llevas en la sangre el espíritu de los constructores de catedrales. No regresarás hasta que no obtengas el grado de maestro.

—¿Por qué decís eso?

—Porque es lo que yo haría.

—Pero vos, maestro Arnal, sois contrario al nuevo estilo, habéis dicho que en las nuevas catedrales no quedarán muros libres para la pintura, que...

—Sí —le cortó Rendol—, sí que he dicho eso, pero también creo que es inútil luchar contra la expansión del nuevo estilo. El obispo de Compostela me ha confesado que también desea construir una nueva catedral. Derribará la actual en estilo romano para hacer una más grande, más alta y más larga en el nuevo estilo de la luz.

»Ya no existen más tierras hacia occidente a donde ir. De modo que el taller del maestro Arnal Rendol tendrá que... —el maestro hizo una prolongada pausa—, tendrá que dedicarse a pintar esculturas, las esculturas que otros labren, aunque yo no estaré cuando eso ocurra.

Enrique quiso decir algo, pero no encontró ninguna palabra que fuera oportuna para ese momento.

Aquella noche, la última en Compostela, Enrique no pudo dormir. Una angustia profunda se apoderó de su pecho y de su mente. Una y otra vez tuvo que vencer el impulso que le empujaba a subir al piso superior y entrar en la alcoba de Teresa.

La joven pintora tampoco durmió. A sus diecisiete años jamás le había ocurrido nada semejante. Ella era consciente de que se había convertido en una mujer atractiva y esplendorosa, pero los jóvenes de su edad solían alejarse de su lado cuando se enteraban de que era una artista capaz de pintar mejor que cualquier hombre. Desde que su cuerpo había cambiado de niña a mujer había sentido algunas veces la necesidad de amar a alguien y de sentirse amada. A veces, y aunque aparentemente parecía ignorarlas, escuchaba con atención algunas canciones de amor que los juglares y los trovadores cantaban en las calles. Eran poemas entonados con dulces melodías dedicadas al amigo o al amante en las que el sexo estaba presente como un deseo irrefrenable que conducía a los enamorados al abismo de una pasión tal que era capaz de adueñarse por completo de sus cuerpos y de sus almas.

Durante la larga noche de insomnio Teresa no pudo, tampoco quiso, detraer de su mente la imagen de Enrique. La sonrisa del joven francés, su rostro sereno y altivo, sus modales educados y tiernos, la calidez de su mirada, sus manos fuertes y nervudas pero a la vez gráciles y estilizadas la envolvían provocándole una reacción de inquietud y desasosiego. Sin poder evitarlo, Teresa introdujo su mano por debajo de la camisola de dormir y comenzó a acariciarse el pubis. Imaginó que aquella mano era la de Enrique, que buscaba temblorosa el encuentro con su sexo, que palpitaba inundado de sensaciones húmedas y calientes. Teresa comenzó a acariciarse despacio pero enseguida lo hizo con fruición, imaginando que cada movimiento de su mano, cada roce de la yema de sus dedos estaba dirigido por Enrique, o que era su mano misma la que la tocaba. Con extremada suavidad, con el reposo que requiere el buen deleite, Teresa se acarició con movimientos circulares, y poco a poco se fue sumiendo en una espiral de placer que acabó con la misma intensidad con la que había llegado pero después de haber alcanzado un gozo para ella desconocido hasta entonces. E imaginó a Enrique tumbado a su lado, piel con piel, y su virginidad entregada a la virilidad de aquel joven que buscaba la manera de atrapar la luz en un templo hecho de piedra.

Los rayos de sol caían sobre Burgos con tanta fuerza como si de aquel ardiente disco amarillo se hubieran desprendido llamaradas transparentes. Enrique había regresado desde Compostela apurando el tiempo, caminando tan deprisa como pudo. En doce días había recorrido una ruta que requería al menos de dos semanas. Y no lo había hecho tan rápido por llegar cuanto antes al requerimiento del obispo don Mauricio, sino porque era consciente de que si se paraba a descansar un momento más de lo necesario, hubiera dado media vuelta para regresar junto a Teresa.

En cuanto llegó a casa de su tío Luis, este lo recibió con una mezcla de alborozo y reproche.

—Querido sobrino... Ya comenzaba a temer que te hubiera pasado algo. No tenía ninguna noticia tuya y tu padre me encargó que cuidara de ti por encima de todo. ¿Qué has hecho durante todo este tiempo?

—He estado trabajando en Compostela.

—Te robaron, ¿eh? En algún descuido alguien te quitó la bolsa y te quedaste sin dinero.

—No, nadie me robó. En Compostela me encontré con Arnal Rendol y estuve trabajando en su taller, pintando unos frescos para la capilla del palacio episcopal.

—¿Rendol?

—Sí, un maestro de Languedoc que vino a Burgos hace algún tiempo. Me dijo que se marchó de aquí porque tú lo echaste.

—No fue exactamente así. Ese Rendol era un tipo orgulloso. Cuando comencé a construir la nueva catedral le indiqué que en ella no habría espacio para pintar grandes murales, pero que podría pintar los capiteles del interior y las esculturas de las portadas.

—Él es un maestro, no podía acceder a ejecutar obras menores.

—Sabes perfectamente que en el nuevo estilo de la luz no hay cabida para la pintura de grandes murales al fresco.

—El maestro Arnal sigue con su taller; su ayudante es su hija Teresa...

—Vaya, vaya, o sea que se trata de eso, de una mujer.

Por la forma en que su sobrino había citado el nombre de Teresa, Luis de Rouen se dio cuenta de que aquella joven no le había sido indiferente a Enrique.

—Es una gran pintora —dijo Enrique con cierto rubor.

—Y además imagino que será muy hermosa. Pero tienes que ponerte a trabajar enseguida. Tu padre te reclama. A fines de verano regresas a Francia. Te esperan tres años de estudio en la universidad y luego el título de maestro. Cuando tu padre o yo mismo no podamos seguir con nuestro trabajo, tú deberás continuarlo.

—Sólo queda un año para acabar la cabecera de esta catedral. Podría quedarme aquí contigo hasta entonces...

—No, sobrino, no. Además creo que lo que tú deseas es volver a peregrinar a Compostela. En París te espera la universidad. Y en cuanto a esa mujer, no te preocupes, el mundo está lleno de ellas.

A fines de agosto de 1229 llegó el momento del regreso a Francia. En París se había firmado un tratado que ponía fin a la guerra de Languedoc y los caminos eran mucho más seguros.

En Burgos, la construcción de la catedral seguía a muy buen ritmo, pero algunos acontecimientos de aquel verano le habían hecho dudar a Luis de Rouen si las cosas seguirían así por mucho más tiempo. La relación con los judíos no pasaba por el mejor momento; don Mauricio había conseguido una bula del papa Gregorio por la que podía proceder contra los judíos que no quisieran pagar las décimas a la Iglesia o que cobraran intereses abusivos por sus préstamos. Era una de las muchas iniciativas que el obispo de Burgos encabezaba para que no decayera el ritmo de la ejecución de las obras de la catedral, que día a día eran más costosas. Ese mismo verano habían llegado varios canteros de Francia, algunos de ellos expertos tallistas para labrar la enorme cantidad de esculturas que tanto en las portadas como en cornisas, aleros y remates había ideado el maestro Luis. Entre canteros de sillares y escultores de tallas había más de treinta individuos trabajando en el taller burgalés de Luis de Rouen.

El taller de cantería había doblado el número de miembros en sólo dos meses, mientras que entre tanto se había puesto en marcha el de vidrieros, pues una vez acabada la obra arquitectónica de las ventanas había que proceder a cerrarlas con las vidrieras definitivas.

Enrique se despidió de su tío Luis, que le entregó una carta para Juan de Rouen.

—Cuéntale a tu padre cómo van las obras, y cuán hermosa es esta nueva catedral. Y ten cuidado, sobre todo de los hombres, que en el camino suelen ser más peligrosos que los lobos.

—Gracias por tus enseñanzas, tío.

Los dos parientes se abrazaron y Enrique partió hacia Francia con la imagen sonriente y jovial de Teresa grabada en su retina.

A comienzos de 1230 la cabecera y el crucero de la nueva catedral de Burgos estaban casi terminados. Faltaba todavía por cubrir algunos tramos, colocar las vidrieras, en las que se había estado trabajando todo el invierno, ubicar las esculturas labradas en el taller en su lugar en las dos portadas del crucero y algunos otros detalles, pero don Mauricio ya podía imaginar cómo quedaría su catedral una vez definitivamente acabada.

En la primavera de ese año se enterró en la nueva catedral a los primeros grandes personajes de Burgos, que habían pagado en vida copiosas sumas de dinero por ello.

Y entre tanto, el rey Fernando de Castilla y su padre, el rey Alfonso de León, continuaban sendas campañas militares contra los musulmanes. En abril, el rey de León ocupó la importante ciudad de Badajoz, a orillas del Guadiana. Los leoneses consideraron que con aquella conquista se vengaba la derrota que León, por entonces unido a Castilla, sufriera en 1086 en la batalla de Sagrajas, donde a punto estuvo de perder la vida el gran rey Alfonso, el conquistador de Toledo. Por su parte, Fernando de Castilla había vencido a Ibn Hud en Alange y daba la impresión de que estaba jugando con los musulmanes como el gato con el ratón, y que en cuanto se lo propusiera podría acabar con el dominio sarraceno en al-Ándalus.

Durante el verano de 1230 las rentas donadas por algunos ricoshombres de Castilla sirvieron para concluir las cinco capillas de la cabecera, dos de ellas dedicadas a san Nicolás y a san Pedro.

El rey Fernando visitó Burgos antes de iniciar una gran campaña militar en la que pensaba emplear el verano. Pretendía asediar Jaén y, si no lograba conquistar esa ciudad, causar todo el daño necesario en su campiña para que al verano siguiente cayera al fin en manos castellanas. Los estrategas le habían asegurado que la conquista de Jaén era imprescindible para desde allí abordar Córdoba y Sevilla hacia el oeste y Granada y Málaga hacia el sur, y completar así los sueños que hacía más de tres siglos albergara el rey Alfonso III de León, en cuyas crónicas se animaba a los cristianos a arrojar al mar a todos los musulmanes de la tierra de la vieja Hispania.

Aprovechando la visita real a Burgos, don Mauricio decidió que había llegado el momento oportuno para inaugurar la nueva catedral. Fue una ceremonia solemne. En presencia del rey y la reina de Castilla, el obispo Mauricio de Burgos celebró la primera misa en el altar mayor y consagró el templo para mayor gloria de Dios y de su madre la Virgen María.

El crucero no se había terminado, sus dos portadas estaban sin acabar y faltaba colocar un buen número de vidrieras, pero don Mauricio no podía esperar un momento más. La nave de la nueva catedral, abierta en la zona del crucero hacia el oeste, amenazaba a lo que quedaba de la vieja catedral como una especie de enorme monstruo dispuesto a devorar con sus fauces a un animal más pequeño.

II

EL LIBRO Y EL LABERINTO

1

Teresa Rendol había dado la última pincelada a un fresco en la iglesia de la parroquia de San Juan, en una aldea muy cercana a Compostela. Acababa de cumplir dieciocho años y había alcanzado su plenitud como mujer. Su fama como pintora había crecido de tal manera en el último año que muchos maestros de León, Galicia y Portugal viajaban hasta Compostela para observar sus pinturas e imitar su técnica.

—Magnífica, Teresa, esa Virgen es la mejor figura que se ha pintado jamás —le dijo Arnal a su hija cuando contempló el resultado final del fresco de San Juan.

—No exageres, padre.

—No lo hago. Desde que te vi sujetar un pincel y dar tu primera pincelada comprendí que dentro de ti existía un don especial para la pintura. Y ahí está el resultado —dijo Arnal señalando el fresco.

—¡Ha muerto el rey, ha muerto el rey! —gritó una voz.

Padre e hija, que contemplaban la obra de Teresa, se giraron hacia la puerta de la iglesia, por la que el párroco de San Juan había entrado anunciando a gritos el óbito real.

—¿Don Alfonso? —preguntó Arnal.

—Claro, ¿qué otro rey tenemos? Acaba de comunicármelo un legado del señor obispo de Compostela.

—Habrá problemas —bisbisó Arnal.

—¿Por qué, padre? —preguntó Teresa.

—En su testamento, el rey Alfonso ha legado el reino de León a sus hijas Sancha y Dulce, fruto de su matrimonio con Teresa de Portugal, pero el rey Fernando de Castilla no aceptará ese testamento y reclamará sus derechos al trono. Si no me equivoco, no tardará en presentarse en León, y si los nobles leoneses y gallegos no lo acatan como rey, habrá guerra.

Arnal Rendol no se equivocaba. En cuanto se enteró de la muerte de su padre, Fernando de Castilla levantó el asedio de Jaén y se dirigió a toda prisa a Toledo. La reina madre Berenguela, que estuviera casada con don Alfonso una vez que el Papa disolviera el primer matrimonio de Alfonso de León con Teresa de Portugal por consanguinidad, lo que a ella también le ocurrió después de siete años casada y con seis hijos, ya había puesto en marcha todas sus relaciones e influencias diplomáticas para lograr que los leoneses aceptaran a su hijo como rey.

Para ello se reunieron en la ciudad portuguesa de Valença las dos esposas de Alfonso de León: Berenguela de Castilla y Teresa de Portugal. No costó demasiado llegar a un acuerdo. La enérgica Berenguela, no en vano era nieta de Leonor de Aquitania, consiguió que las infantas Sancha y Dulce renunciaran a sus derechos al trono de León y se comprometieran a lograr que los nobles leoneses acataran a Fernando como soberano legítimo de León a cambio de una ingente cantidad de dinero que acordarían más adelante.

Mientras se cerraba el acuerdo, Fernando de Castilla esperaba impaciente en Toledo. Pese a su fogosidad y a sus deseos de coronarse rey de León y unificar de nuevo las dos coronas, supo esperar a que llegara un mensajero con noticias de su madre. No obstante, Fernando se había mostrado dispuesto a invadir León con su ejército y reclamar, por la fuerza si fuera necesario, el trono leonés de su padre.

La noticia de que el pacto se había acordado le llegó a don Fernando a fines de octubre, y sin esperar un momento y con los soldados más selectos de su ejército puso rumbo a León a todo galope.

Un día de principios de noviembre de 1230 el obispo Rodrigo de León coronó en la catedral de esa ciudad a don Fernando como nuevo rey. Durante la homilía, el prelado se alegró de que las dos coronas volvieran a estar unidas, pidió que se acabara cuanto antes la conquista de al-Ándalus y reclamó de don Fernando la construcción de una nueva catedral en el nuevo estilo, como ya se estaba haciendo en Burgos y Toledo y como se planeaba hacer en Compostela.

Si Burgos tenía su nueva catedral, León, una ciudad mayor y más antigua, no podía ser menos. Don Fernando deseaba comenzar su reinado en León con la aceptación de todos y estaba dispuesto a evitar que sus nuevos súbditos creyeran que se inclinaba hacia Castilla por haber sido este reino su primera corona. Así, no tuvo otro remedio que acceder a la petición de don Rodrigo y prometerle que haría cuanto fuera necesario para que León dispusiera de una nueva catedral.

Antes de finalizar ese año, el rey Fernando aprobó la concesión de una renta anual de treinta mil maravedís para sus hermanastras Sancha y Dulce, en compensación por su renuncia al trono leonés. Los compromisos económicos que el rey Fernando había adquirido a causa de las promesas y los pactos acordados en un solo mes eran enormes, pero entonces sus arcas estaban repletas por los cuantiosos donativos que los caudillos musulmanes de al-Ándalus le habían entregado para que les ayudara a librarse del dominio almohade. La estrella de Fernando de Castilla y León brillaba más que nunca, y en muchas partes de la Cristiandad se decía que tal vez fuera este monarca el elegido de Dios para acabar para siempre con la secta mahomética y el soberano que la Cristiandad llevaba siglos esperando, aquel que según las profecías aparecería en algún lugar de Occidente para conseguir el triunfo definitivo de la Cruz sobre los sarracenos.

Aquel mismo mes, mientras en León y en Benavente, en cuya plaza mayor el rey Fernando volvió a ser coronado, ahora en presencia de la gente del pueblo, se celebraban las fiestas por la proclamación del nuevo rey, el cabildo de la catedral de Burgos se trasladó al nuevo templo. Para ello se habilitó el coro junto al altar mayor, y el crucero se cerró provisionalmente, en la zona donde comenzaría en su momento la nave, con un muro de mampostería, pues hasta entonces la cabecera y el crucero habían quedado abiertos, apenas protegidos por un pequeño murete no superior a la altura de dos hombres. Con motivo de tal ocasión, el obispo don Mauricio publicó una concordia por la que se regirían desde entonces las relaciones entre el cabildo y sus canónigos y el obispo de Burgos, se fijaba el número de prebendados y sus obligaciones y se organizaba el cabildo, en cuyo seno se podían juzgar causas eclesiásticas civiles y criminales en segunda instancia, pues el obispado de Burgos estaba sometido directamente al Papa.

Los canónigos tomaron posesión solemne de sus sitiales, y por el orden que indicaba su importancia y preeminencia se sentaron en el lado izquierdo del coro el arcediano de Burgos, el de Briviesca, el de Lara, el de Palenzuela, el abad de Salas y el de San Quirce, y en el derecho el deán, el cantor primero, el cantor segundo, el arcediano de Valpuesta, el sacristán, el abad de Franuncea y el de Cervatos. Con sus capas de satén y sus bonetes de seda negra parecían pavos reales a punto de cortejar a alguna de sus hembras.

Llovía a cántaros sobre las montañas que envolvían el puerto del Cebreiro como gigantes adormilados. Teresa Rendol y los cuatro aprendices de su taller se habían refugiado en una palloza en espera de que la intensa lluvia amainase y poder continuar su camino hacia Burgos.

Mientras la lluvia caía insistente, Teresa recordó lo sucedido aquel invierno. Aquejado de una enfermedad incurable que los médicos judíos de Compostela no habían podido sanar, había muerto su padre, el maestro Arnal Rendol. El pintor cátaro había conservado durante toda su vida y en el fondo de su corazón la religión de «los perfectos». Poco antes de morir, cuando fue consciente de que su vida se acercaba presurosamente a su final, habló con su hija Teresa y le confesó sus más íntimas creencias.

Le manifestó que había tenido que huir con su joven compañera, la madre de Teresa, de su ciudad de Pamiers porque había sido la única manera de escapar de la matanza que las tropas del Papa habían perpetrado contra los cátaros. Él era uno de los maestros de esa religión y si las tropas papales lo hubieran apresado, hubiera sido ejecutado en la hoguera.

Le dijo que no había tenido miedo a morir, pero que el amor hacia su esposa había sido más fuerte que su deseo de resistir a la invasión del ejército pontificio y al sostenimiento de la verdad en la que él creía firmemente, y que había sido ese amor la única fuerza que le había empujado a abandonar su tierra y a su gente.

Durante ocho días, retirados en una pequeña aldea de la costa atlántica, en el cabo de Finisterre, allá donde se creía que acababan las tierras emergidas, Arnal Rendol le fue explicando a su hija sus creencias, y cómo las había mantenido en secreto durante tantos años.

Le enseñó que la religión de los cátaros procedía de Oriente y que sus prácticas y sentimientos se remontaban a los primeros tiempos del cristianismo, cuando la comunidad de creyentes era pura y limpia y los poderes terrenales, la ambición de los hombres y el anhelo de riqueza y fortuna no había corrompido todavía los corazones de los seguidores de Jesucristo. Arnal Rendol era un místico de una profundidad enorme. Desde que huyera de Pamiers había renunciado a practicar los ritos en los que creía, pero nunca había olvidado sus raíces y su fe. Le dijo a su hija que Jesús era el hijo de Dios, pero no Dios mismo, y que había sido enviado a la tierra para enseñar a los hombres el camino recto hacia el Padre. En consecuencia, la Virgen María no podía ser considerada la madre de Dios.

El mundo estaba regido por dos principios creadores opuestos, el bien y el mal, ambos muy poderosos, ambos originales, pues Dios, todo bondad y amor, no había podido crear el mal. El mundo había sido creado por el mal, por el demonio, y por tanto todo lo que existía en el mundo tenía su origen en el mal. De ahí que fuera necesario desprenderse de lo terrenal. El matrimonio no tenía razón de existir, pues la unión forzada de un hombre y una mujer atentaba contra Dios. La salvación sólo era posible entrando a formar parte de la iglesia cátara, lo que ocurría cuando un ministro de «los perfectos» imponía las manos al nuevo creyente y lo aceptaba en la comunidad de la pureza.

En ese momento Arnal Rendol le pidió a su hija que se arrodillara y le impuso las manos sobre la cabeza acogiéndola en la religión de los puros, cuyo símbolo era la paloma. Le dijo que el catarismo proclamaba la igualdad de hombres y mujeres, y que por tanto, y a diferencia de la iglesia de Roma, que no admitía a las mujeres como miembros del orden sacerdotal, entre los puros no había diferencias por el sexo.

Admitió que durante su vida había cometido muchos errores: la cobardía de haber huido de Pamiers permitiendo que muchos de sus amigos fueran quemados en la hoguera, el haber ocultado su religión durante tantos años, el haber compartido lecho con algunas prostitutas, no haber podido desprenderse de las miserias del cuerpo...

Sentada sobre la hierba, con el viento del oeste agitando sus cabellos, Teresa oyó las últimas confesiones de su padre mientras contemplaba cómo rompían las olas sobre las rocas del mar de Finisterre. De todo cuanto le dijo su padre, una idea le atormentó sobre todas las demás: que el matrimonio era un invento del diablo; porque desde que Enrique se marchó de Compostela, Teresa no había pensado en otra cosa que en volver a encontrarse con el joven francés para convertirse en su esposa.

Poco a poco dejó de llover sobre las montañas del Cebreiro. Teresa y su grupo de aprendices salieron de la palloza, cargaron de nuevo las dos mulas y los dos borricos con todas sus pertenencias y continuaron ladera abajo por el Camino Francés. Echaría de menos los prados verdes y frescos de Galicia.

Pocos días después llegaron a Burgos.

El papa Inocencio había dictaminado en una bula promulgada en 1206 que la Iglesia tenía la obligación de acudir en persecución de los herejes allá donde se encontraran para corregirlos de su error y devolverlos a la senda de la verdad. Poco antes de que Teresa Rendol llegara a Burgos, el papa Gregorio había fundado la Inquisición. Para atajar las herejías que amenazaban con descoser la Cristiandad, la Iglesia había aprobado unas nuevas normas destinadas a sus tribunales de justicia: los sospechosos debían testimoniar bajo juramento contra sí mismos, no tenían derecho a ser defendidos por un abogado y no cabía apelación a los tribunales inquisitoriales llamados del Santo Oficio. La Iglesia bullía en reformas y surgían nuevas órdenes religiosas que competían con las más antiguas.

Tras enterrar a su padre en Finisterre, en un pequeño cementerio junto a una ermita desde donde se veía el mar, bajo una lápida en la que Teresa dibujó una delicada paloma, la joven pintora, dueña ahora del taller, había decidido regresar a Burgos. A sus ayudantes del taller les dijo que allí habría más oportunidades y más trabajo, pero sólo era una excusa, porque su corazón la impulsaba a buscar desesperadamente a Enrique. Su padre le había dicho poco antes de morir que procurara ser una mujer libre, tal cual él le había enseñado, y que, aunque decidiera no seguir la senda de los puros y «los perfectos», jamás olvidara cuanto le había revelado.

La ciudad le pareció más pequeña que cuando tuvo que marcharse con su padre varios años atrás, aunque en realidad en dos lustros Burgos había crecido bastante. Cada mes se avecinaban al menos un par de familias que llegaban de Francia o de la tierra de los vascos, de las húmedas y brumosas montañas del norte. Todo el espacio entre el cerro del castillo y el río Arlanzón estaba colmatado por nuevas casas y los nuevos pobladores habían comenzado a instalarse en el llano de la orilla izquierda, en un paraje denominado La Vega. En las calles principales se habían abierto numerosas tiendas que atendían a un mercado diario cada vez más amplio en el que los principales clientes eran los peregrinos y las gentes de las aldeas cercanas, que acudían a la ciudad a vender los productos excedentes de sus campos y de sus ganados para comprar con los beneficios productos fabricados en los talleres de la ciudad o traídos de otras partes. Algunos ricos mercaderes se habían construido lujosas casonas de piedra a lo largo de las calles más próximas a la catedral, y muchos de ellos estaban amasando cuantiosas fortunas merced a las fructíferas relaciones comerciales que mantenían con Inglaterra, Francia y Holanda. Esos mercaderes compraban la lana de los abundantes ganados castellanos y la embarcaban en navíos en los puertos del Cantábrico, desde donde era transportada a Londres, Amsterdam, Brujas o Rouen, en cuyos telares se transformaba en paños de calidad.

Esa rica oligarquía urbana atesoraba mucho dinero y, siguiendo las modas que llegaban del norte de Italia y de Borgoña, comenzaban a gastarse buena parte de sus ingresos en embellecer sus casas. Fervorosos partidarios de la fe cristiana y ansiosos por no ser confundidos con judíos conversos al cristianismo o con herejes crípticos, decoraban sus casas con motivos religiosos, sobre todo con cuadros pintados sobre tabla.

Su padre se había mostrado reacio a pintar otra cosa que no fueran frescos religiosos en catedrales, parroquias o monasterios, pero Teresa había decidido que si quería mantener activo su taller no le quedaba otro remedio que atender los encargos de estos ricos comerciantes, siempre dispuestos a pagar una buena bolsa de monedas por un buen retablo que mostrar en la sala principal de su casa, o en su oratorio privado aquellos pocos que podían disponer de una capilla particular.

Burgos era sede principal de los reyes de Castilla. En verdad, los monarcas castellanos no disponían de una capital política, pero todos los habitantes del reino consideraban que Burgos era la primera de las ciudades de Castilla, y que como tal disponía de una cierta preeminencia sobre las demás. Y desde que el rey Fernando se había convertido además en rey de León, los burgaleses todavía insistían más en su privilegiada posición, ahora compartida con la vieja sede de los reyes leoneses.

Nada más llegar a Burgos, Teresa buscó una casa donde instalarse. La joven maestra tan sólo tenía diecinueve años, pero su resolución y su energía le habían hecho superar cualquier reticencia sobre su persona. Cuando se instaló en una casa con un amplio cobertizo en el pequeño arrabal de San Esteban, en la zona norte de la ciudad, algunos prohombres del concejo criticaron que una mujer viviera en la misma casa que los cuatro jóvenes aprendices de su taller, pero en aquellos tiempos las mujeres habían alcanzado una gran consideración, sobre todo en las ciudades del Camino Francés, y además prevaleció el acuerdo de procurar el avecinamiento de la mayor cantidad posible de nuevos pobladores.

La nueva consideración hacia la mujer ya no se fijaba tan sólo en el recuerdo de la inolvidable Leonor de Aquitania, sino también en el ejemplo de mujeres como la reina Blanca de Castilla, que desde que muriera su esposo, el rey Luis VIII, se había convertido en regente del reino de Francia, y ejercía su cargo con tal energía que cuantos nobles y caballeros se entrevistaban con ella admitían sin dudar que doña Blanca era digna nieta de Leonor de Aquitania.

Hasta la misma Burgos llegaban noticias traídas por juglares y peregrinos de la capacidad de doña Blanca. En Francia era criticada porque se decía que a la temprana muerte de su esposo, y ante la minoría de edad de su hijo Luis IX, se había rodeado de una corte de castellanos y extranjeros, y que sometía a su hijo a un control tan severo que nadie tenía acceso al niño rey sin que ella lo autorizara. Pero a causa de ejemplos como el suyo, a principios del siglo XIII se contemplaba a la mujer con cierta veneración y no poco respeto.

Teresa Rendol abrió su taller de pintura y envió a sus cuatro ayudantes para que ofrecieran sus servicios a todas las parroquias, conventos, cofradías, nobles y mercaderes principales de la ciudad. Tras comprar la casa del arrabal de San Esteban y algunas cosas imprescindibles, todavía le quedaban algunos ahorros, y bien podría aguantar seis o siete meses sin recibir ningún encargo, pero estaba convencida de que pronto comenzarían a llegar las primeras peticiones de obra. Entre tanto, y para mantener ocupados a sus cuatro aprendices, compró algunos productos para elaborar pinturas y decidió pintar varios cuadros sobre tabla. Comenzó por dibujar retratos de la Virgen María. La devoción mariana iba en notable aumento, y creyó que aquellos cuadros tendrían una fácil venta.

Cuando el maestro Luis se enteró de que se había abierto un taller de pintura en la ciudad y de que estaba dirigido por una jovencísima y bella mujer quiso conocerla personalmente, y se dirigió al arrabal de San Esteban.

Le abrió la puerta uno de los aprendices.

—¿Está la maestra? —le preguntó.

—¿Quién sois, señor?

—Luis, Luis de Rouen, maestro de obra de la catedral de Burgos. Me gustaría conocer a la dueña de este taller, tal vez tenga algún encargo para ella.

—Aguardad un momento, señor.

El aprendiz regresó enseguida y le invitó a pasar.

Luis permaneció de pie en el pequeño zaguán de la casa, en cuyas paredes colgaban dos retratos de la Virgen María casi terminados.

—¿Don Luis?

Luis de Rouen se volvió al oír su nombre pronunciado por una voz dulce y femenina.

—Señora. —Hizo una elegante reverencia—. Así que vos sois la maestra de este taller.

—En efecto.

—Sois muy joven para ser maestra.

—Tal vez. Me llamo Teresa Rendol, y si tenéis memoria, mi nombre os resultará familiar.

—¿Rendol? ¿Sois la hija de Arnal Rendol, el pintor occitano?

—La misma.

—¿Y vuestro padre?

—Murió en Galicia hace unos meses. Yo me he hecho cargo de su taller.

—Vaya, sois una mujer decidida, según veo.

—Vos habéis tenido mucho que ver en ello, según creo.

—No me culpéis por...

—No os culpo por nada. Mi padre sabía, aunque nunca quiso reconocerlo, que algún día deberíamos modificar la manera de pintar. Pero él no quiso hacerlo; era un maestro del viejo estilo. No podía ni quería entender la pintura de otra manera.

—¿Y vos?

—Los tiempos cambian, don Luis, y muy deprisa.

—En ese caso, necesito pintores para la obra de la nueva catedral. Ya habréis visto que está acabada la cabecera y que hay que pintar el interior. —Luis hizo una pausa—. Y pronto las portadas, pero no habrá murales, sólo pintura sobre las esculturas y los capiteles. Aceptad, por favor, os lo debo.

—Vos no me debéis nada, don Luis.

—No discutiré por ello, doña Teresa, pero... ¿estaríais dispuesta a realizar parte de ese trabajo?

—Decidme por cuánto dinero y cuándo empezamos.

—Ocho maravedís mensuales para vos y dos para cada aprendiz.

—¿Y la pintura y demás materiales necesarios?

—Por vuestra cuenta, claro.

—En ese caso, que sean doce y tres maravedís respectivamente.

—Eso es demasiado.

—Si mi taller paga la pintura, no.

Luis de Rouen dudó por un instante.

—¿Sois buenos?

—Mi taller es el mejor de estos reinos. Vos mismo podéis comprobarlo —respondió Teresa sin titubear, señalando los cuadros que colgaban de las paredes.

—De acuerdo, podéis empezar el lunes, en la catedral —dijo Juan.

—Allí estaremos.

Teresa y sus cuatro aprendices se presentaron en la obra de la catedral poco después de amanecer. Tuvieron que esperar un tiempo hasta que llegó Luis de Rouen.

—Aquí estamos —dijo Teresa.

—Bien, pues comencemos.

Luis le dio a Teresa instrucciones concretas y le indicó los lugares que había que pintar y los colores que se debían aplicar. Cuando llevaban varios días de trabajo, Luis llamó a Teresa y se quedó con ella a solas.

—Vos, señora, no habéis regresado a Burgos sólo en busca de trabajo, ¿no es así?

—¿A qué os referís, maestro?

—Lo sabéis perfectamente: a mi sobrino.

Teresa enrojeció.

—¿Os dijo él alguna cosa sobre mí?

—No fue necesario. Lo supe en cuanto me habló de vos. A su vuelta de Compostela y antes de regresar a Francia, Enrique estuvo varios días como ensimismado. Apenas hablaba, no comía, paseaba melancólico por las orillas del río, subía al cerro del castillo para ver los atardeceres... Conozco bien esos síntomas; los he leído en un libro de un poeta musulmán llamado Ibn Hazm. Se titula *El collar de la paloma*, y habla del amor y de sus manifestaciones. Vuestra actual rojez es síntoma indudable de amor, siempre según Ibn Hazm, claro.

»Pero no receléis de mí. Mi sobrino es un buen muchacho, y si vuestro amor es profundo y verdadero, el tiempo no podrá con él, y si Enrique conserva ese sentimiento, a pesar de la distancia volverá por vos. Ahora está en París. Tuvo que regresar para acabar sus estudios en la universidad; si desea alcanzar el título de maestro de obra es indispensable que lo haga. Yo quiero ir a Francia dentro de unos meses, tal vez lo vea y pueda llevarle noticias vuestras, si es que es ese vuestro deseo.

—¿Qué dice Ibn Hazm sobre ello? —preguntó Teresa.

—¿A qué os referís?

—A los alcahuetes.

—¡Vaya!, tenéis carácter, señora. Pues sí, algo dice el cordobés Ibn Hazm sobre este asunto. Si no recuerdo mal, pondera con agrado la existencia de lo que llama «un amigo favorable», alguien que sea reposado, paciente, sin perversiones, tolerante..., es decir, alguien capaz de consolar al amigo, o a la amiga, en caso de congoja. Sostiene Ibn Hazm que con un amigo así se ahuyenta la tristeza y se acorta el tiempo de espera. Pero bueno, tal vez creáis que es mejor disponer de un alcahuete que...

—Perdonad, no quise ofenderos.

—Recordad que un buen amigo es paciente y reposado, señora.

»Pero para mi viaje falta todavía algún tiempo, y en cambio don Mauricio no quiere que pase mucho más sin ver acabada por completo su catedral; de modo que, doña Teresa, sigamos con nuestro trabajo.

Teresa subió al andamio con la agilidad adquirida desde que siendo muy pequeña acompañara a su padre para pintar los grandes frescos en las catedrales e iglesias construidas al estilo romano. Sus cuatro aprendices estaban pintando los capiteles interiores de la cabecera de la nueva catedral de Burgos siguiendo las instrucciones dadas por la maestra.

—Habrá que darse prisa, el obispo desea que esto acabe cuanto antes.

—Doña Teresa —dijo Domingo de Arroyal, el aprendiz de más edad, un fuerte mozo de veintidós años al que Teresa estaba dispuesta a conceder de inmediato la categoría de oficial o compañero—, vuestro padre nos enseñó que pintar sobre esculturas no es propio de artistas, y aquí no hacemos otra cosa.

—Mi padre creció pintando en iglesias del viejo estilo. Este es un tiempo nuevo, el tiempo de la luz. Mi padre suplía con sus pinturas la falta de luminosidad de esos viejos templos. Pero ahora ya no es necesario; fijaos en esas ventanas, en esa luz que entra a raudales por las vidrieras de colores. —Teresa señaló las amplias ventanas abiertas sobre el triforio—. Estamos en otro tiempo y es necesario otro tipo de pintura.

—Pero aquí no somos trascendentes.

—¿Trascendentes? —se preguntó Teresa ante la mirada atónita de Domingo de Arroyal, que ni siquiera entendía lo que había querido decir—. Nada es trascendente, sólo la luz de la divinidad.

Los demás aprendices seguían ensimismados la conversación de la maestra de su taller y su primer aprendiz.

—¿Un arte nuevo, entonces?

—Claro que sí; un arte con una nueva luz, y una nueva pintura para esa nueva luz. Yo no conocí a mi abuelo, pero mi padre me contó en una ocasión que había trabajado para la mismísima reina Leonor de Aquitania. Mi abuelo era un hombre bien parecido y de un porte extraordinario, y eso no debió de gustarle a Enrique el León, rey de Inglaterra y esposo de Leonor, porque mi abuelo tuvo huir de la corte antes de que los celos de don Enrique fueran a mayores. ¿Y sabéis qué le dijo mi abuelo a mi padre? —Los aprendices se encogieron de hombros—. Pues algo muy sencillo: que lo más importante era la luz.

»Y ahora basta de cháchara y todo el mundo a trabajar.

2

En aquellos días de 1231, Fernando de Castilla y Sancho II de Portugal firmaron un acuerdo de paz y delimitaron las fronteras comunes de sus respectivos reinos en Sabugal. Por ello, ya que había temido que una posible guerra con Portugal hubiera retrasado las obras, y por el buen ritmo de los trabajos, don Mauricio estaba muy contento.

Una mañana, mediada la primavera, el obispo llamó a todos los maestros de los diversos talleres de la obra de la catedral, encabezados por Luis de Rouen, bajo cuyas directrices trabajaban todos los talleres.

—Señores maestros —les dijo—, nuestro rey ha firmado la

paz y sellado un acuerdo fronterizo con su primo el rey Sancho de Portugal, y además está preparando una nueva campaña contra los sarracenos para este verano. Son buenas noticias, pues nos va a conceder unos prados en San Mamés de Abar con sus ganados. Esa donación incrementará nuestras rentas, de modo que... —don Mauricio hizo una pausa muy estudiada— las obras de la catedral seguirán de inmediato hasta finalizar la nave y la fachada de los pies del templo.

»Maese Luis, en cuanto sea posible podéis comenzar la demolición de la vieja catedral. ¡Ah!, y aprovechad cuantas piedras se puedan recuperar; creo que podremos reutilizar muchas de ellas, ¿no es así?

—Por supuesto, don Mauricio, por supuesto.

Luis miró a Teresa Rendol y alzó los hombros como resignado en un gesto que provocó la sonrisa de la maestra del taller de pintura.

Mientras se retiraban de la reunión, Luis se acercó a Teresa.

—Creo que vuestro padre pintó algunos de los frescos de la vieja catedral —le dijo.

—Sí, lo recuerdo bien porque yo era una niña. En esos frescos están mis primeras pinceladas. Mi padre me dejó rellenar algunas túnicas; recuerdo una azul de la Virgen...

—Me parece que todo esto os supone un gran quebranto.

—No —dijo Teresa con firmeza—. Sólo Dios es eterno; al menos eso me enseñó mi padre. Las obras de los hombres, aunque sean tan bellas como esa, no pueden trascender más allá del tiempo.

—Algo parecido dicen los musulmanes. En su libro sagrado, el Corán, se indica que sólo Dios es eterno, y que cualquier obra del hombre está condenada a convertirse en polvo.

—No he leído ese libro.

—Yo tampoco. Me lo han contado los musulmanes que trabajan en el taller de cantería. Alguno de ellos sostiene que el hombre no debe imitar la obra de Dios, y por eso son muchos los que se niegan a esculpir o pintar figuras humanas. Los dedico solamente a tallar los elementos decorativos. Para ese trabajo de filigrana son insuperables.

—Eso es porque tienen mucha paciencia —dijo Teresa.

—Tal vez, pero no olvidéis que la paciencia es una virtud cristiana.

—Y del buen amigo, recordadlo; me lo dijisteis vos mismo.

Luis miró fijamente a Teresa.

—Ahora comprendo a mi sobrino, y entiendo que no quisiera alejarse de vos. Si su corazón alberga los sentimientos que yo creo, volverá a buscaros.

Teresa inclinó la cabeza, saludó a Luis de Rouen y se despidió recordándole que todavía quedaba mucho por hacer.

La mayor parte de los hombres disponibles fueron destinados a montar los andamios para comenzar la demolición de la vieja catedral, que se mantenía en pie al oeste de la nueva. El crucero sin cerrar de la nueva, mucho más alto, parecía unas enormes fauces abiertas a punto de engullir la cabecera de la vieja catedral condenada a desaparecer.

Luis detalló a los albañiles cómo tenían que construir el andamiaje. Una vez armado comenzarían a demoler la cabecera, de manera que conforme se fuera derribando la catedral vieja pudiera iniciarse la construcción de la nave del nuevo templo.

Fueron pocos los burgaleses que lamentaron el derribo de la que hasta entonces había sido su catedral, la que fundaran hacía más de ciento cincuenta años el rey Alfonso VI y el obispo Asterio. Aquella catedral había sido la sede de los obispos burgaleses desde que se trasladara la diócesis de Oca a la ciudad más pujante de Castilla, buena parte de cuyo crecimiento y riqueza se debía precisamente a ese honor.

Se dispuso un gran andamiaje alrededor de la vieja cabecera, de modo que los trabajadores pudieran comenzar su demolición por la cubierta, reaprovechando todos los materiales que pudieran recuperarse en buen estado.

Aquella noche había llovido muy copiosamente y la mañana había amanecido con el cielo encapotado por un manto de nubes grises. Todo estaba empapado de humedad y, aunque la primavera estaba muy avanzada, la mañana era fresca.

Al desmontar un sector del tejado, el albañil encargado de la cuadrilla que estaba trabajando en la demolición de la catedral vieja encontró en una de las bóvedas una lápida de piedra con lo que parecía una inscripción. Aunque aquel hombre sabía leer, no sin ciertas dificultades, no pudo entender una sola letra de las que allí estaban grabadas, y antes de seguir adelante le ordenó a uno de sus obreros que fuera en busca del maestro.

Luis de Rouen había pasado toda la noche en vela. Hacía tiempo que sufría de gota y algunos días, sobre todo cuando la humedad era elevada, a la gota se le sumaban ciertos achaques reumáticos que le producían intensos dolores en las piernas y en las rodillas. Cuando el obrero lo fue a buscar, lo encontró en su casa, con los pies dentro de un barreño con agua caliente, una terapia que solía utilizar de vez en cuando porque le mitigaba mucho el dolor.

En cuanto supo de la existencia de esa lápida, se calzó sus botas de cuero y salió hacia la catedral. Le costó un gran esfuerzo subir a lo alto del tejado, pues al frescor de la mañana se sumaba el sufrimiento que le producían en las piernas la gota y el reuma.

La lápida era una losa de piedra caliza de dos palmos de largo por uno de ancho. Estaba colocada justo en el centro de la bóveda en forma de cuarto de esfera que cubría el ábside de la vieja catedral. El maestro se acercó hasta la lápida, se inclinó sobre ella para leer la inscripción con claridad y tras observarla unos instantes dijo:

—Es árabe, está escrita en árabe.

—Claro, por eso no pude leerla —dijo el albañil que dirigía la cuadrilla de demolición como justificándose ante sus subordinados.

—Llamad a don Lope, el alfaquí. Vive en la rúa Vieja de la morería, junto a la casa de Audallá el tejedor. Vamos, deprisa.

Un obrero bajó del andamio y regresó algún tiempo después con el alfaquí.

—Don Lope —lo saludó Luis—, esta lápida ha aparecido hoy mismo; como podéis comprobar está escrita en vuestra lengua. ¿Seríais tan amable de traducir lo que dice?

Don Lope asintió con la cabeza, se inclinó, pasó la mano sobre la lápida y leyó para sí.

—En efecto, don Luis, está escrita en árabe.

—Eso ya lo sé, pero ¿qué dice?

—Tal vez no os agrade escucharlo.

Luis ordenó a los obreros que se retiraran unos cuantos pasos, los suficientes como para que no pudieran oír a don Lope.

—Vamos, leed. Sólo estamos los dos.

—«Al que construya una mezquita, aunque sea tan pequeña como el agujero que en el suelo cava el pájaro gata para hacer su nido, Dios le dará una casa de oro en el Paraíso.»

—¿Esa es una cita de vuestro libro sagrado?

—No. Se trata de un *hadiz* atribuido a nuestro profeta Mahoma, que Dios guarde.

—¿Un *hadiz*? —dudó Luis.

—Un *hadiz* es un relato de alguna de las tradiciones que no están recogidas en el sagrado Corán pero que los sabios ulemas compañeros del Profeta, que Dios proteja, escribieron sobre su vida y sus hechos.

—No entiendo... ¡Aguarda, ahora comprendo! —Luis se agachó para coger una palanqueta de hierro y forzó la lápida.

Debajo había una pequeña oquedad oculta entre la bóveda de piedra. Luis metió el brazo y sacó una maqueta del tamaño de la lápida que representaba una mezquita.

—Ya os dije que no os gustaría —reiteró don Lope.

—Vuestros antepasados han ofendido a Dios —sentenció Luis, muy molesto—. Por eso reían cuando señalaban hacia aquí. Lo sabían, todos esos infieles sabían que alguno de sus antepasados había profanado la catedral escondiendo aquí la maqueta de uno de sus templos.

»¿Vos también lo sabíais, don Lope? —le preguntó Luis.

—Si os he de ser sincero, maestro Luis, en nuestra comunidad se cuenta una vieja leyenda que habla de que en lo más alto de vuestra vieja catedral habita la casa de Dios todopoderoso, de Alá, su nombre sea alabado, como llamáis los cristianos al único y verdadero Dios —repuso el alfaquí.

—Debió de colocarla aquí alguno de los sarracenos que trabajaron en la construcción de este templo. Y si hicieron eso hace ciento cincuenta años..., bueno, también han podido hacerlo ahora. —Luis ordenó a los obreros que se habían mantenido a cierta distancia que se acercaran—. Vamos, continuad demoliendo este templo, y hacedlo rápido. Y espero, don Lope, que por el bien de vuestra comunidad no haya ocurrido nada parecido en mi catedral —le dijo Luis, muy enfadado, al alfaquí.

El maestro de obra comenzó a descender el andamio deprisa; quería llegar cuanto antes a la nueva catedral e inspeccionar todos y cada uno de los lugares en los que algún musulmán podía haber ocultado algo semejante. Las maderas del andamiaje seguían húmedas, y a causa de la precipitación Luis no puso demasiado cuidado en el descenso. Uno de sus pies resbaló en una tabla húmeda y perdió el equilibrio. Intentó asirse al andamio, pero llevaba en las manos la lápida con la inscripción en árabe y la maqueta de la mezquita, y por ello no pudo agarrarse a tiempo. Su cuerpo se precipitó al vacío y se estrelló contra el suelo, justo sobre un montón de piedras que los obreros habían guardado para ser aprovechadas. La lápida de caliza con la inscripción y la maqueta de la mezquita se golpearon contra los sillares amontonados y se hicieron añicos.

Don Mauricio ofició el funeral en la catedral nueva. Tras el responso, el obispo de Burgos habló de Luis de Rouen y dijo que el maestro había dejado su vida en los trabajos de la catedral, construida para mayor gloria de Dios y de su madre la Virgen. Sus restos fueron enterrados en el crucero, justo bajo la bóveda central del transepto.

En la caída, el maestro de obra se había quebrado la espalda y roto varios huesos. No había muerto en el acto, pero el impacto había sido tan fuerte que el médico judío que lo atendió, el personal del propio obispo, nada pudo hacer por su vida. Dos días después del accidente, Luis de Rouen, maestro de obra de la catedral de Burgos, falleció.

La consternación de don Mauricio fue enorme. El obispo ordenó que se abriera una investigación sobre la muerte de Luis, pero todos los testigos presenciales coincidieron en señalar que había sido un lamentable y desgraciado accidente. Nadie recordó en el proceso el asunto de la lápida y la maqueta. Cuando le tocó declarar a don Lope, cuya presencia en lo alto del tejado había llamado la atención del instructor del proceso, se limitó a decir que don Luis lo había llamado para que tradujera una inscripción que había aparecido entre las piedras de la bóveda. El alfaquí comentó que se trataba de una lápida funeraria de algún viejo cementerio islámico que algún cantero ignorante había utilizado como si se tratara de un sillar más.

Teresa Rendol quedó muy afectada cuando le comunicaron la repentina muerte de Luis. La hija de Arnal Rendol amaba la vida y había llegado a confiar en aquel hombre que era de los pocos que no la miraban con ojos lascivos.

Durante el sepelio, Teresa lloró. Hubo quien comentó que la joven maestra del taller de pintura estaba enamorada de Luis, pero alguien le replicó que Luis de Rouen sólo estaba interesado por su catedral y si acaso por algunos jóvenes y musculosos obreros.

Tras los funerales, un preocupadísimo don Mauricio reunió al cabildo.

—Señores canónigos, la muerte de don Luis es un contratiempo con el que no contábamos. Con él no sólo hemos perdido al maestro de obra de nuestra catedral, sino al autor del proyecto de continuación de la misma.

—Pero ¿no ha dejado nada escrito, ni dibujado? ¿Ni uno sólo de esos planos que él solía presentarnos? —preguntó un canónigo.

—Hemos registrado su casa, hasta los últimos rincones, y sólo hemos encontrado dibujos en papel y pergamino de lo ya construido. No sabemos, nadie sabe, cómo pensaba terminar la nave de la catedral ni su portada principal.

—¿Y qué vamos a hacer ahora? —demandó otro.

—No lo sé. Su hermano, Juan de Rouen, vive en Chartres; es el maestro de obra de esa catedral. Tal vez él quiera continuar la labor que inició su hermano Luis —supuso don Mauricio.

—¿Y su sobrino?, aquel joven oficial que labró vuestra escultura de la portada sur. Quizá él sí sepa cómo continuar. Los maestros de obra guardan sus planes en secreto, pero siempre los confían a alguna persona, y esa persona suele ser algún familiar cercano —dijo el deán—. Propongo que vayamos en busca de ese joven.

—No tenía el grado de maestro —asentó don Mauricio.

—Es cierto, pero por cómo esculpió vuestra figura, seguro que ya lo es o no tardará mucho en serlo. Enviad una carta a ese tal Juan de Rouen, él sabrá dónde está su hijo, y tal vez lo convenza para que regrese a Burgos para continuar la obra inconclusa de su tío.

—Y entre tanto, ¿qué hacemos? —demandó otro canónigo.

—Se puede continuar con la demolición de la catedral vieja y acabar de pintar la nueva. Hay trabajos que pueden ejecutarse sin que un maestro de obra los dirija —propuso el deán.

—¿Estáis todas vuestras mercedes de acuerdo? —preguntó don Mauricio. Los canónigos asintieron—. En ese caso, enviaremos una carta a Chartres en demanda del sobrino de don Luis.

—¡Enrique! Se llama Enrique de Rouen —exclamó el deán.

—Pues veamos si ese joven Enrique está dispuesto a acabar la obra de su tío.

Cuando Teresa se enteró de que el cabildo iba a reclamar la presencia en Burgos de Enrique de Rouen, sintió que su corazón se aceleraba.

«Un síntoma más de los que habla Ibn Hazm, supongo», pensó la joven mientras imaginaba a Enrique apareciendo por el Camino de los Franceses y entrando en Burgos sonriente y aferrado a su brazo.

Aquel verano el rey Fernando conquistó Cazorla. El avance sobre Córdoba, Jaén, Sevilla y Granada parecía imparable, pues cada año caían una o dos ciudades importantes en manos de Castilla. Ningún ejército musulmán era capaz de detener al rey de Castilla y León, sobre el cual comenzaba a correr el rumor de que era un verdadero santo.

El otoño transcurrió tan rápido que cuando los canónigos de Burgos quisieron enviar un mensajero a Enrique de Rouen, las primeras nieves ya habían cubierto los ocres campos de Castilla, por lo que decidieron esperar a la próxima primavera.

La muerte de Luis había ocurrido de manera tan imprevista que el obispo don Mauricio no sabía qué hacer para evitar que se detuvieran las obras de su catedral. La solución de contratar al joven Enrique había sido tomada de manera muy precipitada; al fin y al cabo cuando se marchó de Burgos sólo era un joven oficial de apenas veintidós años que ni siquiera tenía el título de maestro, por lo que don Mauricio dudaba si estaría realmente preparado para continuar con la tarea que dejara inacabada su tío Luis.

En los reinos unificados de Castilla y León, otros prelados estaban demandando del rey Fernando la licencia para la construcción de nuevas catedrales. El mismísimo obispo de Compostela había encargado un proyecto para una nueva catedral a pesar de que el templo del que se decía que albergaba la tumba del apóstol Santiago había sido consagrado hacía tan sólo veinte años, de que se consideraba el mejor ejemplo del estilo romano y de que su Pórtico de la Gloria reunía esculturas de una calidad y un realismo que jamás se habían visto antes.

Pero el deseo de disponer de una de aquellas catedrales de la luz era tal que el obispo de Compostela comenzó por su cuenta y a sus expensas la excavación de los cimientos del que iba a ser un enorme edificio que ampliaría en casi el doble la longitud del existente.

El rey Fernando se desplazó a Galicia para la colocación de la primera piedra, y en Compostela asistió a una sencilla ceremonia en la que se colocó el primer sillar de la que se pretendía que fuera la mayor catedral de los reinos cristianos de la vieja Hispania.

En Burgos, y tras la muerte de Luis de Rouen, don Mauricio parecía derrotado y a punto de abandonar su gran proyecto. Las obras de la catedral de Toledo seguían a buen ritmo y ya se había acabado la cabecera con sus cinco naves, mientras en Compostela disponían de tantas rentas a causa de las abundantísimas propiedades del cabildo y de las numerosas donaciones y limosnas de los peregrinos que si se construía la nueva catedral, esta no tardaría en alcanzar e incluso superar a la de Burgos.

El rey Fernando pasó las primeras semanas del verano en Burgos. Su ejército había logrado dos grandes conquistas a fines de la primavera. En la Extremadura oriental los caballeros leoneses habían ocupado la imponente fortaleza de Trujillo, en tanto los castellanos habían llegado hasta Úbeda, una importante localidad apenas a dos jornadas al nordeste de Jaén, cuyo dominio abría las puertas de la ruta del Guadalquivir hacia Córdoba y Sevilla.

—Necesitaba un descanso, don Mauricio; este año está resultando agotador —le dijo el rey Fernando al obispo de Burgos mientras visitaban las obras de la nueva catedral.

—Sois joven y fuerte, alteza, y Dios os ha concedido salud, una esposa adecuada y la bendición de hijos numerosos para sostener este reino.

—Veo que pese a vuestros recelos, las obras continúan —dijo don Fernando al observar la actividad que se llevaba a cabo en la catedral

—Se trata de trabajos secundarios para los que no es necesaria la presencia del maestro de obra. Ahora sólo están trabajando los talleres de pintura y de vidrio. La mayoría de los canteros ya ha acabado su trabajo y, a falta de planes para seguir la fábrica, las cuadrillas se han marchado a Compostela, a Toledo y a Portugal. Ya sabéis, alteza, que además el obispo Rodrigo quiere construir una gran catedral en la ciudad de León. La muerte accidental del maestro Luis de Rouen nos ha dejado sin dirección para la continuación de la obra. Hemos estudiado diversas posibilidades, pero no hay buenos maestros que estén ahora disponibles.

»Y luego está ese maldito secreto...

—¿De qué secreto habláis?

—Del que guardaba celosamente don Luis. El secreto de las proporciones precisas para seguir avanzando en la construcción de este templo. Nunca las confesó, nada dejó escrito. Nos mostraba los planos parciales de las obras que se iban a realizar de manera inmediata, pero salvo un plano general muy poco definido, nada más nos ha quedado sobre sus intenciones futuras.

—¿No tenía ningún ayudante? Los maestros de obra suelen disponer de un segundo al que confían los detalles de sus proyectos.

—Que sepamos, ese ayudante bien pudo ser su sobrino, un joven oficial llamado Enrique de Rouen que pasó en Burgos varios meses, pero hace tiempo que regresó a Francia para continuar sus estudios en la Universidad de París y obtener el título de maestro, según sabemos.

—Pues no tenéis sino que enviar a alguien a buscar a ese muchacho, traedlo aquí y que sea él quien continúe la obra.

—Eso mismo es lo que decidimos en una reunión del cabildo hace algunos meses, pero antes de hacerlo me arrepentí. Creí que esa decisión se había tomado de manera precipitada y he estado sopesando otras soluciones.

—¿Y habéis dado con alguna?

—No. Me he limitado a ordenar a los talleres de pintura y a los vidrieros que acaben los trabajos que se les habían encomendado, pero eso no durará demasiado; en unos meses se habrán acabado y no sabremos cómo continuar.

—Tal vez podríamos demandar ayuda al maestro que está construyendo la catedral de Toledo o al que va a iniciar la de Compostela —propuso el rey.

—Esta catedral, alteza, se planteó como un templo de características unitarias, y mi deseo es que se culmine continuando con la misma idea con la que se empezó.

—Pero vos mismo acabáis de decir que el único conocedor posible de ese plan os hace dudar sobre su capacidad para continuar esta fábrica.

—Era demasiado joven, y tal vez ni siquiera haya alcanzado el grado de maestro; incluso puede que haya muerto. Hace tiempo que no sabemos nada de él.

—Vamos, don Mauricio, no seáis tan agorero. Vos siempre habéis sido un hombre muy activo y resuelto. Jamás ha podido con vos adversidad alguna. Y en esta ocasión no creo que sea diferente. Enviad a alguien en busca de ese joven oficial y exponedle con claridad la situación; tal vez conozca ese secreto, en cuyo caso ofrecedle la dirección de la obra de esta catedral.

—¿Y si todavía no tiene el grado de maestro?

—Pues entonces esperad a que lo obtenga cuanto antes y convencedlo para que venga a Burgos. Por lo que veo, aquí todavía quedan muchos trabajos por hacer. Y si queréis ganar tiempo, siempre podéis encargar a un taller de cantería que talle sillares para la futura nave.

El rey de Castilla y León y el obispo de Burgos inspeccionaron más de cerca algunos trabajos. En el interior de las capillas del ábside, los miembros del taller de Teresa Rendol estaban pintando las esculturas de los capiteles.

—El azul más intenso, Pedro, mucho más intenso. Te lo he dicho varias veces, tienes que lograr el tono del azul del cielo en el mediodía de Castilla. Añádele un poco más de añil a ver si lo consigues.

Teresa Rendol dirigía los trabajos de los miembros de su taller. Las figuras de piedra de los capiteles comenzaban a cubrirse de colores vivos, los que Teresa y Luis habían acordado poco antes de la muerte del maestro.

El rey y el obispo la sorprendieron dirigiendo a sus ayudantes en plena faena.

—Quiero que el tono de la cara de esa figura parezca tan real como la propia piel.

—Os tomáis muy en serio vuestro trabajo, señora.

Don Fernando se dirigió a Teresa sin que esta se hubiera dado cuenta de la presencia del rey.

—¡Alteza!

Teresa inclinó la cabeza y dobló ligeramente la rodilla tal y como había visto hacer ante el rey a algunas damas de alta alcurnia en las ceremonias cortesanas a las que había asistido como espectadora.

—Es Teresa Rendol, alteza, la maestra del taller de pintura. Su padre fue el famoso maestro Arnal Rendol, a quien debemos los mejores frescos de la catedral vieja.

—Las mujeres castellanas son extraordinarias, señor obispo. Y aquí tenemos un ejemplo de ello.

—Gracias, alteza, pero para un pintor, esta es una obra menor. El nuevo estilo apenas deja espacio para la pintura. Lo que antes eran grandes muros que había que cubrir con murales ahora son enormes ventanales que se cierran con multicolores vidrieras. Claro que siempre nos queda la pintura sobre tabla —asentó Teresa.

—¿Conocéis esa técnica?

—Por supuesto, alteza. Es mucho más fácil que pintar al fresco.

—Ah, ¿sí?

—La pintura sobre cal fresca requiere de una gran rapidez de ejecución. Los pigmentos deben aplicarse antes de que la superficie fragüe, pues es necesario que cal y pintura se sequen a la vez para que queden íntimamente ligadas. Por eso, el pintor de frescos debe ejecutar su trabajo con una gran decisión, sin el menor titubeo.

»En cambio, la pintura sobre tabla puede hacerse de manera mucho más reposada. Incluso se puede corregir si te equivocas. Y además, siempre es más cómodo pintar en el taller, a plena luz del sol, que hacerlo encaramado en estos incómodos andamios, con poca luz y siempre forzando el cuello y la espalda.

—¿Podríais pintar alguna tabla para mí? —le preguntó el rey.

—Por supuesto, alteza. Mis ayudantes y yo vivimos de eso, de pintar.

—¿Y cuánto me costaría?

—Depende del tamaño de la tabla, de la complejidad del motivo y del tiempo que debamos emplear en ello.

—Digamos que os encargo un tríptico para llevar conmigo a todas partes y que pueda cerrarse sobre sí mismo con unas bisagras, de vuestra altura aproximadamente por una anchura similar.

—¿Y el motivo?

—El nacimiento de Cristo en la tabla del centro y dos ángeles músicos en las laterales.

—Hummm... —Teresa lo pensó durante unos instantes—. Dos mil maravedís.

—¿Cuándo me lo entregaríais?

—En dos meses.

—De acuerdo. Uno de mis notarios preparará el contrato.

—La mitad por adelantado, alteza.

—¿No os fiais de vuestro rey?

—La gente de mi taller tiene que comer mientras trabaja. Y os aseguro que se trabaja mucho mejor si se está bien alimentado.

—Sois una mujer muy decidida, señora.

—No he tenido otro remedio que serlo, alteza.

—Venid esta noche a palacio; la reina y yo ofrecemos una cena a los miembros del concejo de Burgos. Doña Beatriz está acostumbrada a cuidar de nuestros hijos, que ya son siete, y pronto habrá un octavo que está en camino, y suele aburrirse en estas veladas de la corte en las que predominan los hombres que sólo hablan de batallas y de política. Creo que vuestra compañía le agradará sobremanera.

—Os lo agradezco, alteza, pero...

—Un súbdito de Castilla no debe poner pero a su rey. Aceptad, señora; doña Beatriz y yo estaremos muy honrados con vuestra presencia.

Teresa contempló los ojos del rey, de los que emanaba una mirada serena y tranquila. A diferencia de otros monarcas, que solían invitar a sus palacios y castillos a cuantas mujeres les placía para luego acostarse con ellas, el rey Fernando siempre se había mostrado fiel a su esposa. En la corte no se le conocía ningún amorío y se decía que seguía tan enamorado de la reina como la primera vez que la vio, cuando doña Beatriz era una joven princesa recién llegada del Imperio que apenas sabía balbucear algunas frases en castellano.

Las palabras del rey agradaron mucho a Teresa, que asintió.

—Si ese es vuestro deseo, alteza, allí estaré.

—Y venid vos también, don Mauricio; creo que necesitáis distraeros un poco y olvidar vuestras cavilaciones. Y así conoceréis al infante Felipe, nuestro último hijo, al que por cierto habrá que bautizar pronto, quizá la próxima semana en la nueva catedral.

—Por supuesto, alteza, por supuesto.

—La reina también se alegrará de veros. Sabéis que os tiene en alta estima, pues no en vano vos fuisteis la persona encargada de traerla hasta mí. Ya os he dicho en alguna ocasión que os estaré eternamente agradecido por ello.

—Vuestra esposa es una gran reina.

—Y además suele transmitirme todas vuestras peticiones con gran diligencia. A veces creo que es vuestra embajadora en la corte.

Don Mauricio sonrió nervioso.

—Es un honor contar con la amistad de la reina.

—Esta misma mañana, durante el desayuno, me ha dicho que estáis muy preocupado por la continuidad de las obras de la catedral, y me ha pedido que os ayude a resolver el problema de la carencia de maestro. Bien, ya me habéis oído antes: enviad a un mensajero en busca de ese tal Enrique de Rouen.

—¡Enrique! —exclamó Teresa sin poder contener su emoción.

—¿Acaso lo conocéis? —preguntó don Fernando.

—Sí, alteza. Lo conocí en Compostela. Mi padre tenía allí su taller y él vino a hacer la peregrinación y a observar las esculturas del Pórtico de la Gloria. Trabajó durante algunas semanas con nosotros, hasta que tuvo que regresar a Burgos. —Teresa sintió cómo se le encendían las mejillas.

—Ahora comprendo la causa del retraso de ese muchacho.

Se fue para un mes y casi no vuelve. Su tío me pidió que enviara una carta reclamando su regreso —recordó don Mauricio.

—Vos, doña Teresa, debisteis de ser parte de la causa de ese retraso —supuso el rey.

—Yo...

—No os ruboricéis, señora; si yo hubiera estado en el lugar de ese muchacho y hubiera sido soltero, seguramente hubiera hecho lo mismo.

—Alteza... —El arrobo de Teresa fue en aumento.

—Señor obispo, enviad de inmediato un correo en busca de ese tal Enrique. Si las cosas son como las imagino, bastará que le sugiráis que aquí está trabajando Teresa Rendol para que venga tan veloz como el viento.

No pudo ser tan rápido como pretendía don Fernando, porque algunos problemas ocuparon durante varias semanas al rey y al obispo. Don Mauricio condenó el matrimonio de dos nobles que se habían casado en Burgos sin consentimiento, como era preceptivo, del rey. Se trataba de la boda de doña Mencía, la hija de don Lope Díaz de Haro, uno de los más influyentes miembros de la nobleza castellana, con don Álvar Pérez de Castro, cuyo linaje no era inferior. El obispo de Burgos, para demostrar su autoridad ante otros prelados presentes en la ciudad, excomulgó a los esposos alegando que doña Mencía era pupila del rey Fernando, a quien no se le había pedido la venia para la boda.

Berenguela, la reina madre, y Beatriz, la reina consorte, tuvieron que mediar en el asunto y al final, gracias a la buena voluntad de Beatriz y a la capacidad de convicción de doña Berenguela, se calmó la situación; don Mauricio levantó la excomunión y el matrimonio quedó validado con la sanción real.

Pero mientras esto sucedía, habían pasado varias semanas, el invierno se había echado encima y los caminos estaban casi impracticables. Habría que esperar a la primavera para ir en busca de Enrique de Rouen.

3

La catedral de Chartres lucía al fin en todo su esplendor. Aquella primavera el maestro Juan de Rouen pudo descansar tranquilo; a principios de mayo se colocó la última escultura del templo, una gárgola que coronaba la terraza de la torre sur.

—Es magnífica, padre, no hay ninguna catedral igual en todo el mundo.

Enrique de Rouen estaba recién llegado de París, en cuya universidad había acabado sus estudios. Durante aquel verano se dedicaría a preparar con su padre el examen de maestro de obra, pues había convocadas unas pruebas para el mes de septiembre.

—Sí, es un edificio extraordinario, pero hace ya algunos años que varias ciudades están construyendo catedrales con las que aspiran a superar a Chartres. Las de París, Reims y Amiens son más grandes, y en Inglaterra están comenzando a edificar algunos templos de tamaño desmesurado. Pero están equivocados; lo importante, lo que hace realmente bella a una catedral no es su tamaño, ni siquiera la luminosidad de sus vidrieras, ni la calidad de sus esculturas. La belleza, hijo, está en la proporción. Una catedral ha de ser como el cuerpo humano, sin duda la mejor obra de Dios: armónico en sus proporciones, elegante en sus medidas y de aspecto airoso pero sereno.

»Tu tío te enseñó el número secreto de la proporción, y lo

hizo demasiado pronto. En ese número se guarda todo el misterio de la belleza de este nuevo estilo, en el número de Dios.

—La unidad por la unidad más dos tercios —repuso Enrique.

—Así es. Esas proporciones expresan las medidas del rectángulo perfecto, y a partir de él se establecen todas las medidas, todas las relaciones y proporciones de una catedral. El conocimiento de este número procede de los primeros maestros que comenzaron a trabajar en el nuevo estilo de la luz. Sin las proporciones geométricas del número de Dios no podríamos construir estas catedrales, al menos no de esta belleza.

»Dios nos ha enseñado la medida y la proporción de las cosas a partir de un número que está en el origen de la propia naturaleza. Las proporciones que ese número representa son las mismas que rigen el orden del mundo. Sin la proporción divina el mundo sería un caos, la oscuridad lo inundaría todo y el hombre se encontraría tan desvalido como en los tiempos del Diluvio. Dios ha ido dejando señales para que los hombres diéramos al fin con la clave de ese número.

»Ese número ha estado siempre en las proporciones de las obras de la Biblia. En el libro del Génesis, Dios ordenó a Noé que construyera el arca según unas medidas que le dio en codos. El arca en la que Noé embarcó a una pareja de cada especie de animales tenía cincuenta codos de ancho por treinta de alto, y trescientos de largo. Fíjate en las proporciones: la anchura y la altura son el número de Dios, en la relación de cinco a tres, es decir, la unidad por la unidad más dos tercios. Y la longitud es diez veces la altura, y su relación con la anchura es por tanto diez veces la del número divino.

»Mas eso no es todo, hijo. —Enrique seguía atento las explicaciones de su padre mientras paseaban bajo las bóvedas de la catedral de Chartres—. En el libro del Éxodo, Dios le mandó a Moisés, cuando este subió por segunda vez al monte Sinaí en busca de las tablas de la ley, que fabricara un arca en madera de acacia y la forrara en oro. Ahí la tienes. —Juan de Rouen señaló a su hijo una de las vidrieras en la que había dibujada una escena del Arca de la Alianza portada por varios hombres—. Y como en el caso del arca de la salvación, también le dio unas medidas: el Arca de la Alianza debería tener dos codos y medio de largo por uno y medio de ancho y uno y medio de alto. Fíjate, de nuevo el número de Dios; el cuadrado perfecto en la altura por la anchura, pero en la proporción de la unidad de la anchura más dos tercios en la longitud; siempre la misma medida, siempre la misma proporción: la unidad por la unidad más dos tercios. Esa arca se construyó para contener las tablas en las que Dios había grabado con su dedo la Ley divina. Pero cuando Moisés contempló cómo su pueblo adoraba al becerro de oro que había fundido mientras él estaba en el monte con Dios, rompió las tablas arrojándolas contra el suelo. Moisés subió al Sinaí por tercera vez y recibió unas nuevas tablas con los Diez Mandamientos de la ley de Dios, que se guardaron en el Arca de la Alianza. Sólo una caja con las proporciones divinas podía contener las tablas de la Ley.

—Únicamente falta que tuviera también esas proporciones el templo de Salomón —supuso Enrique.

—No. Ya lo he comprobado. El templo de Salomón tenía sesenta codos de largo, treinta de alto y veinte de ancho. No son las proporciones áureas, pues tomando esa anchura debería haber tenido treinta y tres codos de ancho y sesenta y seis y medio de largo.

—¿Y entonces?

—No sé; en el Primer Libro de los Reyes se dice que el rey Salomón decidió por su cuenta erigir un templo en Jerusalén en honor de Dios. A diferencia de las dos arcas, cuyas medidas fueron indicadas con precisión por el Señor, el templo lo edificó Salomón según su criterio. Y lo hizo empleando medidas más simples, humanas podríamos decir. Utilizó la medida de la anchura del templo como referencia: así, para la longitud la multiplicó por tres, y en cuanto a la altura, le sumó a la anchura su mitad; sencillo, es decir, humano.

—Pero el número de Dios no parece responder a las medidas de esta catedral, siempre me has dicho que iba a ser más grande y que...

—Claro. Nosotros ideamos catedrales con las proporciones del número de Dios, pero luego los hombres y sus obispos disponen, como Salomón. A pesar de que proponemos trazar las proporciones perfectas, siempre aparece un nuevo obispo que desea cambiar una capilla, modificar una portada o alterar la longitud de la nave. Cuando dirijas tu primera obra deberás tener en cuenta todo esto. Un obispo, un abad o un párroco te pedirá que traces un boceto del nuevo templo, y sobre él opinará como si fuera el mayor entendido del mundo, y te propondrá modificaciones. Y si quien lo hace es un cabildo entero, con todos sus orondos y resabiados canónigos, en ese caso las discusiones sobre cómo construir el nuevo templo pueden ser eternas.

»Un buen maestro no sólo ha de saber construir un buen templo, dirigir los diferentes talleres, elegir a los mejores oficiales, seleccionar los materiales más adecuados y organizar a todos los talleres, sino también negociar salarios, discutir tiempos y pactar soluciones.

»Y en muchas ocasiones el número de Dios no deja de ser una referencia casi imposible.

Durante el resto del día, el maestro Juan de Rouen fue explicando a su hijo todos los detalles de las proporciones de la catedral de Chartres. Estaba convencido de que Enrique ya estaba preparado para acceder al grado de maestro. Era uno de los mejores escultores de Francia y conocía todos los secretos de los grandes arquitectos constructores de catedrales. Tal vez fuera algo joven a sus veintitrés años, pero había terminado con brillantez sus estudios en la Universidad de París y pertenecía a una de las más ilustres dinastías de arquitectos de Francia. Su padre había construido la catedral de Chartres, su tío Luis había sido maestro ayudante en Bourges y maestro principal en Burgos, y su abuelo había aprendido el nuevo estilo de la luz de los primeros arquitectos que lo idearon. Enrique era además un joven sensato y honesto que no se amedrentaba ni por la responsabilidad ni por la dificultad de los retos, por muy complicados que parecieran.

Cuando la tarde comenzaba a declinar sobre la suave colina de Chartres, Luis de Rouen abrazó a su hijo por el hombro y lo miró fijamente a los ojos.

—¿Qué pasa, padre? —preguntó Enrique.

—Sí, creo que ya estás preparado —le respondió Juan.

Teresa Rendol acababa de dar la última pincelada a una tabla en la que había pintado a la Virgen sentada en un trono, con el Niño sobre sus rodillas y rodeada de ángeles. Se trataba de un encargo que la reina madre Berenguela le había encomendado varias semanas atrás, semejante al que le había hecho su hijo, el rey. La madre de don Fernando deseaba poseer un pequeño retablo que pudiera llevar consigo en sus desplazamientos por los reinos de su hijo. La tabla principal con la imagen de la Virgen y el Niño se cerraba con dos puertas ancladas con bisagras en las que también había pintados algunos ángeles. El retablo medía cinco palmos de alto por tres de ancho una vez cerradas las puertas, y la labor de madera había sido realizada por uno de los carpinteros del taller de la catedral de Burgos, que empleó para fabricarlo las proporciones en las medidas que le había enseñado Luis de Rouen.

La Virgen estaba sentada en un trono dorado; Teresa la había dibujado vestida con un manto carmesí y con la cabeza cubierta con un paño del mismo color. Sostenía al Niño sobre su rodilla izquierda y, para dar la sensación de movimiento que le enseñara su padre, tenía el cuerpo ligeramente girado hacia la izquierda y la cabeza ladeada e inclinada hacia abajo. Las dos manos de María sobresalían de unas amplias mangas de la túnica carmesí y destacaban por su palidez y por la delicadeza con la que sostenían a su hijo. El rostro era sereno y fino, con una mirada tierna y protectora sobre una nariz recta y fina y unos labios estilizados.

El Niño era un prodigio de técnica pictórica. Vestía una túnica azul, de ese tono celeste tan intenso que tanto le gustaba desde niña, «como el azul del cielo de Burgos a mediodía», tachonado de estrellas doradas. Bajo la túnica, muy abierta, se mostraba un juboncillo de gasa casi transparente que parecía tan real que daba la impresión de estar pegado en vez de pintado sobre la tabla.

Al día siguiente de acabar el retablo se presentó en el palacio real, en el castillo de Burgos, para entregar el retablo a doña Berenguela. Lo transportó a lomos de una mula y la acompañaron dos de sus ayudantes. Teresa ordenó que lo llevaran a la capilla del castillo y que colocaran el retablito cerrado sobre un caballete de madera que también había ordenado preparar para que pudiera ser desplegado y apoyado en cualquier lugar sin necesidad siquiera de disponer de una pared para colgarlo.

Cuando la reina madre Berenguela recibió el aviso de que Teresa Rendol acababa de traer su encargo bajó deprisa hasta la capilla.

—¿Dónde está, dónde está? —preguntó la reina, que a sus cincuenta y tres años conservaba la energía que tanto atrajera en su juventud al rey Alfonso de León.

Los presentes se inclinaron ante la figura de la nieta de la gran Leonor de Aquitania.

—Señora —habló Teresa—, ahí está vuestro encargo; espero que os agrade.

A una indicación de la maestra, los dos ayudantes abrieron las puertas del retablo y la imagen de la Virgen y el Niño apareció con todo su esplendor.

Doña Berenguela colocó las manos sobre su boca en señal de admiración.

—¡Es magnífico, doña Teresa, magnífico! Pero ¿cómo... cómo habéis logrado que esos paños parezcan transparentes? —La reina acercó sus ojos hasta apenas un palmo de la pintura—. ¡Si puede verse la carne del Niño bajo su jubón!

—Es una técnica que llevo practicando hace tres años, señora. Un maestro de pintura italiano que peregrinaba a Compostela se hospedó en nuestra casa y nos contó que en Florencia y en Siena algunos pintores estaban utilizando este recurso. Me costó mucho tiempo conseguirlo.

—Pues lo habéis logrado, doña Teresa.

—Gracias, señora, pero lo cierto es que todavía nos queda mucho que aprender.

—¿Por ejemplo...?

—El color de la encarnadura; aún no hemos logrado la mezcla de colores precisa. Y las manos. Y la perspectiva...

—¿La perspectiva? ¿Qué es la perspectiva? —preguntó doña Berenguela.

—Pues la manera de reflejar en la pintura el diferente tamaño de las cosas según la distancia a la que se encuentran desde el punto de observación. Mirad aquella puerta, señora.

Teresa Rendol señaló la puerta de entrada a la capilla, que permanecía abierta y dejaba ver al otro lado un pasillo largo y ancho.

—¿Y bien?

—Desde aquí vemos a las personas que están al fondo del pasillo mucho más pequeñas que las que están a nuestro lado, pero todas son de una altura similar. Pues con la perspectiva se trata de conseguir que en una superficie plana como es una tabla o un muro, las figuras se contemplen con la misma sensación de lejanía o cercanía que el ojo logra por sí mismo.

—Vaya, ¿vos también intentáis imitar la obra de Dios, como quieren hacer esos constructores de catedrales? Esta parece ser la obsesión de este siglo que nos ha tocado vivir: copiar a Dios.

—No, señora, no. Yo no pretendo eso, sólo deseo plasmar en mi pintura la belleza del mundo. Por eso jamás pintaré ni guerreros, ni a la muerte.

—Todo es obra de Dios.

—Dios no ha pintado este retablo —sentenció Teresa.

La reina Berenguela sonrió.

—Tened cuidado con lo que decís, muchacha; en Languedoc o en la misma Italia algún clérigo impertinente podría acusaros de herejía por pronunciar palabras como esas.

—Vos me habéis entendido, señora.

Doña Berenguela alargó la mano que Teresa cogió y besó con delicadeza.

—Mi tesorero os pagará lo que queda pendiente de abonar por el retablo. Habéis hecho un gran trabajo. Este encargo y el que os hizo mi hijo el rey os han convertido en la verdadera pintora de la corte.

—Gracias, señora.

—Id con Dios, Teresa.

—Quedad con él, alteza.

De regreso a casa, Teresa ordenó a su criada que le prepara-ra el agua para darse un baño. Solía hacerlo todos los viernes en una tina de madera que se llenaba de agua y se calentaba introduciendo piedras rusientes colocadas sobre el fuego de la chimenea de la cocina.

Teresa se desnudó y se sumergió en el agua tibia. Se sintió muy reconfortada al contacto de su piel con el líquido y satisfecha por haber conseguido que doña Berenguela, una mujer siempre fría y calculadora, se emocionara ante la imagen que había pintado para ella.

Mientras la criada le frotaba la espalda con un paño empapado en agua de Colonia, un perfume muy ligero que solía comprar en el mercado de los jueves a un comerciante al que le traían cada dos o tres meses varias garrafas de este perfume desde una ciudad de Alemania llamada Colonia, Teresa cerró los ojos y procuró recordar de nuevo el rostro limpio y luminoso de Enrique, y el roce de su mano mientras paseaban por las atiborradas calles de Compostela, y el sabor dulce de sus labios en aquel fugaz y único beso.

Unos golpes en la puerta de la cocina, que era la estancia de la casa donde Teresa se bañaba para aprovechar el calor del hogar y la cercanía del fuego para calentar el agua, la devolvieron a la realidad.

—¿Qué ocurre? —preguntó la criada.

—Soy Pedro, traigo una noticia importante —dijo uno de los aprendices.

—Pues aguarda, borrico, ya sabes que no se puede molestar a doña Teresa cuando se baña.

—Es muy importante.

—¿Qué hago? —le preguntó la criada a Teresa.

—Cubriré mi cuerpo bajo el agua.

—Pero, señora, se ve todo a través...

—Está bien, dame ese paño.

Teresa salió de la tina y cubrió su cuerpo. Los veintiún años de la maestra se mostraron por un momento en toda su plenitud.

—Un reino, mi señora, un reino daría cualquier príncipe por vos.

—Vamos, déjate de zalamerías y abre.

La criada se acercó a la puerta de la cocina y descorrió el cerrojo.

—¿A qué vienen tantas prisas? Más vale que en verdad sea importante la noticia que traes si es que quieres cenar caliente esta noche.

Pedro era el más joven aprendiz del taller de Teresa. Era el quinto hijo de un carpintero de Burgos. Su padre lo había encomendado a Teresa porque el niño había mostrado desde muy pequeño cierta habilidad para el dibujo. Hacía dos meses que Teresa lo había admitido en su taller, en el que trabajaba a cambio de la comida y la enseñanza del oficio, aunque todas las noches, después de cenar, marchaba a dormir a su casa paterna, en el barrio de Santa Águeda.

—Continúan, las obras de la catedral van a continuar —dijo Pedro un tanto excitado.

—¿Cómo lo sabes?

—Lo ha asegurado el sacristán del cabildo, don Martín Besugo. Ha estado en casa de mi padre para encargarle una mesa para la sacristía y le ha dicho que el señor obispo —Pedro se santiguó al nombrarlo— le ha ordenado que se prepare para viajar enseguida a Francia. Tiene que ir a buscar a un maestro de obra que al parecer sabe cómo continuar la catedral.

—¿Y dónde va a encontrarlo? —le preguntó Teresa mientras se secaba el cabello.

—En una ciudad que se llama Chartres, o algo así.

—¿Chartres? ¿Has oído bien ese nombre?

—Sí, Chartres, Chartres. Don Martín ha dicho que allí es donde vive el maestro que desean contratar para continuar las obras.

—¿Mencionó su nombre? —le demandó Teresa.

—Sí. Enrique..., Enrique de «Ruan», creo.

Al oír el nombre de Enrique, Teresa se levantó sobresaltada y el lienzo que la cubría se abrió ligeramente dejando ver uno de sus pechos, que la maestra cubrió con naturalidad y sin darle mayor importancia mientras Pedro se ruborizaba hasta tal punto que su rostro parecía tan rojo como el tono carmesí con el que Teresa había pintado el manto de la Virgen para el retablo de doña Berenguela.

—En verdad que la noticia era importante —dijo Teresa para tranquilidad de la criada.

Martín Besugo encabezaba la pequeña comitiva que se había congregado en el patio del palacio episcopal de Burgos poco antes del amanecer. Eran seis hombres, dos de ellos soldados, a los que don Mauricio había encargado que fueran hasta Chartres en busca de Enrique de Rouen para ofrecerle la dirección de la continuación de la fábrica de la nueva catedral de Burgos.

A fines del verano las madrugadas castellanas comenzaban a ser frescas y convenía abrigarse bien con una capa o un manto hasta al menos una hora después de la salida del sol. Los dos soldados inspeccionaban sus armas y ajustaban las correas y las cinchas de sus monturas, en tanto los otros componentes de la embajada revisaban la carga de las acémilas y ajustaban con cuerdas las cajas y sacos a los lomos de los animales.

El obispo don Mauricio había madrugado para darles la despedida. Poco antes de la salida del sol había celebrado una misa en la nueva catedral en la que había pedido a la Virgen y a su hijo Jesucristo ayuda y protección para los hombres que de inmediato saldrían de Burgos en busca de un maestro que continuara las obras de la casa de Dios, interrumpidas desde la muerte accidental de Luis de Rouen.

4

El sacristán de Burgos y su pequeño séquito atisbaron las torres de la catedral de Chartres cinco millas ante de llegar a la ciudad. Hacía ya algunas semanas que los campos de trigo habían sido segados y abaleados, y la paja se amontonaba en pirámides de haces que algunos campesinos estaban recogiendo en carretas para guardarlas en los establos como alimento invernal para el ganado. El color verde de la primavera y el amarillo dorado del verano habían dado paso a un gris ocre que parecía inundarlo todo; un color muy similar al de los atardeceres de las campiñas de los ríos Loira y Sena, en cuyas orillas se recostaban villas y aldeas que parecían adormiladas a la sombra de imponentes fortalezas de piedra.

La embajada castellana se dirigió de inmediato al palacio episcopal, donde uno de los secretarios del obispo recibió a don Martín Besugo. El sacristán de Burgos le mostró el pergamino sellado en el que don Mauricio le otorgaba su representación y saludaba a los obispos y abades de las diócesis y monasterios que se encontrara en su camino desde Burgos hasta Chartres.

Los dos clérigos hablaron en latín.

—Don Mauricio nos ha enviado en busca de un joven maestro, bueno, creemos que ya será maestro de obra. Su nombre es Enrique de Rouen y era sobrino de don Luis de Rouen, el anterior arquitecto de la catedral de Burgos, que falleció al caer de un andamio cuando inspeccionaba los trabajos de demolición de la catedral vieja —dijo el sacristán.

—Supimos de la muerte de don Luis por su hermano. Es nuestro maestro de obra, don Juan de Rouen, padre de Enrique.

—¿Siguen ambos en Chartres?

—Ahora no.

—¿No? —se lamentó don Martín.

—Están en París. Creo que esta misma semana se examinaba el joven Enrique para obtener el grado de maestro. Su padre pidió permiso a su eminencia para acompañarlo.

—¿Van a regresar?

—Espero que sí. La esposa de don Juan se ha quedado en la ciudad.

—¿Y cuánto tiempo creéis que pueden tardar en volver?

—No sé... Nunca se sabe cómo resultan esos exámenes. Según dijeron había al menos veinte candidatos para obtener el grado de maestro, pero el tribunal sólo concede tres, a lo sumo cuatro títulos cada año.

»Pero no os preocupéis —dijo el secretario al observar el gesto de contrariedad de don Martín Besugo—, Enrique de Rouen será uno de los elegidos. Su padre ha ido a París, y no creo que sus colegas del tribunal de maestros se atrevan a denegar el título al hijo del mismísimo Juan de Rouen, el nieto del gran Enrique el Viejo, constructores de la nueva catedral de Chartres. Además, la muerte de don Luis en Burgos ha dejado una deuda pendiente que su familia tiene que resolver.

—Pero tal vez no esté entre los mejores... —supuso don Martín.

—¿Sois así de ingenuo o simplemente lo estáis fingiendo? —preguntó el secretario—. Siempre hay uno o dos puestos reservados a los hijos de los maestros. Así funcionan las cosas, amigo. El hijo del rey será primero príncipe y después rey, el hijo del conde, conde, el del maestro de obra, maestro de obra y el del campesino... bueno, el del campesino no podrá ser otra cosa que campesino. Así lo ha querido Dios y así debe seguir siendo para que el equilibrio del mundo no se quiebre.

»¿O acaso no suceden así las cosas terrenales en vuestra Castilla?

Martín Besugo asintió con la cabeza.

—¿Consideráis que debo ir a París en su busca?

—No en estas circunstancias. No es el momento adecuado. En vuestra situación, yo esperaría a que regresaran a Chartres. En el peor de los casos no creo que se demoren más de una semana.

»Podéis instalaros entre tanto en el hospital de los hermanos menores, la nueva congregación de frailes de origen italiano que sigue las enseñanzas de san Francisco de Asís. Jamás se vio en la iglesia un proceso de canonización tan rápido. Apenas habían transcurrido dos años de su muerte y ya fue colocado en los altares. ¿Sabéis que le salieron los estigmas de la Pasión cuando se retiró a meditar? Dicen que era hijo de un rico comerciante de tejidos y que en su juventud llevó una vida disoluta, siempre en pecado. Pero se le mostró el Señor y le pidió que arreglara su casa, que dijo que se derrumbaba. ¿Derrumbarse la casa de Dios? Fijaos, hermanos burgaleses, en la casa que le hemos construido a Dios en Chartres. San Francisco predicaba la sencillez y la pobreza, y creo que en alguna ocasión bordeó la herejía. La pobreza... La mejor manera que tiene el hombre de alabar a Dios es engrandeciendo su nombre con obras maravillosas. En nombre de la pobreza nunca se ha construido nada importante.

»Más le hubiera valido a san Francisco convertir a los sarracenos cuando marchó a la cruzada. Este nuevo santo fracasó en su misión y no logró atraer ni a uno solo de esos infieles al seno de la Iglesia y de la verdadera fe. Pese a todo, esos hermanos os atenderán bien. Id con ellos y no olvidéis darles una buena limosna, es para los pobres.

—Así lo haremos. Gracias por vuestros consejos.

Martín Besugo comunicó a los restantes miembros de la embajada castellana que tendrían que esperar algunos días hasta que Enrique de Rouen retornara de París.

Isabel de Rouen aguardaba ansiosa el regreso de su marido y de su hijo. Un correo le había anunciado que estarían en Chartres aquel mismo día poco antes de anochecer. Y así fue. Juan y Enrique de Rouen aparecieron al fondo de la calle cuneándose sobre sus mulas y seguidos por dos criados. Isabel acababa de cumplir los cincuenta años de edad, algunas arrugas surcaban las comisuras de sus labios y el entorno de sus ojos, y su cuello ya no tenía la piel tersa y lisa de antaño, pero mantenía un porte de distinción y un aire de elegante belleza. Sólo había tenido un hijo, Enrique, pues en el segundo parto una niña nació muerta, y desde entonces, y de eso hacía ya más de veinte años, doña Isabel no había vuelto a quedar embarazada.

En cuanto vio las caras de su esposo y de su hijo, supo que Enrique había obtenido el grado de maestro.

—Lo has conseguido, ¿verdad? ¿Lo has conseguido? —preguntó mientras se abrazaba a los dos hombres.

—Y con una brillantez extraordinaria, querida esposa. Puedes estar bien orgullosa de tu hijo, mujer, es un enorme escultor, tal vez el mejor que he visto hasta ahora, y uno de los maestros de obra con más futuro de Francia. Tenías que haber estado allí, en el aula de la universidad, con los cinco maestros del tribunal sentados en su banco, rígidos y serios como esculturas antiguas, y Enrique delante de ellos, contestando con rapidez y seguridad a todas sus preguntas. Y después, el trabajo de talla. ¡Cómo se quedaron cuando contemplaron la figura que Enrique había esculpido en apenas seis días! Era una Virgen en pie, con la pierna izquierda ligeramente adelantada, lo que hacía destacar los pliegues de la túnica tallados de un modo que parecían hechos de verdadera lana en vez de dura piedra.

»Y su idea de la luz, y de las medidas... Los ojos del maestro Rochenault se iluminaron como dos antorchas cuando Enrique explicó cómo quería jugar con la luz en el interior del templo.

»Y aquí está el título.

Juan de Rouen mostró el pergamino sellado por los lacres de la Universidad de París, del concejo de la ciudad y de la corporación de maestros, que autentificaban que Enrique de Rouen había obtenido el grado de maestro de obra por unanimidad del tribunal.

Isabel besó en los ojos a su hijo y lo abrazó con fuerza.

—Un nuevo maestro en la familia. La saga de los Rouen se perpetúa —dijo—. ¡Ah!, por cierto, casi se me olvidaba, hace ocho días se presentaron en casa, acompañados por el secretario del señor obispo, unos hombres que dicen ser embajadores del obispo de la ciudad castellana de Burgos. Uno de ellos viene todas las tardes para comprobar si ya habéis regresado de París.

—¿Sabes cómo se llaman?

—Sólo sé el nombre de uno de ellos, el que parece mandar

sobre los demás. Su nombre es Martín Besugo, y afirma que es el sacristán de la catedral de Burgos.

—Bien, mañana hablaremos con ellos —dijo Juan—; es probable que traigan nuevas noticias de la muerte de mi hermano Luis. Me gustaría saber algo más sobre cómo murió y cómo fueron sus funerales. En la carta en la que el obispo de Burgos nos comunicaba su muerte apenas decía otra cosa que cayó de lo alto del andamio y que lo enterraron en la nueva catedral.

—No tenía hijos; tal vez dejó un testamento con sus bienes a nuestro nombre y ahora nos traigan esos bienes. Éramos su única familia.

—Imagino que si tenía alguna propiedad ya estará en manos de la Iglesia, o de algún noble avezado que se habrá quedado con ella a cambio de unas monedas. Mañana hablaré con ellos.

—Querido esposo, no han preguntado por ti; con quien desean hablar es con Enrique.

—¿¡Con Enrique!? ¿Qué hiciste en Burgos, hijo? ¿Dejaste alguna cuenta pendiente?

—No, padre, no. No sé qué pretenden.

—Mañana saldremos de dudas. Y ahora, mujer, prepáranos algo de cenar que venimos hambrientos.

El sacristán de Burgos se presentó en la casa de Juan de Rouen a mediodía. Un puchero con carne, nabos y cebollas hervía al fuego del hogar mientras en la cocina olía a pan recién horneado y a manteca.

—Vos sois el burgalés —afirmó Juan.

—Así es, maestro. Mi nombre es Martín Besugo y soy...

—Ya sé quién sois. Mi esposa me ha informado de que hace varios días preguntáis insistentemente por mi hijo.

—En efecto, maestro. Vuestro hijo causó una gran impresión en nuestro señor el obispo don Mauricio; ha sido él quien me ha encargado que viajara hasta Chartres en busca de don Enrique. No sé si sabréis que vuestro hijo labró una escultura de cuerpo entero con la imagen de don Mauricio para ser colocada en el parteluz de la puerta sur de nuestra catedral.

—Lo sé, mi hijo me lo contó hace tiempo.

—Vuestro hermano Luis era un gran maestro, pero su muerte provocó la interrupción de las obras. Me acabo de enterar de que don Enrique, vuestro hijo, ya es maestro de obra, os felicito por lo que os toca en ello, y me alegro sobremanera, porque he venido a proponerle en nombre de mi señor don Mauricio que acepte el encargo de ser el nuevo maestro de obra de la catedral nueva de Burgos. Sería un honor que otro Rouen continuara lo que don Luis inició. Vuestro hijo trabajó muchos meses en Burgos, por ello estimamos que conoce la catedral como nadie, y que tal vez sepa cuáles eran los planes de don Luis, porque salvo un plano muy esquemático que nos dejó, nada más sabemos de cómo ideaba la continuación.

»Si os he de ser sincero, estamos atascados en la cabecera y en el transepto; falta construir toda la nave, rematar las dos fachadas del crucero y fijar la portada principal. Necesitamos a vuestro hijo, don Juan.

—Yo no tengo nada que decir, señor sacristán. Mi hijo ya es maestro de obra y ha de ser él quien tome sus propias decisiones.

Martín Besugo miró a don Enrique con cara de súplica.

—Don Mauricio me dijo que si os encontraba, no regresara sin vos, maestro. Y desde luego que no pienso hacerlo. Si no volvéis conmigo a Burgos, pediré asilo en algún convento de esta tierra. Ya sabéis cómo las gasta su eminencia.

—Señor sacristán, dejadme que lo medite unos días. Vuestra propuesta me ha sorprendido, ahora no estoy en condiciones de decidir con plena convicción.

—Claro, claro, maestro Enrique, tomaos el tiempo que necesitéis, nosotros podemos esperar. Ya os he dicho que no pienso regresar sin vos.

»Estamos hospedados en el hospital de los hermanos de Francisco de Asís, ese convento de frailes italianos...

—Sí, sí, ya lo sé —repuso Enrique.

Martín Besugo hizo una inclinación de cabeza y se retiró.

—Si lo deseas, ya tienes tu primer encargo, hijo.

—Voy a aceptar su oferta, padre.

—¿Y por qué no se lo has confirmado ya?

—Hay que hacerse desear un poco. Me lo enseño el tío Luis.

—Tu tío era un hombre extraordinario; lástima que muriera tan pronto.

—Él me enseñó muchas cosas, padre, aunque lo que he conseguido te lo debo sobre todo a ti.

—Haz lo que consideres correcto, hijo. Bueno, si te vas a Castilla tu madre sentirá que se le rompe el corazón. Eres nuestro único hijo, y ella te quiere con locura. Pero es una mujer muy serena y sabe que su retoño tiene que volar algún día por sí mismo. Al fin y al cabo empeñó toda su vida para enseñarte a hacerlo.

—Crees que debo decírselo ya.

—No. El sacristán de Burgos ha dicho que no tenía prisa, que tomaras tiempo para decidirte. Espera una semana al menos, y empléala para estar con tu madre. Si te vas a Burgos tal vez no vuelvas a verla.

—No digas eso, padre.

—Tu madre y yo hemos cumplido ya los cincuenta. A estos años la muerte espera al acecho agazapada para atraparte en cualquier momento. Son muy pocas las personas que sobrepasan esta edad. La vida es así, hijo mío. Venimos al mundo para morir, y nadie puede evitarlo.

—Haré lo que dices, padre.

—Una semana, tan sólo una semana, y luego podrás marcharte a Burgos. Además, bueno, nunca te lo he preguntado, pero creo que en Castilla esperas encontrar algo más que una catedral. ¿No es así?

—Hay una muchacha. Se llama Teresa, Teresa Rendol. Trabaja en Compostela, en el taller de su padre, el maestro de pintura Arnal Rendol. Ya te dije que estuve trabajando con ellos durante unas semanas cuando hice la peregrinación a la tumba del apóstol.

—De eso hace dos años y, por lo que veo, todavía no la has olvidado.

—Si la conocieras, padre, ¡cómo poder olvidarla!

—¿Y ella, crees que sentía lo mismo hacia ti?

—Creo que sí.

—En ese caso estará esperando.

—No sé, ha pasado mucho tiempo, más de dos años...

—Te espera, hijo, ya lo creo que te espera. Vamos, aprovecha estos días para estar con tu madre y luego vete a Burgos. A veces el destino nos alcanza sin que podamos evitarlo.

No hizo falta decirle a Isabel de Rouen que su hijo Enrique se iría muy pronto de Chartres. Lo supo en cuanto vio en los ojos del joven maestro una contradictoria mirada, a la vez melancólica y esperanzada.

Durante una semana pasearon juntos por los caminos arbolados de los alrededores de Chartres, los dos solos. Hasta que llegó el día.

Martín Besugo comenzaba a impacientarse una semana después de que le ofreciera a Enrique de Rouen la dirección de la obra de la catedral de Burgos en nombre del obispo don Mauricio. Un aprendiz de Juan de Rouen se acercó hasta el convento de los hermanos de Francisco de Asís para decirle que el hijo de don Juan reclamaba su presencia en la casa familiar.

El sacristán de Burgos salió presto con la esperanza de que la respuesta de Enrique fuera afirmativa.

—Iré con vos a Burgos —le dijo Enrique nada más verlo.

—¡Qué alegría me dais, don Enrique, qué alegría! Y don Mauricio... no sabéis cuánto os aprecia desde que labrasteis aquella escultura suya. No pasa un día que no se acerque al taller para contemplarla.

—No hemos hablado de mis honorarios.

—En ese tema no escatimaremos ningún gasto, don Enrique. Gracias a Dios, las rentas de la diócesis son abundantes. El rey Fernando nos entrega de vez en cuando parte del botín de guerra que gana a los sarracenos, las donaciones generosas no faltan y las misas, los derechos de sepultura, las limosnas y las aportaciones para ganar indulgencias proporcionan un buen dinero. Podréis utilizar la casa en la que vivía vuestro tío, que el cabildo pone a vuestra disposición.

—¿Estáis autorizado para firmar el contrato?

—No, el contrato no, pero sí una ápoca por cincuenta maravedís que podréis hacer efectiva en Burgos como adelanto y cincuenta más que os entregaré hoy mismo si firmáis el compromiso previo.

—¿Cuándo partimos?

—En cuanto vos deseéis, don Enrique. Nosotros estamos preparados.

—¿Os parece bien el martes?

—¿Pasado mañana? Sí, sí, excelente. Cuanto antes mejor, así

atravesaremos los Pirineos antes de que caigan las primeras nieves y estaremos en Burgos a fines del otoño, ya sabéis que en aquellas tierras de Castilla el invierno es muy crudo.

El último martes del mes de septiembre del año del Señor de 1233 Enrique de Rouen y los seis castellanos abandonaron Chartres en dirección sur por el Camino Francés. Al despedirse de su hijo, Isabel de Rouen supo que no volvería a verlo, y un escalofrío intenso y profundo le atravesó la espalda hasta alojarse en su herido corazón.

Durante algo más de un mes Enrique de Rouen, Martín Besugo y sus cinco compañeros de viaje recorrieron la enorme distancia que separaba Chartres de Burgos. Viajaron sin apenas descanso, avanzando etapa tras etapa a lomos de sus caballerías, que tuvieron que cambiar en San Juan de Pie de Puerto por otras de refresco.

A lo largo de la ruta se cruzaron con centenares de peregrinos que regresaban de Compostela tras haber cumplido con la peregrinación y antes de que comenzaran a caer las primeras nevadas. En todo el recorrido sólo tuvieron un contratiempo. Fue en Sangüesa, donde uno de los dos soldados fue coceado por una de las mulas, que lo dejó muy maltrecho.

En tanto esperaban a que un físico judío les dijera qué hacer con aquel hombre, Enrique aprovechó el receso en el camino para visitar la iglesia de Santa María la Real, en cuya portada descubrió asombrado una escena esculpida en piedra en la que el héroe germano Sigfrido forjaba su legendaria espada y luchaba con el dragón.

Recordó entonces un relato que había leído en la biblioteca de la Universidad de París en el que el héroe Sigfrido mataba al dragón y se bañaba en su sangre para conseguir la inmunidad, y en el momento de sumergirse en el baño de sangre una hoja había quedado adherida a su espalda, dejando ese lugar como el único que no había recibido la cobertura de la sangre maravillosa y por tanto el punto débil por el que podía ser vencido y muerto Sigfrido. Al joven maestro aquella historia le recordó la de otro héroe, el belicoso Aquiles, que sólo tenía como punto débil el talón, al haber sido sumergido de niño en un baño de inmunidad que protegió todo su cuerpo salvo el talón por el que había sido sujetado al introducirlo en el baño.

El diagnóstico del físico judío fue que aquel soldado tenía tres costillas rotas y no podía seguir hasta que los huesos se soldaran, y que en ello tardaría al menos cuatro semanas. Martín Besugo le ofreció unas monedas de vellón al físico judío y le encomendó que cuidara del soldado hasta que pudiera reemprender viaje por su cuenta. Los demás continuaron hacia Burgos.

Martín Besugo se presentó radiante, pese al cansancio acumulado por el largo viaje, ante don Mauricio. El sacristán aspiraba a un ascenso en la rígida jerarquía de la diócesis y estaba convencido de que su éxito al traer consigo a Enrique de Rouen facilitaría mucho su promoción.

Don Mauricio alargó su mano enguantada en rojo carmesí y ofreció su anillo de plata con una gema azulada engastada para que lo besara Enrique.

—Bienvenido de nuevo a Burgos, maestro.

El obispo pronunció con especial énfasis la palabra «maestro», pues ya sabía por boca del sacristán que Enrique había obtenido con brillantez su título.

—Gracias, eminencia, es una gran satisfacción que hayáis pensado en mí para continuar la obra de la catedral.

—Erais el más indicado. Trabajasteis muchos meses con

vuestro tío, y sé que os confió sus planes para continuar con la obra.

—Así es, pero, si me lo permitís, eminencia, me gustaría introducir algunos cambios.

—El cabildo está muy contento con el resultado que tenemos a la vista hasta ahora.

—Siempre serán cambios para mejorar.

—Ya habrá tiempo para discutir eso. En estos momentos lo fundamental es recuperar el tiempo perdido. Don Martín os presentará mañana a los maestros de los diversos talleres que han trabajado hasta ahora en la catedral. Mi intención es que se inicie cuanto antes la nave y podamos concluir pronto este templo. El notario ha preparado vuestro contrato, leedlo y firmadlo.

—Lo haré mañana, quiero examinarlo con tranquilidad —dijo Enrique.

Don Mauricio asintió.

A la mañana siguiente, una vez firmado el contrato y entregado al notario, Enrique de Rouen se dirigió a la catedral. En el exterior lo esperaba Martín Besugo.

—Perdonadme por el retraso; he tenido que ir a casa del notario a entregar el contrato.

—No os preocupéis por ello, don Enrique. Vamos, os presentaré a los maestros de taller.

Entraron en la catedral. El sol matutino del otoño penetraba a raudales por un gran vano de la portada del Sarmental, sobre la que Enrique había planeado colocar un rosetón similar al de la basílica parisina de San Dionisio, mientras la luz multicolor bañaba la cabecera a través de los rayos que filtraban las vidrieras.

—He citado a los maestros de los talleres de cantería, carpintería y vidrio y a la maestra del de pintura —le dijo Martín mientras atravesaban el crucero.

Enrique se paró en seco.

—¿Maestra de pintura? ¿Habéis dicho «maestra»?

—Sí, sí, no os extrañéis por ello —dijo Martín deteniéndose a la par que Enrique.

—¿Quién es?

—Una mujer joven y decidida. Se llama Teresa.

Al oír ese nombre, Enrique sintió que las palpitaciones de su corazón se aceleraban de tal modo que creyó que retumbaban las bóvedas de piedra del templo.

—¿Teresa, decís, Teresa Rendol?

—La misma, la hija del maestro Arnal, el mejor pintor de frescos que he conocido. Yo era entonces un joven clérigo recién llegado a esta catedral, era el último de los racioneros. Pero... ¿acaso la conocéis?

—Sí, fue en Compostela, hace unos años. Viajé hasta esa ciudad para hacer la peregrinación y estuve unas semanas aprendiendo las técnicas de pintura en el taller de su padre. Allí fue donde la conocí.

—Vaya, Dios ha hecho el mundo demasiado pequeño.

En el exterior del portal sur, junto a la escalera que salvaba la diferencia de altura de la puerta del Sarmental a la plaza de Santa María, aguardaban los maestros de los talleres. Martín y Enrique salieron al exterior del templo y deslumbrados por el tibio sol otoñal atisbaron a varias personas que aguardaban de pie.

—Maestros, os presento a don Enrique de Rouen, nuevo maestro de obra de la catedral de Burgos —dijo el sacristán mostrando cierto orgullo en ello—. Ya sabéis que procede de Chartres, pero que estuvo trabajando con nosotros hace algunos años, cuando su tío, el llorado don Luis, construía este templo.

»Permitidme, don Enrique, que os presente a los maestros de taller: don Mateo Sarracín, maestro carpintero; don Pedro de Avellano, maestro vidriero; don Juan Gómez, maestro de la herrería; don Fernando Pérez, maestro cantero, y doña Teresa Rendol, maestra de pintura.

Los cinco hicieron una reverencia hacia Enrique, que la devolvió inclinando levemente la cabeza.

Enrique recordaba a alguno de ellos. Sobre todo a Mateo Sarracín, el hijo de una familia de moros conversos que trabajaba la madera con una habilidad extraordinaria, y por supuesto a Teresa, a quien no dejaba de mirar de reojo.

—Por el momento mantendremos las cosas como están. Si todas vuestras mercedes trabajasteis con mi tío, es señal de que vuestros talleres lo hacen con la calidad que requiere un templo como este. Pero recordad que el maestro de obra es el responsable de contratar, formar, supervisar y despedir a todos cuantos trabajan en esta catedral.

—¿Pensáis comenzar pronto la nave? —preguntó el maestro carpintero.

—En cuanto sea posible. Para ello los canteros deberán tallar muchos sillares en los próximos meses.

Los demás maestros fueron haciendo preguntas diversas sobre su trabajo futuro, a las que Enrique respondió con presteza y acierto. Sólo Teresa permaneció callada.

—Vos, doña Teresa, no habéis preguntado nada. ¿No tenéis dudas?

—En un templo como este, la única duda posible para una pintora es qué color desea el maestro de obra que se aplique a cada escultura o en cada capitel. No hay lugar ni espacio para otra cosa.

—Algo así decía vuestro padre, creo recordar.

—Mi padre era un hombre de otro tiempo. Ahora las cosas son diferentes, don Enrique.

Enrique de Rouen se despidió de los maestros un tanto confuso por la actitud de Teresa. Ella sabía necesariamente que el nuevo maestro que llegaba de Francia iba a ser él, y en lugar de mostrarse alegre por el reencuentro, en la primera conversación entre ambos había estado tan fría como una madrugada de enero en el páramo de Masa.

«Probablemente aquel primer y único beso debió de ser lo más parecido a uno de esos espejismos que los caballeros que regresan de la guerra en Tierra Santa dicen que se observan en el desierto», pensó Enrique.

Cuando Teresa regresó a su casa no supo muy bien qué era lo que había hecho. Desde que se enteró de que Enrique era el elegido de don Mauricio para continuar la obra, su corazón no había dejado de latir al ritmo del tiempo de espera, pero cuando lo vio en la puerta del Sarmental se quedó casi paralizada, como si su alma hubiera abandonado por unos instantes su cuerpo para dejarlo tan rígido, vacío e insensible como una de aquellas estatuas que aguardaban en el taller para ser ubicadas en alguna de las dos fachadas del crucero de la catedral.

«¿Qué habrá pensado de mí? —se preguntó Teresa—. Tanto tiempo esperando su regreso, tantos meses pensando en él, y cuando lo vuelvo a ver no se me ocurre otra cosa que mostrarme distante y ajena.»

Aquella noche ambos jóvenes no dejaron de pensar en ese frío reencuentro. Los dos tenían motivos para presentarse excusas: Enrique por querer dar la imagen de que era él quien mandada ahora, y Teresa por renegar de su carácter y aparentar lo que no era. Sin duda, habría tiempo para enmendar aquello.

Enrique se puso a trabajar de inmediato. Acompañado por los maestros de cantería y de carpintería inspeccionó el estado de las obras de la catedral. La cabecera estaba completamente acabada. Toda la girola se había construido a partir del ábside semicircular con cinco capillas destacadas en planta, además de tres tramos en el presbiterio hasta llegar al crucero, cuya traza ya estaba excavada y el brazo derecho, casi terminado, con la portada llamada del Sarmental, la sur, trazada, aunque faltaba colocar el rosetón en el vano para él reservado e incorporar las esculturas. Faltaba también casi toda la fachada norte, por la que debían entrar los peregrinos, que quedaba elevada con respecto a la catedral porque en ese lado comenzaba a inclinarse la ladera del cerro donde estaba asentada la ciudad de Burgos, de manera que la catedral quedaba como recostada en una de las terrazas artificiales excavadas en las laderas del cerro.

—Habrá que trazar aquí una escalera; es el único modo de salvar la altura de la calle con respecto al suelo de la nave. ¿Mi tío no os indicó nada al respecto? —les preguntó Enrique.

—Comentó que, dada la diferencia de nivel, sería una obra complicada, pero no dejó ninguna instrucción —respondió el maestro cantero.

—¿Habéis trabajado alguna vez en una obra semejante? —le preguntó Enrique.

—Sólo con escaleras simples de tirada recta o las espirales interiores para subir a una torre. Pero aquí ese tipo de escaleras es imposible, salvo que construyamos una escalera que arrancara desde el centro mismo de la catedral.

—Bueno, pensaré en ello. Por el momento acabaremos la puerta sur y comenzaremos a plantear la nave principal.

Enrique requirió la ayuda de dos oficiales. Utilizando unas largas cuerdas y unas estacas comenzó a tomar medidas del espacio hacia el que iba a avanzar la nave, justo en el lugar donde se estaban demoliendo los restos de la catedral vieja.

Tras toda una mañana de mediciones, Enrique dibujó en su cara una mueca de preocupación.

—¿Qué ocurre, maestro? —le preguntó Mateo Sarracín, el carpintero.

—Hay un error. Está ahí, en el brazo izquierdo del crucero. No es muy grande, pero existe una desviación de cuatro, tal vez cinco grados. Habrá que corregirlo.

Los dos maestros de taller se miraron extrañados.

—¿Tiene remedio? —preguntó Sarracín.

—Sí, claro que sí. Se trata de una ligera desviación del brazo izquierdo del crucero debido a que tuvo que explanarse la ladera del cerro para ubicarlo. Mi tío debió de encontrarse ahí con algún impedimento, tal vez un afloramiento de rocas muy duras, o un pozo de agua, y tuvo que modificar la planta inicial. Sólo así tiene sentido el grosor de ese muro.

Enrique señaló el muro izquierdo del primer tramo de la girola, en cuyo interior había empotrada una escalera de caracol para subir hasta lo alto de las bóvedas.

—¿Y qué hacemos?

—Por el momento acabar la portada sur y asegurar el muro oeste del crucero, y continuar con la demolición de lo que queda de la catedral vieja. Entre tanto dibujaré la planta de la nave. Tengo todo el invierno por delante. Espero que en primavera podamos comenzar a excavar sus cimientos.

De vuelta a casa, Enrique desplegó el plano que su tío Luis había presentado al cabildo años atrás. El dibujo era nítido y se reflejaban perfectamente la girola con las cinco capillas ultrasemicirculares destacadas en planta, el crucero bien desarrollado, con dos tramos en cada uno de los brazos, y la nave de seis tramos hasta alcanzar la que sería la portada principal.

Durante varios días Enrique estuvo dándole vueltas a aquel plano, dibujando en papel nuevas soluciones, trazando con el compás arcos y más arcos, calculando proporciones y medidas. Sabía que su tío Luis había aplicado el pie de Chartres como medida única para toda la catedral y para todos los talleres. Uno de los principales problemas en este tipo de obras, en las que solían participar individuos de procedencias muy diversas, era la falta de uniformidad de pesos y medidas. Dado que los talleres y sus maestros eran itinerantes y solían ir de una obra a otra con cierta frecuencia, cada uno de ellos utilizaba sus propias medidas, que en la Europa occidental eran muy diversas. La medida principal de longitud era el pie, pero el pie de París no era el mismo que el de Chartres o que el de Castilla.

Uniformar las medidas y los pesos era fundamental para el perfecto desarrollo de la obra, y que existiera la necesaria coordinación era trabajo del maestro. Aquella ligera desviación en el muro del brazo izquierdo del crucero era un contratiempo. Por más que lo intentó, Enrique no pudo encontrar una solución para eliminar ese defecto. Simplemente, no existía, salvo que se derribara todo el crucero y se trazara uno nuevo, lo cual retrasaría la obra al menos diez años.

Cuatro grados tan sólo de desviación; cuatro grados apenas perceptibles al ojo humano, pero que eran suficientes como para impedir que la obra de la catedral nueva fuera tan perfecta como él anhelaba.

Tras varios días de trabajo, Enrique estuvo al fin en condiciones de presentar su proyecto al obispo y al cabildo.

Enrique entró en la sala del capítulo con un rollo de papel debajo del brazo. Don Mauricio y todos los canónigos de Burgos esperaban expectantes los planes del joven arquitecto, que saludó con una delicada reverencia y desplegó el plano.

—Señorías, aquí está la nueva catedral de Burgos. La nave tendrá seis tramos, de la misma factura y con la misma cubierta de crucería simple que los tres tramos del presbiterio, pero serán algo más anchos. Pretendo crear un efecto de perspectiva.

Algunos canónigos se miraron extrañados.

—Deberíais explicar con más detalle ese efecto —dijo don Mauricio enfatizando la palabra «efecto».

—Por supuesto, eminencia. Pretendo crear la ilusión de que la catedral parezca más grande de lo que en realidad es.

—¿Y cómo vais a lograrlo? —preguntó uno de los canónigos.

—Pues, como ya he dicho, creando un efecto de perspectiva. Claro que esa ilusión óptica sólo es posible contemplando la catedral desde la nave hacia el altar. Al hacer los tramos de la nave de mayor anchura que los del presbiterio, vista desde la zona de la nave, la cabecera parece más lejana. Imaginad una larga fila de árboles del mismo tamaño; los más lejanos los vemos más pequeños. Bien, ahora imaginad una fila de árboles en la que los más lejanos en la realidad son más pequeños; nuestros ojos nos transmitirán la imagen de que están más lejos de lo que realmente están. Eso es la perspectiva.

—El tiempo y el dinero, don Enrique. ¿Cuánto costará y cuándo estará terminada? —demandó el obispo.

—Diez años; y en cuanto al dinero..., un millón de maravedís.

Don Mauricio calculó deprisa. El millón de maravedís podía salir con facilidad de las rentas de la diócesis, de los donativos y de los demás ingresos. Y por lo que a los diez años se refería... bueno, él todavía no había cumplido los cincuenta; si Dios no lo llamaba antes a su lado, tenía tiempo por delante para ver acabada su catedral.

—Si vuestras mercedes estáis de acuerdo, por mi parte apruebo los planes del maestro Enrique —dijo el obispo.

Un murmullo de asentimiento se extendió entre los canónigos.

—En ese caso —prosiguió don Mauricio—, adelante con vuestro proyecto, maestro Enrique, tenéis nuestra venia para continuar.

5

Teresa Rendol estaba inspeccionando unas tablas que un aprendiz del taller de Mateo Sarracín le acababa de dejar en casa. La abadesa del monasterio de Las Huelgas le había encargado un retablo en cuya escena central se representara la Coronación de la Virgen y en las laterales, episodios de la vida de María niña.

La madera parecía de buena calidad, estaba bien curada y las tablas, perfectamente ensambladas.

Teresa ya imaginaba aquella madera cruda y marrón convertida en pocas semanas en un magnífico retablo que sería el orgullo del monasterio femenino. Un aprendiz del taller interrumpió sus pensamientos.

—Está aquí el maestro Enrique —le anunció el aprendiz.

La joven apenas pudo sobreponerse.

—¿Aquí, en casa?

—Sí, señora; solicita que lo recibáis.

—Dile que pase.

El aprendiz regresó enseguida con Enrique, hizo una reverencia y se marchó.

Los dos jóvenes maestros quedaron frente a frente, de pie uno junto al otro, apenas a tres pasos de distancia.

—Perdonad mi brusquedad de hace unos días. Creo que no estuve demasiado cortés con vos, y permitidme que os presente mi pesar por la muerte de vuestro padre. Don Arnal era un gran pintor y una excelente persona.

—Gracias, don Enrique. Yo también estuve poco amable.

—Estás bellísima; jamás he visto a una mujer tan hermosa como tú —dijo Enrique de pronto sin poder contener ese impulso.

—Gracias, pero no es así como ahora entienden los poetas la belleza de la mujer.

—Ah, ¿no? ¿Y cómo es para esos poetas una mujer bella?

—Lo sabes bien, pues lo oíste conmigo a los juglares en Compostela: piel blanquísima y mejillas rosadas, con el cabello cortado sobre la oreja, la frente blanca y lozana, «cara fresca como manzana», como se dice en algunos versos...

—Nariz proporcionada y recta, boca mesurada y dientes blancos, ojos negros y risueños, labios rojos algo gruesos, cintura estrecha y talle bien plantado... —continuó Enrique.

—Mis ojos son melados...

—Jamás he visto otros tan hermosos.

—Ha pasado mucho tiempo... —dijo Teresa.

—No he dejado un solo día de pensar en ti. Y por lo que veo en tus ojos...

—¿No te has casado? A tu edad la mayoría de los hombres ya lo han hecho.

—No; no encontré en París ni en Chartres ninguna mujer que me recordara a ti.

—Apenas me conoces; sólo estuviste un mes en Compostela...

—Tú tampoco te has casado.

Teresa estuvo a punto de confesarle que entre los cátaros el matrimonio era contemplado como una especie de fraude a la naturaleza, pero prefirió mentir.

—No he tenido ningún pretendiente que pidiera mi mano. Tal vez los hombres huyan espantados cuando se enteran de que soy maestra de un taller de pintura. No soy ese tipo de mujer que los hombres desean como esposa.

—En Francia se escriben novelas en las que la mujer ideal ha de ser pasional, amorosa, cariñosa y elegante. Y tú reúnes todas esas condiciones. No creo que no hayas tenido docenas de pretendientes.

—También presentan a la mujer con cierto miedo a ser engañada.

—¿Lees libros?

—Algunos. Tengo media docena que he comprado en la única tienda de libros del mercado de Burgos. Y entre ellos hay dos en francés. No te extrañes, mi padre me enseñó a leer y desde niña aprendí castellano y occitano; además, mi padre me enseñó francés, y con tantos franceses como hay en estas tierras no es difícil practicar tu lengua. ¿Sabes que una buena parte de los grandes mercaderes de Burgos son franceses o descendientes de franceses, y que son ellos los que controlan el concejo?

—Claro, recuerda que viví casi un año en Burgos. ¿Y tú, cómo volviste aquí?

—Simplemente me cansé de la lluvia y de las eternas brumas de Compostela; añoraba el cielo azul de Castilla —respondió Teresa.

—Dice un poema que son los ojos los que envían el mensaje al corazón, que es donde en verdad se ama. Y que después de la mirada, la dulzura de los besos, que es el primer juego de los amantes, conduce al amor.

—Pero también dice que una vez que se ha besado, cuesta dejar de besar al amante.

—Nosotros lo dejamos hace tiempo.

—Fue sólo un beso, un ligero y corto beso de amigo —repuso Teresa.

Enrique dio dos pasos y se colocó tan cerca de la maestra de taller que podía tocarla con sólo extender los brazos.

—¿Puedo volver a visitarte? —le preguntó Enrique.

—Como maestro de obra, cuando lo desees.

—¿Y como amigo?

—Si lo haces, pronto empezarán a murmurar sobre nosotros en Burgos.

—No me importa.

Teresa dio un paso y se colocó tan próxima a Enrique que sus labios casi se rozaban.

—Si te doy un beso, no podré parar; al menos eso dice la canción —repuso Teresa.

La joven maestra estiró un poco su cuello y sus labios se unieron en un delicado, largo y profundo beso.

—Todavía es mejor de como lo recordaba —dijo Enrique, que volvió a besar a Teresa.

—Los aprendices vendrán enseguida —repuso la maestra—. Tenemos que preparar esta tabla para que quede lista para pintar un cuadro; es un encargo para la abadesa de Las Huelgas.

—Volveré mañana —dijo Enrique.

Don Mauricio estaba contento. El rey Fernando seguía adelante con sus planes de conquista de al-Ándalus, pero la guerra permanente no suponía, al menos por el momento, ninguna merma en las rentas del obispado. El soberano de Castilla tenía suficiente para mantener a su ejército con el botín que lograba tras cada una de sus conquistas y en sus razias de saqueo por el valle del Guadalquivir. En la zona oriental, junto a las costas del Mediterráneo, el joven rey Jaime I de Aragón había superado una difícil minoría de edad en la que los nobles del reino habían logrado importantes privilegios aprovechando que los Estados agrupados en torno al viejo reino pirenaico habían atravesado unos años difíciles ante la imposibilidad de que don Jaime pudiera ejercer con autoridad su soberanía debido a su escasa edad.

Con los musulmanes en permanente retroceso en el sur, los Estados del rey de Aragón parecían la única fuerza capaz de discutir la hegemonía castellana en la península que un día los romanos denominaran como Hispania. Había incluso quienes sostenían que el rey de Castilla se convertiría en un día no muy lejano en señor de todos los reinos y Estados entre los Pirineos y el estrecho de Gibraltar, y soñaban con una monarquía unida en torno al legendario trono de los godos, del que algunos cronistas sostenían que los reyes de Castilla y de León eran los legítimos herederos.

A la par que el poder y la fama de don Fernando, en Castilla seguían creciendo los bienes materiales, los campos producían abundantes frutos y las mercancías de todo tipo y procedencia atiborraban los mercados y las tiendas de las ciudades. Tal era la prosperidad que decenas de juglares y trovadores se ganaban la vida cantando y declamando por plazas y mercados hermosas o trágicas leyendas de personajes del pasado, como el conde Fernán González o el caballero Rodrigo Díaz de Vivar, que ya se había convertido en el principal héroe de Castilla.

Durante el invierno, Enrique de Rouen dibujó los planos de la nave de la catedral de Burgos, seleccionó al personal de los talleres, mantuvo numerosas entrevistas con el cabildo, con el obispo don Mauricio y con los maestros de los talleres y recorrió las canteras de los montes al sudeste de Burgos en busca de las mejores vetas de piedra caliza para labrar los sillares.

A fines del invierno del año del Señor de 1234 la catedral vieja de Burgos había sido casi totalmente derribada. Ante el crucero de la nueva catedral se extendía un amplio solar perfectamente allanado para ubicar la nave del nuevo templo.

Y entre tanto, el obispo don Mauricio seguía empeñado en hacer valer sus privilegios sobre todos los eclesiásticos de su diócesis. No contento con extraer rentas y derechos de todas las aldeas, monasterios y parroquias que se ponían a su alcance, utilizaba su cargo de obispo para actuar como juez en numerosos pleitos entre religiosos o laicos y dictar sentencias inapelables que siempre resultaban favorables a sus intereses. Para ello contaba con el beneplácito del rey don Fernando, cuya vida parecía dedicada en exclusiva a extender los dominios de Castilla, y con ellos la Cristiandad, por toda la tierra de los musulmanes.

Aquella primavera Teresa había acabado la tabla que le encargara meses atrás la abadesa de Las Huelgas. La maestra de pintura estaba muy contenta porque había logrado al fin un azul muy similar al color del cielo de Burgos en los mediodías de principios de junio, cuando el aire es más luminoso y la luz más brillante y pura.

Mateo Sarracín, el maestro carpintero, se había desplazado con Enrique a los pinares de la sierra de Mencilla, donde el rey don Fernando había autorizado a don Mauricio a extraer cuanta madera hiciera falta para continuar las obras de la catedral nueva.

Durante una semana fueron seleccionando los mejores y más gruesos y altos pinos, cuyos troncos serían necesarios para preparar las vigas de la techumbre de la nave, que Enrique pensaba comenzar a levantar enseguida. Pocos días antes el cabildo y el obispo habían aprobado el plan de Enrique, con el encargo de que realizara la obra en el menor tiempo posible.

Una vez seleccionados los árboles que se debían abatir, los maestros Enrique y Mateo se retiraron a la villa de Palazuelos, donde habían decidido establecer una serrería para trabajar los troncos hasta dejarlos listos para ser transportados a Burgos.

Aquella noche de mediados de junio estaban cenando un potaje de lentejas con tocino y queso fresco con miel y nueces. Habían caminado todo el día desde la sierra y habían llegado cansados pero alegres por el trabajo realizado.

El maestro carpintero había devorado un buen plato de lentejas y reclamaba otro. Por el contrario, Enrique todavía tenía sobre la mesa más de media ración sin consumir.

—¿Estáis desganado? —le preguntó Mateo.

—No, no.

—Es por causa doña Teresa, ¿verdad?

—¿Cómo?

—Doña Teresa. Vamos, os he visto mirarla como un garañón en celo.

—¿Yo...? —Enrique se ruborizó.

—Esa mujer es extraordinaria; os lo aseguro yo. Si yo estuviera en vuestro lugar, jamás dejaría escapar a una hembra como ella.

—¿Y cómo sabéis?

—Conozco a doña Teresa desde hace tiempo; yo le he preparado todas las tablas para sus cuadros y retablos. Creedme, don Enrique, que si tuviera veinte años menos y estuviera soltero haría todo lo posible para que esa mujer fuera mía. Por cómo la miráis, presiento que es de vuestro agrado, y por cómo os mira ella, creo que os corresponde. Ambos sois jóvenes y solteros, a nadie en Burgos le extrañaría que os casarais.

—Apenas la conozco —dijo Enrique.

—Una mujer así no tiene dobleces.

—Parece que entendéis bien a las mujeres.

—Mi padre nació musulmán; luego, poco antes de que yo naciera, se convirtió al cristianismo y se casó con una cristiana de Hontoria. Fui bautizado en la catedral vieja de Burgos y me educaron en la fe de Cristo, pero mi padre me contó muchas cosas del islam antes de morir. Todavía guardo un libro de poemas en los que se alaba a la mujer como la más perfecta obra de la creación. Está escrito en árabe; lo hizo un poeta cordobés hace dos siglos. Mi padre me enseñó a leer y a escribir en árabe, y también me contó el respeto y a la vez la pasión que el Profeta sentía por las mujeres.

—En mi país, en Francia, la mujer se considera inferior al hombre, pues así lo dice la Biblia.

—Y entre los cristianos viejos castellanos también, aunque desde que han llegado esas extrañas modas por el Camino Francés, los castellanos más cultos han comenzado a ver a la mujer de otra manera.

—¿Conocéis la historia de Erec y Enid? —le preguntó Enrique.

—No, nunca he oído hablar de ellos, ¿quiénes son? —demandó Mateo Sarracín.

—Es una vieja historia que se cuenta en mi país; la escribió Chrétien de Troyes, nuestro más famoso autor. Erec era uno de los caballeros de la Tabla Redonda, hijo del rey Lac y compañero del rey Arturo; Enid era su esposa. Entre los dos jóvenes surgió el amor como las flores de los manzanos en primavera, y cuajó hasta que se convirtieron en esposos y en reyes. Es una hermosa historia de amor que acaba bien.

—¿Así de sencillo?

—Sí, así de simple —repuso Enrique—. Las historias de los

caballeros de la Tabla Redonda suelen ser trágicas, y casi todas ellas acaban mal, de manera sangrienta, pero la de Erec y Enid es una excepción, ¿y sabéis por qué?

—Sí, claro que lo sé: triunfó el amor de los dos esposos.

—¿Y sabéis cómo se enamoraron?

—No.

—Pues a través de la mirada; una mirada que los reconfortaba a ambos, una mirada en la que ambos encontraban el amor del otro.

—Ese sentimiento y la forma de expresarlo son comunes a cristianos y musulmanes, don Enrique. En el libro del que os he hablado, los enamorados también intercambian miradas cómplices. Las mismas miradas que yo he visto cruzar entre vuestros ojos y los de doña Teresa. Vuestra falta de apetito es debida a que no podéis dejar de pensar en ella, ¿no es así?

Enrique asintió con la cabeza.

—Sí; no he podido olvidarla desde que la conocí en mi viaje a Compostela, cuando yo era oficial bajo la dirección de mi tío Luis. Su recuerdo me persigue a todas partes, su imagen siempre está presente en el interior de mi cabeza.

—Eso se llama amor, don Enrique, y es un mal bastante frecuente en nuestro siglo. Pero no os preocupéis por ello, si no consigue anular vuestra voluntad, no es demasiado peligroso.

Mateo Sarracín comenzó a dar buena cuenta del segundo plato de lentejas. Enrique intentó hacer lo propio con lo que restaba del primero, pero su estómago parecía estar bloqueado por una especie de barrera que le impedía ingerir un solo bocado.

6

De regreso a Burgos, Enrique visitó en cuanto pudo a Teresa. La maestra de pintura lo esperaba en una pequeña sala en la que olía a una delicada mezcla de anís, hinojo y comino. Teresa solía tomar pequeñas infusiones de esta mezcla de hierbas después de comer, pues propiciaba un aliento fresco.

—Has debido de trabajar con ahínco, pues observo que estás más delgado que cuando partiste hacia la sierra en busca de madera para tu catedral —le dijo Teresa nada más saludarlo.

—No es eso. Es que he comido muy poco.

—¿Todavía no te has acostumbrado a la comida de Castilla?

—A lo que no me he acostumbrado es a tu ausencia.

Teresa enrojeció, y por primera vez desde que la conociera, Enrique atisbó una cierta sensación de inseguridad y zozobra en el rostro de la joven maestra.

El arquitecto se acercó hasta Teresa, la abrazó por la cintura y la besó. La joven se dejó llevar y pocos instantes después sus bocas y sus labios se mezclaron en un frenesí de besos y caricias.

El ardor de Teresa devino en pasión y su cuerpo se entregó por completo al de Enrique, tal y como había imaginado en aquellas noches solitarias en su casa de Compostela, cuando el entonces joven oficial dormía en la planta baja.

Teresa cogió de la mano a Enrique y lo llevó a su dormitorio; cerró la puerta y pasó un cerrojo de hierro. La cama de madera labrada y pintada en rojo y azul estaba cubierta por una colcha de lino que Teresa plegó con delicadeza; después se quitó el vestido, que dejó caer al suelo ante los ojos extasiados de Enrique. El cuerpo de Teresa era de una perfección sublime.

Su piel era clara pero con un ligero tono dorado, como el del horizonte en un amanecer invernal. Enrique se acercó hasta ella, la abrazó con extrema delicadeza y volvió a besarla.

—Todavía soy doncella —dijo Teresa.

—No te convertiré en una dama novel si tú no lo deseas —repuso Enrique.

—¿Una dama novel?

—Así es como define Chrétien de Troyes a Enid después de que esta muchacha pasara la noche con su amado Erec y le entregara su virginidad. ¿Conoces la historia?

—Sí, la he leído en un libro del monasterio de Las Huelgas.

—¿Quieres ser una dama novel o prefieres mantenerte como doncella? —demandó Enrique.

—Hace tiempo que deseo ser tuya; creo que el momento apropiado para ello ha llegado —repuso Teresa a la vez que se tumbaba sobre la cama.

Enrique se quitó su jubón, las calzas y las botas y quedó desnudo junto al lecho. Teresa alargó su brazo y cogió la mano de Enrique atrayéndolo hacia sí. El cuerpo del arquitecto cubrió al de la pintora y ambos se abrazaron con tal fuerza que parecían dispuestos a fundirse en uno solo. Después siguieron decenas de abrazos, besos y caricias. Teresa abrió sus piernas y dobló las rodillas, ofreciendo su sexo dorado y rosáceo a Enrique. El joven empujó con suavidad intentando penetrarla, pero la inexperiencia de ambos hacía difícil la culminación de su abrazo. Tras varios intentos en los que Enrique procuró no hacer el menor daño a su amada, por fin logró penetrarla. Un escalofrío vibrante y dichoso recorrió la espina dorsal de la muchacha cuando sintió cómo el miembro terso y vigoroso de su amado rasgaba su virginidad y llenaba su vagina de un pálpito vital e incandescente.

Poco a poco la naturaleza y el instinto obraron el prodigio

y sus cuerpos se acoplaron en un movimiento acompasado y cadencioso, cuajado de susurros y jadeos, y un tremor placentero y gozoso fue creciendo como un huracán de dicha y arrobo que sorprendió a los dos amantes en forma de un vendaval de placer, delicia y fuego.

El ocaso cayó sobre la ciudad estival y violeta y los dos jóvenes siguieron amándose en silencio; nadie molestó su duermevela. Y al final, tras la noche de amor y de dulzura, los sorprendió el amanecer plateado y fresco, abrazados como dos palmeras solitarias que hubieran aguardado durante siglos el momento más propicio para enlazar sus troncos y sus savias.

Don Mauricio fue informado enseguida de que el arquitecto y la maestra del taller de pintura habían pasado la noche juntos. El prelado no mostró el menor síntoma de asombro.

—Dios hizo a la mujer para el hombre, y al hombre para la mujer —comentó a un par de canónigos que parecían escandalizados por ello.

—Fornicar fuera del matrimonio es un pecado mortal —dijo uno de los canónigos.

—Para remediar semejante pecado la Santa Iglesia, en su infinita sabiduría, ha establecido la confesión, la comunión y la penitencia. Haré saber a esos dos jóvenes que se confiesen y les impondré una penitencia adecuada. ¿Os parece bien, señor canónigo?

—Este siglo es demasiado permisivo con los pecados de la carne. Por ahí es por donde el demonio comienza a ganar las almas de los cristianos, y así es como consigue conducirlas a su lado.

—Dejad que el demonio resuelva sus propios asuntos. Ahora, lo que de verdad importa son las victorias de los ejércitos del Señor que dirige nuestro buen soberano don Fernando. El rey ha conquistado la plaza de Medellín y con ella la llave hacia el sur por los pasos occidentales de la Sierra Morena. Sevilla y Córdoba pueden ser atacadas por dos flancos, y eso significa que no tardará mucho tiempo antes de que el estandarte real de Castilla y León ondee sobre los alcázares de esas dos ciudades. Ahora sólo debe preocuparnos el ascenso al trono de Navarra del rey Teobaldo de Champaña, cuya enemistad con la reina regente de Francia, nuestra amada doña Blanca de Castilla, es manifiesta. Eso es lo importante; dejad de preocuparos por esos dos jóvenes, que es el Señor quien protege a los suyos.

Aquel verano Teresa y Enrique se amaron casi hasta la extenuación. Noche tras noche los dos jóvenes maestros hacían el amor una y otra vez hasta que la luna los sorprendía rendidos pero apasionados.

Y entre tanto, don Mauricio no cesaba de apremiar a los diferentes gremios para que pusieran el máximo afán en cada uno de sus talleres para que la obra de la catedral siguiera a buen ritmo y no se retrasaran los trabajos. Los tiempos continuaban siendo dichosos, pero don Mauricio sospechaba que algún día acabaría aquella bonanza y vendrían tiempos peores; había que hacer todo lo necesario para aprovechar los aires venturosos y culminar la catedral cuanto antes, no fuera a ocurrir que volvieran las malas cosechas, las epidemias, las guerras ruinosas y el hambre y se acabaran la rentas para continuar las obras. Había trabajado demasiado, había puesto demasiado empeño en aquella catedral como para no verla terminada antes de morir. Por ello estaba dispuesto a hacer cuanto fuera necesario para ver colocada la última piedra antes de entregar su alma al Señor.

Don Mauricio había leído en una obra de Juan de Salisbury,

el gran filósofo de la centuria anterior que fuera obispo de Chartres durante casi tres años, una frase que le había influenciado de manera muy notable. Decía el doctor de Salisbury que el Espíritu Santo había revelado que «la vida del hombre sobre la tierra es una batalla»; el maestro había deducido que si el Espíritu Santo hubiera considerado esos tiempos, hubiera modificado su aserto y hubiera asegurado que «la vida era una comedia».

Y desde que muriera Juan de Salisbury, hacía de ello más de cincuenta años, las cosas apenas habían cambiado. Los tiempos bonancibles y prósperos, los graneros llenos de frutos y granos, los lagares rebosantes de vino y las almazaras de aceite, las rentas de las iglesias boyantes y en aumento y el clima apacible y propicio para los cultivos y la salud eran los bienes con los que Dios había bendecido aquella centuria; entre tanto, los nobles mostraban su rostro más elegante y amable en torneos y alardes, las damas paseaban su elegancia y lucían su hermosura para deleite de jóvenes galantes, los comerciantes se enriquecían vendiendo mercancías lujosas importadas de Oriente, los campesinos cultivaban campos feraces y aprovisionaban de abundantes cosechas los repletos graneros y los clérigos alababan las bondades del Creador.

Para don Mauricio, lo más importante era el buen devenir de los tiempos futuros; que dos jóvenes copularan como venados en celo sin estar casados no era sino un contratiempo muy menor cuya corrección no merecía siquiera un leve reproche. Dios ofrecía demasiados dones a los hombres como para preocuparse porque dos almas ardientes pasaran las noches fornicando sin estar casados conforme a los cánones de la Iglesia.

Además, aquella situación no era nada extraña. Más bien al contrario; en Burgos eran decenas los hombres y mujeres que cohabitaban maritalmente bajo el mismo techo sin haber contraído matrimonio y centenares los hombres que acudían regularmente a los burdeles a satisfacer sus instintos primarios y a aliviar el ardor de su entrepierna, entre los que no faltaban los párrocos y clérigos que tenían barraganas y concubinas a cuenta de las rentas de la parroquia. El mismo don Mauricio tenía que reprender a algunos de ellos en el transcurso de sus visitas pastorales a las villas y aldeas de su diócesis, cuando se veía obligado por la presión de algunos canónigos a recomendar a algunos de sus sacerdotes que mantuvieran a sus concubinas y barraganas si no podían desprenderse de ellas, pero que limitaran en lo posible los gastos que ello ocasionaba a las rentas de la Iglesia. Todavía recordaba el día en que recién llegado a la sede burgalesa tuvo que reprender al párroco de una de las villas más importantes de la diócesis porque mantuviera hasta siete barraganas a cuenta de las rentas de su parroquia, y cómo se vio en la necesidad de recomendarle a aquel sacerdote que renunciara al menos a dos de las siete, y que si estas dos no tenían otro medio para ganarse la vida, que no se preocupara por ello, que procuraría por ellas ante la abadesa de algún convento para que las acogiera en su seno y allí les proporcionarían habitación y sustento.

El rey don Fernando seguía logrando victorias. Año tras año caía una ciudad, una fortaleza o un territorio musulmán en manos de Castilla, y año a año crecía la esperanza de que pronto se ocuparía todo el sur a los infieles.

Pero a mediados de aquel otoño un desgraciado suceso vino a entristecer la dicha que se vivía en la corte de Castilla y León. A principios de noviembre murió la reina Beatriz de Suabia. La bella esposa del rey Fernando tenía treinta y tres años, pero había soportado diez partos. Falleció en la villa leonesa de Toro sin que la hubiera aquejado aparentemente enfermedad alguna. El propio soberano de Castilla se encargó de velar el cadáver de su esposa y de trasladarlo a Burgos para ser enterrado en el monasterio de Las Huelgas, que para entonces ya se había convertido en el panteón real.

Durante su estancia en la corte castellano-leonesa, la reina Beatriz, cuya belleza fue admirada por todos, no se dedicó a otra cosa que al cuidado de sus hijos y de su esposo. Jamás se inmiscuyó en los asuntos de Estado, que quedaron en manos de don Fernando y de su madre, doña Berenguela.

A los funerales asistieron todos los altos funcionarios de la corte: el alférez jefe del ejército, el mayordomo de la casa real, el aposentador, el caballerizo, el camarero, el copero, el despensero, el repostero, el tesorero..., todos vestidos con sayales negros, desprovistos de cualquier joya, insignia o medallón que indicara su alto cargo, formados en una procesión que recorrió la llamada Vía Regia, desde la puerta de San Esteban hasta la iglesia de San Nicolás, precedidos por medio centenar de plañideras profesionales que, vestidas con hábitos negros y encenizados sus rostros y cabelleras, lloraban desconsoladas y se mesaban los cabellos clamando por la muerte de la reina. Durante los funerales, el rey Fernando se mostró muy afectado. Tras enterrar a su esposa, el monarca pasó varios días en Burgos. Se le veía caminar taciturno y pesaroso por los alrededores del castillo, siempre con la mirada como ausente y la vista perdida en algún lugar inconcreto del horizonte.

Varios días después del entierro, el obispo de Burgos, que había oficiado el sepelio, se atrevió a dirigirse a su rey para pedirle más ayuda para las obras de la catedral.

Don Fernando se limitó a mirarlo de soslayo y a preguntarle cuánto necesitaba para acabar el templo. Don Mauricio le resumió las peticiones que había preparado y el rey las aceptó todas con un leve gesto dirigido a su notario.

Entre tanto, en la nueva catedral de Burgos se comenzaba a recobrar el ritmo de trabajo que se había desarrollado en los primeros diez años. El maestro Enrique había puesto a todos los talleres a trabajar en la culminación de las obras planeadas por su tío Luis de Rouen. Las dos portadas del crucero, la sur del Sarmental y la norte de la Coronería, estaban ya tomando su forma definitiva, aunque faltaban por labrar algunas esculturas. Enrique estaba preocupado por cómo habían quedado las bóvedas del crucero. La línea central no formaba una recta continua, sino que cada uno de los tres ejes de los tres tramos ofrecía una ligera desviación con respecto al anterior. Eso se debía a que los cimientos no habían sido excavados con la perfección deseada. El sistema de construcción empleado por su tío para levantar los muros se había demostrado muy eficaz y de rápida ejecución, pero por ello mismo daba lugar a algunas desviaciones que afeaban la visión de las bóvedas del transepto. Algo similar ocurría en las bóvedas de la nave central en la cabecera, donde el eje longitudinal de las bóvedas presentaba esa misma desviación aunque algo menos acusada. Enrique tuvo que replantear el sistema de construcción que iba a emplear en la nave, pues no quería que ese defecto se repitiera en la zona que iba a ser construida bajo su dirección.

A fines de 1235 comenzaron a tallarse las esculturas que restaban de la fachada del Sarmental, que se irían ensamblando conforme se elevara la portada diseñada por Enrique a partir de unos dibujos que había dejado su tío. El proyecto original fue ligeramente retocado. Se mantuvo todo el programa de esculturas, y por supuesto la gran figura del obispo don Mauricio que el propio Enrique esculpiera durante su primera estancia en Burgos, además de las estatuas de los apóstoles y del

Cristo en alteza rodeado de los cuatro evangelistas con sus símbolos. La triple arquivolta fue decorada con figuras de ángeles músicos. Para la portada de la Coronería, Enrique cambió casi todo el proyecto original y planeó un programa similar al meridional del crucero de Chartres, como un homenaje a su padre.

Enrique quiso destacar el gran rosetón de la fachada sur, de ahí que lo convirtiera en un elemento casi exento, rodeado tan sólo por sillares carentes de cualquier decoración. A fines de 1235 ordenó que se comenzaran a esculpir las piezas de la trama de piedra del rosetón del Sarmental, que Luis había previsto que se convirtiera en el gran foco de luz de todo el crucero. El maestro dibujó la traza del gran ventanal circular sobre el suelo, en un amplio espacio junto a la catedral, y ordenó a los canteros que fueran tallando cada una de las piezas como si de un gigantesco rompecabezas se tratara. Enrique dirigía cada uno de los pasos en el taller de cantería y supervisaba el tallado de las piezas que componían el armado de piedra del rosetón, que debía ser perfecto, pues tenía que encajar sin errores. Para que no hubiera ninguna desviación, montaría el rosetón sobre el suelo, y cuando todas las piezas estuvieran perfectamente ajustadas, las colocaría en su lugar correspondiente en el muro.

Teresa Rendol se había convertido en la mejor maestra de taller de pintura de Castilla. Requerida para pintar retablos y cuadros a reyes, nobles y altas dignidades eclesiásticas, la joven maestra había tenido que ampliar el número de aprendices incorporando al taller a tres muchachitos de doce años.

Pero tras varios meses de relaciones con Enrique, el maestro de Chartres había pasado a ser para ella la primera de sus pasiones. A fines de año, cuando las primeras nieves anunciaron la inmediata presencia de la Navidad, Enrique de Rouen estimó que había llegado el momento de pedirle a su amante que se casara con él. Vivían juntos, aunque mantenían la ficción de habitar cada uno en su casa, y Enrique le pidió a Teresa que se casara con él.

Los dos enamorados paseaban una soleada aunque gélida mañana de domingo por la ribera helada del Arlanzón. Los sotos de ribera parecían petrificados, como si el hielo de la noche los hubiera congelado junto con todos los árboles, desnudos y leñosos, y con las hierbas grises.

Teresa se protegía del intenso frío con una capa de gruesa piel de lobo y cubría su cabeza con un gorro de seda y una capucha de piel. Enrique vestía su zamarra de piel de conejo y su sombrero de fieltro negro forrado de piel de marta.

—En cuanto deshiele y entre la primavera viajaré a Chartres y a París. Necesitamos buenos escultores para las figuras de las portadas y de los remates exteriores. Me gustaría que vinieras conmigo como mi esposa. Teresa..., deberíamos casarnos —dijo Enrique al fin.

Aquella repentina propuesta no sorprendió a Teresa, pues aunque la esperaba y la deseaba, la maestra del taller de pintura había rogado para que jamás llegara a producirse.

—Eso no puede ser —dijo Teresa con frialdad.

Enrique pareció perturbado. Pese a su relación amorosa, nunca antes habían hablado de matrimonio, pero al joven De Rouen le pareció que en esas circunstancias su declaración era lo habitual, y estaba convencido de que Teresa accedería a ello.

—¿No? Pero yo pensaba que tú...

—Pues te equivocaste. Yo no creo que el hombre ni la mujer estén hechos para el matrimonio. Todo lo contrario. El matrimonio es una invención del hombre, tal vez del diablo, para acabar con el verdadero amor.

—Tú y yo estamos viviendo en pecado. Sabes que la Iglesia

condena el amor fuera del matrimonio y que todo acto sexual que no esté destinado exclusivamente a la procreación es pecado. Al no estar casados, nosotros dos vivimos en pecado.

—¿Has leído a Andrés el Capellán?

—Sí, lo estudiamos en las clases de la Universidad de París. Leíamos hasta casi aprender de memoria su obra *De amore*, que dedicó a María, condesa de Champaña e hija de Leonor de Aquitania.

—Habla de otra forma de amor.

—El Capellán defiende el amor libre; en realidad realiza una apología del adulterio y abomina del matrimonio, aunque no acepta el amor de los clérigos y las monjas, ni el amor de hombres entre sí.

—Andrés el Capellán escribió: «El amor es una pasión innata cuyo origen radica en la percepción de la belleza del otro sexo y en la obsesión por esa belleza, por cuya causa se desea, sobre cualquier otra cosa, poseer los abrazos del otro, y, en estos abrazos, cumplir, de común acuerdo, todos los mandamientos del amor». —Teresa recitó esas frases de memoria.

—La iglesia condena esa doctrina —dijo Enrique.

—Tu tío Luis me contó algunas cosas de tu tierra y de su gente. Me habló de la reina Leonor, la condesa de Aquitania. Me dijo que doña Leonor obligó a Chrétien de Troyes a escribir un libro en el que se exaltaban los amores adúlteros de la reina Ginebra, la esposa del rey Arturo, y el caballero Lanzarote del Lago, y lo hizo para acabar con esa idea diabólica del matrimonio.

»Durante siglos las mujeres hemos sido obligadas al matrimonio como moneda de cambio. ¿Sabes?, el matrimonio divulgado raramente suele durar.

—Esa sentencia es de Andrés el Capellán —reconoció Enrique.

—Sí, pero es certera, como otras tantas de las suyas.

—Por ejemplo, la de que nada impide que una mujer sea amada por dos hombres —dijo Enrique.

—O un hombre por dos mujeres, aunque eso es mucho más frecuente.

—Yo te amo, Teresa, y por eso deseo que seas mi esposa.

—Podemos seguir amándonos sin que eso ocurra, como lo hemos hecho hasta ahora, como creo que sucederá para siempre.

Enrique miró a los ojos de Teresa. Su tono melado y su aspecto sereno no dejaban de impresionarle desde que los observara por primera vez.

—¿Conoces la historia de Abelardo y Eloísa? —le preguntó el arquitecto a su amada.

—No, no he oído hablar de ellos.

—Es la historia de amor más conocida de París, pero también la más cruel.

—Seguro que se casaron —repuso Teresa.

—Sí.

—¿Tal vez es trágica por ello?

—No. Escucha:

»Abelardo es uno de nuestros más preclaros filósofos. Nació a fines de siglo XI. Fue un ser extraordinario, dotado de una gran capacidad para la reflexión, además de hombre sereno y justo; su inteligencia era como la luz del sol, brillante y luminosa. Siempre defendió la primacía de la lógica y de la razón, y por su sabiduría logró congregar a un gran número de discípulos. Ninguno de los profesores de París lo superaba en conocimientos de lógica y teología, y tenía una retórica tan atrayente que siempre resultaba victorioso en cuantos debates se entablaban en la universidad. Defendía la relación entre razón y ciencia, y afirmaba que la fe no tenía por qué estar en contradicción con la lógica. Su más famoso polemista fue Bernardo de Claraval, con quien mantuvo profundas disputas teológicas, pero el abad del todopoderoso monasterio de Cluny lo alabó como a uno de los intelectuales más grandes de su siglo.

»Abelardo era magnífico y brillante pero orgulloso, y destacaba tanto que a los treinta años ya era considerado como el león de las escuelas de París. A esa edad seguía sin conocer carnalmente a ninguna mujer, y tal vez nunca lo hubiera hecho si no hubiera aparecido ella.

—¿Eloísa? —supuso Teresa.

—Claro, Eloísa. Tenía tan sólo diecisiete años, era hermosa, ansiaba vivir y amar y estaba llena de pasión. Esta joven vivía en París con su tío Fulberto, que era un poderoso canónigo del cabildo de la catedral de Nuestra Señora. Fue el propio Fulberto quien propició que Abelardo y Eloísa se conocieran.

—¿Pretendía casarlos?

—No. Fulberto quiso que su sobrina fuera educada por el más sabio de los maestros de la universidad. Durante meses, Abelardo fue el preceptor de Eloísa y le enseñó leyes, filosofía y teología. Todo fue bien hasta que a ambos los arrastró una pasión mutua. Fruto de su clandestina relación amorosa nació un hijo, al que llamaron Astrolabio. Nadie sabe cómo, pero lograron mantenerlo en secreto, aunque Fulberto comenzó a sospechar algo. Para evitar un escándalo mayor, Abelardo y Eloísa se casaron, y entonces el poderoso canónigo se enteró de todo el asunto.

—¿Lo ves? Fue el matrimonio la causa de su desgracia —asentó Teresa.

—No exactamente. Fulberto, que era un viejo y severo moralista, se enteró de lo que había pasado y consideró que Abelardo había seducido a su inocente sobrina. Ciego de ira, envió a unos soldados en busca de Abelardo y ordenó que lo castraran.

—¡Qué horror! —exclamó Teresa.

—Abelardo perdió su virilidad y ante semejante desgracia instó a Eloísa a que se metiera monja.

—¿Y ella le obedeció?

—Sí, lo hizo por amor. Los dos amantes y esposos se separaron, pero no dejaron de amarse en la distancia y se escribieron cartas en las que ratificaron su amor eterno. Abelardo se retiró al monasterio de San Marcelo, donde llevó una vida austera dedicada al estudio y a la meditación, pero jamás pudo olvidar a su querida Eloísa.

»Abelardo pasó los últimos veinticinco años de su vida encerrado en ese monasterio, hasta que murió a los sesenta y tres.

—¿Y Eloísa?

—También vivió el resto de su existencia recluida en otro monasterio, en Argenteuil, donde llegó a ser priora, y al final de su vida regentó como abadesa el monasterio de Paráclito; murió veinte años más tarde que Abelardo, tras cuarenta y cinco de clausura monacal. Poco antes de morir pidió que la enterraran con el que había sido su esposo. Y dice una leyenda que cuando abrieron el ataúd de Abelardo para depositar junto a su cuerpo el cadáver de Eloísa, el esqueleto del filósofo alargó los brazos para estrechar a su amada, a la que tanto tiempo llevaba esperando.

—Todo esto que me has contado no es cierto; te lo has inventado.

—No, Teresa, no lo he inventado; es tan verídico como mi amor por ti.

»Abelardo escribió muchos libros, pues su pluma era muy prolífica. En Burgos será difícil encontrar algún ejemplar, pero en las librerías de París se siguen vendiendo copias de sus obras y de sus comentarios a Aristóteles. La más famosa es su *Historia de las calamidades*, como puedes comprobar un título muy apropiado, y también existen ejemplares de sus *Cartas*, verdadero monumento literario al amor y a la tristeza.

—Es una historia terrible.

—Le cortaron los cojones; para un hombre no hay nada peor que esa tortura. Pero lo más cruel de esta historia es que jamás lo condenaron por delito alguno, aunque estuvo en entredicho a causa de sus ideas.

—Seguro que ese tal Fulberto era uno de esos clérigos sin vocación que son aupados por su familia para ocupar cargos importantes en la Iglesia.

—Tal vez. Aunque quizá fuera uno de esos que buscan en la Iglesia su seguridad material y una manera fácil de enriquecerse.

Teresa estuvo a punto de decirle a Enrique que si rechazaba su propuesta de matrimonio era a causa de que en su corazón había prendido la llama de las enseñanzas de los cátaros, y que para ella el matrimonio significaba una imposición inaceptable de la Iglesia, donde radicaba buena parte del mal que corrompía al mundo.

—Dejemos las cosas como están, al menos por el momento. Tú no corres el peligro de que un tío celoso y despechado ordene que te castren. Estamos en otro siglo, y son decenas los hombres y mujeres que viven en nuestra misma situación.

—Bueno, fue el propio Andrés el Capellán quien afirmó que una conquista fácil hace al amor despreciable, pero que una difícil lo convierte en algo mucho más valioso, y que el amor siempre acostumbra a huir de la casa de la avaricia, pero pese a eso, yo tengo avaricia de ti.

—También dijo que el matrimonio no es excusa válida para no amar —dijo Teresa.

—En ese caso, sigamos sus consejos.

Enrique besó con pasión a Teresa. Los labios de los dos amantes estaban fríos, pero el calor pronto acudió a sus bocas.

Teresa había acabado de cepillar su pelo dorado con un peine de hueso que le había regalado Enrique.

En la cama, el arquitecto dormía recostado sobre su lado izquierdo. Teresa lo contempló por un momento y esbozó una sonrisa cuando el joven maestro de obra de la catedral de Burgos abrió los ojos. Los rayos del sol primaveral iluminaban la alcoba y tras los vidrios blanquecinos de la ventana se atisbaba un rutilante cielo azul.

Teresa se acercó hasta el lecho y besó a Enrique. Ese día era el que el maestro había fijado para partir hacia Francia en busca de escultores expertos para labrar las tallas que todavía restaban por esculpir para las portadas de la catedral. Enrique se había enterado de que en Amiens había un taller disponible, pues el programa escultórico de la gran catedral de esta ciudad estaba prácticamente acabado, y había decidido viajar hasta allí para contratar a cuantos escultores estuvieran dispuestos a viajar hasta Burgos, pues don Mauricio le había apremiado a acelerar el ritmo de las obras.

La criada había preparado un copioso desayuno: tajadas de tocino frito, huevos cocidos, mantequilla, pan, queso y vino con canela y miel. Había que alimentarse bien, pues le esperaba un largo camino.

—¿No vienes conmigo? —le preguntó Enrique a Teresa.

—No. Ya sabes que tenemos varios encargos urgentes en el taller. No puedo faltar tres o cuatro meses.

—Pensé que tal vez cambiaras de opinión a última hora.

—No puedo dejar el taller.

—Sólo serán unas semanas, sólo unas semanas. Contaré uno a uno todos los días hasta volver a encontrarte —le bisbisó Enrique al oído.

El arquitecto besó a Teresa, cogió su bolsa y avisó a los dos oficiales que iban a acompañarle para que trajeran las mulas. Volvió a besarla, montó en una de las acémilas y partió hacia Francia por la puerta de San Esteban, siguiendo el Camino Francés.

Teresa estaba pintando el rostro de una Virgen con el Niño que le había encargado el párroco de la iglesia de San Nicolás. Estaba tan absorta en el trabajo que no oyó nada, pero su olfato pronto identificó el aroma a la mezcla de almizcle, clavo y nuez moscada que solía utilizar Enrique para eliminar el mal olor del sudor. La maestra dejó el pincel a un lado, aspiró profundamente y dejó que aquel aroma intenso y masculino inundara su nariz.

Cuando se volvió hacia la puerta de la sala de pintura, Enrique estaba allí, sonriente como de costumbre, con el cabello revuelto, la barba crecida y la chaqueta de cuero cubierta todavía por el polvo del camino.

—Ya te dije que sólo serían unas semanas.

Teresa se levantó del taburete y corrió al encuentro de su amado.

—No sabes cuánto te he echado de menos —le dijo Teresa tras un largo y apasionado beso.

—No quisiste venir conmigo.

—No pude. ¿Cómo te ha ido?

—Bien, bien. Dentro de dos meses vendrá una cuadrilla de canteros y otra de escultores. Han trabajado en las catedrales de Amiens, Bourges y Coutances; son muy buenos y trabajan rápido.

Enrique calló de pronto y sus cejas se ensombrecieron de una repentina tristeza.

—¿Qué te ocurre? De repente te has puesto muy triste.

—Mis padres, han muerto los dos.

—Lo siento. —Teresa acarició el rostro de Enrique y se abrazó con fuerza a su cuerpo.

—Fue este invierno. Mi padre sufrió una hinchazón en los pulmones y falleció, y mi madre no pudo soportar su ausencia y murió pocos días después, creo que de pena. Un notario de Chartres lo arregló todo; me dejaron la casa y algo de dinero. He vendido cuanto poseía; no deseo volver a mi ciudad, ya no tengo nada que me ate allí.

»Ahora Burgos es mi ciudad.

Aquella noche Teresa y Enrique se amaron con la intensidad de los amantes que vuelven a encontrarse tras varias semanas distanciados.

Enrique estaba arreglando su barba con la navaja y el peine antes de salir de casa. Tenía veintiséis años y una amante a la que adoraba y dirigía la fábrica de una catedral. Por un momento se sintió orgulloso y agradeció a la memoria de su padre y de su tío que lo hubieran formado para ser arquitecto.

El obispo lo esperaba en la catedral. Don Mauricio estaba inquieto; todavía no había cumplido los cincuenta años pero el pasado invierno había sentido algunos dolores en la espalda.

«Nada grave», le había dicho su médico judío, que le había recomendado aplicar en la zona dolorida unos paños calientes empapados en una infusión de abrótano, tomillo y miel.

Cuando llegó Enrique, el obispo de Burgos caminaba a grandes pasos de una portada a otra del crucero de la catedral.

—¡Vaya, don Enrique, al fin os habéis dignado a aparecer!

—He sido puntual eminencia; tal como me indicó ayer vuestro criado.

—Bueno, vayamos a nuestros asuntos. ¿Qué habéis logrado en Francia? ¡Ah, y siento mucho la muerte de vuestros padres. Los conocí hace años durante una visita a Chartres. Yo estuve comiendo en vuestra casa, y creo que vos erais un mocoso de once o doce años que no se separaba de las faldas de su madre. Que descansen en paz y Dios los tenga en su gloria.

Don Mauricio se santiguó.

—Gracias por vuestras condolencias, señor obispo.

—Vuestros planes, vamos, decidme vuestros planes.

—Ya los conocéis.

—La nueva idea que habéis traído, no.

—¿Nueva idea?

—Sí, esa especie de laberinto que pensáis trazar en el suelo de la nave.

—¿Cómo sabéis...?

—Me lo ha dicho maese Sarracín. Lo comentasteis hace un par de días con los maestros de los talleres, al poco de regresar de Chartres. Explicadme de qué se trata.

—No es exactamente un laberinto. Veréis: las catedrales del nuevo estilo son el esfuerzo más importante que hasta ahora han hecho los hombres para tratar de imitar la obra de Dios.

—Para ensalzar su grandeza, no lo olvidéis —repuso don Mauricio.

—Sí, claro, para alabar su nombre. Pero no deja de ser un intento de imitar la belleza de la creación. Y ello lo hemos conseguido a partir de la geometría y el número.

—Sí, ya sé, el número de Dios, esa especie de secreto que sólo os confiáis entre los maestros de obra como si se tratara del más preciado tesoro. Seguid.

—Las leyes de Dios son las de la geometría y el número, y

hemos logrado aplicarlas a la materia, a la piedra y a lo incorpóreo, a la luz.

»En Chartres han grabado en el suelo un dibujo de doce pasos de diámetro, en la nave mayor, cerca de la portada principal de la catedral. Se trata de una línea trazada en piedra azul y blanca que da vueltas y más vueltas sobre sí misma. Es algo parecido a estas líneas que os voy a dibujar, pero de unas proporciones mucho mayores.

Enrique se acercó a una zona de la catedral donde unos canteros estaban tallando unos capiteles, cogió un pedazo de yeso seco y trazó sobre una pared de piedra la línea que había visto dibujada en el suelo de la nave mayor de la catedral de Chartres.

Don Mauricio intentó descubrir alguna forma conocida en aquel trazado absurdo, pero no se le ocurrió nada.

—¿Qué es? —preguntó el obispo.

—Es el dibujo que grabaron el año pasado en el suelo de la catedral Chartres. La gente lo llama «el laberinto», pero no es eso. Se trata del camino, el camino hacia la luz. Es una línea que se dirige al centro del círculo tras trazar una senda sinuosa. Significa el camino de la peregrinación, la ruta a Tierra Santa. En algunas festividades señaladas, el obispo de Chartres camina descalzo siguiendo esa línea. Va y viene, gira sobre sí mismo, avanza y retrocede, pero al final alcanza el destino, el centro del mundo, la Jerusalén celestial. Hay otros similares en otras catedrales de Francia, en Reims, en Amiens...

—Brujería —aseguró tajante don Mauricio.

—¿Cómo decís?

—Que esa línea, ese camino que vos habéis dibujado, parece cosa de brujas. Ordenad que lo borren de inmediato y olvidaos de semejante idea. En mi catedral no habrá ningún «laberinto».

—Pero, eminencia, es una señal, tan sólo una señal, y el símbolo de que el camino hacia la luz y hacia la perfección es tortuoso, pero que los hombres justos siempre alcanzan su destino.

—Os he dicho que no, don Enrique. Estoy seguro de que esos canteros sarracenos que contrató vuestro tío para tallar las piedras de mi catedral ya habrán dejado alguna señal de su herejía, tal vez lo sean esas florecillas que tallaron en los pilares de la girola, y no quiero que ese dibujo sea un símbolo del Maligno.

—No lo es, señor obispo, no lo es.

—Ateneos a las piedras y a la luz, y dejad que sea el Señor el único que se manifieste a través de señales. Siempre ha sido de este modo.

7

En cuanto llegaron los canteros de Francia y toda la cuadrilla se puso a trabajar, las esculturas comenzaron a amontonarse en el almacén del taller.

—Tenías razón, son muy buenos —le comentó Teresa a Enrique.

—Los mejores tallistas de Francia. Si no se interrumpen los trabajos, en tres años habremos acabado por completo la portada del Sarmental y buena parte de la fábrica de la Coronería y todos los remates de la cabecera y del crucero. Ahora ya tenemos gente suficiente para comenzar a levantar la nave. ¿Cuándo acabará tu gente de pintar el interior de la cabecera?

—En seis, tal vez siete meses.

Enrique se incorporó de la mesa donde ambos acababan de comer. Desde que llegara a Castilla le habían enseñado que no era de buena educación limpiarse con el mantel. Lo hizo con una servilleta, un pedazo de tela de lino que se colocaba sobre las rodillas y con el que el comensal se limpiaba las manos y los labios. Esta moda se consideraba de un gran refinamiento y había quien decía que hacía varios siglos que la conocían los sarracenos de Córdoba, donde la había impuesto un oriental llamado Ziryab, que fue el verdadero dictador de la moda en esa ciudad siglos atrás. El arquitecto dejó la servilleta sobre la mesa y se acercó hasta la ventana de la sala principal de su casa de la calle de Tenebregosa.

—Tenía razón —dijo el maestro.

Enrique alargó el brazo y colocó la palma de su mano abierta en la trayectoria de un rayo de luz que penetraba por la ventana y se reflejaba en los ladrillos rojizos del suelo.

—¿Quién tenía razón? —preguntó Teresa.

—Mi tío, Luis de Rouen. Este es el tiempo de la luz, el tiempo de Dios. Dios es la luz. Mira este rayo, en él se contiene toda la fuerza creadora del universo; la luz es la fuerza vivificadora que Dios nos envía en cascada; toda luz emana de Dios, del Ser Supremo.

—No la puedes coger —dijo Teresa, que se había colocado junto a Enrique intentando atrapar con su mano aquel rayo luminoso y dorado.

—Claro que puedo. Cristo es Dios, luz nacida de la luz y sin embargo carne, huesos y sangre. Ahí está el gran misterio de la creación, Teresa. Cristo estaba hecho de luz y sin embargo las gentes de su tiempo lo veían como a un hombre. Su madre lo parió como es parido cualquier recién nacido, creció como crecen los cuerpos de los niños hasta que se convierten en adultos, lloró, sufrió, vertió su sangre en la Cruz y murió como cualquier ser humano. Pero Él estaba hecho de luz, engendrado por la luz del Padre. Es la luz y a la vez la carne, como esta catedral que estoy construyendo: a la vez piedra y luz, lo real y lo intangible, lo material y lo etéreo.

Enrique abrazó con fuerza a Teresa y la besó en los labios.

—Te quiero —dijo la maestra de pintura.

—Lo sé. Mira tu mano y la mía; las dos están ahora bañadas por la misma luz. La luz todo lo une, todo lo empapa, es el vínculo del amor, de la pasión del deseo. La luz es la fuerza creadora que fecunda el mundo, la única potencia capaz de instalar el orden en el caos primigenio de la oscuridad, la única capaz de vencer a la oscuridad y a las tinieblas. La luz ordena el mundo y lo libera del caos. Sin la luz seríamos espectros fantasmales destinados a vagar eternamente en un mundo de agonía y de sombras.

»Sin ti, mi mundo no tendría luz.

—Has vivido mucho tiempo sin «mi luz» —dijo Teresa a la vez que cogía la mano de Enrique y la apretaba contra su pecho.

—Mis ojos se habían acostumbrado a la penumbra.

—Acabas de decir que Dios es la luz.

—Te quiero más que a Dios, más que a nada.

Enrique cayó de rodillas llorando como un niño.

—Creo que estás confundido.

—No, no lo estoy. ¿Sabes?, es muy difícil encontrar a gentes iletradas, a campesinos que sean capaces de entender la verdadera esencia del amor. Las gentes vulgares y rudas practican el arte de Venus como el caballo con la yegua, tal cual les enseña el instinto natural. El amor contigo es algo mucho más que eso.

—Esas frases son de Andrés el Capellán —dijo Teresa.

—Tal vez.

—¿Crees que el amor excelso sólo es posible entre un hombre y una mujer refinados?

—Sí. Al agricultor le sobra con el trabajo cotidiano y los placeres ininterrumpidos que proporcionan el arado y el azadón.

—De nuevo el Capellán. No, no creo que de verdad pienses así.

—Claro que no. Aguarda.

Enrique se acercó a un arcón, lo abrió y tras rebuscar un poco sacó un pequeño códice de hojas de papel encuadernadas con vitela y leyó con voz alta y clara:

Y os contaré en qué piensa mi mente:
no me gusta coño vigilado ni estanque sin peces,
ni arrogancias de hombres malévolos que nada hacen.
Señor mi Dios, que eres caudillo y rey del mundo,
¿cómo no sucumbió el primero que vigiló un coño?,
pues no hubo ni servicio ni guardia que de peor manera se [comportara.
Pero os diré cuál es la ley del coño,
como el hombre que no ha hecho daño y nada ha recibido:
si con otra cosa disminuye, por el contrario, el coño con el uso [crece.

—¿Qué es eso? —preguntó Teresa, divertida.

—Un poema.

—Sí, ya lo veo, pero ¿quién ha escrito algo así?

—Un caballero culto, uno de los más cultos del pasado siglo. Se trata de un poema en el que un hombre se acuesta a la vez con dos hermanas.

—La Iglesia condena esas perversiones.

—Creo que en aquel momento no había ningún clérigo para

condenarlas. Pero escucha, que continúa. —Enrique siguió leyendo:

Cuando hubimos comido y bebido,
yo me desnudé para su placer.
Sobre la espalda me colocaron el gato
perverso y felón;
una de ellas me lo arrastró
desde mi costado
hasta mi talón.
Por la cola, de repente,
tiró del gato, y él me arañó:
más de cien llagas me hicieron
en esa ocasión,
pero yo no me hubiera meneado un ápice
aunque me hubieran asesinado.

—Vaya con el gato; debió de ser muy doloroso —dijo Teresa.

—Todavía hay más.

Ocho días, y aún más,
permanecí en aquel horno.
Las follé tanto como oiréis:
ciento ochenta y ocho veces,
que a poco no rompí mis correas
y mis arneses.

—Un caballero audaz, sin duda —ironizó Teresa.

—Y continúa —añadió Enrique.

... y no os puedo decir
las enfermedades tan grandes que allí cogí.
Monet, tú irás por la mañana,
llevarás mi poema en una bolsa
hasta la madre de Guarín,
y a la de Bernardo.
Y les dirás, por mi amor,
que maten al gato.

—El animalito no tenía la culpa —dijo Teresa.

—Ya ves, hasta las gentes más cultas y refinadas son capaces de escribir poemas burlescos como este.

—Pero dime, ¿quién ha escrito esto?

—El abuelo de Leonor de Aquitania. El autor de estos versos fue el duque Guillermo de Aquitania, el noveno de ese nombre. Murió hace más de cien años. Fue un hombre excepcional. Se casó con doña Ermengarda, la hija del conde de Anjou; pero se divorció y se volvió a casar con doña Felipa, hija del conde de Tolosa y viuda del rey Sancho de Aragón, de la que, por cierto, también se divorció. Guerreó contra los sarracenos, fue jugador, burlón, cínico, mujeriego y burlador de damas, impío, fatuo, y estaba lleno de lubricidad. Era tan impúdico que quiso fundar una abadía en Niort para llevar allí a todas sus amantes. En este códice están escritos muchos de sus poemas. Lo compré en París. Tuvo un hijo con Felipa, el padre de Leonor.

—Ahora comprendo la vida de esa mujer.

—Leonor estuvo en Tierra Santa siguiendo a su tío Raimundo de Antioquía, que sólo era ocho años mayor que ella. No le importó su relación de parentesco, se enamoró, y basta. Dicen que arengó a las tropas subida en su caballo, con los pechos descubiertos y el pelo al viento. De regreso se casó con el rey Luis VII de Francia, pero tras quince años de casada y con dos hijas, el matrimonio se disolvió. Leonor se enamoró de Enrique de Anjou, once años menor que ella. Se casaron y juntos alcanzaron el trono de Inglaterra. Sus amores escandalizaron a toda la Cristiandad. Pero Leonor envejeció y Enrique la internó en una prisión durante quince años. ¡Quince años! ¿Imaginas lo que tuvo que sufrir una mujer como ella, encerrada durante quince años?

—Moriría de pena.

—No. Era demasiado fuerte. La liberó su hijo Ricardo, el nuevo rey de Inglaterra. Entonces ya era una anciana de casi setenta años, pero regresó pletórica de energía y de ganas de vivir. ¿Sabes que la magnífica Leonor de Aquitania estuvo en Burgos?

—¡Aquí!

—Sí, en estas mismas calles. Tal vez asistiera a alguna misa en la vieja catedral. Sólo por ello hubiera merecido ser conservada. Atravesó los puertos de los Pirineos en el invierno del año 1200, y lo hizo para acordar personalmente la boda de su nieta Blanca con el heredero del trono de Francia, el mismo trono que una vez abandonara por amor a Enrique de Inglaterra. Tenía entonces ochenta años. Probablemente era la mujer más vieja de su tiempo.

—Al igual que a ti, a tu tío también le atraía esa mujer.

—¿Por qué supones que me atrae?

—Basta oír cómo hablas de ella.

—Debió de ser muy parecida a ti.

—No creo.

—Iluminar, señores, ese es el fin supremo de este nuevo estilo.

Enrique había reunido a todos los maestros de taller, entre los que estaba Teresa, para indicarles cómo iba a ejecutar la obra de la nave.

—¿Iluminar las pinturas? —supuso Teresa.

—No, doña Teresa, no. Iluminar la piedra. En esta catedral la luz física y la espiritual deben ir juntas. De todos los fenómenos naturales, el agua, el viento, el fuego..., la luz es el más noble, el menos material, el más cercano a las formas puras del Creador. La luz es el cimiento del orden y del valor de las cosas, el principio creador. Recordad el Génesis: la tierra era informe y vacía porque las tinieblas cubrían su superficie..., hasta que Dios hizo la luz y se ordenó el universo, y el tiempo.

»El más santo mártir de mi país, san Dionisio, habló en Francia de esa luz que vivifica el mundo.

—Estáis equivocado.

Sin que Enrique se hubiera percatado de su presencia, don Mauricio apareció tras una columna.

—¿Estabais espiando, eminencia?

—No, sólo estaba escuchando vuestra interesante disertación. Pero estáis equivocado. El Dionisio del que hablabais no era vuestro honorable santo, sino un sabio griego al que uno de los maestros de París confundió con el mártir.

»Por lo demás, estoy de acuerdo con vos, don Enrique.

—Os he preguntado por las pinturas —intervino Teresa de nuevo.

Don Mauricio se volvió hacia la maestra de pintura y la miró con fijeza.

—Ya sabéis...

—Un momento. —El obispo interrumpió a Enrique—. Hay quien opina que las mujeres deberían dedicarse a los oficios que son propios de su condición: panaderas, posaderas, pescaderas, sastras, carniceras, tejedoras, hilanderas, cocineras, parteras, mesegueras, segadoras, batidoras de granos... e incluso prostitutas, que también son hijas de Dios. Vos, doña Teresa, dirigís un taller, pero eso no os faculta para opinar en este debate entre hombres. Contentaos con lo que ya sois, no pretendáis ir más allá de lo convenido y no forcéis vuestra suerte. Sé que estáis viviendo en pecado. La Iglesia vela para que sus hijos contraigan un matrimonio indisoluble, con el único fin de procrear fieles cristianos que alaben la gloria del Señor y cumplan el mandato bíblico de «creced y multiplicaos». Vos, señora maestra, quebráis el plan divino y el orden lógico de las cosas. Deberíais estar casada y tutelada por un marido.

—Doña Teresa es la mejor pintora de estos reinos —aseguró Enrique.

—Este nuevo arte no requiere de pintoras sino de tallistas y canteros. Vuestro tío nos enseñó que el nuevo estilo no necesita de grandes murales porque en esta arquitectura de la luz ya no hay grandes muros ciegos. Ahora, las vidrieras —dijo don Mauricio señalando a los ventanales de la nave central de la cabecera— son los nuevos muros, y ya no se necesita el color, la luz se tiñe de color cuando atraviesa los cristales emplomados. Esos son los nuevos muros, señora, los muros de luz, los muros para la luz.

»Pero os estoy entreteniendo demasiado, continuad con vuestro trabajo.

Don Mauricio se despidió de los maestros y se alejó por el crucero hacia la portada del Sarmental.

Teresa Rendol apretó los dientes y calló.

—Acabaremos de inmediato cuanto quede por hacer en las dos portadas del crucero. Los vidrieros deberán ponerse a elaborar enseguida la vidriera para el rosetón sur. Doña Teresa ya ha entregado el dibujo, ahora hay que ejecutar el vidrio. Ya sabéis la clave de los colores, de modo que adelante con ello.

»En cuanto a las esculturas que faltan, los tallistas llegados de Amiens y de Bourges ya las tienen listas. Todo está medido y ajustado, señores, de modo que es preciso tener en cuenta todas las medidas y todos los detalles para no retrasarnos. No puede volver a ocurrir otro fallo como el que obligó a replantear todas las bóvedas del crucero y las de los tres tramos de la cabecera en la época en que mi tío dirigía esta fábrica.

—¿Cuánto tiempo tenemos? —preguntó Fernando Pérez, el nuevo maestro del taller de cantería.

—Para acabar todo el crucero, sus dos portadas y las vidrieras, dos años.

—Es suficiente.

—¿Y la nave? —preguntó Mateo Sarracín, el maestro de carpintería.

—Comenzaremos en cuanto sea posible. Todos los canteros se pondrán a trabajar en la elaboración de sillares en cuanto se acaben las capillas de San Nicolás y de Santa María Magdalena —repuso Enrique.

—Tardaremos un par de meses —aseguró Pérez.

—En ese caso, el taller de pintura entrará a trabajar en esas dos capillas de inmediato. Ya podéis preparar vuestra propuesta, doña Teresa.

»Y ahora, a trabajar.

Enrique se dirigió al taller de escultura, donde los tallistas franceses estaban tallando las esculturas que faltaban para terminar la serie destinada a decorar la portada del Sarmental.

Cristo, los apóstoles, los cuatro evangelistas, decenas de ángeles músicos y con palmatorias comenzaban a tomar forma, así como los veinticuatro ancianos del Apocalipsis, cuyas figuras anunciarían desde la portada lo fútil de la vida.

A Enrique no le convencía demasiado la traza que había planeado su tío Luis para esta portada sur, pero había ya tantas figuras esculpidas y estaba el cabildo tan de acuerdo con ella que apenas pudo cambiar algún detalle. En cambio, al no estar definida la retícula de piedra del gran rosetón pudo dibujarlo según su gusto. Le parecía que el resultado final del Sarmental iba a ser muy similar a la portada oeste de Amiens; el Cristo destinado al tímpano era prácticamente igual que el de Amiens, y por tanto carente de originalidad. Cuando consultó este asunto con Teresa, la maestra de pintura le dijo que tal vez fuera así, pero que serían muy pocos los que visitaran las dos catedrales, y que de entre esos, menos todavía los que se iban a dar cuenta de la similitud entre ambas.

No obstante, los tallistas franceses habían introducido algunas pequeñas mejoras en las esculturas de Burgos. La práctica, los años de experiencia y la mayor libertad creativa les habían llevado a tallar esculturas cada vez más naturales, escenas muy didácticas y con mayor claridad en los rostros de las figuras humanas.

Enrique había dado a los franceses total libertad creadora, a pesar de que su calidad como escultor era extraordinaria. En París le habían enseñado que no existía belleza sin orden, y en eso estaban de acuerdo todos los escultores contratados en Burgos.

En lo que Enrique sí coincidía con el plan de su tío, era en colocar los temas más importantes en las zonas más visibles de la portada, especialmente en el tímpano, en el parteluz y en las arquivoltas. Claro que la figura del parteluz del Sarmental ya estaba decidida: allí iba a colocarse la escultura del obispo don Mauricio que tallara el propio Enrique de Rouen en su primera visita a Burgos.

Por lo demás, al cabildo le era suficiente con que al menos en apariencia el programa escultórico sirviera para glorificar el poder del Creador y para exaltar su bondad. Pero también su justicia, de ahí que no faltaran alusiones y figuras referentes al Juicio Final y al castigo eterno que iban a sufrir quienes no cumplieran con la Iglesia y sus mandamientos. Todas las esculturas de las portadas, así como los grupos escultóricos que configuraban, debían estar inspirados en la Historia Sagrada. Sólo se permitían algunas excepciones relacionadas con los donantes y benefactores de la catedral, tales como obispos y reyes.

En la Universidad de París, donde el obispo de esa ciudad seguía manteniendo el control de los estudios pese a la rebeldía de muchos alumnos y de algunos profesores, le habían enseñado que la escultura de una catedral debía plasmar en piedra la Historia Sagrada y reflejar lo que había sucedido según el Antiguo Testamento, para anunciar que el Mesías lograba rescatar al hombre de la oscuridad de siglos y conducirlo con el magisterio de la Iglesia triunfante hacia el Juicio Final, en el que sólo los justos alcanzarían el Paraíso, en tanto los malvados sufrirían la condena eterna en el infierno.

8

La muerte de doña Beatriz de Suabia había dejado a don Fernando triste y abatido. La reina discreta y bellísima que vino del Imperio había dado muchos hijos al aguerrido monarca y toda la corte la había admirado por su hermosura, su elegancia y su prudencia. Había sido la mejor esposa para el mejor de los reyes castellanos.

Desde su muerte, la soledad de don Fernando se había vuelto insoportable, y la reina madre Berenguela había estado buscando una nueva esposa para su hijo y una nueva reina para Castilla y León. Algunos decían que el rey Fernando añoraba tanto a su esposa que no había vuelto a tener relaciones carnales con mujer alguna, aunque los rumores de la corte señalaban a Urraca Pérez, nodriza del infante don Alfonso, el primogénito y heredero al trono, como la mujer que había ocupado el lecho real tras el fallecimiento de la reina Beatriz. El que le donara una importante heredad en la localidad de Villayerno no hizo sino incrementar esos rumores.

Desde la muerte de su esposa, don Fernando había intensificado su actividad guerrera contra los musulmanes. Había decidido que mantendría la táctica de desgaste a la que los había sometido hasta entonces y que lo haría durante cinco años más, para después lanzarse de inmediato a la conquista definitiva. Tenía treinta y seis años y todavía esperaba vivir diez, tal vez quince más, los suficientes para acabar con el plan de conquista que había tramado cuando varios años antes comenzó su guerra permanente contra los musulmanes de al-Ándalus. Su táctica le había dado muy buenos frutos y Córdoba, la otrora gran ciudad de los califas, la que antaño fuera la perla más preciada del islam en Occidente, ya estaba en su poder desde hacía unos meses, y con ella Lucena, Écija, Osuna, Estepa y otras villas del Guadalquivir medio.

Algunos nobles le habían pedido entonces que desplegara un ataque frontal y contundente contra las ciudades de Jaén, Granada y Sevilla, y así acabar definitivamente con el dominio sarraceno en el sur, pero el rey se mostraba prudente y firme en su plan. Sabía que su táctica estaba siendo demoledora, no tenía demasiada prisa y en tanto los musulmanes estuvieran en esa situación seguirían pagando parias y engrosando las arcas del reino.

Tras la victoria sobre Córdoba, don Fernando cayó enfermo, y durante su convalecencia en Toledo doña Berenguela lo convenció para que tomara una segunda esposa que pudiera devolverle de nuevo la alegría y tal vez el amor.

Fue en el mes de agosto de 1237 y en la ciudad de Burgos donde doña Berenguela preparó el segundo matrimonio de su hijo. El rey estaba pasando en Burgos unos días y su melancolía fue en aumento al recordar su matrimonio con Beatriz, la primera vez que la vio al llegar a la ciudad ante la puerta de San Esteban, cómo le impresionó su serena belleza y su magnífica estampa y cuántos deleites gozaron juntos durante los días y las noches que siguieron a su boda.

La elegida había sido Juana de Dammartin, condesa de Ponthieu, pariente en tercer grado de don Fernando. Para evitar los problemas que tuviera que afrontar doña Berenguela en su matrimonio con Alfonso de León, la reina madre solicitó licencia papal para que dicha boda pudiera celebrarse; por las venas de Juana también corría la sangre de los reyes de Castilla. El permiso del Papa llegó a principios del otoño y los esponsales se celebraron a continuación.

La segunda boda real de Fernando de Castilla y León con Juana de Ponthieu, se celebró en la catedral nueva de Burgos el 15 de noviembre de 1237. La novia no era ni tan joven ni tan bella como Beatriz de Suabia, pero tenía el porte orgulloso y las maneras agradables y desenvueltas de las mujeres de la casa real francesa.

Don Mauricio no puso muy buena cara cuando doña Berenguela le anunció que habría que detener las obras de la catedral al menos durante tres semanas para organizar la ceremonia de la boda del rey. Era un pequeño contratiempo, pero quedaba suplido con el prestigio que le proporcionaba a la catedral nueva el convertirse en el escenario que acogía la primera boda real. Tras los iniciales momentos de cierta desazón por el retraso que la boda supondría para las obras, se alegró de que la nueva catedral se convirtiera en el templo que iba a ver la consagración del segundo matrimonio del rey.

No fueron tres semanas sino casi dos meses el tiempo durante el cual estuvieron paradas las obras. Pero don Mauricio consiguió al menos que Enrique colocara el parteluz con su escultura en la puerta del Sarmental. Como esa era por el momento la única puerta de acceso a la catedral, todos los invitados verían y comprobarían con sus propios ojos quién era el verdadero artífice de semejante maravilla.

Cuando los reyes salieron de la catedral ya casados, Enrique se acercó a Teresa Rendol. Los dos maestros habían sido invitados a la ceremonia, pero habían ocupado lugares separados. Enrique en la nave de la cabecera y Teresa en el brazo izquierdo del crucero.

—Tengo veintisiete años.

—Ya lo sé —dijo Teresa.

—A esta edad la mayoría de los hombres ya están casados o recluidos en un convento.

—Nuestro rey se acaba de casar a los treinta y seis.

—Eran sus segundas nupcias. Sabes perfectamente a qué me refiero.

—No, si no me lo aclaras —dijo Teresa.

Enrique tomó aire.

—Quiero casarme contigo.

—Ya hemos hablado de eso. No puede ser.

—¿No puede ser? Te amo, me amas, hace tiempo que compartimos el lecho, toda la ciudad sabe que cohabitamos como esposos y el mismísimo obispo de esta ciudad asiente, aunque no está de acuerdo con que las cosas sean así. Vivimos en el siglo XIII, Teresa, el siglo del amor, de los trovadores... Ya sé que tu espíritu es libre y que no te quieres sujetar a nada, pero yo sólo te pido que legalicemos nuestra unión ante Dios.

—Dios, en su bondad infinita, no necesitará que firmemos unos capítulos matrimoniales para otorgarnos su bendición —dijo Teresa.

—Pero lo escrito es lo que queda.

—Ahora soy una mujer que administro mis bienes y dispongo mi destino.

—Si te casas conmigo, nada de esto cambiará.

—Hasta que vivió mi padre, él decidía mi voluntad a los ojos de los hombres. Si me caso contigo, tú dispondrás de todo en la casa, administrarás todos mis ingresos, decidirás mi futuro. Soy una mujer libre, deja que las cosas sigan siendo así.

—El mejor trovador que jamás tuvo Francia se llamaba Bernart. Vivió en los tiempos de Leonor de Aquitania y fue panadero en el castillo de Ventadorn. Allí vivía la condesa, una mujer muy bella pero infeliz. Bernart, seguidor de la poesía del genial Ovidio, escribió estos versos para ella:

Tanto amor alberga mi corazón,
tanta alegría y dulzura,
que el hielo me parece flor
y la nieve verdor.

—Son versos muy sentidos.

—También decía Bernart que la poesía más auténtica surge cuando existe verdadero amor, y que en ese caso es la más excelente. Mi amor por ti es como el que cantan esos versos, como el que despertó Leonor de Aquitania en Enrique de Inglaterra, como el que cantan los lais de María de Francia. Y creo que tú también me amas así.

—¿Y qué importa todo eso? María de Francia, Eloísa, Enid..., todas esas mujeres, reales o no, han sido vilipendiadas por la Iglesia y por los varones. La mayoría de los grandes filósofos consideran que la mujeres somos hombres imperfectos, en el mejor de los casos, cuando menos hijas del diablo y del pecado, hermanas malignas de Eva obsesionadas por arrastrar al hombre al infierno. Un monje cisterciense llamado Bernardo de Morlaas escribió hace varias décadas que la mujer es un ser innoble, pérfido, fétido, infecto y ruin, que mancilla lo que es puro, rumia la impiedad y echa a perder todo acto. La tachó de precipicio de sensualidad, instrumento del abismo, boca de los vicios, y de no retroceder ante nada. Ese monje afirmaba que todas las mujeres éramos víboras, y no seres humanos sino bestias feroces —dijo Teresa.

—¿Dónde has leído eso?

—En la biblioteca del monasterio de Las Huelgas. Las monjas tienen libros donde esto que te he dicho está escrito.

—Yo no creo en esas patrañas. Para mí, tú eres la luz, mi luz, lo más importante en mi vida —repuso Enrique.

—Eres un hombre extraordinario, y si alguna vez decidiera que debo casarme con un hombre, no existiría otro en la tierra más que tú. Pero no puedo hacerlo. Tal vez algún día lo entiendas.

—Esperaré cuanto sea preciso.

Teresa dibujó una sutil sonrisa.

—Después del banquete de boda que nos ofrece el rey, me gustaría estar a solas contigo —dijo la maestra.

—No sabes cómo deseo que llegue ese momento —añadió Enrique.

Nada más finalizados los festejos que siguieron a la boda real, don Mauricio ordenó que se reiniciaran las obras con toda urgencia. El verano no fue demasiado caluroso y se aprovecharon las largas horas de sol para trabajar en las obras arquitectónicas de las dos portadas del crucero, que a comienzos de otoño de ese año de 1238 estaban acabadas y listas para recibir la decoración escultórica. Varias carretas traían todos los días decenas de bloques ya desbastados de las canteras de Hontoria, a media jornada de camino al sur de Burgos. A pie de obra, en unas casetas de madera, los canteros los escuadraban y los convertían en sillares, todos ellos de una medida semejante, la del pie de París, que debía de tener al menos una de las dos caras.

Enrique estaba obsesionado con que todo funcionara perfectamente organizado. Había que calcular muy bien el número de carretas que traían la piedra para que los canteros nunca se quedaran sin bloques para perfilar o para que no se amontonaran demasiados. Todos los días se marcaban los sillares que había labrado cada cantero, se apuntaban en un cuaderno y semanalmente se les liquidaba el dinero ganado por su trabajo.

Desde que un carpintero parisino inventara la carretilla, el trabajo de transporte en la propia obra había mejorado mucho. Gracias a la carretilla un peón podía llevar a la vez varios sillares desde el puesto de trabajo del cantero hasta el del albañil encargado de colocarlos en los muros. Hasta doce sillares podían ser cargados de una vez, lo que suponía un considerable ahorro de tiempo y trabajo; andamios y poleas también facilitaban mucho la labor.

Aquella mañana de comienzos de octubre el cielo había amanecido encapotado. Desde las sierras del norte soplaba un viento frío y húmedo. Enrique miró al cielo y frunció el ceño. Estaba acabando de colocar el rosetón del Sarmental y si comenzaba a llover tendría que interrumpir por algunos días la tarea.

Esa mañana don Mauricio no acudió a la catedral. Siempre que estaba en Burgos dedicaba al menos unos momentos a inspeccionar el estado de las obras y contemplar su imagen tallada en piedra en el parteluz de la puerta del Sarmental. Cuando acabó la jornada, poco antes de que la noche cayera sobre la ciudad, Enrique y Teresa dejaron la obra y se dirigieron a la casa del arquitecto, donde solían cenar juntos todos los días.

—Qué extraño —comentó Enrique—, hoy no ha venido don Mauricio.

—Habrá salido de viaje, o tal vez...

En ese momento sonaron unos golpes en la puerta. El criado de Enrique abrió y contempló a la luz de un candil a uno de los canónigos, que estaba acompañado por dos sayones del concejo.

El criado llamó a su señor.

—¿Qué ocurre, señores? —preguntó Enrique, todavía con la servilleta en las manos.

—Buenas noches, don Enrique. Se trata de don Mauricio. Ha tenido un ataque de tos y ha pasado todo el día con mucha fiebre. Su médico judío ha ordenado que permaneciera en cama; cree que se trata de algo muy grave. Don Mauricio nos ha ordenado que vengamos a buscaros para que nos acompañéis hasta el palacio episcopal.

—Vamos.

Enrique cogió su capote, le dijo a Teresa que aguardara allí y se dirigió con los tres hombres hacia el palacio del obispo.

Cuando llegaron, don Mauricio estaba en cama, empapado en sudor y con el rostro tan pálido que parecía que se lo hubieran embadurnado con harina.

—Don Enrique —balbuceó el obispo al verlo—, gracias por venir tan raudo. No me queda mucho tiempo...

—No digáis eso, eminencia, todavía tenéis que ver acabada vuestra catedral —repuso Enrique.

—No, mi buen amigo, no. Dios ya me ha llamado a su lado... o al menos eso espero. Ha querido castigar mi vanidad. —Don Mauricio tosió, y Enrique advirtió que con cada estornudo se le iba un poco de vida.

—¿Vanidad? Vos sois el hombre más humilde...

—No, no digáis lo que no sois capaz de sentir. Sí, he sido vanidoso, vanidoso por pretender construir una casa de luz para Dios, que no desea otra cosa que sus siervos sigamos las huellas que nos marcó su hijo Jesucristo. He pecado de soberbia, de soberbia por querer emular la obra del Creador y que mi figura estuviera presente en el parteluz de la portada del Sarmental. Por fin he entendido los deseos de Dios. Moisés no pisó la tierra prometida porque dudó del Señor, yo no veré esta catedral acabada porque he pecado de soberbio.

—Sois el mejor siervo de Dios, el Señor os compensará...

—Tal vez en la otra vida, pero no en esta. El mundo terrenal se ha acabado para mí. Lo siento en mi interior, sé que me queda muy poco tiempo. Hacedme un último favor.

—Lo que digáis, don Mauricio.

—Quitad mi estatua del parteluz del Sarmental y colocadla en el suelo de la puerta principal de la catedral, para que todos cuantos entren y salgan en ella la pisen y recuerden que todos somos mortales.

Enrique iba a decirle que eso no era posible con una estatua de bulto redondo, pero a una señal del médico judío, le mintió.

—Si es vuestro deseo, lo procuraré, eminencia.

Don Mauricio falleció esa madrugada. Había sido obispo de Burgos durante más de veinte años, había comenzado la nueva catedral y había logrado convertir su diócesis en una de las más importantes y prósperas de Castilla y León gracias a su voluntad y a su prudencia. Murió sin ver acabada la que había sido la principal obsesión de su vida. Los canónigos no hicieron caso de su última voluntad y su figura en piedra permaneció en el parteluz de la portada del Sarmental.

Unos días antes el rey Jaime de Aragón había conquistado el reino musulmán de Valencia y con ello se había convertido en un monarca tan poderoso y afamado como Fernando de Castilla. En Francia, los judíos comenzaron a ser perseguidos. Un clérigo denunció ante un tribunal de París a un converso, acusándolo de mantener de forma críptica sus ritos y creencias.

Algunos predicadores comenzaron entonces a alentar la ira y el odio contra los judíos, asegurando que se estaban convirtiendo en falso con la única intención de engañar a los cristianos para dominarlos. Los jueces dictaron que el Talmud, el libro sagrado de los judíos en el que se contienen sus tradiciones, sus doctrinas, sus ceremonias y sus preceptos, fuera condenado por herético y se ordenó que cuantos ejemplares fueran requisados se quemaran en hogueras en las plazas públicas.

Teresa creyó que se avecinaban tiempos peores. Las noticias que traían los peregrinos de Francia y de Languedoc no eran nada halagüeñas. La larga época de bonanza y paz que se vivía parecía tocar a su fin. Los judíos comenzaron a ser perseguidos en Europa y pronto llegaría la ola de odio contra ellos a Castilla. Entre los judíos burgaleses había algunos que se habían enriquecido gracias al comercio de la lana. No eran pocos los cristianos que los envidiaban y que deseaban verlos arruinados cuanto antes.

Además, ese año la cosecha no había sido tan buena como se esperaba y en algunas regiones estallaron conflictos, pues los señores exigían a sus vasallos campesinos el mismo nivel de rentas que en los años de bonanza, que en esa temporada no podían satisfacer so pena de pasar verdadero hambre. En Burgos, la muerte de don Mauricio podía desatar una lucha por el control del obispado, pues eran muchas las rentas de que disfrutaba y eso podía provocar no pocas apetencias.

Pero el rey Fernando atajó las posibles disputas por el obispado burgalés con un hábil golpe de mano. Tras varios meses sin obispo, el rey nombró prelado de Burgos a don Juan, que lo era de Osma desde hacía siete años. Don Juan era uno de los personajes de la corte en los que más confiaba el rey, no en vano era su canciller desde que con diecisiete años tomara posesión del trono por renuncia y transmisión de su madre, doña Berenguela. Don Juan había sido nombrado obispo electo de

León desde hacía un año por el papa Gregorio IX, pero ahora era necesario en Burgos para asentar la política eclesiástica planeada por el rey de Castilla y León.

Don Fernando puso todo su tesón en ello y el Papa rectificó. El rey tuvo que emplearse a fondo con el cabildo burgalés, pues los canónigos no querían a don Juan como nuevo prelado, ya que deseaban influir en el sucesor de don Mauricio y al menos que se contara con ellos para la elección. La presión del rey Fernando obtuvo sus frutos y al fin el cabildo aceptó el nombramiento de don Juan como nuevo obispo de Burgos. Pocos meses después llegó la ratificación pontificia.

Uno de los canónigos, llamado Aparicio, el más veterano de todos, había defendido la propuesta del rey indicando que, aunque el nuevo obispo no era de su agrado, sus funciones como canciller del reino lo mantendrían cerca del rey todo el tiempo, y que por tanto debería ausentarse mucho tiempo de la ciudad, como había ocurrido durante su episcopado en Osma, de modo que tendrían las manos libres para poder ejercer su influencia en la diócesis, cosa que no habían podido hacer durante mandato del autoritario don Mauricio.

El cabildo aprobó también que se labrara un sepulcro para don Mauricio y que se colocara en la nave mayor, en la zona de la cabecera, al lado izquierdo del centro del crucero; le encargaron a Enrique que presentara un boceto y que lo ejecutara cuanto antes. Para ello, el cabildo aprobó una cantidad extraordinaria de dos mil maravedís.

Para entonces, las obras arquitectónicas del crucero y de sus dos fachadas ya estaban acabadas y las esculturas de ambas portadas, listas en los almacenes para ser colocadas. Los tallistas desplazados desde Amiens y Bourges habían acabado su trabajo, habían cobrado y muchos de ellos habían regresado a Francia.

El nuevo obispo mantuvo una reunión con el cabildo. Los canónigos se mostraron correctos, pero era evidente que don Juan nunca supliría la ausencia de don Mauricio. Don Juan ratificó que el sepulcro de don Mauricio fuera ubicado en el centro del crucero. El sepulcro sería de piedra, pero la tapa iría fabricada en madera con una chapa de cobre dorado que se decoraría con esmaltes de Limoges.

También se acordó que las figuras de piedra para las portadas del transepto comenzaran a colocarse en los lugares para los que habían sido talladas. A mediados del año 1240 todas las figuras estaban en su sitio. La portada del Sarmental lucía esplendorosa, con la estatua de don Mauricio en el parteluz de la puerta, como dando la bienvenida a cuantos entraban en la catedral por el portal sur.

Los miembros del taller de Teresa Rendol comenzaron a pintar la portada del Sarmental a mediados del verano. Durante varios días Teresa y Enrique habían discutido sobre los colores más apropiados para pintar las figuras de la portada. Teresa era partidaria de pintar las figuras en tonos cálidos, como el rojo, el amarillo y el ocre, dejando para los fondos el azul y el verde.

—Los colores fríos provocan la sensación de lejanía, en tanto los cálidos acercan la figura al espectador. Si se pintan así, parecerá que existe mucha más profundidad en las escenas de los tímpanos.

Enrique la miraba asombrado.

—Es increíble que sepas tantas cosas acerca de la pintura.

—Me las enseñó mi padre; era el mejor pintor de frescos del mundo.

—El mundo es muy grande —dijo Enrique.

—Ya lo sé, pero seguro que nadie ha pintado como él.

—Tenemos que lograr atraer la atención de los peregrinos

—dijo Enrique—. Esta catedral no es un templo cualquiera. Mi tío planificó un crucero muy amplio y destacado, de una sola nave, como símbolo de acogida a los peregrinos que van a visitar la tumba del apóstol Santiago. Cuando visité Compostela observé que su catedral tiene un crucero con tres naves, que le hace perder sensación de grandiosidad, aunque ofrece un aspecto mucho más intimista. En cambio, el crucero de la catedral de Orense, también construida en el viejo estilo, sólo tiene una nave pero le falta la luz y la ligereza del nuevo estilo. Estas nuevas catedrales de la luz necesitan amplios espacios para manifestar toda la fuerza de su luminosidad.

—Mate —avisó Teresa.

Los dos amantes estaban jugando una partida de ajedrez mientras charlaban.

Teresa había aprendido a jugar con su padre, en tanto Enrique lo había hecho en París. Enrique cogió la figura del rey negro con su mano izquierda; las figuras estaban talladas en marfil y el tablero era una obra de taracea en madera de haya y ébano.

—Este tablero es muy bello.

—Lo compró mi padre en Compostela a un mercader italiano que reside en Málaga.

—Creo que sé quién es; compartimos una noche en la catedral del apóstol. Un tipo poco de fiar.

—Mi padre dijo que el tablero era de muy buena factura y que las piezas estaban talladas en marfil.

—A veces algunos mercaderes desaprensivos hacen pasar figuras talladas en huesos de vaca como si estuvieran hechas de verdadero marfil.

En el juego del ajedrez, que practicaban los dos amantes dos o tres veces por semana, Enrique era mucho más imaginativo y solía jugar arriesgando mucho sus piezas, con movimientos de gran genialidad, aunque a veces cometía errores muy graves debido a su excesiva impetuosidad. Por el contrario, Teresa era mucho más reflexiva y, aunque le costaba más tiempo tomar una decisión, cuando movía una pieza había analizado todas las combinaciones posibles y elegía la mejor para su juego.

Teresa siempre le ganaba a Enrique, quien, aunque a veces lograba posiciones muy ventajosas, las solía estropear con errores clamorosos.

Enrique colocó el rey en la casilla equivocada.

—Jaque mate —sentenció Teresa.

—Como siempre. Podrías dejarte ganar alguna vez.

—Tú jamás consentirías que lo hiciera.

—Bueno, tal vez si no me diera cuenta... —sugirió Enrique.

—Seguro que sí.

El arquitecto se levantó y besó a su amante. Sus manos se deslizaron por el escote de Teresa hasta alcanzar su pecho.

—Eres la mujer más bella del mundo.

—El mundo es muy grande —replicó Teresa.

Enrique volvió a besarla, con tanta dulzura como deseo.

—Algún día serás mi esposa.

—Soy mucho más que eso.

—No te entiendo. Nunca entiendo qué quieres decir cuando hablas de este modo. ¿Por qué es tan difícil que nos casemos y podamos hacer una vida normal?

—Nada nos impide vivir juntos.

—No, hasta ahora, pero quién sabe qué puede ocurrir en el futuro. Hay clérigos que predican en sus púlpitos en contra de las parejas que viven amancebadas. Mientras las despensas estén llenas de pan, aceite, quesos, embutidos y conservas no ocurrirá nada, pero si alguna vez faltan esos bienes, entonces la gente se volverá contra aquellos que sean señalados por la Iglesia, y nosotros somos ese tipo de gente —añadió Enrique.

—Antes perseguirán a los judíos, a los sarracenos y a los herejes. Si la Iglesia condena a los amancebados, casi todos los curas, canónigos y obispos de estos reinos serán castigados, y no creo que sean tan idiotas como para condenarse a sí mismos —supuso Teresa.

—Los judíos están siendo acosados en mi país, los herejes en Languedoc y los sarracenos sufren el ataque de los cruzados en Tierra Santa y aquí mismo, en al-Ándalus. Esos tiempos ya han llegado.

—Pero nadie ha movido un dedo contra los amancebados.

—No creo que tarden demasiado en hacerlo —respondió Enrique.

Don Juan, obispo de Burgos y canciller de su alteza Fernando de Castilla y León, subió la escalinata que desde la plaza de Santa María ascendía hasta la portada del Sarmental; lo hizo apoyado en su báculo episcopal, rematado con una cruz de plata sobredorada. Junto al umbral aguardaban varias decenas de personas, todo el cabildo de canónigos y los maestros de los talleres de la fábrica.

El obispo cogió un hisopo, lo empapó en agua bendita y asperjó la portada a la vez que pronunciaba una oración en latín.

—Don Mauricio estará muy contento —le bisbisó Teresa al oído a Enrique.

Desde el parteluz, la figura en piedra de don Mauricio parecía contemplarlo todo con ojos serenos y reposados.

—Seguro que sí.

Una vez dentro del templo, se ofició una misa por el alma

de don Mauricio y se dieron gracias al Altísimo por haber permitido culminar la obra de la portada del Sarmental, de la que don Juan dijo que se trataba de la puerta más hermosa de cuantas había en las catedrales del mundo.

Al oír esta frase, Teresa y Enrique se miraron y, moviendo apenas sus labios, murmuraron a la par:

—El mundo es muy grande.

Acabada la misa, don Juan habló con Enrique. Le dijo que su oficio como canciller real le obligaba a viajar constantemente acompañando a don Fernando. Era uno de los hombres de confianza del rey y este lo necesitaba a su lado tanto como canciller como, sobre todo, consejero y amigo.

—No obstante, deseo que sigáis al frente de esta obra, maese Enrique, y que lo hagáis con el mismo empeño y dedicación que habéis mostrado hasta ahora. Todos los canónigos me han hablado muy bien de vuestro trabajo, aunque alguno ha lamentado que viváis en pecado con esa pintora. Tenéis... ¿veintisiete, veintiocho años?

—He cumplido treinta, eminencia —dijo Enrique.

—A esa edad ya hay hombres que son abuelos o están a punto de serlo, y en cambio vos seguís soltero. Y por lo que conozco, no os atormenta el estado pecaminoso en el que estáis viviendo, de modo que no sé qué os puede impedir que os caséis con esa tal Teresa Rendol.

—Lo impide ella, eminencia; no desea casarse.

—Extraños seres son las hembras. Nadie es capaz siquiera de atisbar qué ideas pasan por su cabeza. ¡Qué otra cosa se puede esperar de un ser sin alma!

»Procurad convencerla, don Enrique. Se avecinan tiempos convulsos. Hace unas décadas el rey Enrique II de Inglaterra ordenó asesinar a Tomas Becket, el obispo de Canterbury. Los cobardes sicarios lo hicieron en la misma catedral; bien, entonces no pasó casi nada, y todo se saldó con una petición de perdón de Enrique al Papa. Ahora las cosas son distintas: el Papa es capaz de excomulgar al emperador y de arrasar Languedoc en nombre de la fe. Si hubiera papa claro; desde que murió Gregorio IX, hace más de un año, la sede pontificia sigue vacante, y eso suele ser una señal de que va a haber problemas. Hacedme caso, don Enrique, sólo una esposa os garantizará sosiego y cariño.

9

A finales de 1240 la cabecera, el crucero y la portada del Sarmental estaban acabadas por completo. Entre tanto se seguía trabajando en la portada de la Coronería, en la fachada norte del crucero. Luis de Rouen, a instancias de don Mauricio, había planeado esa fachada a modo de bienvenida, pues era por esa puerta por donde entraban a la catedral los peregrinos que hacían el camino a Compostela.

Pero desde que el nuevo obispo don Juan se había hecho cargo de la diócesis, no parecía demasiado dispuesto a que la figura de don Mauricio presidiera la fachada del Sarmental y en cambio no estuviera la suya en ninguna parte del edificio.

En una conversación con Enrique, el nuevo obispo le había sugerido al arquitecto la idea de labrar una estatua con su figura y colocarla en el parteluz de la portada norte. Enrique le había contestado que eso no era cosa suya sino del cabildo, y que además la portada norte no tenía en principio parteluz. La puerta de la Coronería era más estrecha que la del Sarmental y estaba muy elevada sobre el suelo de la catedral, por lo que había que salvar semejante desnivel mediante una ingeniosa escalera.

—El cabildo y sus canónigos nunca permitirán que yo tenga una estatua en esta catedral. Ya sabéis vos, don Enrique, que no he sido bien recibido por estos hermanos en Cristo y que si me han admitido aun a su pesar ha sido porque el rey don Fernando lo ha impuesto. Si por ellos fuera, yo no sería obispo de Burgos.

—Deberíais ganaros la confianza de los señores canónigos. Un enfrentamiento permanente entre vos y los miembros del cabildo sólo generaría inestabilidad, falta de rapidez en la toma de decisiones y demoras en la obra. Desde que murió don Mauricio hemos retrasado en varios meses los planes previstos. Ya deberíamos estar empezando a levantar los muros de la nave, desde el crucero hasta la fachada principal, y todavía no hemos acabado siquiera la de la Coronería.

—Esta catedral fue un empeño obsesivo de don Mauricio, su pasión vital. Para mí es un deber continuar su obra hasta acabarla según vuestros planes, pero no me obsesiona terminarla cuanto antes.

Enrique adivinó en las palabras de don Juan un cierto resquemor por no haber sido él quien iniciara la obra, por no poder añadir su imagen en piedra a la fachada de la Coronería, por no ser el obispo que pasara en su día a las grandes crónicas del reino como el prelado que inició la que los castellanos consideraban como su primera nueva gran catedral. Siempre estaría delante de él don Mauricio; en cierto modo era como una especie de segundón, relegado a un segundo plano en tanto todos los honores, títulos y herencias se los quedaba el primogénito.

—Vos ya no podréis ser el prelado que inició esta obra, pero sí el que la acabe. Si su eminencia lo desea, planearemos una fachada occidental en la que vuestra figura pueda estar destacada por encima de las demás. «Don Mauricio la inició, don Juan la terminó», esa podría ser una buena frase para concluir la catedral y grabarla en una lápida para colocarla junto a vuestra estatua en la portada principal, la última piedra, tal vez debajo del gran rosetón por el que penetre en el interior el último rayo de sol de cada día.

—Yo soy un hombre de corte. Don Fernando me ha pedido que siga siendo su canciller, y en consecuencia deberé acompañarlo a Toledo, a Córdoba, a cada una de sus batallas y conquistas. Vestiré más tiempo la armadura del guerrero que la túnica episcopal. No creo que pase demasiado tiempo en Burgos, tal vez tan sólo los días que el rey permanezca en la ciudad. El próximo año va a dedicar la mayor parte de su tiempo a la conquista de Jaén y de Sevilla, en la que pondrá todo su esfuerzo. Tiene cuarenta años, una edad a partir de la cual la muerte acecha incluso a los reyes. Se ha propuesto legar a su hijo don Alfonso un dominio que se extienda desde el mar de Vizcaya hasta el estrecho de Gibraltar, unos reinos de Castilla y León que se bañen en los dos mares de esta península.

»Venid conmigo.

Don Juan llevó a Enrique junto a un armario con cajones. Abrió uno de ellos y sacó un pergamino en el que había dibujado un mapa.

—Vaya, tenéis un mapa del mundo.

—Era de don Mauricio, ¿nunca os lo enseñó? —le preguntó el obispo.

—No, ni siquiera mencionó su existencia.

—Fijaos en esta inscripción, está en árabe.

—Lo siento, eminencia, no sé leer esa lengua.

—Yo sí; la aprendí en el transcurso de las campañas de don Fernando en Córdoba.

El mapa de las tierras conocidas tenía los caracteres en árabe. Las tierras emergidas ocupaban el centro, una especie de círculo abierto a la derecha a través de una hendidura que penetraba hasta el centro del círculo y que estaba pintada en azul.

—El sur está arriba —dijo Enrique.

—Así es como lo representan los sarracenos. Este es el mundo, don Enrique. La mancha azul es el mar Mediterráneo, esta ciudad de tejados rojos es Jerusalén, al-Quds la llaman los seguidores de Mahoma, esta mancha es el mar Negro, el Ponto Euxino de los romanos, y aquí, encima de la «Tierra desconocida», estamos nosotros; esta punta del mapa, en el confín de las tierras emergidas, es la península que los griegos llamaron Iberia y los romanos Hispania, y más de la mitad de ella forma parte de los dominios del rey de Castilla y de León, y quién sabe si alguna vez toda ella.

—Olvidáis al rey de Portugal, y al de Navarra, y al poderoso y ambicioso Jaime de Aragón, y a los reyezuelos sarracenos del sur, que todavía mantienen en su poder buena parte del Guadalquivir y de las sierras meridionales...

—A esos infieles les queda muy poco tiempo —aseguró don Juan—. Y en cuanto a Portugal y Aragón..., bueno, nada que no se pueda arreglar con un par de matrimonios adecuados y un poco de tiempo, y Navarra caerá entonces como fruta madura.

»Y ahora deberéis excusarme. Don Fernando me reclama en el sur. Está en Córdoba y desea que vaya junto a él cuanto antes.

—Eminencia, los nuevos planos, la nave, la portada principal... Hay que decidir la continuación de las obras, seguir adelante con el proyecto, acabar la casa de Dios —repuso Enrique.

»Hace tiempo que tengo pensada la manera de continuar. La elevación de la hostia en la eucaristía hace patente a todos los fieles la presencia de Dios en carne viva en el templo. Eso significa una nueva percepción del rito y del hecho religioso. La nave tiene que reflejar esa nueva presencia. Y la fachada principal... es la puerta de la casa de Dios, así la he pensado. Y para los nuevos pilares he añadido en las basas una escotadura más con respecto a los de la cabecera para otorgarles una mayor elegancia. Quiero elevar los arbotantes para ganar en altura y reducir el macizo de los muros cuanto sea posible.

—Hacedlo, hacedlo, por mi parte no hay inconveniente, confío en vuestra experiencia.

—Pero eminencia, vos sois quien ha de decidir, con el apoyo del cabildo.

—Olvidaos de eso, don Enrique; yo jamás tendré el apoyo de esa banda de engolados canónigos, que sólo anhelan engordar sus ya cuantiosas haciendas con nuevos beneficios y prebendas.

—Hay algunos muy generosos. Don Aparicio, el arcediano de Treviño, fundó el año pasado dos capellanías en el altar de san Juan Evangelista dejando para su dotación varias casas de su propiedad.

—Este hombre anhela ser el próximo obispo. Lo hizo por puro egoísmo, para que se diga una misa diaria para remedio de su alma. Creen esos ilusos que pueden comprar su eternidad tan fácilmente como compran un queso en el mercado. Ese Aparicio ambiciona ser obispo, y tal vez lo consiga.

Don Juan guardó el mapa del mundo y despidió a Enrique sin dejar fijada ninguna instrucción sobre cómo continuar las obras.

Teresa Rendol se había cubierto la cabeza con un velo y esperaba en su casa a que Enrique regresara tras su conversación con el obispo. Cuando el arquitecto la vio con el velo, tuvo un presentimiento.

—¿Te has casado, o deseas casarte? —le preguntó.

—¿Por qué lo dices?

—Por el velo, claro. Aquí es costumbre que sólo lo usen las mujeres casadas. La solteras llevan el pelo suelto, todo lo más, sujeto con un pasador o una redecilla.

—Las prostitutas también —aseguró Teresa.

—¿Cómo dices? —se sorprendió Enrique.

—Lo que has oído, que las prostitutas también llevan el pelo suelto. Las habrás visto en más de una ocasión en los alrededores del burdel.

—¿A qué viene esto?

—A nada, sólo quería demostrarte cuánta importancia otorgáis los hombres a la apariencia.

Enrique besó a su amante.

Teresa tenía la belleza más radiante que jamás había visto en mujer alguna. Sus ojos melados parecían emitir su propia luz, como si su interior estuviera iluminado. El iris de Teresa semejaba una pequeña vidriera que dejara pasar la luz procedente del interior.

—Eres el ser más hermoso del mundo —dijo Enrique.

—El mundo es muy grande, ¿recuerdas?

—Cásate conmigo.

—El matrimonio es un asunto muy complicado, sobre todo para una mujer. Los hombres habéis utilizado el matrimonio para mejorar socialmente a través del linaje de la esposa, cuando este es superior al del marido, o para conseguir propiedades mediante la dote, o para calmar vuestras pasiones viriles.

—Si es por eso, no debes preocuparte. Yo garantizaré en las capitulaciones matrimoniales tu derecho a tus propios bienes, tendrás plena garantía a tu herencia y a su protección, te reservaré una parte de mis bienes por derecho de herencia en caso de que tengamos hijos y te quedes viuda.

—No entiendes nada, amor mío, nada. No temo perder mi dote, ni a que te quedes con todo lo mío porque todo te lo daría si me lo pidieras. Lo que no deseo es perder mi condición de mujer soltera, de mujer con capacidad de decidir sobre mí misma.

—No, no lo entiendo..., pero tal vez algún día puedas o quieras explicármelo.

Teresa besó a Enrique y dejó que el velo resbalara por su cabello, que olía a agua de Colonia. No hizo falta mucho más para que poco después sus dos cuerpos se amaran con la misma pasión del primer encuentro.

—Unos demonios de ojos rasgados montados en horribles caballos peludos que procedían del este han invadido las tierras orientales de la Cristiandad. En Silesia y Polonia han arrollado a los ejércitos cristianos y siguen avanzando hacia occidente. Son tártaros, gentes extrañas surgidas de lo más profundo de las estepas, entre la niebla y el frío, dispuestas a acabar con la Iglesia y con todos los reinos cristianos. Dicen que son los hijos del averno, nacidos de un lobo y una colza, engendrados en la noche de los tiempos.

—¿Quién afirma eso? —le preguntó Teresa Rendol a Enrique.

—Lo acaban de contar unos peregrinos bávaros que iniciaron el camino de Compostela cuando a su aldea de las montañas llegaron varias familias que huían del horror que habían provocado los tártaros. Aseguran que son los pueblos perdidos que la Biblia llama de Gog y Magog, que han vuelto siglos después dispuestos a acabar con todos los cristianos.

—El comienzo del fin del mundo —ironizó Teresa.

—No te burles. Tenías que haber visto la expresión de esa gente cuando hablaban de los tártaros. Dicen que son tan fieros que nunca se bajan del caballo, ni siquiera para dormir, y que nunca se lavan, y que huelen tan mal que su hedor apesta a varias leguas de distancia.

—Si eso es cierto, parece que comienzan a cumplirse las profecías del Apocalipsis. Si no recuerdo mal, los cuatro primeros sellos contenían cuatro caballos: el hambre, la peste, la guerra y la muerte.

Teresa conocía bien la Biblia. La había leído muchas veces, ciertos episodios con mucha atención, porque las escenas que solía pintar en los muros de las iglesias o en las tablas de los retablos hacían siempre alusión a pasajes bíblicos.

—Es probable que se haya desatado el comienzo de la profecía, ¿quién sabe?

—El quinto sello libera las almas de los mártires, y el sexto desata las catástrofes de la naturaleza: terremotos, lluvias de estrellas, desprendimientos de montañas, hundimientos de islas... Quizá esta misma noche se abalancen sobre nosotros las sierras del norte y caigan todas las estrellas del camino celeste de Compostela sobre nuestras cabezas.

—No bromees con estas cosas, Teresa.

—Vamos, Enrique, has estudiado en París, has leído a Abelardo, a Fulberto de Chartres y a todos los demás sabios de los que tantas veces me has hablado.

—Ayer visité el hospital del Emperador. Me llamó su prior para proponerme la construcción de una capilla. No te había dicho nada hasta ahora porque era muy desagradable, pero tenías que haber visto a los enfermos que allí se amontonan. Sus cuerpos están cubiertos de pústulas y erisipelas, llagados con escrófulas que hieden de manera insoportable, marcados con las huellas inconfundibles de la viruela. Me decían en el hospital que nunca habían visto nada parecido.

»Un clérigo de una aldea cercana estaba postrado en un catre. Su cuerpo parecía como recomido por gusanos; unos afirmaban que se trata de un castigo de Dios por haber yacido con varias mujeres de la aldea, pero otros, cuando se enteraron de la llegada de los tártaros, sostenían que eran los primeros síntomas de que la cólera de Dios ha comenzado a extenderse por el mundo.

—¿No creerás en serio que todas esas calamidades van a ocurrir ahora? Precisamente ahora.

—Mi razón me dice que no crea en ello, pero sabes que está escrito que mil años después de la muerte de Cristo vendrá el Maligno...

—Vamos, Enrique, ya han pasado mil... mil doscientos... ocho años, sí, mil doscientos ocho años desde que murió Cristo. Estamos en el año del Señor de 1241; si esa profecía del Apocalipsis fuera verdad, haría ya más de dos siglos que se habría acabado el mundo. Y aquí estamos, los dos... y el resto del mundo a nuestro alrededor. Aquí sigue la humanidad mil doscientos ocho años después. Y espero que siga siendo así por muchos años más.

Enrique se sentó atribulado.

—Además de una mujer hermosa, eres inteligente. Eres la prueba viva que demuestra que la Iglesia no tiene razón, que el mismísimo Aristóteles estaba equivocado y que Bernardo no conocía a las mujeres cuando las describió.

El cabildo decidió que había llegado el tiempo de comenzar la nave mayor. Enrique estaba henchido de alegría. Desde que llegara a Burgos varios años atrás se había dedicado a terminar lo que su tío Luis de Rouen había planeado, pero ahora, acabadas las obras en el crucero, en el resto de la catedral seguiría un plan exclusivamente suyo.

Para la construcción de la nave mayor y sus dos laterales desde el crucero hasta la que sería la portada principal emplearía como medida el pie de París, una medida que equivalía exactamente a la longitud de su palmo con la mano y los dedos totalmente extendidos más la anchura de cuatro dedos. El arquitecto organizó de nuevo los talleres, diferenciando claramente a los tres grupos que los integraban: los maestros, los oficiales o compañeros y los aprendices. Durante dos días discutió con los maestros y los oficiales cuáles iban a ser sus salarios y cuando llegaron a un acuerdo, Enrique les dijo que no se emplearía a trabajadores que hubieran participado en la construcción de fortalezas y castillos, o en la edificación de prisiones y mazmorras, y que por supuesto quedaba absolutamente prohibido que los miembros de los talleres portaran cualquier tipo de arma.

Uno de los oficiales de carpintería dijo que un hacha de carpintero o un cuchillo podía ser considerado como un arma, a lo que Enrique le respondió que un arco o una ballesta para la caza también, pero que lo que importaba era la intención con la que se empuñaba y en qué momento.

—Mañana empezamos a excavar los cimientos de la nave. Hay ya centenares de sillares tallados y listos para ser colocados, y podemos reutilizar muchos más que se pueden recuperar de la demolición de la catedral vieja. He calculado que en diez años podemos tener toda la fábrica completa.

—Eso es estupendo —le dijo Teresa.

—Escucha. —Enrique estaba eufórico—. Seguiré aplicando el pie de París para las medidas pequeñas, pero para las proporciones totales usaré el codo de Chartres, dos palmos míos más cuatro dedos. Es la medida que utilizó mi padre en la catedral de mi ciudad: veinte codos de anchura, cincuenta de altura, cien de longitud, y la longitud del crucero, una quinta parte de la longitud de la nave central. ¿Te suenan esas proporciones?

—¿El número de Dios? —supuso Teresa.

—Sí, pero también representan la geometría de expresiones sagradas.

—No te entiendo.

—Veinte, cincuenta, cien... Esas medidas corresponden a la expresión *Beata Virgo Marie Matre Dei*. Se trata de transformar las frases sagradas, las oraciones y expresiones bíblicas, en geometría, en pura geometría. Sumar las letras, componer las palabras y convertir esa relación en una expresión numérica que luego se plasma en la geometría de la catedral.

—Una especie de imagen matemática de la oración.

—En efecto, y su correspondiente plasmación geométrica en la planta y el alzado de la catedral. Estos nuevos templos de la luz son los instrumentos que conducen las almas al cielo. Las proporciones, las medidas, la distribución de los espacios, todo debe estar calculado en perfecta armonía con la palabra de Dios y con las medidas de los hombres. El número de Dios rige una parte del plano y la otra, el pie y el codo del hombre; la conjunción entre ser humano y divinidad, entre lo mortal y lo inmortal, la perfecta armonía, el encuentro definitivo del hombre y de su Creador.

—Y que no se caiga —añadió Teresa.

—Claro. La primera preocupación de un arquitecto es que no se venga abajo el edificio cuando se retiran las cimbras que han modelado los arcos y los andamios que las han sustentado una vez que se ha secado y ha fraguado la argamasa. Pero además tengo que calcular los empujes de las bóvedas, el tamaño de los arbotantes, el grosor de los contrafuertes... Ahora esos cálculos son más fáciles, al menos desde que conocemos el *Tratado del ábaco*, un libro que escribió un pisano llamado Leonardo Fibonacci; es el primer gran manual de aritmética elemental que introdujo las cifras árabes, el cero y las operaciones con fracciones y proporciones.

»Los nuevos conocimientos matemáticos y geométricos han permitido que podamos construir templos que hace años eran inimaginables. Las técnicas del arco ojival y del arbotante han hecho posible que los pesados muros de piedra antaño imprescindibles para sustentar las bóvedas de media caña puedan abrirse hasta casi desaparecer. Ahora podemos construir una catedral sin muros, sólo con arcos, bóvedas, pilares, arbotantes, contrafuertes y luz, luz a raudales.

»Hemos conseguido que en la nueva catedral se refleje la proporción matemática del número de Dios, lo que significa copiar la proporción numérica con la que Dios, el gran arquitecto, construyó el universo.

—¿Y eso es muy importante?

—¡Teresa! Eso significa que hemos conseguido reproducir el receptáculo que Dios creó para acoger la primera luz de la creación.

—El bien.

—Sí, la luz, el bien, lo bueno, frente a la oscuridad, a lo maléfico.

Teresa sonrió. Su padre le había enseñado que los cátaros, «los perfectos», eran los hijos de la luz. La maestra pensó por un momento que sería divertido sólo pensar que el creador de esa nueva arquitectura de la luz podría haber sido un cátaro.

Sin saberlo, sin siquiera suponerlo, los obispos del Papa estarían ordenando que se construyeran por toda la Cristiandad catedrales e iglesias según una fórmula ideada por un hereje.

—Mi padre tenía razón; en este nuevo estilo no queda espacio para la pintura.

—Restan las portadas, las capillas... —dijo Enrique como excusándose.

—Por ahora, porque si este estilo sigue eliminando la superficie de los muros, al fin no habrá lugar ni para dibujar una sola flor.

El obispo don Juan compró propiedades en Burgos y en algunos pueblos de alrededor, pero, como ya le había dicho a Enrique, se marchó enseguida al lado de su señor el rey don Fernando. A principios de 1242, el rey de Castilla y León tuvo que suspender la campaña contra los musulmanes. Don Diego López de Haro, el todopoderoso señor de Vizcaya, uno de los hombres más fuertes del reino, se había sublevado contra su rey. Algunos nobles desencantados por no haber recibido las mercedes reales de las que se creían merecedores se unieron al señor de Vizcaya. En realidad, don Diego no tenía motivos para semejantes quejas. Había sido nombrado alférez de Castilla, la misma dignidad que en su día ostentara el mismísimo Rodrigo Díaz, el Cid Campeador, pero estaba muy descontento porque estimaba que su fidelidad y servicios a la corona debían ser premiados con más tierras. El pleito con don Fernando arrancaba de muy atrás, de los tiempos en que don Fernando le concedió como dote a su primera esposa, la bellísima y recatada Beatriz de Suabia, una serie de tierras y aldeas que don Diego anhelaba para sí.

Don Fernando tuvo que detener su habitual campaña de todas las primaveras y marchar con su ejército hacia el norte. Los soldados de la hueste real eran avezados guerreros curtidos en las campañas de conquista; todos ellos habían participado en numerosos hechos de armas y en batallas contra los musulmanes. En cuanto el rey apareció en el norte de sus dominios con todo su poder, el señor de Vizcaya se amedrentó y le pidió perdón por haberse rebelado contra su soberano natural. Don Fernando, que deseaba acabar la conquista del sur cuanto antes, aceptó la solicitud de perdón de su vasallo y se llegó a un acuerdo pacífico. El rey de Castilla y León regresó a Córdoba, la ciudad en la que se encontraba más a gusto, pero lo hizo muy enfermo. El asalto a las ciudades del bajo Guadalquivir tendría que esperar un tiempo.

—Es la peste —anunció Enrique, asustado.

Teresa estaba en su taller del barrio de San Esteban, pintando una tabla para la parroquia de San Gil. Al oír esa terrible palabra de la boca de su amante, que acababa de entrar en el taller, se sobresaltó.

—¿La peste?

—El rey ha regresado a Córdoba muy enfermo, pero el obispo don Juan se ha quedado aquí en peores condiciones si cabe. Ha tenido fuerzas para tomar posesión del castillo de Tardajos, pero en cuanto ha llegado a Burgos, la fiebre ha podido con él. Su cirujano dice que puede ser la peste, que ha caído sobre el rey y sus acompañantes.

—La peste es un castigo de Dios, y nadie más temeroso de Dios que don Fernando.

—Dicen algunos que han sido los judíos, que han envenenado el agua del ejército real. Un peregrino lo estaba contando en la puerta del Sarmental. Ha dicho que en París, de donde procede, los judíos han comenzado a ser perseguidos. Los tribunales eclesiásticos están juzgando a los hebreos parisinos y condenándolos en autos de fe a perecer quemados en la hoguera. Varios judíos han sido ya quemados en las plazas ante el delirio de la multitud, que clama venganza por lo que le hicieron a Cristo. Se les considera los culpables de la muerte del Hijo de Dios, de la mala cosecha que este año ha habido en algunas regiones e incluso de los brotes de epidemias que han surgido en algunas zonas. Hay quien dice que están envenenando los pozos en los que beben agua los cristianos y que secuestran a niños cristianos a los que luego sacrifican clavándolos en cruces, como hicieran con Cristo.

—Hablamos de eso hace algún tiempo. —Teresa hizo memoria—. Recuerdo que me dijiste que los judíos serían los primeros en ser perseguidos cuando las cosas comenzaran a ir mal.

—Y así parece que está ocurriendo. Además de lo que ya cotizan, que es mucho, el rey les ha impuesto un nuevo tributo; la aljama de Burgos tiene que pagar al hospital del Emperador dos sueldos, un dinero y el portazgo correspondiente por la leña, el carbón y la sal. Creo que han comenzado muy malos tiempos para los hijos de Israel.

En los meses siguientes a la primavera de 1242 todo pareció empeorar en la Cristiandad, y algunos volvieron a predicar en los púlpitos que el Apocalipsis estaba llegando. En algunas iglesias, clérigos exaltados acusaban a los judíos de ser la causa de todos los males. Alguien recordó entonces que las aljamas judías pagaban la mayor parte de los impuestos que se recaudaban en los reinos de Castilla y León, que pese a ser los hebreos un número muy escaso de la población, generaban la cuarta parte de cuanto se recaudaba.

Entonces, algunos sacerdotes comenzaron a divulgar exaltados que el pecado se había extendido por toda la tierra y que la culpable de ello no era otra que la mujer, que con sus malas artes y su capacidad de seducción alejaba al hombre de la verdadera senda que Dios había marcado. Algunos predicadores acusaban a «las hijas de Eva» de ser auténticos demonios enmascarados en cuerpos femeninos, los súcubos, diablos con apariencia femenina que arrastraban a los hombres de la tentación al pecado y a la condena eterna.

Enseguida se supo la noticia de que el rey Luis IX de Francia había organizado una nueva cruzada con la intención de recuperar el Santo Sepulcro en Jerusalén y que los tártaros seguían arrasando las tierras llanas de Europa central. Ese verano habían avanzado hasta las puertas de una importante ciudad llamada Wroclaw, en el límite de los bosques del este, y se aseguraba que si nadie los detenía, en dos o tres años se presentarían ante las murallas de París.

Tal vez amedrentados por semejante aluvión de noticias y rumores, ese verano y el otoño siguiente muchos burgaleses y vecinos de las aldeas de su alfoz ofrecieron cuantiosas donaciones para la obra de la catedral y para remedio de sus almas. Las donaciones en casas o fincas fueron de inmediato arrendadas para que con esas rentas se pudiera seguir ejecutando la construcción del nuevo templo, en tanto que con las donaciones en dinero o joyas se hacían compras de bienes inmuebles para volver a arrendarlos.

«No hay mejor acicate para la limosna que el anuncio de inmediatas calamidades», le dijo el obispo don Juan a Enrique un día que el arquitecto lo visitó en su palacio, todavía aquejado de la enfermedad que lo tenía desde hacía varios meses postrado en cama, para informarle de que, una vez excavados los cimientos de la nave, habían comenzado a rellenar las zanjas con argamasa antes de que aparecieran las primeras grandes heladas del invierno, para sobre esos cimientos comenzar a levantar la nueva fábrica de la nave mayor en la siguiente primavera.

Aquel invierno comenzó lluvioso y acabó frío y con unas nevadas tan grandes como hacía tiempo que no se recordaba en Burgos. Con la llegada de la primavera y de los primeros peregrinos también se conoció la noticia de que los tártaros habían desaparecido de Europa oriental tan repentinamente como habían aparecido. Se decía que su gran rey, a quien llamaban Ka Kan, había muerto en sus dominios del otro lado del mundo y que todo aquel ejército demoníaco se había dirigido hacia el este para jurar lealtad a su nuevo emperador. Por ello, algunos pensaron que aquellas gentes de apariencia fiera y ruda no eran los descendientes de Gog y Magog, sino una horda de guerreros salvajes como aquellas que cada cierto tiempo aparecían en Occidente procedentes de las profundas estepas de Asia, que arrasaban cuanto podían y que regresaban a sus tierras brumosas para siempre.

Con el buen tiempo, el obispo don Juan, que había permanecido en cama todo el invierno, mejoró. En cuanto pudo levantarse y el clima se lo permitió, se presentó en la catedral y ordenó que se celebrara una misa de acción de gracias en la capilla de San Miguel, una de las cinco circulares de la cabecera. Aunque era un hombre de Dios, don Juan había pasado más tiempo entre soldados y nobles que entre clérigos, y por eso profesaba una especial devoción a san Miguel, el arcángel de la luz, el soldado de Cristo que fue capaz de derrotar al demonio.

Lo acompañaba su mayordomo Pedro, que desde que cayera enfermo había sido su principal soporte. Pedro era grande como un oso y fuerte como un buey, tanto que podía levantar en brazos a su señor el obispo, un hombre de talla y peso normales, cual si transportara a un niño de dos años. Finalizada la misa, los asistentes cantaron el *Stabat Mater*, el himno en honor a la Virgen en el que se recordaban los dolores que sufrió María al pie de la Cruz en la que estaba agonizando su hijo.

—Gracias por asistir a este oficio, don Enrique. Hubiera preferido que se celebrara en el altar mayor, pero ya sabéis que algunos canónigos están enfrentados conmigo y no deseo generar más problemas —le dijo el obispo.

—No hay de qué eminencia. Me alegro mucho de que hayáis superado vuestra larga enfermedad.

—Ha sido la voluntad de Dios.

»Y bien, vayamos a ver las obras.

Los cimientos de argamasa de la nave estaban siendo preparados para comenzar a colocar las primeras hiladas de sillares. Los carpinteros estaban ultimando la colocación de los andamios, de momento de una altura similar a la de dos hombres, sobre los que trabajarían los canteros y albañiles. El mortero blanquecino destacaba sobre la tierra roja del suelo, de manera que era muy fácil contemplar cómo iba a ser la planta de la nave mayor y las dos laterales.

—Diez años me dijisteis, ¿no? —preguntó el obispo.

—Si no se detiene la obra, en efecto, eminencia, diez años.

—Pues adelante, don Enrique, adelante.

Las obras de la nave mayor se iniciaron con precisión. Enrique de Rouen seguía con absoluta meticulosidad cada uno de los trabajos. Sabía que una pequeña desviación en la base de una columna o en los cimientos de un arbotante podía suponer un verdadero desastre en su plan o provocar una corrección tal en altura que afeara la obra de manera considerable.

En los años siguientes las obras siguieron a buen ritmo. Entre tanto, el rey Fernando mantenía su presión sobre los musulmanes y año tras año les causaba sucesivas derrotas que acarreaban la entrega de ciudades cada vez más importantes. El príncipe heredero de Castilla y León, el prudente don Alfonso, comenzó a tomar parte en las empresas guerreras de su padre. El joven príncipe tuvo el honor de dirigir la conquista del reino de Murcia, al sustituir a su padre al frente del ejército a causa de una grave y larga enfermedad de don Fernando. Durante más de un año, entre la primavera de 1243 y el verano de 1244, don Alfonso logró incorporar este rico reino musulmán a la corona. Lo hizo con la ayuda de don Jaime de Aragón, pero logró que por primera vez el Mediterráneo occidental no fuera un mar exclusivamente aragonés. Los marinos castellanos disponían ahora de puertos en la costa murciana para competir con los comerciantes catalanes en el comercio marítimo con Oriente. En Almizra, los dos reyes más poderosos de la cristiandad peninsular firmaron un tratado en el que se repartían las tierras de Levante.

Enrique de Rouen y Teresa Rendol se habían habituado a vivir juntos y a obviar las murmuraciones de algunos burgaleses sobre su modo de vida sin estar casados. Alguno de los consejeros reales se había incluso atrevido a insinuar a don Fernando que los dos maestros estaban dando un mal ejemplo a los cristianos y que sería conveniente poner fin a su situación de pecado de lujuria. Pero don Fernando le había hecho callar, señalando que no era misión de un rey dirimir sobre el modo de vida de sus súbditos, sino precisamente combatir para que esa misma vida fuera lo más placentera posible.

«Un rey —llegó a decir don Fernando en el transcurso de una curia— debe mantener su reino con la espada si es preciso, pero debe procurar sobre todo por el bienestar de sus súbditos.»

El monarca pronunció esas palabras en un acto de corte en el cual confirmó los privilegios de la Universidad de Salamanca, que, aunque hubiera sido fundada después que la de Palencia, la primera del reino, se había convertido en la más importante.

Don Fernando había dicho que una vez asegurada la alimentación de los cuerpos de sus súbditos, era preciso atender a los alimentos del alma.

Teresa seguía siendo reclamada por parroquias, monasterios y conventos para pintar murales. El nuevo estilo de la luz y del arco ojival se había impuesto en las nuevas catedrales de Burgos y Toledo, pero todavía existían algunos clérigos que preferían construir sus nuevos templos en el viejo estilo «al romano», incluso en ciudades importantes del reino, como Segovia, Ávila o la mismísima León, a pesar de que su obispo estaba sopesando la posibilidad de afrontar la construcción de una nueva catedral que compitiera en belleza y grandiosidad con las de Burgos y Toledo, o con la que se proyectaba construir en Compostela.

Aquel verano de 1244, Enrique de Rouen acompañó a Teresa Rendol a Segovia. El párroco de la iglesia de San Esteban quería que la maestra de pintura más reputada del reino le decorara los ábsides de su iglesia recién construida aún al viejo estilo. Segovia estaba prosperando gracias a los talleres de paños de lana, al comercio de cereales y al dominio que el concejo ejercía sobre decenas de aldeas de su alfoz, que tenían que contribuir con sus pechas a la construcción de las murallas y de las iglesias de la ciudad.

Los dos amantes se instalaron en la posada del Agua, ubicada en una pequeña casita construida al pie del gran acueducto de piedra que los romanos levantaran para llevar agua a una antigua ciudad que habían fundado sobre el farallón rocoso en cuya base confluían los cauces de los ríos Eresma y Clamores.

—Es grandioso. En mi país, los romanos también construyeron alguno tan grande como este, pero ninguno tan hermoso —le dijo Enrique a Teresa a la vista del acueducto de granito—. Claro que si hubieran dispuesto del arco ojival, podrían haberlo elevado todavía más.

—Probablemente no les hacía falta una mayor altura —supuso Teresa.

—Siempre hace falta algo más. Tú misma sigues intentando buscar nuevas fórmulas, nuevas mejoras a tu pintura.

Enrique levantó los brazos maravillado ante la mole a la vez gigantesca y grácil del acueducto.

—Te gustaría construir uno como este, ¿no es así?

—Prefiero construir catedrales. Pero sobre todo, preferiría que fueras mi esposa. Tengo treinta y cuatro años; a mi edad algunos hombres ya son abuelos. Hace casi diez años que vivimos juntos, que nos amamos, que compartimos lecho y creo que sentimientos. Te lo pido una vez más, y lo seguiré haciendo hasta que aceptes: cásate conmigo.

—Sabes que no puedo —dijo Teresa.

—Sé que no quieres, y no lo entiendo.

—Debes entenderme, no puedo, no puedo casarme.

—No, no lo entiendo. Eres una mujer soltera, libre. Ni siquiera necesitas el permiso paterno para celebrar tus esponsales. Mi amor por ti es cada día más grande.

—Mi corazón es tuyo, mi cuerpo es tuyo, mis sentimientos, toda yo soy tuya... Pero no me pidas que me case contigo, no puedo aceptar ese compromiso —insistió Teresa.

—Crees que si te casas conmigo perderás la libertad que tanto aprecias. Me conoces bien; siempre dejaré que hagas cuanto desees...

—¿Conoces la historia del «corazón comido?» —le preguntó Teresa.

—Sí. Es una de las más populares entre los estudiantes de mi universidad. Pero ¿a qué viene ahora esto?

—Ocurrió en el castillo de Coucy. El señor del castillo, un

marido celoso, se vengó de la infidelidad de su esposa dándole a comer el corazón guisado de su amante sin que esta lo supiera.

—Sí, en efecto, así fue, pero no entiendo qué tiene que ver esa historia de celos con nuestra situación.

—Mucho, mucho. Ahora somos los dos iguales, dos amantes que viven con pasión cada momento de sus vidas, y lo hacen sin ataduras, como la señora del castillo y su amante secreto, pero con la enorme ventaja sobre ellos de que podemos amarnos a la vista de todos, sin que nadie intervenga para destruir nuestro amor.

—Sigo sin entender qué tiene que ver...

—Nuestro amor es libre, Enrique, libre y hermoso. Cada vez que nos amamos lo hacemos por nuestro libre albedrío, sin que medie entre nosotros otra cosa que el amor. Nos servimos uno del otro como ocurre con los amantes perfectos; tú eres mi siervo y yo soy tu sierva, los dos somos vasallos y a la vez señores del otro. Si nos casáramos, las cosas dejarían de ser así, y tú podrías ofrecerme el corazón de otro como venganza; en nuestra situación no hay lugar para la venganza, sólo para el amor, para el más puro amor.

—Algún día me explicarás por qué no quieres casarte conmigo..., salvo que...

—No supongas nada de lo que luego puedas arrepentirte —le dijo Teresa.

Los dos amantes regresaron a Burgos sin que Teresa hubiera llegado a ningún acuerdo con el párroco de San Esteban de Segovia. El clérigo le había pedido que pintara una escena del Juicio Final en el ábside central de la iglesia, con decenas de demonios martirizando a los condenados. Quería que quedaran bien patentes los sufrimientos de los que se habían desviado de la recta senda de los justos y de los creyentes. Deseaba atemorizar a sus feligreses con escenas del infierno en las que los condenados se consumieran en el fuego, hostigados por espantosos demonios que los atormentaban con ganchos, tenazas y látigos a la vez que ardían entre llamas.

Pero Teresa no estaba dispuesta a alquilar sus pinceles al servicio de un clérigo tan cruel. Ella quería pintar escenas amables, llenas de luz y de vida, en las que predominara el azul «del tono del cielo de Burgos a mediodía».

Ya en Burgos se enteraron de que Jerusalén había caído de nuevo, como ya ocurriera en 1187 con el sultán Saladino, en manos de los musulmanes, y que la presencia de los cruzados en Tierra Santa empezaba a complicarse. También supieron que las tropas del Papa habían atacado y conquistado el castillo de Montsegur, hasta entonces bastión de los rebeldes cátaros frente a Roma.

Al enterarse de aquello, Teresa sintió que cuanto le había enseñado su padre estaba a punto de extinguirse, y que los cátaros nunca disfrutarían del país libre y feliz por el que tanto habían luchado y por el que tanta sangre habían vertido.

La visita a Segovia no fue en vano. Enrique aprovechó para idear la técnica arquitectónica que le permitiera salvar con una escalera la altura que había desde la puerta de la Coronería hasta el suelo de la catedral nueva. El arquitecto dibujó una doble escalera en forma de zigzag que fue muy celebrada por el cabildo, cuyos miembros instaron al maestro de Rouen para que comenzara a construirla de inmediato, pues los peregrinos que llegaban a la puerta de la Coronería tenían que dar toda la vuelta a la catedral para poder acceder por la del Sarmental, la única en servicio hasta entonces.

10

Durante la primavera se acabaron las obras arquitectónicas de la Coronería. Enrique la había diseñado siguiendo el modelo de la puerta central de la portada sur de Chartres, y lo había hecho como homenaje a su padre, el maestro Juan de Rouen, que la labrara justo treinta años antes. En alguna ocasión, Juan de Rouen le había dicho a su hijo Enrique que esa portada comenzó a construirse justo al tiempo de su nacimiento. Un maestro la había imitado en la iglesia de la abadía benedictina de Marmoutier, pero no había alcanzado la perfección de la de Chartres.

Enrique no estaba demasiado contento con las grandes figuras de los apóstoles que se estaban labrando para la Coronería. Los escultores que trabajaban en el taller de cantería no eran demasiado expertos, y tuvo que ser él mismo quien retocó los últimos detalles de los rostros, para que al menos las caras de los apóstoles tuvieran una mayor calidad que el resto.

El rey de Castilla y León, tras haber permanecido una larga temporada en Córdoba, regresó a Burgos. Don Fernando, antes asiduo a la que era considerada ciudad cabeza de Castilla, apenas la visitaba ahora. El monarca se encontraba muy a gusto en su palacio de Córdoba, el que fuera alcázar de los califas omeyas. A sus cuarenta y cinco años, con varias enfermedades soportadas con paciencia y resignación, con decenas de batallas, cabalgadas y campañas militares a sus espaldas, don Fernando comenzaba a sentirse cansado. Decía que el frío y la humedad de las tierras del norte de sus reinos le provocaban dolores en las articulaciones y en los huesos, y prefería el calor sofocante del Guadalquivir a las nieblas heladoras del Duero.

Durante el verano, el rey Fernando visitó varios lugares

de Castilla y llegó, en el extremo oriental de su reino, hasta la ciudad de La Calzada, una localidad que fundara Domingo de Guzmán, quien fuera canónigo de la catedral de Osma, para refugio y descanso de peregrinos y a la vez para defensa del puente que construyera el propio Domingo sobre el cauce del río Oja.

En Burgos, el rey visitó la catedral y se congratuló por la buena marcha de los trabajos y sobre todo por la solución que Enrique había dado a la escalera de la puerta de la Coronería. Don Fernando trajo decenas de carretas cargadas con tinajas de aceite de oliva. La conquista del Guadalquivir había puesto en manos de los comerciantes castellanos la mayor zona productora de aceite de oliva de Occidente, un producto que no sólo se empleaba para conservar alimentos o para condimentarlos, sino también como remedio para ciertas heridas en la piel, como combustible para los candiles o como ingrediente para elaborar ciertos preparados y empastes.

Don Fernando recorrió los campos de Burgos y en ellos echó de menos a su primera esposa, doña Beatriz de Suabia. Recordó aquellos días fríos pero luminosos del invierno que pasaron juntos tras su matrimonio en la catedral vieja, las largas veladas en el castillo, las intensas noches de amor, la sensual delicadeza de su joven esposa, la hermosura sin igual de su rostro y la esbeltez de su cuerpo. Y ante tantos recuerdos, el rey se sintió solo. Apesadumbrado porque aquel pasado gozoso nunca regresaría, don Fernando ordenó a toda su corte que preparara el regreso a Córdoba.

Don Juan, el obispo de Burgos y canciller de Castilla y León, se despidió de Enrique señalándole que siguiera las instrucciones del cabildo en lo concerniente a las obras de la catedral, pues él tenía bastante con mantener el ritmo que le marcaba su rey.

Fernando, rey de Castilla y León, salió de Burgos rumbo al sur mediada la primavera del año del Señor de 1245. Ansiaba regresar al combate contra los musulmanes y planeaba la toma inmediata de Granada para tomar al fin Sevilla y culminar así la conquista de las tierras peninsulares todavía ocupadas por el islam. Cuando su caballo había recorrido media legua, el rey tiró de las riendas y detuvo a su montura; se giró despacio y contempló la colina coronada por el formidable castillo, las murallas blancas y rojas y la cabecera de la catedral emergiendo entre el caserío como un gigante adormilado. Respiró hondo, intentó fijar en su retina cada uno de los detalles de aquel paisaje y, tras unos instantes, dio la espalda a la ciudad y siguió camino adelante. El soberano de las dos coronas supo en aquel mismo momento que nunca más regresaría a Castilla y que aquella había sido la última vez que sus ojos habían contemplado Burgos.

Teresa intuía que algo empezaba a cambiar. Los campesinos de los alrededores de la ciudad murmuraban contra sus señores, los frailes de algunas órdenes religiosas se estaban inmiscuyendo en todos los asuntos, en busca desesperada de cualquier atisbo de herejía, un concilio reunido en la ciudad borgoñona de Lyon había depuesto al emperador Federico, considerándolo como el Anticristo, y las cosechas ya no eran tan copiosas y abundantes.

Pero en el sur, el rey Fernando continuaba conquistando castillos y ciudades a los musulmanes. Jaén se rindió al rey de Castilla tras varios meses de asedio, y el rey musulmán de Granada se convirtió en su vasallo y se comprometió a entregar ciento cincuenta mil maravedís cada año. Tras Jaén, cayeron algunas poblaciones del Aljarafe sevillano. Y todavía tuvo tiempo don Fernando para casar a su primogénito, el príncipe Alfonso, en Valladolid con la infanta Violante, hija del rey Jaime de Aragón.

A mediados de 1246 murió la reina madre Berenguela, la mujer a la que don Fernando debía el trono.

—Tengo una extraña sensación —le dijo Teresa a Enrique.

—¿Qué te pasa, te encuentras enferma?

—No, no es eso. Se trata de un presentimiento. Creo que las cosas va a ir a peor. Los tiempos están cambiando deprisa. ¿No te has dado cuenta?

—No.

—Esta misma semana he estado hablando con un clérigo recién llegado de la Universidad de Salamanca. Me ha dicho que los escolares están estudiando las obras de Aristóteles, cuya filosofía es considerada como «el único saber». Hace tiempo leí en la biblioteca de Las Huelgas un tratado de ese sabio griego en el que se asegura que las mujeres somos seres defectuosos. Y pone como ejemplo la vida animal, en donde según él todas las hembras son inferiores en belleza, fuerza y capacidad a los machos.

—Sí, leí a Aristóteles en la Universidad de París. Comenta eso en un libro titulado *Tratado de los animales*; pero ahí también dice que las hembras son necesarias —añadió Enrique.

—Pero para procrear, sólo para procrear —puntualizó Teresa.

—Tú demuestras todos los días que lo que afirmaba Aristóteles no es cierto.

—Pero la mayoría de los hombres cree que sí lo es.

—La mayoría de los hombres jamás ha leído ni leerá a Aristóteles.

—No importa. Los clérigos ya se encargan de predicar esas infamias todos los días en los púlpitos. Aseguran que las mujeres somos la perdición de los hombres, una especie de demonios, que nos pasamos el día murmurando y jugando a los dados, que sólo pensamos en copular y que ni siquiera tenemos alma.

Un aprendiz del taller de Teresa les interrumpió. Los dos amantes estaban acabando de comer.

—Señora, está aquí un canónigo del cabildo. Desea hablar con don Enrique.

—Hazle pasar.

—Don Juan ha muerto —anunció el canónigo sin siquiera saludar a los dos maestros.

—¿El obispo? —demandó Teresa.

—Sí, doña Teresa. Ha sido algo repentino. El cabildo quiere que sea enterrado en la capilla de San Gil, según consta en su testamento.

—¿Se sabe quién va a ser el nuevo obispo?

—El señor Aparicio, canónigo y arcediano de Treviño.

—Pero si es muy mayor.

—No obstante, es un hombre al que todos respetan. Y apenas sale de Burgos. Don Juan no estaba casi nunca en la ciudad; como sabéis, su cargo de canciller real le obligaba a ir siempre tras el rey, por lo que había descuidado un tanto el gobierno de la diócesis. Don Aparicio es canónigo de Burgos desde hace veintiocho años, nadie conoce el cabildo mejor que él.

—Si me perdonáis, señores, me marcho, tengo que seguir informando de este desgraciado asunto.

El canónigo se despidió amablemente.

—Don Aparicio..., un tipo extraño —comentó Enrique.

—¿Extraño dices? Ese hombre es el más taimado de todo el cabildo. Te lo dije; tenía la intuición de que las cosas iban a empeorar, y con ese obispo va a ocurrir.

—Los hombres cambian, tal vez...

—En este caso, no. Estoy segura. Don Aparicio nunca mostró el menor interés por esta catedral. Es un hombre resabiado. Él fue el principal opositor a don Mauricio, y sabes bien que es él quien está arrojando más cizaña sobre nuestra relación. Vayámonos de aquí, busquemos otro sitio donde vivir —propuso Teresa.

—Pero la catedral está a medio construir, los talleres funcionan a pleno rendimiento, estamos colocando los primeros sillares de la nave mayor... —dijo Enrique.

—Vamos, Enrique, sabes bien que con este nuevo obispo las obras de la catedral se paralizarán.

—Eso no puede ser. La catedral vieja ya ha sido derribada por completo, un obispo necesita una catedral.

—Y ya la tiene.

—No está acabada.

—Hay decenas de templos sin acabar por toda Europa. Este puede ser uno más. Don Mauricio comenzó una catedral que no terminó, e intentó fundar una escuela porque creía que la inteligencia era la más eficaz de las armas, como le enseñaron durante su aprendizaje en París; don Juan dejó hacer y permitió que siguieran adelante las obras, y don Aparicio..., don Aparicio acabará con todo lo que hicieron sus antecesores.

—No puede ser tan perverso como supones.

—Vamos, Enrique. Sabes bien que el rey Fernando está obsesionado con la conquista de todo el sur. Anhela ser el monarca que ponga fin al dominio sarraceno en esta península, y quiere disponer de todos los medios para ello. Ha nombrado a don Aparicio obispo de Burgos porque sabe que es un inútil que se plegará a todos sus deseos y que no discutirá ni una sola de sus decisiones.

—Pero don Fernando fue quien puso la primera piedra de esta catedral, querrá verla acabada.

—A don Fernando le da igual esta catedral. El rey sólo ambiciona ganar el cielo conquistando la tierra.

La llegada del invierno obligó a paralizar las obras en el exterior de la catedral, pero nada indicaba que don Aparicio, el nuevo obispo burgalés, tuviera intención de alterar el ritmo de los trabajos. Enrique pensó que las sospechas de Teresa eran infundadas, pero pronto se desengañaría.

Fue a mediados de enero. El día era frío y caía una fina pero persistente nevada sobre Burgos. Hacía unos días que había muerto Nicolás, el que fuera fiel capellán del obispo don Mauricio, tal vez el último de los impulsores de la nueva catedral. Enrique fue llamado por don Aparicio. El maestro de obra estaba convencido de que el nuevo obispo le iba a dar un notable impulso a la fábrica, pero se equivocó.

—Sentaos, maestro Enrique, sentaos.

Enrique tomó asiento en una silla de tijera junto al sitial de madera labrada que ocupaba don Aparicio. El obispo de Burgos era un tipo enjuto y fibroso de tez adusta y ojillos hundidos. Desde luego no era la persona de la que se pudiera esperar una palabra de cariño.

—Gracias, eminencia.

—Habéis hecho un buen trabajo. Mis antecesores, los obispos Mauricio y Juan, os tenían en gran estima. Eran dos buenos hombres, fieles seguidores de Cristo y de su Iglesia e impulsaron las obras de esta catedral con fe e ilusión, pero ahora corren otros tiempos. Don Fernando quiere dedicar todo su esfuerzo a la conquista de Sevilla y Granada, los dos últimos reductos del islam en la península, y nosotros no podemos defraudarle.

—Hasta ahora así ha sido, eminencia.

—No exactamente. Esta catedral está consumiendo muchas

rentas; con ellas podríamos contribuir a que don Fernando consiguiera sus éxitos de manera más rápida.

—¿Eso significa que habrá menos dinero para las obras de esta catedral? —supuso Enrique.

—No, maestro Enrique, no. Significa que las obras se van a interrumpir por completo, al menos por el momento.

—¡¿Cómo?!

—Lo que habéis oído. De momento no se pondrá una sola piedra más en ese edificio.

—Pero, eminencia, hay decenas de aprendices, oficiales y maestros que se quedarán sin trabajo, y está el templo, la catedral de la luz... Castilla necesita este templo, esta catedral...

—Castilla necesita que los sarracenos sean expulsados de esta tierra bendita, y en ello hemos de poner todo nuestro empeño. Ya habrá tiempo después para construir templos en honor de Nuestro Señor y de su madre la Virgen.

Enrique apenas pudo reaccionar. Doce años de trabajo no habían sido aval suficiente como para poder continuar adelante.

—Pero si ni siquiera hemos acabado la portada de la Coronería. Esta catedral...

—Está decidido, maestro. El tercio de los diezmos que se dedicaban a la fábrica de la catedral se destinarán ahora a la guerra contra los sarracenos.

—Todavía quedan los donativos de los fieles; los entregan para la fábrica de la catedral.

—En los últimos dos años han disminuido las donaciones; el monasterio de Las Huelgas nos ha quitado algunas importantes. La muerte de la abadesa, la infanta doña Constanza, ha provocado que algunas de las limosnas que se ofrecían a la catedral vayan ahora al monasterio para sufragar los gastos que origina el hospital. Hasta los derechos sobre los molinos irán destinados a los gastos de la guerra.

—¿Y qué le digo a mi gente, eminencia?

—Que todo esto es en beneficio de la Iglesia y de estos reinos, y que tienen que comprenderlo.

—¿Y los salarios atrasados?

—Todos cobrarán el trabajo realizado, pero sólo hasta hoy. Y en cuanto a vos, podéis quedaros aquí como maestro de obra. Aunque ya no continúen los trabajos, siempre hay que hacer alguna cosa, reparar un tejado, reponer un muro... Vos seguiréis como maestro de obra, pero tendréis que contentaros con la mitad del salario que hasta ahora recibíais.

»Por cierto, convendría que pusierais fin a vuestra relación con doña Teresa Rendol. Un fraile seguidor de la orden de Domingo de Guzmán sospecha de ella. Como debéis saber, el concilio de Letrán obliga a todos los cristianos a confesar y comulgar al menos una vez al año, y creo que vuestra barragana no cumple con ese precepto. Además, los frailes de la orden se han enterado de que esa mujer reniega del matrimonio, y eso huele a herejía. Si no recuerdo mal, su padre el pintor vino de la tierra de Languedoc, la cuna de la herejía de los cátaros. Tened cuidado y procurad alejaros de esa mujer. Vos sois un cristiano fiel a la Iglesia, no consintáis que una mujer os distancie de nuestra Santa Madre. Id con Dios.

Enrique salió del palacio episcopal absolutamente mareado. Le dolía la nuca, se le amontonaban los pensamientos y era incapaz de poner en orden cuantas ideas le bullían en el interior de su cabeza. Había dejado de nevar y el arquitecto se puso a caminar errante por las calles de Burgos. En su deambular llegó hasta la puerta de San Esteban y salió de la ciudad por el Camino Francés. Anduvo durante un buen rato, siguiendo la ruta por la que los campesinos comenzaban a regresar a la ciudad tras la jornada de trabajo en el campo.

De pronto sintió frío. Sin darse cuenta se había alejado varias millas de la ciudad, cuya silueta apenas se entreveía a lo lejos entre finas columnas de humo que salían de las chimeneas de los hogares. La noche invernal había caído sobre los campos nevados de Burgos, que brillaban bajo una luna clara y llena. Había tal claridad que parecía casi de día, como si el sol hubiera perdido la capacidad de encender los colores pero manteniendo la luz blanquecina.

El frío se le había metido hasta el mismo tuétano de los huesos y sentía los pies congelados. Dio media vuelta y comenzó a desandar el camino. A cada paso sus pensamientos regresaban a la catedral, que ya no podría ser acabada, al menos por el momento. Nunca hasta ese instante había imaginado cuánto amaba aquella mole de piedra y vidrio, cuánto anhelaba ver culminada su obra, cómo deseaba que sus padres hubieran podido ver terminado el templo que iniciara Luis de Rouen y acabara, si hubiera sido posible, su sobrino Enrique.

Maldijo la guerra y cuantos la habían provocado, y al mismísimo rey Fernando, que no contento con las rentas del obispado había logrado que el papa Inocencio pusiera a su disposición las tercias de la fábrica de todas las diócesis castellanas para afrontar la conquista de Sevilla, la mayor ciudad de todas las musulmanas de al-Ándalus.

El rey podía usar semejantes recursos a su conveniencia y estaba claro que su prioridad era la conquista de los territorios del islam en la península.

Intentó buscar las palabras precisas para dirigirse a sus aprendices, oficiales y maestros de los talleres en cuanto tuviera ocasión de comunicarles el fin de la obra, y buscó una y otra vez las palabras adecuadas para intentar paliar el impacto de semejante noticia, pero no encontró ninguna apropiada.

A la mañana siguiente, cuando apareciera por las obras, todos observarían su rostro demacrado y hundido, sus ojos vacíos de brillo, su mirada perdida y derrotada. ¿Qué le diría a Ricardo, a Juan, a Andrés y a los oficiales, muchos de los cuales estaban dejando lo mejor de sí mismos en esa obra esforzándose para lograr aprender lo necesario para poder optar al grado de maestro?

Bueno, pensó que todavía quedaban las donaciones de los fieles, los derechos de sepultura, las limosnas para la fábrica... Pero no, ya le habían dicho que aquellas cantidades también irían destinadas a la guerra, siempre esa maldita guerra. Cuando recibió en París el título que le acreditaba como maestro de obra y los atributos simbólicos de su nuevo oficio, el compás de madera y el mandil de cuero, juró ante los Santos Evangelios que jamás dedicaría sus conocimientos al servicio del mal, que nunca construiría fortalezas, castillos ni prisiones, que dedicaría todo su saber y todo su esfuerzo a conseguir que la paz y la armonía universal reinaran sobre la tierra.

De repente, tras varios años sin apenas recordar su pasado, sintió añoranza de Chartres, donde nació y experimentó sus primeras sensaciones. Allí aprendió a conocer lo que significaba alcanzar una meta cuando observaba cómo se emocionaba su padre cada vez que se remataba un muro, se acababa un arbotante o se desmontaba una cimbra para dejar visto el arco que había sustentado mientras fraguaba la argamasa. Una sensación de inmensa dulzura le invadió el corazón al recordar el día en que siendo muy niño pudo observar el orgullo y la alegría reflejados en el rostro de su padre, el arquitecto Juan de Rouen, cuando se desmontó la cimbra que había soportado el arco del último tramo de la nave de Chartres y la inmensa bóveda se sostuvo como colgada del aire por una legión de ángeles invisibles. Todavía le parecía escuchar los aplausos de todos los oficiales, aprendices y maestros dirigidos a Juan, a cuyo lado, asido de su mano, a la vez sobrecogido y orgulloso, el pequeño Enrique soñaba con ser algún día como su padre y dirigir a decenas de personas, todas ellas afanadas en un mismo objetivo: construir una catedral que fuera capaz de recoger en su interior la luz del universo.

Por primera vez echó de menos la ciudad de París, donde estudió y en la que obtuvo el título de maestro de obra. Rememoró aquellos días felices en los que la ciudad del Sena era una fiesta permanente, un maravilloso mostrador de artistas y de cultura.

Entonces pensó en volver a Francia. Hacía unos años, cuando le propusieron la dirección de la fábrica de la catedral de Burgos y tras la muerte de sus padres, creyó que ya nada le ataba a su país natal, y decidió que aquella ciudad del frío páramo castellano sería su hogar para siempre. Pero nunca pudo imaginar que su gran obra quedara inacabada de ese modo tan injusto.

La voz del centinela sonó como un severo aviso pidiéndole que se identificara. Enrique había llegado ante la puerta de San Esteban y frente a él se alzaban los dos torreones de piedra que enmarcaban el arco de herradura de la puerta por la que el Camino Francés entraba en Burgos.

—Soy Enrique de Rouen, maestro de obra de la catedral —gritó.

—¿Qué hacéis a estas horas fuera de la ciudad? —le preguntó el centinela.

—Me he retrasado. Vamos, déjame entrar, no soy un espía.

La enorme batiente de madera claveteada y reforzada con chapas de hierro se abrió pesada y lenta.

—Vamos, pasad, y tened cuidado en otra ocasión. A estas horas, fuera de la ciudad os pueden atacar los lobos o los bandidos.

Enrique abrió su bolsa y le entregó al centinela un par de monedas de vellón.

Cuando llegó a su casa de la calle Tenebregosa, Teresa estaba despierta y esperando.

—¿Dónde te has metido? Estaba muy preocupada. He mandado a los criados a que te buscaran por toda la ciudad, pero no han averiguado nada.

—He salido a dar un paseo.

—¿Un paseo, a estas horas y con este frío?

—Sí, un paseo.

—¡Dios mío, estás congelado! —exclamó Teresa al coger la mano de Enrique—. Ven, acércate al fuego.

—Se acabó —dijo de pronto Enrique.

—¿Se acabó, qué se acabó?

—La catedral, mi catedral. El obispo me ha comunicado que las obras quedan totalmente paralizadas. Todos los recursos del reino se utilizarán para la conquista de Sevilla, incluidas las limosnas de los fieles.

Teresa acarició los cabellos de Enrique y lo besó con toda su dulzura. El maestro de obra estaba helado.

—Quítate esta ropa o caerás enfermo.

La maestra del taller de pintura ayudó al arquitecto a quitarse sus prendas y le frotó el cuerpo con un paño seco y caliente. Después lo llevó a la cama y se acostó a su lado, apretándose a su cuerpo para darle a su amante todo el calor posible.

Enrique no tardó demasiado tiempo en quedarse dormido como un niño. Unas lágrimas rodaron por las mejillas de Teresa, que por un momento sintió su corazón lejano y sombrío.

Todos los aprendices, oficiales y maestros de todos los talleres fueron citados por Enrique a mediodía en el solar donde se habían excavado los cimientos de la nave mayor. La nieve cubría casi todo el recinto; el cielo estaba encapotado y no hacía demasiado frío.

—Os he citado aquí —comenzó a hablar Enrique— porque se han producido cambios muy importantes en los últimos días. El rey Fernando desea tomar Sevilla cuanto antes y para ello necesita dinero. Ese dinero se va a detraer de las rentas destinadas a la construcción de esta catedral. Hoy mismo quedan paralizadas las obras.

—No puede ser —gritó un oficial de cantería haciendo oír su voz por encima de los murmullos.

—Ya lo creo. Quien no haya cobrado los últimos días, lo hará sin demora. Por lo demás, quiero deciros que fue estupendo trabajar con todos vosotros.

—¿Y ahora qué hacemos? —demandó el maestro vidriero.

—Buscar otra obra..., no sé. Yo no quise que esto sucediera.

Ante el lamento de Enrique se hizo un profundo silencio.

Poco a poco los reunidos se fueron disolviendo, hasta que sólo quedaron Enrique y Teresa.

—¿No te vas? —le preguntó el arquitecto a la pintora.

—No tengo ningún sitio mejor al que ir.

—Posees un taller, tienes varios encargos, puedes seguir pintando.

—Quiero estar a tu lado.

—He pensado marcharme de aquí.

—Iré contigo.

—Voy a regresar a Francia. Me instalaré en París.

—En una ocasión me propusiste que fuera contigo a esa ciudad, a tu país.

—Las cosas han cambiado —dijo Enrique.

—Mis sentimientos, no.

—El camino es largo.

—Tengo las piernas fuertes —asentó Teresa.
—No sé siquiera si algún día volveré a Castilla.
—No quiero perderte.
—Pudo ser una hermosa catedral —se lamentó Enrique.
—Tal vez algún día lo sea.

Enrique habló con el obispo y le pidió permiso para dejar Burgos y marchar a París. El obispo se lo concedió, pero con la condición de que volviera de inmediato si lo reclamaban para continuar las obras de la catedral.

El arquitecto apretó con fuerza las cuerdas que ataban las sacas a los lomos de las acémilas. Seis días después de que el obispo don Aparicio le comunicara la paralización de las obras, el arquitecto estaba listo para viajar a Francia. Teresa salió de su casa tras haberse despedido de sus oficiales y de sus aprendices. No había querido disolver el taller y había reunido a los tres oficiales y a los seis aprendices que lo integraban para animarlos a seguir adelante. La jefatura del taller se la encomendó a Domingo de Arroyal, el primero de sus ayudantes que alcanzara el grado de oficial, a quien otorgó la categoría de maestro. Domingo había seguido a Teresa desde Compostela hasta Burgos. Teresa escribió el documento en el que le concedía a Domingo la maestría en la lengua vulgar, pues ya eran muy pocos los que entendían el latín, que sólo se usaba en el mundo de la ciencia, en la Iglesia y en documentos de la corte.

El viaje a París iba a ser largo, y en aquellos días de invierno era probable que los pasos de los Pirineos los encontraran cerrados, por lo que tendrían que seguir el camino de la costa, menos seguro que el Camino Francés, pues en esa otra ruta abundaban los bandidos.

Al salir por la puerta de San Esteban, Enrique miró a Teresa, que se cubría con un capote de lana y montaba en una de las mulas, y le dijo:

—En París, un hombre y una mujer pueden vivir bajo el mismo techo sin estar casados, pero el matrimonio sigue teniendo un mayor reconocimiento social.

—Ya hemos hablado de eso en otras ocasiones.

—Te lo recuerdo por si hubieras cambiado de opinión.

—Me gustaría dejar las cosas como están —zanjó Teresa.

Burgos quedó atrás; las huellas de las acémilas que montaban los dos amantes se iban borrando del camino arrastradas por el viento del norte.

III

LA LUZ Y LA PIEDRA

1

Teresa Rendol contempló las torres de Nuestra Señora de París mediada la primavera del año del Señor de 1247. Había seguido a Enrique de Rouen a través de diversos reinos y Estados de Europa desde Burgos, a través del Camino Francés. Todavía se preguntaba qué extraño e irrefrenable impulso la había empujado a acompañar a su amante, a dejar todo por cuanto había luchado y caminar mil millas al lado de un hombre al que amaba profundamente pero con quien había rechazado casarse pese a las reiteradas peticiones de este para contraer matrimonio.

Teresa sentía en su corazón que era una cátara, que las creencias que obligaran a sus padres a huir de Languedoc y buscar refugio y anonimato en Castilla habían prendido en ella desde que su padre, poco antes de morir, le transmitiera las enseñanzas de «los perfectos» en aquellas tierras húmedas y brumosas de Galicia. Desde entonces había mantenido en secreto sus sentimientos y ni siquiera Enrique sabía que la mujer a la que amaba y con la que compartía la vida era una hereje a la que la Iglesia no hubiera dudado en quemar en la hoguera.

Llovía sobre París. Un cielo gris y cubierto de nubes plomizas brillaba sobre la ciudad con una luminosidad perlada, como de ensueño. Aquel cielo era muy distinto al azul intenso y limpio de Burgos, y los colores parecían como desvaídos, aunque algo singular, una especie de aura de reflejos de plata, se extendía por el paisaje y le confería una sensación maravillosa.

Nada más llegar a la ciudad se instalaron en una posada próxima a la iglesia de San Germán de los Prados, en la orilla izquierda del río Sena. Enrique había confiado varios miles de maravedís a los hermanos templarios de Burgos, donde le habían expedido un documento para que pudiera hacerlos efectivos en su equivalente en plata en cualquier encomienda de la orden. Los caballeros templarios, cuya poderosa orden militar había sido fundada poco después de la conquista de Jerusalén por los cruzados de Godofredo de Bouillon en la conocida como Primera Cruzada, se habían extendido por toda la Cristiandad y, gracias a las enormes donaciones de reyes, nobles y mercaderes, se habían convertido en los principales cambistas.

En la casa parisina de la Orden del Temple comprobaron la autenticidad de los sellos, descifraron la clave secreta contenida en el documento de depósito y le entregaron a Enrique ciento ochenta y ocho libras de plata, suficiente para comprar una pequeña casa y disponer de una renta para vivir al menos durante un año sin otros ingresos.

Apenas un mes después de llegar a París, Teresa y Enrique compraron una casita en el barrio de San Miguel. Desde el tejado podían ver las torres de Nuestra Señora. Enrique decidió buscar algún empleo relacionado con su oficio y pronto consiguió un encargo para construir una casona de piedra para uno de los canónigos de la catedral, que no puso ninguna objeción cuando Enrique le comunicó que era hijo del maestro de obra de Chartres y que él mismo lo había sido de la catedral de Burgos. Teresa habilitó la planta bajo el tejado, una habitación abuhardillada aunque con poca luz, como estudio de pintura. Y tampoco tardaron en llegar algunos encargos recomendados por el mismo canónigo.

En la isla de la Cité, donde se alzaba la catedral de Nuestra Señora, el rey de Francia había decidido que se construyera una capilla para guardar las preciadas reliquias propiedad de la corona de Francia, entre las cuales estaban la Túnica Sagrada que portaba Jesucristo en el momento de la Pasión, la Corona de Espinas, la Santa Lanza con la que el soldado romano Longinos atravesó el costado de Cristo, la Santa Esponja con la que le mojaron los labios en la Cruz, un pedazo del Santo Sudario, un fragmento de la toalla con la que María Magdalena le secó los pies a Cristo, una ampolla con sangre de Jesús y otra con leche de la Virgen María, un manto azul de la Virgen, los pañales del Niño Jesús, huesos de varios apóstoles, el cayado de Moisés y un cáliz del que se aseguraba que había sido el que se utilizó en la eucaristía de la Última Cena y en el que José de Arimatea había recogido algunas gotas de la sangre del Hijo de Dios antes de ser enterrado en el sepulcro, entre otras muchas.

Estas reliquias de la Pasión habían sido adquiridas por los reyes de Francia, que habían pagado por ellas verdaderas fortunas. El rey Luis IX, a quien todos consideraban un santo pese a su juventud, había reservado una enorme cantidad de dinero del tesoro real para que se construyera la capilla más hermosa del mundo, una especie de relicario de piedra y vidrio destinado tan sólo a contener aquellas reliquias. La cruzada que propusiera pocos años antes ya estaba convocada y el rey había comenzado los preparativos para partir hacia Tierra Santa.

Desde que los cruzados ocuparan Constantinopla y la saquearan en 1204, las numerosísimas reliquias que se guardaban en sus iglesias y monasterios fueron robadas y vendidas después por todo Occidente; algunas eran las existentes en aquellos templos, pero otras muchas consistían en burdas falsificaciones de chamarileros que comerciaban con huesos de perro, hierros roñosos o paños ensangrentados asegurando que eran las verdaderas reliquias de la época de la Pasión de Cristo o restos de los santos de los primeros siglos del cristianismo.

Teresa y Enrique se acercaron hasta la Cité para ver aquella obra de la que todos decían que iba a ser el edificio más hermoso del mundo. Ante la capilla, un hombre estaba dibujando algunos detalles en unos pliegos de papel.

—Perdonad, señor, ¿sois vos el maestro de obra de esta capilla? —le preguntó Enrique.

—¿Quién pregunta por ello?

—Mi nombre es Enrique; soy maestro de obra.

—Pues no, mi querido amigo. Y bien que lo siento, porque me hubiera gustado construir este edificio. Yo soy Villard de Honnecourt, también maestro de obra, como vos.

—En ese caso, conoceréis al arquitecto de este edificio.

—Por supuesto —asintió Villard.

—Hace unas semanas que hemos llegado a París; os presento a mi... —Enrique dudó sobre cómo calificar a su amante—, a mi esposa, Teresa; es maestra de pintura.

Villard de Honnecourt hizo una reverencia y se quitó la gorra. Teresa miró a Enrique y le hizo un mohín al oír que la presentaba como su esposa.

—Si vuestras obras son tan bellas como vos no habrá ningún pintor que os supere.

—¿Estáis trabajando en París? —le preguntó Enrique, un tanto azorado y celoso.

—No. No me gusta permanecer en el mismo lugar demasiado tiempo. Corres el peligro de cogerle cariño y quedarte en él para siempre. Soy un maestro errante. He visitado todas las grandes obras de Francia: Laon, Reims, Meaux, Chartres...

—¿Habéis estado en Chartres?

—Cuatro veces. Me interesaba mucho el trabajo del maestro Juan de Rouen.

—¿Llegasteis a conocerlo?

—Era el mejor de todos nosotros —aseguró Villard.

—Yo soy su hijo, Enrique de Rouen.

—¿Vos? Pero ¿no estabais en Castilla? Al menos eso me dijo vuestro padre en una de las ocasiones en que lo visité.

—Ya os he dicho que acabamos de llegar a París. Venimos de Burgos, la fábrica de cuya catedral está a mi cargo.

—Permitid que me descubra ante el hijo del gran Juan de Rouen.

Villard de Honnecourt volvió a quitarse la gorra.

—¿Y cuál va a ser vuestro próximo destino? —le preguntó Enrique.

—¿Quién sabe? Recorro la cristiandad con mis cuadernos, dibujando detalles de edificios, esculturas, arcos..., todo aquello que me llama la atención, lo mejor de cada obra que visito. Algún día construiré una catedral que sea la más hermosa de todas, que contenga los mejores elementos de cada una de las que he visto.

—Eso no será posible si no os quedáis durante mucho tiempo en un mismo lugar —intervino Teresa.

—Sólo en ese caso dejaría de ser un maestro de obra itinerante, señora. O tal vez si en algún lugar me esperara una mujer como vos...

Enrique volvió a recelar de Villard.

—¿Cuál decís que es vuestro próximo destino?

—Tal vez me quede algún tiempo en París; esta ciudad me parece desde hoy mucho más atractiva.

Villard miró a Teresa con una amplia sonrisa.

—No sería propio de vos, según parece —dijo Enrique.

—Bueno, en ese caso seguiré hacia el este. Hay una ciudad en el corazón de los Alpes, Lausana se llama, de la que me han hablado maravillas. Y me gustaría ir todavía más hacia el este, al reino de Hungría. Allí construyen unos extraordinarios edificios de madera.

»Pero venid conmigo, os presentaré al maestro de obra de la Santa Capilla.

Villard de Honnecourt cerró su cuaderno de pliegos de papel con los dibujos, lo guardó en una carpeta de cuero y se caló la gorra. Teresa y Enrique lo siguieron por las callejuelas de la Cité, atravesaron el puente que unía la isla con la orilla derecha del río y se presentaron ante una casona de piedra, ladrillo y madera.

—Maestro, maestro —gritó Villard a la vez que golpeaba la puerta con su puño.

—¿Quién va? —preguntó una voz femenina desde el interior.

—Soy el maestro Villard. ¿Está el maestro Jacques?

Una anciana abrió la puerta.

—Sois vos. Pasad, pasad, mi hijo está en casa.

—¡Ah!, estos son Teresa y Enrique de Rouen, esposos. Enrique es el hijo del maestro que construyó Chartres; eso le interesará a vuestro hijo.

—Aguardad, ahora lo llamo.

Enseguida apareció el maestro Jacques.

—Os creía en Lausana —dijo en cuanto vio a Villard.

—Quería aprovechar la luz de la primavera para copiar algunos dibujos de la Santa Capilla. Pero he venido con estos dos amigos. Doña Teresa y don Enrique de Rouen, ya sabéis, el hijo de...

—Sí, sí. Me lo ha dicho mi madre. Señora, don Enrique...

El maestro Jacques estrechó la mano de Enrique y besó el dorso de la de Teresa.

—Vuestra obra es maravillosa, señor.

—Gracias. Pero permitidme que os ofrezca un poco de vino; me lo traen de la Champaña. Es ligeramente dulce, doña Teresa, os gustará.

Jacques sirvió unos vasos de vino de una botella de cristal.

—Muy ligero —comentó Teresa al probar el vino.

—Oí que el hijo del gran Juan de Rouen estaba construyendo una catedral en Castilla, en Burgos. ¿Ya habéis acabado ese templo?

—Por desgracia, no. El nuevo obispo ordenó paralizar las obras. El rey de Castilla y León, don Fernando, decidió que todas las rentas destinadas a la fábrica de la catedral se dedicaran a la guerra contra los sarracenos.

—Claro, en Castilla no es necesario ir a Tierra Santa para combatir a los infieles; están allí mismo. ¿Teníais la obra muy avanzada? —preguntó Jacques.

—La cabecera y el crucero están totalmente listos, bueno, faltan por colocar las esculturas de la portada norte. Y ya están preparados los cimientos de la nave mayor, e incluso levantadas algunas hiladas.

—Imagino que habréis seguido el modelo que vuestro padre planificó para Chartres.

—Cuando me hice cargo de la fábrica, mi tío Luis ya había trazado los planos y levantado la cabecera. Hay algunos elementos que recuerdan a Chartres, pero mi tío Luis aplicó el modelo de Bourges, en donde fue segundo maestro de obra, aunque modificó el plano, pues la catedral de Burgos tiene sólo tres naves y un crucero muy destacado en planta, al parecer el obispo que la fundó insistió en que su catedral tuviera la forma de una cruz.

—¿Es muy grande? —preguntó Jacques de nuevo.

—No demasiado. Poco más que la mitad de Chartres.

—Una escala humana, a lo que parece. Por aquí los obispos se han vuelto locos. Hace unos días me dijeron que en Beauvais van a levantar la nave mayor a casi ciento cincuenta pies de altura.

—¡Ciento cincuenta pies! Mi padre elevó la de Chartres por encima de los ciento diez pies, y se dijo entonces que nadie superaría esa altura. No se mantendrá en pie —dijo Enrique.

—Ya lo creo —intervino Villard, que había permanecido callado hasta entonces—, el arco ojival, los muros rasgados, los arbotantes y las bóvedas de crucería permiten construir tan alto como se desee, y lo sabéis.

—No. Una catedral no es sólo piedra y vidrio. Es también una cuestión de método y de números. Si fallan las proporciones, el edificio se vendrá abajo. En nuestro trabajo, la armonía del número es esencial.

—Sois demasiado rígido, don Enrique. Estáis sometido a las leyes de la geometría —dijo Villard.

—Alguno de nuestros maestros sostiene que los arquitectos imitamos al Gran Maestro, que construyó la naturaleza a partir del número divino. Si no nos sometemos a las reglas de la geometría, no lo hacemos a las reglas de Dios, y desbaratamos el plan divino de las cosas, y si se rompen las reglas, el mundo, la catedral, todo se vendrá abajo —sostuvo Enrique.

Al día siguiente los cuatro maestros visitaron las obras de la Santa Capilla. Jacques estaba orgulloso de su obra. El arquitecto de Luis IX de Francia había diseñado una capilla de una sola nave pero con dos pisos. El inferior parecía una cripta, pero al estar al nivel del suelo, recibía luz directa a través de las ventanas. La planta superior era un salón cuyos ventanales de vidrio cubrían todo el espacio de las ventanas, rasgadas por completo desde el arco hasta cerca del pavimento. Nunca nadie se había atrevido a tanto.

—Es magnífico, don Jacques, maravilloso. Habéis logrado capturar la luz, toda la luz.

Enrique estaba extasiado. Allí, delante de sus ojos, estaba la fórmula que él había buscado, la que deseaba aplicar en su catedral.

—El rey me indicó que quería un templo para sus reliquias en que sólo hubiera luz. «Hacedlo de luz, y sólo de luz», me ordenó. Y entonces ideé una capilla con el mínimo espacio posible de piedra, en la que apenas hubiera muros, sólo espacios abiertos para las vidrieras, para la luz. Quise convertir este templo en un universo transparente.

—Y bien que lo habéis conseguido —terció Villard.

—Aquí no hay paredes; sólo un armazón de columnas y pilares, los imprescindibles para sostener las bóvedas y el tejado —dijo Jacques.

—La luz, su propagación, su reflexión, su refracción, su óptica... Eso está bien, maestros, pero ¿acaso creéis que la gente entiende vuestro lenguaje? Los fieles cristianos estaban acostumbrados a contemplar los murales de los templos del viejo estilo. En las pinturas veían la Historia Sagrada y así la comprendían. Tal vez ahora no entiendan nada —intervino Teresa.

Jacques la miró un tanto asombrado.

—Mi esposa es maestra del taller de pintura de la catedral de Burgos, don Jacques.

—No importa que la mayoría de la gente no lo comprenda.

Lo importante es que sepamos reflejar las medidas del universo en nuestras iglesias. Dios es el destinatario de nuestras obras; los hombres deben limitarse a admirarlas —dijo Jacques.

—Vivimos en un mundo hecho con la mesura de Dios, Teresa, y a esas reglas nos debemos —recalcó Enrique.

—Dios hizo el mundo hermoso para deleite de los ojos de los hombres —dijo Teresa.

—Señora, Dios fue el primer arquitecto; Él hizo el orden del caos. Adriano de Lille nos enseñó que el Creador construyó el cosmos a modo de un perfecto palacio real, una morada para la Divinidad. Después le dijo al hombre cómo quería que fuera su ciudad ideal, la Jerusalén celestial. Las iglesias y catedrales que construimos han de ser una imagen de esa Jerusalén celestial, la verdad inefable, el modelo a escala humana del cosmos creado por Dios. Por eso utilizamos las leyes geométricas de la proporción armónica. Con cada catedral del nuevo estilo anunciamos al hombre la perfección del mundo venidero, el mundo que Dios ha reservado para disfrute del hombre. Así son estas cosas, doña Teresa —replicó el maestro Jacques.

—Yo he estudiado en la escuela de Chartres y en la Universidad de París; allí me enseñaron que este nuevo estilo se debe a la geometría, pero que tiene que reflejar la mística de la luz —añadió Enrique.

—La luz, la piedra, el vidrio... Recuerdo que en una ocasión me dijiste que una catedral inglesa ardió por tener una techumbre de madera, y que aquel incendio impactó de tal modo en todo el mundo que a partir de entonces todos los obispos quisieron tener una catedral con la techumbre de piedra. Ahí no existe ninguna mística de la luz, sino de la necesidad —dijo Teresa.

—Esa catedral era la de Canterbury. Y en efecto, su techumbre de madera ardió, y con ella toda la catedral, hace de eso más de setenta años, pero esa no fue la razón para construir las nuevas catedrales en el nuevo estilo. El abad Suger ya lo había hecho unos cuantos años antes —se explicó Enrique.

—El azul; ese azul es horrible —dijo de pronto Teresa.

—Perdonad, señora, ¿a qué os referís? —se extrañó Jacques.

—Al color azul con el que habéis pintado las bóvedas de la planta baja de esta capilla. Deberíais cambiarlo.

—Es el azul más hermoso de mundo.

—Si me lo permitís, maestro Jacques, yo os mostraré un azul más hermoso todavía, el del color del cielo de Burgos en las mañanas de primavera —aseguró Teresa.

—Si es tan hermoso como ella, yo le haría caso, maestro Jacques —dijo Villard de Honnecourt, que asistía divertido a aquella conversación.

—Mi esposa ha logrado un tono de azul que ha causado admiración en Castilla y en León, os lo aseguro —terció Enrique.

—¿Podríais preparar una muestra? —le preguntó Jacques.

—La tendréis en una semana, si encuentro aquí los pigmentos que necesito, claro —afirmó Teresa.

—Os aseguro, señora, que lo que no encontréis en los mercados de París no lo hallaréis en ninguna otra ciudad del mundo —asentó Jacques.

—El mundo es muy grande —replicó Teresa.

Teresa Rendol recorrió tiendas y mercados y consiguió varios pigmentos y polvos de óxido de cobalto y antimonio; como le había dicho el maestro Jacques, había una variedad de productos que jamás había visto en Burgos, Compostela o Salamanca. Tras varias pruebas, consiguió el tono azul deseado, «como el color del cielo en las mañanas de primavera de Burgos». Cuando lo tuvo listo, le llevó una muestra a Jacques.

—Maestro, aquí está el azul que os prometí la semana pasada.

Jacques observó la pintura azul que Teresa portaba en una vasija.

—Su aspecto es como el de cualquier otro azul.

—Hay que verlo aplicado sobre el muro.

—Acompañadme.

Jacques llevó a Teresa a la parte posterior de su casa, a un patio abierto a través del cual se accedía a un pequeño establo.

Teresa cogió un pincel, lo impregnó en la pintura y la aplicó sobre un pedazo de muro encalado en ocre. La pintura adquirió una tonalidad brillante, en un azul que Jacques miró asombrado.

—El fondo es demasiado oscuro. Este tono luce mucho más sobre un estuco de cal blanca, pero esperad a que seque —dijo Teresa.

—Teníais razón; al lado del vuestro, nuestro azul es decepcionante. ¿Os gustaría pintar los fondos de la Santa Capilla?

—¿Lo decís en serio?

—Por supuesto, señora. Me habéis convencido con esta prueba.

Cuando Teresa regresó a casa, su rostro lucía la más radiante de las sonrisas.

—¡Me ha encargado pintar la Santa Capilla! —exclamó eufórica ante Enrique.

—Pero no hay espacio para murales en esa iglesia —dijo el maestro de Rouen.

—¡Qué importa! Voy a pintar las bóvedas de la planta baja. Mi azul le ha encantado.

—Eso es estupendo. ¿Cuándo empiezas?

—Enseguida, en cuanto unos operarios acaben algunas tareas menores.

Teresa estaba feliz. Enrique había tenido miedo de que su amante no fuera capaz de adaptarse a la vida en la gran ciudad de París, pero ahora la veía entusiasmada. Aquella noche hicieron el amor como si se tratara de un juego, entre risas, susurros y zalamerías. Teresa estaba dichosa, Enrique había recuperado la estima por su trabajo al encargarse de la construcción del palacio del canónigo y algunos ricos burgueses de la ciudad se habían interesado por ello. Las cosas les iban bien, pero Enrique echaba de menos Burgos y su catedral, y anhelaba que llegara el día en que un mensajero o una misiva le pidieran que regresara a la ciudad castellana para acabar su gran obra.

Teresa y Enrique estaban alegres con su nueva vida, pero la Cristiandad seguía convulsa. El rey Luis IX de Francia era tachado de débil y los juglares del reino ironizaban en sus canciones sobre el carácter pusilánime de su soberano. Y ello pese a que durante su reinado Francia había logrado ganar terreno a Inglaterra.

El maestro Jacques explicó esta aparente contradicción con claridad a Teresa y a Enrique durante los actos de despedida del rey Luis IX, que partía hacia la cruzada. Era el día 12 de junio de 1248. El rey de Francia salió de su fortaleza del Louvre entre un alarde de caballeros y soldados que gritaban eufóricos y aireaban estandartes y pendones con los colores de sus señores.

—Es curioso, el rey de Francia se va a Egipto y deja su reino abandonado a su suerte, y la gente lo aclama —se sorprendió Teresa.

—La política tiene estas cosas, queridos amigos. El rey Luis está siendo un gran soberano para Francia y para la Cristiandad, y en cambio los juglares no cesan de crear poemas satíricos en su contra, ironizando sobre la debilidad de su espíritu, aspecto que para muchos otros no es sino prueba de su santidad.

»Por el contrario, cuando el rey Ricardo de Inglaterra, el Corazón de León, se marchó a la cruzada y dejó a su reino desamparado y abandonado a su suerte, los poetas cantaron su valor y su arrojo y lo convirtieron en ejemplo del caballero y del buen cristiano. Todavía se escriben versos en los que es comparado con Alejandro el Grande, con el rey Arturo o con los mismísimos héroes de la antigua Troya.

»Fue su hermano Juan quien tuvo que hacerse cargo del peso del gobierno de Inglaterra y quien promulgó la que llaman Carta Magna, un estatuto que para sí quisieran muchos otros reinos. Pero las ironías del destino y de los hombres han convertido al rey Juan en un ser despreciable. En la mayoría de las crónicas que he podido leer es tildado de inestable y conspirador; se asegura que destruyó la moral al llevar en sus venas la sangre diabólica de la bruja Melusina, como si no fuera la suya la misma sangre que la de su hermano Ricardo. Se decía de él que estaba podrido por dentro, poseído y enloquecido con sortilegios y maleficios, que no tenía continencia y que era mala persona, adulador y contrariado, que abusaba de la fuerza y que violó a muchas hijas y esposas de sus súbditos.

—Eso mismo han asegurado de otros muchos soberanos; la opinión de los hombres es cambiante, demasiado mudable —replicó Teresa.

2

Año y medio después de su llegada a París, Enrique había construido su primer palacio y Teresa estaba pintando las bóvedas de la sala baja de la Santa Capilla, que gracias a su color azul había ganado en esplendor.

A principios de 1249 un caballero francés recién llegado de Castilla se acercó hasta la casa de los dos maestros. Era amigo del canónigo a quien Enrique le había construido el palacio y se presentó para solicitar al arquitecto que le construyera su casa. Le dijo que su amigo el canónigo se lo había recomendado y que quería disponer de una gran casa de piedra con lo que había ganado en la guerra contra los musulmanes.

Teresa y Enrique escucharon atentos la narración que el caballero hizo de la conquista de Sevilla, en cuyo sitio había servido a don Fernando de Castilla y León al frente de su pequeña mesnada de seis caballeros y veinte peones y escuderos. Este caballero era un profesional de la guerra, uno de tantos soldados de fortuna que ofrecían sus armas y su grupo de fieles guerreros al mejor postor a cambio de una buena bolsa de plata y oro y una parte del botín obtenido en la victoria. En tiempos de paz, que eran breves, solían ganarse la vida en torneos y justas, y en la guerra alquilaban sus armas a reyes y nobles. Desde que los franceses aniquilaran al ejército inglés en los campos de Bouvines, en aquel domingo del año 1214, los soldados de fortuna habían tenido pocas oportunidades para conseguir dinero fácil con sus armas y se habían dedicado a los torneos como medio de vida. La guerra total que habían desatado el rey Fernando de Castilla y León y el rey Jaime de Aragón contra el islam en la península Ibérica había abierto nuevas posibilidades para los caballeros mercenarios.

El caballero les contó que en todos los reinos cristianos de Hispania la conquista de Sevilla había causado un gran impacto. Tras más de un año de asedio, el rey Fernando había entrado triunfante en la gran ciudad del sur. Les confesó que había sido un trabajo muy difícil y que a punto estuvo de fracasar, si no hubiera sido por el arrojo de varios soldados que se lanzaron en dos barcos río Guadalquivir abajo para romper el puente de tablas que unía Sevilla con el arrabal de Triana, por donde no dejaban de llegar suministros a la ciudad. Una vez rota esa vía de intendencia, Sevilla quedó aislada y capituló a los pocos meses.

Les narró con detalle cómo había visto llorar a los duros guerreros de las milicias concejiles de Burgos cuando estos contemplaron que el estandarte real de Castilla ondeaba sobre los muros del alcázar de Sevilla, y cómo al día siguiente el rey Fernando había entrado en la ciudad empuñando una espada con una gran gema engastada justo bajo la empuñadura, de la que se decía que había pertenecido al gran Roldán, el sobrino de Carlomagno.

Al caballero se le encendieron los ojos cuando contó las riquezas fabulosas que se encontraron en Sevilla y las riquísimas tierras del valle, que se entregaron a los nobles y a las órdenes militares.

Enrique le preguntó si el obispo de Burgos había recibido parte de aquellos tesoros, a lo que el caballero le contestó que no lo sabía, pero que por lo que él había presenciado, allí había tesoros para comprar todo un reino.

La pregunta de Enrique era interesada. El arquitecto confiaba en que una vez conquistada Sevilla, las rentas que se habían detraído de la obra de la catedral de Burgos se emplearían de nuevo para continuar su construcción, y que incluso podrían incrementarse con parte del botín de guerra. Al fin y al cabo era una deuda que el rey Fernando tenía contraída para con la que había sido la primera de las nuevas catedrales de su reino.

Pero el obispo de Burgos no había recibido una sola moneda del botín logrado en Sevilla. Y además, la conquista de esa ciudad, siendo la más grande y poderosa de cuantas restaban en poder de los musulmanes en Hispania, no significaba el final de los planes de don Fernando, pues todavía quedaban bajo dominio musulmán grandes ciudades como Niebla, Cádiz, Granada, Almería o Málaga, por lo que la guerra tendría que continuar por algún tiempo todavía.

Teresa y Enrique no habían vuelto a hablar de matrimonio. Se amaban intensamente, unas veces con pasión desbordada y casi animal, otras de manera reposada y dulce; en ocasiones hacían el amor despacio, sintiendo cada uno de sus movimientos, con una delicadeza extrema, pero en otras ponían todo su ardor en el juego amoroso, como si les fuera la vida en ello.

Enrique estaba a punto de cumplir cuarenta años y Teresa, treinta y ocho. Ambos se mantenían jóvenes todavía, pero para Teresa comenzaba a ser una edad tardía, sobre todo si algún día esperaba tener hijos.

Fue Enrique el que se decidió a comentarlo.

—¿No deseas tener un hijo? —le preguntó una noche, abrazados en el lecho, después de que se hubieran amado intensamente.

Teresa se mantuvo un buen rato en silencio. El dormitorio apenas estaba iluminado por el resplandor rojizo de las brasas de la chimenea.

—No quiero darte un... bastardo —dijo Teresa de pronto.

—Eso tiene fácil solución: casémonos.

—A los ojos de la gente de París ya lo estamos.

—No te entiendo, nunca te he entendido. Hace muchos años que estamos juntos, que vivimos como esposos, que compartimos lecho y mesa, ¿qué más puedo hacer para que quieras ser mi esposa?

—No puedo casarme contigo, tendría que renunciar a demasiadas cosas.

—No. No renunciarías a nada.

Tras un largo silencio, Teresa no pudo mantener su secreto por más tiempo.

—Soy cátara, soy cátara —confesó entre sollozos—. Una hereje, una enemiga de la Iglesia. Si alguien lo supiera y me denunciara, mi cuerpo no tardaría en arder en una hoguera.

Ahora el que se mantuvo un buen rato en silencio fue Enrique. Al fin, habló.

—Tu padre, claro. Tu padre era cátaro, fue él quien te inculcó esas creencias.

—Mi padre era un hombre extraordinario. Su alma rebosaba bondad y sólo anhelaba la paz y la felicidad para todos los seres humanos. Pero para la iglesia de Roma su mensaje era un peligro que había que erradicar cuanto antes. Ahora ya lo sabes, has estado amando durante años a una «sierva de Satanás».

Teresa rompió a llorar. La mujer fuerte, decidida y valerosa que hasta entonces había conocido Enrique se vino abajo y apareció ante sus ojos como un ser temeroso y desvalido. Haber descubierto su secreto la había hecho vulnerable y frágil.

Enrique la abrazó con fuerza y le limpió las lágrimas.

—¿Y crees que eso me importa?

—Te he mentido, te he engañado; has estado todos estos años creyendo que no deseaba casarme contigo por sabe Dios qué razones y ahora te encuentras con la verdad desnuda. He sido una estúpida y una cobarde, debí confesártelo todo antes, mucho antes, pero temía perderte, no quería perderte, lo siento.

—Todavía podemos tener un hijo —insistió Enrique.

—Sería un bastardo —reiteró Teresa.

—Nadie, ni él mismo, lo sabría.

—Lo sabríamos nosotros, y lo sería a los ojos del dios en el que tú crees.

Las semanas siguientes a aquella noche, Teresa se mostró taciturna y callada. El brillo de sus ojos había desaparecido y su mirada ya no tenía aquella luminosidad interior que cautivara a Enrique cuando la vio por primera vez. Durante varios días estuvieron sin hacer el amor; por la noche, al acostarse, se abrazaban en silencio y se mantenían así, callados e inmóviles, hasta que el sueño los rendía. Cuando dos semanas más tarde volvieron a hacer el amor, no salió de sus gargantas un solo jadeo, ni un murmullo de placer. Y Teresa comprendió que aunque Enrique no lo admitía, algo había cambiado en su amante, algo profundo y grave.

Enrique era un buen cristiano y creía en la Iglesia y en sus mandamientos; para él había sido muy difícil aceptar aquella nueva situación. Amaba a Teresa, la amaba como jamás lo había hecho con ningún otro ser de la creación, pero la confesión de su amor le había abierto un abismo de dudas. Como todas las personas de su tiempo, Enrique temía los castigos del infierno más que cualquier otra cosa. Él sabía que los herejes estaban condenados a arder para siempre en el eterno fuego del tártaro y no podía soportar la idea de que su amada permaneciera recluida para siempre en el infierno.

Apenas comenzada la primavera de 1250, Enrique recibió una visita inesperada. Don Martín Besugo, sacristán de la catedral de

Burgos, se presentó en su casa de París. El maestro había salido por la mañana a visitar algunos talleres porque le habían encargado que elaborara un plan para construir una pequeña iglesia en un barrio al sur de la ciudad. Cuando regresó y vio al sacristán allí, le pareció estar en presencia de una visión fantasmal.

—Don Martín, ¿sois vos? Pero ¿qué hacéis aquí? —le preguntó.

—Cuando os despedisteis de Burgos dijisteis que si alguna vez os necesitábamos, preguntáramos por vos en París. Pues bien, os necesitamos, y aquí estoy.

—¿Qué ha ocurrido?

—Un milagro. Las obras de la catedral se van a reanudar y don Aparicio me ha pedido que os transmita sus deseos de que volváis a haceros cargo de ellas.

—¿Dispone de rentas para ello?

—Bueno, los ingresos habituales siguen colapsados por el momento, pero han aumentado las donaciones particulares. Algunos de los miembros de las milicias concejiles de Burgos que participaron en la conquista de Sevilla han regresado a la ciudad y han donado importantes cantidades de plata y oro con la condición de que se empleen en la fábrica del templo, y ese ejemplo lo han seguido muchos comerciantes burgaleses, para quienes acabar la catedral de su ciudad se ha convertido en una cuestión de orgullo y amor propio. Y luego están las rentas de los puertos del Cantábrico. Don Fernando no donó al obispo de Burgos ni un maravedí del botín procedente de la conquista de Sevilla y, arrepentido por ello, le ha concedido las rentas reales de los impuestos comerciales de los puertos cantábricos de Vizcaya, Santander y Castro-Urdiales, entre otros. Y eso supone bastante dinero, pues por esos puertos no dejan de exportarse lana y otras mercancías a Inglaterra y Francia. Ya son varios los mercaderes burgaleses que han instalado oficinas en estos puertos y estimamos que las rentas procedentes de ellos crecerán en los próximos años.

»La derrota del rey Luis de Francia en Mansura ha provocado la disminución del comercio con Oriente y en consecuencia crecerá el tráfico de mercancías en el norte de Europa, y eso es bueno para nosotros.

—Don Aparicio no se portó bien con la gente que había trabajado en la catedral —dijo Enrique.

—Vamos, maestro, vos sabéis que el obispo no podía hacer otra cosa; se debía al rey Fernando y no podía oponerse a sus deseos. ¿Aceptáis entonces?

—Sí, acepto, claro que acepto. No deseo morir sin antes ver acabada esa catedral.

Enrique le dijo a Teresa que había recibido la oferta de retomar la dirección de la obra de la catedral de Burgos.

—¿Has aceptado? —le preguntó la maestra.

—Se lo prometí al obispo, no tengo otra salida.

—¿Cuándo te marchas?

—¿No vas a venir conmigo? —se extrañó Enrique.

—He tenido que dejar Burgos dos veces, no quiero que haya una tercera.

—Pero, yo creía...

—Todavía tengo que acabar algunos trabajos en la Santa Capilla.

—Te esperaré en Burgos —dijo Enrique.

Teresa calló. No estaba segura de si podría soportar la vida sin Enrique, tal vez por eso no dijo nada y confió en que el tiempo le ayudara a ordenar sus ideas.

Enrique salió de París por el Camino Francés a Compostela; jamás hubiera podido imaginar que lo haría sin Teresa.

Las torres de Nuestra Señora acabaron perdiéndose a su espalda en el horizonte y enfrente sólo quedó la inmensa llanura esmeralda.

Enrique de Rouen regresó a Burgos a comienzos del verano de 1250. El frescor de la mañana le recordó los muchos amaneceres estivales que había compartido con Teresa, cuando al alba, tras el primer canto del gallo, los dos amantes se desperezaban tras una noche de amor al arrullo de los trinos de los ruiseñores y las calandrias.

Don Aparicio lo recibió en el palacio episcopal. Dos años después, el obispo de Burgos parecía mucho más viejo, como si hubiera transcurrido al menos una década desde su última entrevista.

—¿Habéis tenido un buen viaje? —le preguntó a Enrique.

—Sí, eminencia; en esta época del año son muchos los peregrinos que caminan hacia Compostela, los días son largos y el clima es muy agradable.

—Os agradezco que hayáis vuelto; ya os dije que tal vez algún día se reiniciarían las obras. Hemos pasado años de grandes estrecheces, pero el rey Fernando nos ha concedido las rentas de los puertos del Cantábrico y podemos, aunque con algunas dificultades, dedicar parte de esos ingresos a la culminación de la catedral. Ya no es rentable adquirir nuevas propiedades como hacíamos antes. El año pasado el papa Inocencio concedió un año y cuarenta días de indulgencia a quienes visiten nuestra catedral en las fiestas dedicadas en honor a Santa María, y algunos peregrinos han dejado ya sustanciosas limosnas; también contamos con ellas para la fábrica.

»Los tiempos que corren no son los mejores. La conquista del sur ha costado muchas vidas y no pocos esfuerzos, pero creo que Castilla está agotada. El rey Fernando apenas consigue pobladores para repoblar las ciudades y tierras que ha ocupado. Todavía existe mucho temor a instalarse en la frontera con los sarracenos.

—Eminencia, aquí hay campesinos que trabajan las tierras de los señores con bueyes prestados y a cambio de un quinto de la cosecha, algunas viandas y unas pocas monedas, pero todavía existen campesinos que prefieren ser pequeños propietarios libres en Castilla que siervos en el sur.

Don Aparicio frunció el ceño.

—La condición de los hombres la marca Dios desde su nacimiento —sentenció el obispo.

Enrique no discutió. No había viajado durante más de un mes para que sus planes se vinieran abajo por debatir con un anciano.

—¿Cuándo puedo empezar? —le preguntó al prelado.

—Las arcas del cabildo tienen algún dinero reservado de las últimas rentas recibidas de los peajes de los puertos. El racionero os pondrá al corriente de todo y vos decidiréis en función de lo que se os asigne.

—Habría que aprovechar el verano para trabajar en los muros y pilares de la nave. Hace varios años ordené labrar suficientes sillares como para tener material listo por si hacía al caso; bien, ahora es el momento de aprovecharlos.

—Como vos dispongáis. En los próximos días yo estaré muy ocupado. Ya sabéis que esta diócesis de Burgos no es sufragánea de ningún arzobispo metropolitano, sino que al ser exenta depende directamente del Papa. Por eso los arzobispos de Compostela y de Toledo no pueden entrar en mi diócesis con sus cruces patriarcales alzadas. Pero esa dependencia del sumo pontífice nos obliga a mucho, y en estos días está entre nosotros el cardenal Gil Torres, que ha venido hasta Burgos para otorgar unas constituciones a esta catedral que han sido dictadas por el mismísimo Papa. Con esas constituciones se pretende acabar con las dificultades financieras que atraviesa la diócesis, que está colapsada. El cabildo con todos su canónigos y yo mismo nos hemos enfrentado a los grandes monasterios y abadías de Castilla; los monjes cistercienses pretenden acaparar todas las rentas de sus señoríos, sin aportar nada al obispado al que pertenecen, y lo están haciendo con éxito, pues han logrado ganar terreno a los que parecían todopoderosos monjes negros seguidores de la orden de Cluny. He logrado que Su Santidad haga entrar en razón a las abadías de Cardeña, Silos, Arlanza, Las Huelgas y otras tan poderosas. Comprenderéis que tengo que atender al cardenal legado convenientemente porque nos jugamos mucho en ello, de modo que haceos cargo vos de todo lo concerniente a la catedral.

Enrique se puso de inmediato a reclutar peones, albañiles y canteros para la construcción de la nave. Tuvo que contratar a varios musulmanes de la morería de Burgos y a cuantos albañiles y carpinteros encontró libres en la ciudad y en sus aldeas. Apenas un mes después de su llegada, los andamios de madera ya se alzaban en la zona de la nave mayor y los albañiles comenzaban a colocar las primeras hiladas de sillares sobre las que quedaron interrumpidas tres años atrás.

Enrique retomó los planos que había dejado guardados en un arcón de la sacristía de la nueva catedral y comenzó a levantar los pilares de la nave. Los había trazado como los de la catedral de Bourges, grandes pilares de núcleo cilíndrico con columnas adosadas en forma de estrella.

Enrique aplicaba en sus planos cuanto había aprendido de su padre, de su tío y de sus maestros en la escuela de Chartres y en la Universidad de París. Creía firmemente en la geometría como base fundamental del arte de la arquitectura. A partir del cuadrado, del triángulo equilátero y de la proporción áurea, el número de Dios, construir un edificio se convertía en un ejercicio matemático basado en los números, en la geometría y en la simbología divina. El triángulo equilátero equivalía a la Trinidad, tres personas iguales, los tres lados del triángulo, y un solo Dios. El cuadrado significaba la relación de igualdad y de armonía entre el Hijo y el Padre. Y el número de Dios era la proporción perfecta que había sido revelada al hombre para que este pudiera imitar las medidas con las que el Creador había construido el universo.

El maestro de Rouen estaba seguro de que la contemplación de la armonía de las medidas con las que se construían las catedrales del nuevo estilo era la mejor manera de conducir al alma de los hombres la experiencia de Dios. No en vano, en Chartres le habían enseñado que la geometría era la disciplina con la que el Creador enlazaba con este mundo. Solía recordar las enseñanzas de uno de sus maestros en Chartres y cómo este le había dicho que el efecto que tenían que conseguir los maestros de obra en las catedrales era el propuesto por el gran Pedro Abelardo, el legendario sabio, y que se basaba en la armonía de las esferas celestiales, una especie de conjunción entre las medidas de Dios y las del templo de Salomón, es decir, entre la proporción áurea de Dios y la de los hombres.

El rey Fernando comenzó a sentir que las fuerzas le fallaban. Durante su vida había soportado graves enfermedades que milagrosamente habían remitido, pero ahora era consciente de que la vida comenzaba a escapársele. A sus cuarenta y nueve años había soportado duras campañas militares, numerosos asedios, intrigas nobiliarias, más de una década de tensión con su padre, el rey de León, la presencia abrumadora de su madre, doña

Berenguela, y la necesidad casi angustiosa de recuperar para la Cristiandad todos los territorios de al-Ándalus. Conquistador de Córdoba, Jaén y Sevilla, todavía soñaba con ganar Málaga, Almería y Granada y culminar así la ambición que había perseguido toda su vida: una península unida bajo la bandera de la cruz.

Pero ahora era consciente de que sus fuerzas estaban llegando al final; reyes más jóvenes y con más energía parecían tomar su relevo. Al oeste, Alfonso III de Portugal, que había sustituido a su hermano Sancho, quien fuera depuesto tras ser declarado inútil para gobernar ese reino, había conquistado el Algarve con parte de las tropas que habían luchado en Sevilla, y en el este el aguerrido Jaime I de Aragón, tras ganar los reinos de Mallorca y Valencia, parecía dispuesto a conquistar todo el Mediterráneo.

Don Fernando se encontraba a gusto en Sevilla, rodeado de sus hijos más pequeños y de su segunda esposa; Dios le había concedido la gracia de ser padre de trece hijos, diez de doña Beatriz de Suabia y tres de doña Juana de Dammartin, y el primogénito, el príncipe don Alfonso, estaba a sus veintinueve años suficientemente preparado como para ostentar en su día la doble corona de Castilla y León. Rey de cristianos, musulmanes y judíos, querido por su pueblo, respetado por la nobleza, don Fernando sólo aspiraba a poder morir en paz.

Pese a las dificultades económicas, las nuevas constituciones aprobadas para la catedral de Burgos por el delegado papal consiguieron una notable mejora y las rentas disfrutaron de un considerable aumento en los últimos meses de 1250.

En Burgos y en ausencia del rey Fernando se celebró una reunión en la que participaron todos los principales linajes de Castilla y León, grandes y ricas familias como los Lara, Cameros, Haro, Castro o Manrique, los hidalgos y caballeros, las más altas dignidades eclesiásticas, obispos y abades sobre todo, y los concejos de las grandes ciudades y villas. Todos ellos se organizaron en tres brazos o estamentos: el de la nobleza, el del clero y el de los concejos y universidades, y decidieron que a partir de entonces, y cuando así lo requiriera la ocasión o los intereses de aquellos reinos, se reunirían todos en comanda en unas asambleas que se llamarían Cortes.

Enrique trabajaba sin descanso; no paraba ni un instante, pues sabía que si dejaba de hacerlo, su mente quedaría invadida por los recuerdos de Teresa y no podría soportar su ausencia. La única manera de resistir en Burgos y de no salir de nuevo corriendo hacia París en busca de su amada era tener la cabeza ocupada permanentemente en la fábrica de la catedral. En cuanto disponía de un momento libre se acercaba al taller de escultura, cogía un martillo y un escoplo y se ponía manos a la obra para esculpir personalmente algunas de las figuras de la portada de la Coronería, que aquel otoño de 1250 comenzó a tomar forma.

Durante el invierno pudo leer un libro titulado *De sphera*, obra del geómetra árabe Alpetragio, que los traductores de la escuela de Toledo, con cuya tarea se había apasionado el príncipe don Alfonso, acababan de verter del árabe al latín. La lectura de ese tratado le hizo reflexionar sobre la perfección de las figuras geométricas y la presunta irracionalidad y contradicción de que las medidas más perfectas como el círculo, la diagonal de un cuadrado o la extensión infinita de la proporción áurea fueran precisamente las más fáciles de dibujar.

Los domingos, después de asistir a misa en la catedral, solía visitar al maestro Rodrigo, un viejísimo pintor que vivía en una casa en la carrera de San Andrés, con el que charlaba largas horas sobre el maestro Arnal Rendol, aquel hombre que llegó de Languedoc y que trajo consigo una nueva forma de pintar los colores y de dar luz a los murales; cuando dejaba la casa de Rodrigo y caminaba hacia la suya, una que acababa de comprar en el barrio de San Juan porque la de la calle Tenebregosa le recordaba demasiado a Teresa, era el único momento de la semana en el que Enrique pensaba en su amada.

3

Teresa Rendol regresaba a su casita del barrio de San Miguel de París tras haber acabado su jornada de trabajo en la Santa Capilla. Los días invernales parisinos eran incluso más cortos que los de Burgos y enseguida caía la noche sobre los tejados de plomo y pizarra de las iglesias de la capital del reino de Francia.

En su camino a casa solía detenerse en algunas de las tiendas que se extendían como un rosario multicolor a lo largo de las calles de París. Le llamaba la atención una gran botiga en la que se amontonaban decenas de sacos de especias de todos los colores imaginables: rojos, amarillos, verdes... Todos los colores menos el azul. Había especias de color amarillo en todos los tonos posibles, desde el marrón oscuro hasta el ocre claro: jengibre, canela, cilantro, nuez moscada, clavo, la carísima y exótica pimienta...; destacaban las variadas gamas del verde: romero, eneldo, tomillo, albahaca, menta, hierbabuena...; y los intensísimos rojos: pimentón, azafrán... Pero faltaba el azul.

El azul tenía que ser el color de Dios. Sólo el cielo y el mar eran azules, y azules parecían las montañas, al menos vistas desde la lejanía, azules los ojos de algunas personas y azules las piedras preciosas más raras. Azul era el color más difícil y el más caro de obtener en la naturaleza para cualquier tipo de pigmentos. Y ella había conseguido mezclar los distintos pigmentos y óxidos en la proporción exacta para lograr el azul más hermoso, «el del cielo en el mediodía de Burgos en primavera».

Las pinturas de las bóvedas de la Santa Capilla estaban casi acabadas. Con la ayuda de dos oficiales, un hombre y una mujer, y tres aprendices, dos muchachas y un joven, Teresa Rendol había logrado cambiar el aspecto interior de las bóvedas. Su azul era tan intenso que casi lograba eclipsar la luz que entraba a raudales por los amplísimos ventanales multicolores. Cada día que entraba en la Santa Capilla, Teresa Rendol seguía asombrándose de la maravillosa captura de la luz que había logrado el maestro Jacques. Y entonces se imaginaba a Enrique en Burgos, recluido en su taller, esculpiendo tallas de apóstoles, ángeles y ancianos del Apocalipsis, inspeccionando todas la cargas de madera y de piedra que llegaban a los talleres desde las canteras y desde los bosques, subido a los andamios corrigiendo a los albañiles a la hora de colocar los sillares, revisando a los encargados de preparar el mortero de cal, midiendo con su compás una y otra vez los ángulos, comprobando con la escuadra y la polea la perfecta verticalidad de muros y pilares y trazando las líneas que debían seguir los canteros. Y lo ubicaba en su casa de Burgos, tumbado en la cama, pensando en ella, y en tantas noches de amor, en tantas madrugadas despiertos hasta el alba, embriagados de amor y de deseo.

Hacía ya un año que las noches de Teresa eran terriblemente solitarias. Una mujer sola, en una ciudad como París, llena de estudiantes dispuestos a cualquier cosa con tal de disfrutar de un rato de juerga, era una presa demasiado fácil. Por eso, Teresa se encerraba en su casa en cuanto llegaban las primeras sombras y atrancaba con un doble cerrojo y un grueso tablón la puerta y la ventana de la planta baja. Algunas noches solía oír en su calle las voces de un grupo de jóvenes que pasaba cantando a gritos canciones obscenas aprendidas en las tabernas más sórdidas del barrio estudiantil de la ciudad.

Teresa vivía con sus dos aprendizas, dos jóvenes que había recogido en el orfanato de un convento de monjas y a las que estaba enseñando el oficio de pintar.

—Lo echáis de menos, ¿verdad?

Teresa se quedó sorprendida ante semejante pregunta. El maestro Jacques se había acercado en sigilo mientras ella preparaba pintura dorada en un barreño.

—¿A quién os referís?

— A vuestro esposo, porque es vuestro esposo, ¿no?

—Sí, claro. Él tuvo que marcharse a Burgos a continuar con su trabajo, y yo debo acabar el que vos me encargasteis.

—Y cuando eso ocurra os marcharéis con él.

—Sí, soy su esposa, debo hacerlo.

—Si yo fuera vuestro esposo no me hubiera separado ni un instante de vos, doña Teresa.

—Sois muy galante, maestro Jacques.

—Por cierto, el maestro Villard está en Lausana, y piensa salir pronto hacia el reino de Hungría. He recibido una carta suya fechada hace tres meses; me la ha traído un monje de la orden que fundó Francisco de Asís. Pensé que tal vez os interesara saberlo.

—Sí, gracias; ese Villard era un tipo... —Teresa pensó un rato el calificativo.

—¿Peculiar?

—Eso es, peculiar. No encontraba la palabra justa en vuestro idioma, todavía no conozco todas las palabras del francés.

—Pues lo habláis estupendamente.

—Lo aprendí de mi padre, de los peregrinos a Compostela y de los mercaderes franceses que se han instalado en Burgos. ¿Sabéis que la mayoría de los comerciantes burgaleses de lana son judíos, franceses o de origen francés?

—No, no lo sabía —dijo Jacques.

—Pues así es, maestro. La gente de vuestra nación está por todas partes.

—¿Os gustaría acompañarme a un torneo? —le preguntó Jacques de pronto.

—¿Con vos? ¿Yo? —titubeó Teresa.

—Conmigo, sí.

—Enrique, mi esposo, dice que las artes de la guerra han sido ideadas por el demonio para sojuzgar a los hombres. Y que los maestros de obra han jurado no participar jamás en la construcción de un edificio destinado a la guerra.

—Eso depende de la corporación a la que cada maestro esté adscrito. Yo lo estoy en la cofradía de San Jorge, y en nuestros estatutos, aunque se recomienda que dediquemos nuestras vidas a procurar el bien, nada se dice sobre que no podamos construir castillos o murallas. Ya habéis visto el gran castillo-palacio del Louvre, la residencia de los reyes de Francia; pues bien, el maestro de obra es un compañero de mi corporación.

»Además, doña Teresa, los torneos sustituyen a las batallas. Sirven para que los jóvenes guerreros y los más ardientes caballeros se desfoguen en el combate y luzcan su habilidad ante las damas más hermosas. En este torneo se va a representar un espectáculo cómico. Dos enanos perseguirán a caballo a dos personajes coronados que imitan a dos reyes; es muy divertido, ya veréis. El torneo se celebra en el campo de justas ubicado una milla al este de San Germán de los Prados. Asistirá toda la corte. Lo pasaréis bien. Iremos a caballo hasta allí, disfrutaremos de las lides entre los caballeros, de las chanzas cómicas y de una buena comida. En unos espetones se asan decenas de patos, corderos e incluso algún buey cuya carne se adereza con las hierbas y especias más aromáticas que podáis imaginar.

—No poseo un caballo —dijo Teresa.

—Por eso no os preocupéis. Dispongo para vos de un palafrén bayo, de pelo casi dorado. Es manso como un corderillo. Lo compré hace dos años a un mercader de Dijon en la feria de ganado de otoño.

—Tal vez no esté bien que una mujer casada acompañe a un hombre como vos...

—Olvidad ese recelo. No soy el tipo de hombre al que le atraigan las mujeres. ¿Lo entendéis?

—¿Sois...? —Teresa no pudo acabar la pregunta.

—Sí; soy uno de esos varones a los que la naturaleza le ha otorgado otras querencias; tengo el honor de compartir identidad sexual con Ricardo Corazón de León, rey de Inglaterra, con el rey Felipe Augusto de Francia, o con el mismísimo Aquiles, el héroe griego que venció a los troyanos, con Alejandro Magno o con el gran Julio César, el primer hombre de Roma. Ya veis, señora, un humilde maestro de obra tiene los mismos sentimientos que los mayores héroes del presente y del pasado.

—Por eso no os habéis casado nunca...

—Bueno, tampoco vuestro querido Enrique, y él no es precisamente como yo.

—¿Cómo habéis sabido que no estamos casados?

—Vamos, doña Teresa, no soy un niño. Si hubierais sido esposos, no os hubierais separado tan fácilmente. No sé qué relación existe entre los dos, pero sé que os amáis profundamente. Y tampoco sé por qué no os habéis casado; desconozco vuestro secreto y lo que se encierra tras vuestra apariencia. En estos tiempos, el matrimonio no es necesario para que una mujer y un hombre cohabiten; aquí en París, y no creo que en Burgos sea muy distinto, hay centenares de parejas de hombres y mujeres que se aman y fornican sin necesidad de que un clérigo lascivo e hipócrita que se folla a media docena de barraganas y mantenidas sacralice su unión.

»Este es el siglo de la admiración por la inteligencia. ¿Acaso creéis que el obispo de París hubiera consentido de otra forma que el rey encargara a un hombre como yo la construcción de la Santa Capilla?

»Estamos recuperando la razón. El gran Anselmo de Canterbury solía decir que la fe busca el intelecto y la comprensión, y la Biblia de Guiot nos invita a alejarnos de los tiempos terribles y oscuros en los que se predicaban el miedo y la angustia, ahora para vivir según nuestros sentidos. ¿Qué otra cosa creéis que hacemos construyendo estos edificios? En ellos, en su contemplación, invitamos a que los hombres observen, razonen y ordenen su caos interior. Por eso decimos que los arquitectos del nuevo estilo imitamos la obra de Dios.

»¿Vendréis conmigo?

—Sí —asintió Teresa.

—En ese caso os recogeré el domingo por la mañana.

Los caballeros estaban formados en dos largas filas. Ataviados con sus armaduras de gala y con sus coloridos blasones, habían llegado de todos los rincones de Francia. Los estandartes de las grandes casas nobiliarias ondeaban al viento. El rey de armas apareció en el palenque montando un espléndido alazán. Portaba en su mano el bastón que lo identificaba como el juez del torneo y, en ausencia del rey Luis, que seguía en Tierra Santa, saludó al Delfín, que presidía el torneo.

Los contendientes saludaron a los espectadores y algunos de ellos prendieron lazos y pañuelos dedicados por hermosas damas en sus armaduras relucientes. Durante toda la mañana se libraron tremendos enfrentamientos. Los jinetes rompían lanzas en un combate que enfrentaba dos a dos a todos los caballeros; los que caían quedaban eliminados y los vencedores pasaban a la siguiente ronda de clasificación. No se trataba de un torneo de mera habilidad en la lucha y en cruce de lanzas, sino también de resistencia y fortaleza.

A mediodía se interrumpieron los combates. Fue entonces, mientras se servían bandejas llenas de carne asada, cuando salieron al centro del palenque los dos enanos. Vestidos con trajes hechos con retazos de tela de colores chillones, los dos enanos, montados en caballitos muy pequeños, persiguieron empuñando sendos látigos a dos enormes personajes que encarnaban la figura de dos reyes, que corrían delante de los enanos, que pretendían darles caza montados sobre sus caballitos.

La escena era tan grotesca que los espectadores reían a carcajadas, mofándose de los presuntos reyes, a los que algunos niños arrojaban las bostas que los caballos habían dejado esparcidas por todo el campo.

—No os divierte, ¿verdad? —le preguntó Jacques a Teresa.

El maestro de la Santa Capilla había recogido a la maestra de pintura a primera hora de la mañana. Jacques vestía un elegante jubón verde y unas calzas de seda a juego, con una capa de terciopelo negro, calzaba unas botas de cuero negro y se tocaba con un sombrero de pico en el que lucían dos plumas de pavo real. Teresa jamás había visto a nadie vestir de manera tan refinada.

—Es cruel —dijo la pintora a la vista del espectáculo de los enanos.

—No, grotesco tal vez, pero cruel no. La vida es terrible,

Teresa, sobre todo para la mayoría de esa gente que ni siquiera sabe qué podrá comer mañana. Estas chanzas ayudan a sobrellevar esta sufrida vida en, como dicen los clérigos, «este valle de lágrimas». Hoy es un día de felicidad para ellos, de felicidad porque por unas horas olvidan quiénes son y de dónde vienen.

—¿Por qué me habéis traído aquí —le preguntó Teresa—, si lo único bello de todo esto son estos hermosos prados llenos de flores? Además, creo que a vos tampoco os gusta este espectáculo.

—Os veía sola, quería sacaros de vuestra monotonía, pero me he equivocado. Sois mucho mejor de lo que suponía.

—Guardo en mi cocina una olla con un guiso excelente. Está hecho al estilo de Galicia, con carne de buey, jamón, cebolla y puerros, y un pichón relleno de pasas asado en su propio jugo... Tal vez os gustaría probarlos.

—Por supuesto, mucho mejor que esta carne de pato asada aderezada con salsa de arándanos y moras.

—Pues vamos allá.

Los dos maestros recogieron sus caballos y partieron de regreso a París; en varias tiendas, los caballeros que no habían sido eliminados en los primeros envites reponían fuerzas para los combates de la tarde, en los que se dirimiría el ganador del torneo.

—Hoy saldrá de aquí un nuevo héroe —dijo Jacques.

—Y varios derrotados, heridos e incluso algún muerto de los que nadie se acordará.

—Las cosas suceden así. Sólo los vencedores pasan a la historia. Si alguien escribe la crónica de este torneo hablará de la gallardía del vencedor, de su habilidad con la lanza, de su fortaleza y de la hermosura de las damas a las que robó el corazón, pero no dirá nada de los vencidos.

—Lo mismo ocurrirá con vuestra obra. Cuando muráis, nadie recordará quién ideó la Santa Capilla, quién dibujó los planos de Nuestra Señora o quién hizo posible la catedral de Chartres, pero todos recordarán a los obispos bajo cuyos episcopados se erigieron esos edificios y los nombres de los reyes que los sufragaron estarán esculpidos en piedra en sus fachadas —dijo Teresa.

—En nuestra corporación de maestros hemos acordado que cada uno de nosotros ponga su nombre grabado en una placa en el edificio cuya construcción haya dirigido.

—Hace tiempo que yo he pensado hacer lo mismo en mis pinturas.

—Pues en eso estamos de acuerdo, doña Teresa.

Los dos maestros continuaron cabalgando hacia París. Aunque el cielo estaba cubierto de nubes, la primera hora de la tarde era luminosa y fresca y algunas gotas comenzaban a caer sobre la campiña del Sena.

—Mala suerte para la brillantez del torneo, las hermosas gualdrapas de los caballos acabarán cubiertas de barro —comentó Jacques al arreciar la lluvia.

—Descuidad, maestro, no serán los caballeros quienes las limpien.

Los dos jinetes arrearon a sus monturas y entraron en París al galope.

4

Demasiado tiempo sin él. Dos años sin Enrique era mucho tiempo incluso para una mujer del temple de Teresa. A sus cuarenta años todavía no había disminuido el atractivo de la juventud, pero los rasgos del paso del tiempo comenzaban a notarse en el rostro y en el cuerpo de la maestra pintora. No había perdido un ápice de la intensidad del brillo de sus ojos, ni la esbeltez de su porte, pero algunas canas habían poblado su cabellera melada y se las teñía con una pasta de ceniza de sarmientos macerada en vinagre. También había empezado a depilarse el vello con pez caliente, a pesar de que el calor y los tirones le producían una rojez en la piel que tardaba al menos un par de días en desaparecer cada vez que se depilaba. Algunas mujeres lo hacían con cal viva, que era menos doloroso pero dejaba la piel mucho más estropeada.

Seguía vistiendo como cuando tenía veinte años, pero recogía su cabello en un moño y lo cubría con una redecilla y un pañuelo de seda blanca tan ligero que casi era transparente. Apenas llevaba joyas, a excepción de una pulsera que le regaló Enrique en una ocasión y un collar que había heredado de su madre y que guardaba en una pequeña arqueta de plata chapada con plaquitas de marfil que le entregara su padre el día que cumplió dieciséis años.

Su vista, cansada por tantos años de aguzarla para poder dibujar a la luz de los candiles, había perdido capacidad para percibir los objetos con nitidez y claridad. El maestro Jacques le había recomendado que usara unas lentes de vidrio para cuando las necesitara. Teresa se las puso en una ocasión y se sintió muy satisfecha cuando comprobó que los objetos y las líneas se volvían mucho más claras y diáfanas a su vista.

Tras los años de estancia en París y haber acabado de pintar las bóvedas de la Santa Capilla, Teresa empezó a sentir que aquella ciudad se le venía encima. Ni siquiera la amistad del maestro Jacques, que le procuraba algunos encargos de pinturas sobre tabla, le compensaba. La añoranza de Enrique era demasiado intensa. Una y otra vez se repetía que el tiempo curaba todas las heridas y apagaba antiguos sentimientos, pero el recuerdo del maestro de obra de la catedral de Burgos seguía anclado en su corazón y no había manera de desprenderse de él.

En aquellos dos años recibió tres cartas de Enrique. En la primera le decía que las obras de la catedral se habían reiniciado y que iban a buen ritmo a pesar de la escasa disponibilidad económica del cabildo; en la segunda le anunciaba que había comprado una nueva casa en el barrio de San Juan y que tenía un pequeño jardín donde él mismo cultivaba algunas hortalizas; y en la tercera le confesaba que no podía vivir sin ella y que no quería acabar como Abelardo, recluido en un convento añorando el resto de su vida a su amada, a su vez encerrada en otro convento. La comparación tal vez fuera exagerada, pero surtió en Teresa un efecto inmediato.

—Me marcho, maestro; en cuanto salga un grupo de peregrinos hacia Compostela me uniré a ellos. Regreso a Burgos.

—Estaba seguro de que algún día llegaría este momento. ¿Os ha llamado él o regresáis por vuestro propio deseo? —le preguntó Jacques.

—Hace unos días recibí una carta; la traía un peregrino. En ella, Enrique me dice que me necesita a su lado, que no desea que nuestro futuro se parezca al de Abelardo y Eloísa.

—Claro, la trágica historia de los dos esposos que ocultaron su matrimonio. No es vuestro caso, señora, pero creo que debéis hacer lo que el corazón os manda, y me parece que lo que ahora os ordena es que corráis junto a él. Os echaré de menos; ni siquiera en París hay alguien capaz de suplir vuestra ausencia. Cada vez que admire el color azul de las bóvedas de la Santa Capilla pensaré en vos. De todos modos, si alguna vez decidís regresar a París, recordad que en mi taller siempre habrá un sitio para vos.

—El nuevo estilo no admite los grandes murales —dijo Teresa.

—Si vos lo pidierais, ni siquiera el mismísimo rey de Francia podría impedir que yo construyera un edificio con enormes muros de piedra para que vos los pintarais.

—Ninguno de mis murales podría superar la luz de las vidrieras de la Santa Capilla.

—Si yo hubiera nacido como cualquier hombre os hubiera amado hasta la muerte.

Teresa cogió las manos de Jacques y las acarició; luego se acercó hasta él y lo besó en los labios.

—Tal vez no os guste el beso de una mujer, pero no he podido evitarlo —se excusó Teresa.

—Por una vez he lamentado no ser un varón... digamos normal. Decidle al maestro Enrique que es el hombre más afortunado del mundo.

Jacques acudió a casa de Teresa para despedirse de ella el día que la maestra Rendol partía para Burgos. La pintora había decidido llevarse consigo a las dos jóvenes aprendizas a las que había recogido en su taller, en tanto que la casa y algunas otras de sus pertenencias las había legado a los demás miembros del taller, para que las vendieran y se repartieran las ganancias. Había nombrado ante notario al maestro Jacques albacea de aquella donación.

—Sois muy generosa —le dijo Jacques al despedirla—, y habéis sentado un peligroso antecedente; a partir de ahora todos los oficiales y aprendices de los talleres de París se sentirán con derecho a disfrutar de los bienes de sus maestros.

—Y así debería ser, ¿no es justo? He leído en uno de los libros que me prestasteis que uno de vuestros santos más célebres, san Martín, partió su lujosa capa para darle la mitad a un pobre.

—A un pobre sí, pero vos le habéis dado todo a personas que no lo son.

—Mis oficiales no son exactamente unos pobres, pero creo que se merecían esos bienes. Su trabajo ha sido extraordinario.

—Os echaré de menos.

Jacques ayudó a Teresa a subir a una de las cuatro acémilas que había comprado para el viaje.

—Yo también, maestro.

—Tened mucho cuidado en el camino.

—Ahora vamos a unirnos a un nutrido grupo de peregrinos que parten desde la iglesia de San Dionisio; hemos pagado una buena cantidad de plata para que nos acompañe una escolta de soldados. Algunos de ellos son veteranos de las guerras del rey Fernando de Castilla y León en el sur de la península.

—Dadle recuerdos a Enrique y decidle cuánto lo envidio.

Teresa estiró su mano, que Jacques apretó con fuerza, y las cuatro acémilas partieron calle adelante hacia San Dionisio. Entre los objetos que llevaba en las bolsas de cuero para el viaje portaba tres de aquellas lentes maravillosas que suplían a los ojos cansados cuando se trataba de ver con más nitidez.

Teresa aún no lo sabía, pero cuando salió de París ya había muerto el rey Fernando. El monarca, cansado de guerras y de esfuerzos, no pudo resistir más y murió en su querida Sevilla a los cincuenta y un años. Enfermo durante todo el invierno, mediada la primavera de 1252 había mejorado mucho e incluso había ordenado a sus generales que prepararan un expedición guerrera a África, pues quería acabar con los musulmanes en aquella tierra, sabedor de que se si les cortaban los suministros a los musulmanes de la península, sus ciudades perderían toda esperanza de resistir y se entregarían a Castilla.

Era el 30 de junio. El rey, tras varios días postrado en el lecho, tuvo fuerzas para levantarse, se puso en pie y ante el pasmo de toda la corte allí presente cogió las ropas reales, rechazó la ayuda que le ofrecían su criados y se las vistió él solo. A continuación, pertrechado con sus atributos de soberano de Castilla y León, comenzó a rezar puesto de rodillas. Ordenó a su ayuda de cámara que le trajera una soga que se puso al cuello, después pidió una cruz ante la cual, con enorme devoción y sentimiento, rezó. Don Fernando se puso a llorar desconsoladamente y, a la vista de los principales nobles y clérigos de sus Estados, se autoinculpó de sus pecados con amargura, besó una y otra vez la cruz pidiendo perdón a Dios por cuanto de malo había hecho en su vida y, sin que nadie supiera de dónde era capaz de sacar semejantes fuerzas, se golpeó el pecho con la energía de un joven.

Don Fernando mandó llamar a su presencia a sus hijos, que aguardaban en unas estancias del alcázar de Sevilla. Allí estaban casi todos sus vástagos, los tenidos con la hermosa Beatriz, encabezados por el príncipe heredero don Alfonso y el joven Felipe, a quien su padre había nombrado arzobispo electo de Sevilla. De los retoños de su primer matrimonio sólo faltaban Sancho, arzobispo de Toledo, y Berenguela, la poderosa abadesa del monasterio de Las Huelgas de Burgos. También estaba doña Juana, su segunda esposa, con sus tres hijos.

En presencia de casi toda la familia real, don Fernando bendijo al príncipe Alfonso, y como heredero y próximo rey de Castilla y León le encomendó que protegiera y defendiera a todos sus hermanos, pero que por encima de todo hiciera valer los intereses de Castilla y de León.

Entonces, sintiéndose morir, pidió que le administraran la extremaunción y, después de recibirla con gran devoción, se despojó de las ropas reales que se había colocado él mismo al levantarse de la cama y las dejó encima del lecho pidiendo perdón al pueblo de Castilla y León por si en alguna ocasión había sido injusto. Por indicación suya, todos los presentes rezaron una letanía y un *Te Deum*. El vestido real estaba bordado con castillos y leones de hilo de oro, perlado de gruesos aljófares y engastado con rubíes, zafiros y esmeraldas.

Finalizadas las oraciones, el rey, que se había quedado desnudo de cintura para arriba, se cubrió con una sencilla túnica y se dispuso resignado a esperar la muerte. Esta llegó poco después. Como solía ser habitual entre los reyes de la Cristiandad, don Fernando también dispuso en su testamento que su cuerpo fuera enterrado en su tierra, pero que se le extrajera el corazón para ser enterrado en el monte Calvario de Jerusalén, pidiendo perdón por no haber podido ayudar a recuperar la Ciudad Santa para la fe de Cristo.

Don Alfonso heredó los reinos de Castilla, León, Galicia, Toledo, Sevilla, Córdoba, Murcia, Jaén, Badajoz y Algarve. En su primer desfile montó un hermoso corcel con la silla que había pertenecido a su padre, cuyos arzones eran de oro y plata.

El nuevo soberano creía firmemente en el origen divino del poder de los reyes. No tenía la fuerza interior de su padre ni su sentido de la autoridad y de la justicia, ni su presencia causaba la sensación de respeto y confianza que generaba su progenitor, pero era un hombre muy culto, experto en leyes y gran mecenas de la cultura.

Pero los Estados que le tocaba administrar ya no eran tan pujantes como lo fueron cuando su padre los gobernaba. Los productos que se vendían en los mercados eran ahora más escasos y más caros, los campos y los talleres producían menos manufacturas y el comercio proporcionaba menos beneficios.

Para paliar estos perniciosos efectos, el rey Alfonso, aconsejado por algunos miembros de su curia, ordenó que las primeras monedas acuñadas con su efigie y con su nombre tuvieran menos valor que las últimas de su padre. El efecto de aquella medida fue peor de lo previsto y en pocas semanas las cosas se encarecieron todavía más. Al rey Alfonso no le cupo más remedio que poner límite a los gastos suntuarios de la corte, fijar el precio máximo de algunos productos que comerciantes sin escrúpulos aumentaban a su conveniencia y prohibir la exportación de alimentos.

En cuanto se enteró de aquellas medidas, Enrique de Rouen tembló. Pensó que los últimos meses habían sido un sueño efímero y que iba a regresar la misma pesadilla que provocó la paralización de las obras de la catedral, pero ahora no a causa de los gastos de la guerra sino por algo incluso peor, porque se estaba entrando en una nueva situación que nadie era capaz de prever cómo iba a terminar.

Don Aparicio intentó tranquilizar a Enrique.

—Las obras no volverán a paralizarse, os lo garantizo. Tal vez debamos recortar gastos y emplear a menos gente en los talleres, pero mantendremos las rentas de los puertos del Cantábrico para las obras de la catedral.

—Esas rentas dependen de que haya comercio, eminencia. Su alteza ha prohibido la exportación de trigo, lo cual supone perder las rentas que se generaban por ello; sólo queda la pesca, la lana y el mineral de hierro, y si eso también se pierde, las rentas de los puertos dejarán de existir, y sin ellas se acabó la fábrica de la catedral.

»Además, el rey está dictando medidas para evitar las relaciones de los cristianos con los musulmanes. ¿Sabéis qué significa eso? Un albañil o un peón sarraceno cobra un tercio menos que uno cristiano; si no podemos utilizar a musulmanes en esta obra, la catedral no podrá terminarse.

—Don Alfonso se refiere a otro tipo de relaciones.

—Así se empieza, y se acaba echando a toda esta gente. Algunos canónigos ya están insinuando que sería conveniente prescindir de los musulmanes en las obras de la catedral. ¿Os imagináis que eso ocurriera? Nos quedaríamos en Burgos sin los mejores carpinteros y sin los más delicados tallistas. Y la guerra con Portugal puede empeorar todavía más las cosas.

—Confiad en mí, don Enrique. Hace unos meses logré que el cabildo admitiera a don Diego López de Haro como canónigo de la catedral, y también lo será el rey. Don Diego es el noble más poderoso y rico de Castilla y ha sido nombrado alférez real, no consentirá que el cabildo del que forma parte no sea capaz de acabar este templo.

—Cada día se recaudan menos impuestos. No pagan los nobles, no pagan los clérigos, no pagan los estudiantes de Salamanca; los caballeros han reclamado su derecho a no pagar tampoco, y a fe que lo conseguirán. A este paso sólo pagarán los campesinos, los mercaderes, los judíos y los sarracenos, y caerán sobre ellos tal cantidad de tributos que se rebelarán, y todo acabará rompiéndose.

—No seáis tan pesimista, don Enrique, y confiad en el nuevo soberano. Don Alfonso ama el arte y las letras; su reinado será pacífico y fructífero, ya lo veréis.

—Don Alfonso tiene que atender a nuevas diócesis; creo que se han restaurado cuatro más en las tierras conquistadas, y probablemente los cuatro nuevos obispos querrán sus propias catedrales, y con más razón si cabe que nosotros, pues en estas ciudades ganadas para la Cristiandad sólo existían mezquitas para el culto a Alá.

—Las rentas de Castilla y León pueden hacer frente a esas cuatro nuevas catedrales y a otras tantas más —dijo don Aparicio dando por zanjada la cuestión.

El grupo de peregrinos en el que viajaban Teresa Rendol y sus dos aprendizas avistaron el caserío de Burgos mediada la tarde. Había sido uno de los últimos en atravesar el puerto de Roncesvalles, en el Pirineo de Navarra, antes de que comenzaran a caer las primeras nevadas del invierno. Soplaba un viento frío y húmedo del norte y sobre la sierra al sur de Burgos una enorme masa de nubes grises amenazaba con descargar una tormenta.

Teresa se despidió del resto de los peregrinos y se dirigió a su casa del barrio de San Esteban. La casa estaba tal cual la había dejado, aunque percibió un cierto desorden. Domingo de Arroyal, a quien había nombrado maestro del taller antes de partir hacia París, la recibió con una amplia y fingida sonrisa, aunque parecía molesto por el regreso de Teresa.

—La condición de maestro no se pierde nunca —le dijo ella al darse cuenta de su inquietud, lo que pareció calmarlo a la vez que lo reivindicaba ante el resto de los miembros del taller.

Enrique estaba tallando una figura para la puerta de la Coronería. Los tallistas de los que disponía ahora no eran tan expertos como los que habían trabajado en la portada del Sarmental, por lo que tenía que intervenir permanentemente y corregir detalles una y otra vez.

El maestro de obra se limpió el polvo de la frente, dejó el martillo y el cincel y cogió un botijo para beber agua. Al agacharse a por el recipiente observó de soslayo que tras él había alguien. Se giró despacio, alzó los ojos y contempló a Teresa Rendol, que lo observaba con serenidad.

—¡Teresa! ¿Cuánto tiempo llevas ahí, cuándo has llegado, cómo...?

Enrique se acercó hasta su amada y la abrazó.

—Acabé mi trabajo en la Santa Capilla y entonces me di cuenta de que París es muy aburrido sin ti.

—Te he echado de menos.

—Yo también.

—Dos años... No has cambiado nada —le dijo Enrique.

—Algunas canas de más, los primeros dolores en la espalda, algunas manchas en la piel, más arrugas... No podemos detener el paso del tiempo.

—Sigues siendo la mujer más hermosa del mundo.

—El mundo es muy grande —dijo Teresa.

Enrique dejó el trabajo, le pidió a uno de los oficiales que siguiera con la figura en la que estaba trabajando y se marchó con Teresa.

—Es más modesta que la casa de Tenebregosa, pero tiene más luz y un huerto, y no hay cerca molestas carnicerías —le dijo Enrique a Teresa mientras le enseñaba la casa que había comprado en el barrio de San Juan—. Todavía no es hora de comer, pero en la alacena hay queso, pan y un poco de vino; es muy denso, pero lo rebajaremos con agua.

—No tengo apetito.

—¿Cuándo llegaste, dónde te has instalado?

—Llegamos ayer al atardecer, y estoy en mi casa de San Esteban, claro.

—¿Llegamos? —se extrañó Enrique.

—He traído conmigo a dos aprendizas que incorporé a principios de este año a mi taller de París. Una de ellas apenas sabe mantener firme el pincel, pero la otra apunta muy buenas maneras, tal vez sea una gran pintora algún día.

»¿Y tú, por qué te has cambiado de casa?

—No soportaba la de la calle Tenebregosa; cada rincón me recordaba a ti. La vendí y compré esta. Mira, esas verduras de invierno las he plantado yo mismo. Algo tenía que hacer para no estar pensando todo el día en ti.

Teresa abrazó a Enrique y lo besó. Los dos amantes comenzaron a despojarse de sus vestidos y quedaron en pie, completamente desnudos.

—Aunque mi sueño es hacer el amor contigo en un prado lleno de flores, ahora estaríamos mejor en una cama, ¿no crees? —le propuso Teresa.

Enrique la cogió de la mano y la llevó hasta su lecho.

—Ahora vuelvo —le dijo.

Enrique regresó enseguida con un puñado de flores a las que arrancó los pétalos y los dispersó sobre las sábanas.

—No es exactamente mi sueño, pero es suficiente —añadió Teresa.

Y allí se amaron como si se hubiera detenido el tiempo.

Unos golpes sonaron en la puerta de la casa.

El maestro de obra se incorporó.

—Es mi criada; suele venir a estas horas a preparar la comida para los aprendices y para mí. He tomado la precaución de cerrar la puerta con cerrojo. Aguarda aquí.

—No te preocupes, no voy a ir a ninguna parte.

Enrique se cubrió con una manta y salió a abrir a su criada. No le puso ninguna excusa, pero tampoco hizo falta, pues ella se dio cuenta enseguida de que su señor ni estaba enfermo ni se había dormido. Sólo una mujer podía ser la causa de que estuviera en casa a esas horas y sin vestir.

De regreso a la alcoba, Teresa se estaba vistiendo.

—Los llaman «los perros de Dios» —dijo Enrique.

—¿Cómo?

—Se trata de una nueva orden de frailes; la ha fundado un clérigo llamado Domingo de Guzmán y tiene como misión velar por la rectitud moral de los cristianos. En apenas un año ha logrado convertirse en un poderoso brazo de la Iglesia. Controla lo que llaman «las buenas costumbres de los fieles cristianos», vela para que la herejía no se propague, recela de cualquier manifestación que no se adecue a lo que esa orden cree que deben ser las acciones de un buen cristiano y persigue a cualquiera que se desvíe de la línea que ella traza.

—Tendré cuidado —dijo Teresa.

—Si nos denuncian, tendremos problemas. Las cosas han cambiado; ahora cohabitar con una mujer fuera del matrimonio comienza a ser denunciado.

—Mi opinión no ha cambiado sobre este asunto —zanjó Teresa.

Parecía como si no hubiera transcurrido el tiempo. Teresa se incorporó a su antiguo taller, que ahora tenía dos maestros, y Enrique siguió con la dirección de las obras de la catedral. Don Aparicio cumplió su palabra y, aunque la situación económica empeoraba, la nave mayor seguía creciendo.

Las lentes que Teresa trajo de París causaron verdadera sensación en Burgos. En el monasterio de Las Huelgas, a cuyo escritorio Teresa acudía una vez por semana para dirigir a las hermanas en su tarea de iluminar manuscritos, dejó una lente para que una monja ya de cierta edad que no podía seguir pintando a causa de su mala visión pudiera mantener su actividad.

El rey don Alfonso ordenó que la escuela de Toledo, donde se traducían textos del árabe al latín, incrementara su actividad cuanto le fuera posible. De los escritorios de Toledo salieron libros traducidos del árabe al latín para surtir a muchas de las bibliotecas episcopales y monacales, hasta entonces apenas compuestas por libros de sermones, biblias, misales, epistolarios, antifonarios, libros de horas y salterios. Enrique reclamaba a su obispo aquellos libros que le podían facilitar su trabajo. A las traducciones de los filósofos griegos y latinos, cuyos textos se habían conservado gracias a que los musulmanes los habían traducido al árabe, siguieron traducciones de las mejores obras de los matemáticos y científicos árabes.

Como algunos de esos libros no se encontraban en Burgos, Enrique viajó a Salamanca. Hacía algunos años que allí se había fundado una universidad, pero era en los últimos tiempos cuando se había convertido en un centro de enseñanza muy importante. En su biblioteca pudo consultar las obras de Aristipo, Cleóbulo, Platón, Séneca, Aristóteles, Virgilio, Sócrates, Lucano, Diógenes, Priscino, Terencio, Ovidio o Estacio, pero sobre todo le interesaron los tratados científicos de Pitágoras, Abenragel y su *Libro de las estrellas*, el *Libro de la cábala*, que contenía la ciencia de los números de los judíos, el *Libro de la octava esfera*, donde se reunían todas las teorías de Ptolomeo, varios libros de cálculos matemáticos de diversos autores árabes o el *Libro de las cruces*, un tratado sobre las estrellas con el que varios sabios astrónomos estaban confeccionando unas tablas para establecer todos los movimientos de los astros en el firmamento. Los ojos de Enrique se abrieron a un mundo nuevo. En los tratados matemáticos escritos por autores árabes aprendió la importancia de combinar experimentación y razonamiento, y la preocupación de los tratadistas árabes por poner fin al cisma que Aristóteles había abierto entre la física y las matemáticas, al tratar como contrarios a lo cualitativo y lo cuantitativo.

«¿Una catedral grande o una catedral armónica? —pensó—. Durante años hemos estado debatiendo sobre esta cuestión cuando aquí está ya resuelta.»

Y desde entonces miró con otros ojos a aquellos musulmanes que trabajaban a sus órdenes en la obra de la catedral, a los que sólo había visto como hábiles artesanos.

La catedral de Burgos comenzaba a mostrar el que sería su aspecto definitivo: cabecera de tres naves, amplio crucero de una sola y nave mayor también con tres naves. Aquel templo era un compendio de lo que su tío Luis y él mismo habían aprendido, una mezcla de los planos de las catedrales de Chartres y Bourges más las innovaciones creadas por el taller de los Rouen. Bueno, el resultado final podía ser original, pensó Enrique.

El hijo de Juan de Rouen se había acostumbrado a vivir en un permanente estado de zozobra. Cuando parecía que la situación se había calmado y la paz con Portugal alejó la amenaza de una guerra entre los dos reinos cristianos del occidente peninsular, el poderosísimo señor de Vizcaya se reveló contra don Alfonso y ofreció sus servicios al ambicioso rey Jaime de Aragón. Los dos reinos más poderosos de la cristiandad hispana estuvieron al borde de la guerra, pero se impuso la cordura y se restauraron las relaciones, no en vano don Alfonso estaba casado con doña Violante de Aragón, hija de don Jaime.

El rey Alfonso consolidó su autoridad y comenzó a ser respetado por los demás reyes cristianos, que le ofrecieron regalos y presentes y solicitaron alianzas matrimoniales. El piadosísimo rey de Francia le remitió varias Biblias encuadernadas en plata, camafeos y sortijas, y el rey de Inglaterra envió una embajada para tratar de acordar matrimonios entre infantes e infantas de Castilla y León y príncipes y princesas ingleses.

Todo parecía mezclarse y confundirse. Don Alfonso impulsaba la traducción y difusión de obras escritas por musulmanes y por judíos, pero también permitía que se dictaran normas contra los miembros de esas dos religiones. Se promulgó que se aplicara la pena de muerte para el judío que pretendiera convertir a su religión a un cristiano y para el cristiano que se convirtiera al judaísmo, se encerró a los hebreos en sus barrios desde la mañana del Viernes Santo hasta el sábado y se les prohibió construir nuevas sinagogas aunque podían reparar las ya existentes. De ningún modo se consentiría que hubiera relaciones carnales entre personas judías y cristianas, y se castigó su práctica con la pena de muerte. Y para mayor agravio, se impuso a los judíos la obligación de llevar una rodela cosida sobre el gorro o en la ropa, a la altura del hombro, para diferenciarse de los cristianos.

No, las cosas ya no iban a ser nunca iguales.

5

Don Alfonso deseaba gobernar un reino unido bajo las mismas leyes y por ello pidió a varios juristas que llevaran a cabo un gran esfuerzo legislador. En el reino de León los delitos se juzgaban por el viejo texto llamado el Fuero Juzgo, mientras que en Castilla había diversos ordenamientos jurídicos que causaban un grave problema a la idea centralizadora del rey. Para evitar semejante atomización de las leyes, se redactó un fuero real a partir del cual se pretendía unificar las diversas legislaciones municipales de Castilla.

—Las cosas están yendo a peor. Ya te lo dije en una ocasión; se comienza por perseguir a los judíos y a los sarracenos y se acaba condenando a la hoguera cualquier disidencia. Acaban de ser aprobadas unas constituciones mediante las cuales los clérigos deben informar al obispo sobre cualquier relación carnal que se realice fuera del matrimonio canónico. De momento sólo se están denunciando los incestos y las prácticas sodomitas, pero pronto se condenará cualquier otra. Nuestra situación va a ser difícil de soportar —le dijo Enrique a Teresa.

—Hasta ahora no hemos tenido problemas —asentó Teresa.

—Pero creo que vamos a tenerlos. El obispo ya me ha dicho en un par de ocasiones que legalice nuestra situación o que rompa mi relación contigo. Varios canónigos han criticado que vivamos como esposos sin serlo.

—Pero la mayoría de los clérigos de esta ciudad tienen barraganas reconocidas y mantenidas; lo sabe todo el mundo. Algunas gozan de cierto prestigio social y los hijos que tienen con los clérigos incluso poseen derechos de herencia —protestó Teresa.

—Así es, pero ellos son poderosos, y además su condición eclesiástica los protege de la justicia civil. De todos modos, esos mismos derechos también se aplican a los hijos de mujeres que no están casadas.

—Pero sólo en el caso de que los padres sean viudos o solteros. Eso no es justo.

—Esta vida está llena de asuntos injustos —afirmó Enrique.

—Mi padre me enseñó a amar la bondad, la hermandad entre las personas...

—Esas doctrinas son consideradas una herejía; procura ocultar tus creencias o te llevarán ante un tribunal. Esos «perros de Dios» están metiendo sus narices por todas partes.

—Tendremos cuidado —dijo Teresa.

En el año del Señor de 1254, Enrique de Rouen colocó la primera piedra de los cimientos de la que iba a ser la fachada principal de la catedral de Burgos. Para festejar semejante evento, el obispo don Aparicio celebró una misa en la capilla de San Juan Evangelista. A la salida del oficio, Enrique le enseñó al obispo las dos nuevas poleas de ruedas que se habían fabricado en el taller de carpintería siguiendo sus instrucciones.

—Estos dos artilugios son imprescindibles para poder subir los grandes bloques de piedra a lo alto de las torres de la fachada principal. Nunca hemos elevado bloques tan grandes a alturas semejantes. Las piedras de las bóvedas son pequeñas, pero los sillares de las torres seguirán siendo pesados, como los de los muros, pero ubicados a mayor altura —explicó Enrique.

—Realmente son dos artilugios imponentes —asentó el obispo.

—Los he construido tal cual me enseñó a hacerlo mi padre en Chartres. Funcionan mediante un complejo sistema de ruedas que permite con poco esfuerzo alzar grandes pesos. No están acabadas del todo, pues hasta que las torres no vayan ganando altura no podemos instalarlas en sus andamios.

—¿Y cómo vais a subirlas hasta el andamio? Esas ruedas pesarán muchísimo.

—Lo haremos con un sistema de doble polea y con la máquina que llamamos «gato», capaz de elevar grandes pesos. Cada vez que haya que elevar el andamio, conforme vayamos ganando altura, desmontaremos las ruedas y las volveremos a montar más arriba; así hasta el remate de las torres.

—Nuestro rey don Alfonso me ha comunicado que desea que su hermana la infanta Leonor contraiga matrimonio con el príncipe Eduardo, que será en el futuro el rey de Inglaterra, en esta catedral. Es un gran honor y debemos estar preparados para ello. El príncipe se ha mostrado muy ufano y él ha dicho a nuestro rey, según he sabido, que el rey Luis de Francia le ha regalado a su padre, el rey Enrique de Inglaterra, un elefante que a su vez recibió del sultán de Egipto cuando los cruzados conquistaron la ciudad de Damieta, en el delta del Nilo. Nosotros no podemos sorprender a ese petulante inglés con una bestia como esa, pero me gustaría que colocarais esas dos ruedas sobre la base de las futuras torres.

—En su confección han participado algunos carpinteros sarracenos; son los que mejor manejan la gubia para trabajar las líneas curvas en la madera —aclaró Enrique.

—No creo que el sultán de Egipto sea precisamente un cristiano ejemplar.

El príncipe inglés fue armado caballero en el monasterio de Las Huelgas por el propio rey Alfonso, y poco después se casaba en la catedral de Burgos con la hija del rey Fernando. Aquella boda supuso la primera visita a Burgos de don Alfonso como rey de Castilla y León. Don Aparicio le pidió que mantuviera las rentas concedidas para poder culminar la obra, a lo que el rey le respondió que sólo Dios era capaz de saber qué ocurriría al respecto.

Durante aquellos días en Burgos, don Aparicio le mostró al rey varias estatuas que el taller de escultura había labrado en los últimos meses para colocarlas en la fachada principal, una vez se culminara. Dos de ellas representaban a los reyes don Alfonso VI y don Fernando III, bajo cuyo reinado se habían construido la catedral vieja y la nueva; y otras dos, a los obispos Arterio y Mauricio, los prelados impulsores de ambas obras.

Don Aparicio le insinuó al monarca que si se acababa la obra durante su reinado, la escultura de don Alfonso debería figurar destacada en la fachada principal; a ello, el rey le dijo que en ese caso también debería de colocarse la del obispo que rigiera la diócesis burgalesa en ese momento, a lo que don Aparicio asintió sin disimulo.

Antes de partir de Burgos, el rey Alfonso ordenó que se labraran dos estatuas de tamaño natural que representaran a su padre, el rey Fernando, y a su madre, la reina Beatriz. Con ello, el monarca quería denostar a su madrastra, la reina Juana de Dammartin, segunda esposa del rey Fernando, que no era persona de su agrado. Don Aparicio le prometió que encargaría de inmediato dichas figuras, «en posición de contraer matrimonio», aclaró, al maestro Enrique de Rouen, al que calificó de «el mejor escultor del reino».

El rey Alfonso pasó todo el invierno en Burgos. Las obras de la fachada principal se habían detenido durante esos fríos meses, pero a comienzos de marzo se reiniciaron. Enrique de Rouen se presentó ante don Aparicio para proponerle la colocación de una de aquellas figuras que la gente denominaba «laberintos» en el suelo de la nave mayor, cuyas primeras bóvedas ya se estaban colocando. No le dijo al prelado que años atrás su proyecto de trazar un laberinto había sido desestimado por don Mauricio.

—Todas las grandes catedrales de Francia tienen un laberinto, que en realidad no es tal, sino la representación del camino de la vida —le aseguró el maestro de obra.

—Ese dibujo parece obra de sarracenos, o de demonios —dijo don Aparicio cuando vio el boceto que le había dibujado Enrique.

—No es tal, eminencia, ya os he dicho que están en todas las catedrales y que los obispos que los han autorizado son cristianos fervorosos.

—Ni siquiera plantearé vuestra propuesta ante el cabildo. Conozco bien a los canónigos, y creo que ninguno aprobaría ese laberinto.

—En Francia, el nombre del arquitecto suele colocarse en una placa de bronce junto al laberinto; ¿me permitiréis firmar mi obra?

—¿Vuestra obra? No he visto nunca que ningún pintor lo haga en sus murales o en sus retablos, ni tampoco he visto hacer algo semejante a ningún maestro de los talleres...

—Lo hacen los escritores, los cronistas, los poetas y los filósofos en sus libros. Gracias a ello conocemos sus nombres. También lo están haciendo mis colegas en Francia.

—Hummm..., de acuerdo, podréis colocar una placa con vuestro nombre en la catedral, pero nada de laberintos.

—Sólo es el símbolo del camino iniciático hacia la luz, hacia la perfección encarnada en Cristo —alegó Enrique.

—Tal vez, pero no faltarían quienes vieran en ello una obra de brujería. Por otra parte, no creo que eso le gustara a don Alfonso. El rey ha decidido construir una nueva catedral en la ciudad de León. Hace tiempo ya lo intentaron, pero entonces no cuajó —le dijo don Aparicio a Enrique.

—Era de esperar. León es una gran ciudad, y tanto su obispo como su concejo hace tiempo que planeaban tener una nueva catedral.

—Ha sido por iniciativa del nuevo obispo leonés, don Martín. Es notario real y tiene mucha influencia sobre el rey. Para dirigir la fábrica han contratado a un maestro de obra llamado Simón. Procede del norte de Francia, de la región de Champaña, y me han dicho que ha trabajado en la catedral de Reims. ¿Habéis oído hablar de él?

—No lo conozco personalmente, pero sé de quién se trata; es un gran arquitecto que ha propuesto soluciones muy atrevidas aunque arriesgadas.

—¿Conocéis la catedral de Reims? ¿Es hermosa?

—Sí; la visité hace algunos años. Y es hermosa, muy hermosa, y la más grande de Francia.

Don Aparicio frunció el ceño.

—Con el apoyo del rey, las rentas de su obispado de León, la influencia de don Martín y ese arquitecto... me temo que León deseará superarnos.

Don Alfonso comenzó a conceder muchos privilegios, donaciones y rentas al obispo de León. La nueva catedral leonesa era un empeño personal del monarca, obsesionado por superar las obras que había realizado en vida su padre, con el que siempre lo comparaban sus súbditos.

A fines de aquel año de 1255 don Alfonso tuvo que hacer frente a una sublevación nobiliaria encabezada de nuevo por el señor de Vizcaya, al que apoyaban el rey Jaime de Aragón y el infante Enrique, hermano de don Alfonso. El ejército real venció a los rebeldes en la batalla de Lebrija, y el hermano rebelde del rey de Castilla y León tuvo que exiliarse a África. El reino estaba de nuevo en paz y don Alfonso podía dedicarse a sus asuntos.

A comienzos de 1256, el rey Alfonso seguía en Burgos. Desde esta ciudad había dirigido sus reinos en los últimos meses, y para contrarrestar el golpe de efecto que supuso el anuncio de la construcción de la nueva catedral de León, el soberano otorgó numerosos privilegios a los burgaleses.

Fue en Burgos donde don Alfonso decidió optar al trono imperial de Alemania, vacante en ese tiempo, al que se consideraba con derecho al ser hijo de Beatriz de Suabia y nieto del emperador Felipe de Suabia. El acto formal de opción al Imperio tuvo lugar en Soria, a donde el rey de Castilla y León se había desplazado para firmar la paz con don Jaime de Aragón, que selló con el acuerdo matrimonial del infante don Manuel, hermano del rey Alfonso, con doña Constanza, hija del rey de Aragón; en esa ciudad, una embajada de Pisa le ofreció a don Alfonso la candidatura al trono imperial, que este aceptó.

Desde que se enterara de que en León se iba a construir una nueva catedral, Enrique parecía otra persona. Teresa trataba de aparentar que sus relaciones seguían siendo las mismas, pero estaba claro que su ánimo había cambiado. Utilizando cualquier excusa, algunas noches Enrique no compartía lecho con Teresa, y sus relaciones, sin que ninguno de los dos hiciera el menor comentario, se tornaron menos intensas.

Las obras de la catedral de Burgos continuaban a un ritmo aceptable. Una mañana, mientras contemplaba la gran nave mayor, Enrique se dio cuenta de que su catedral difería notablemente del resto de las construidas en el nuevo estilo de la luz. Al haber utilizado a algunos canteros musulmanes, el triforio de Burgos era muy distinto al de las demás catedrales. Los calados del muro, los arcos polilobulados y algunos detalles decorativos dejaban patente la intervención de canteros islámicos. En principio dudó si habría sido un acierto haber aceptado el trabajo de los musulmanes, pero enseguida comprendió que le proporcionaba una originalidad como no existía en ninguna otra catedral.

Teresa seguía pintando en su taller los encargos de retablos, que le llegaban sin cesar. Todo gran comerciante que se preciara quería tener en su casa una tabla pintada por Teresa Rendol o por su taller, y la maestra pintora encontró de nuevo en su pintura el refugio para olvidar, al menos mientras estaba trabajando, que su relación con Enrique se estaba enfriando demasiado deprisa.

Los dos amantes apenas compartían lecho cinco o seis veces cada mes, y sus encuentros solían ser demasiado rutinarios. Lejanos quedaban aquellos días en los que Enrique acudía a Teresa con una sonrisa radiante, siempre con un poema, una flor, unos dulces o un frasquito de perfume.

Enrique sólo parecía estar atento a las obras de la catedral, cuya portada principal, conocida como la del Perdón, se abrió al fin para toda la gente. También se ultimaron los trabajos de la puerta norte, la de la Coronería. Al colocar las últimas esculturas, Enrique se dio cuenta de que su trabajo no había sido tan exquisito como el que realizara años atrás en la portada del Sarmental. No es que sus manos se hubieran vuelto más torpes con el paso del tiempo, es que su espíritu no estaba tan en paz consigo mismo como antes.

Desde lo alto del andamio del muro sur de la nave, Enrique contempló orgulloso el trabajo de los miembros de su taller. Casi medio centenar de hombres y mujeres trabajaban en la nave, y los oficiales tallistas que habían llegado de Francia hacía tres años ya habían culminado los trabajos escultóricos del portal de la Coronería, que se había podido labrar gracias a las nuevas donaciones.

En el tímpano de la Coronería, Cristo, con una actitud hierática aunque menos majestuosa y severa y con mayor sensación de movimiento que el de la portada del Sarmental, estaba escoltado por la Virgen y por San Juan, que rogaban e intercedían por los hombres. Junto a la Virgen y a San Juan, dos ángeles portaban los instrumentos de la Pasión. Bajo ellos, en un amplio friso, el arcángel San Miguel pesaba las almas de los muertos y separaba las de los justos de las de los pecadores. El tímpano estaba enmarcado por tres arquivoltas con ángeles, en posición más rígida que los del Sarmental. En un banco elevado, a ambos lados de la puerta, los doce apóstoles, seis en cada jamba, recibían a los peregrinos a Compostela, que por esta puerta entrarían desde entonces en la catedral. La mano de Enrique se notaba en la mayor delicadeza de las cabezas y en la finura de los rasgos de sus rostros.

No obstante, a pesar de todo cuanto había ocurrido en los veinte últimos años, el resultado final le pareció aceptable. No estaba mal que a pesar de los diferentes obispos, dos reyes, centenares de escultores, canteros, carpinteros y vidrieros diferentes, varias guerras, revueltas internas, crisis y quiebras financieras diversas, la catedral de Burgos se alzara hacia el cielo azul de Castilla con aquella imponente majestuosidad.

La muerte de don Aparicio, el viejo obispo burgalés, no fue demasiado llorada por el cabildo. Su sucesor, don Mateo, que había sido obispo de Salamanca y de Cuenca, parecía dispuesto a culminar de una vez las obras de la catedral.

Don Alfonso fue propuesto al fin como emperador. Los pisanos habían pujado muy fuerte para que el rey de Castilla y León se hiciera con el trono imperial, pues estaban muy interesados en recibir a cambio el monopolio de la exportación de la lana de Castilla, y poder competir así con su gran rival en el comercio textil, la cercana y rica ciudad de Florencia. Los comerciantes castellanos de lana se habían dado cuenta de que la oveja de raza merina producía más lana y de mejor calidad que la churra, y que con ello obtenían más beneficios; por eso estaban cambiando los rebaños.

Todo parecía favorable a don Alfonso, pero no hubo acuerdo entre todos los electores del Imperio y resultaron elegidos dos emperadores a la vez, pues algunos votaron a favor de Ricardo de Cornualles, hijo del rey de Inglaterra.

No obstante, una embajada de alemanes llegó a Burgos para entregarle la corona imperial a don Alfonso. El rey quiso que estuviera presente toda la corte, y además invitó a muchos personajes de la ciudad, entre otros a Enrique de Rouen y a Teresa Rendol. Don Alfonso anhelaba tanto la corona imperial que no reparó en gastos. Las diversas ceremonias y desfiles, los banquetes y los pagos a los electores fueron una sangría tal para las arcas del reino que tuvieron que detraerse parte de las rentas destinadas a la fábrica de la catedral.

El nuevo obispo le recordó a don Alfonso que un emperador necesitaba un gran templo para coronarse como tal y que la catedral de Burgos sería el lugar más adecuado siempre y cuando se mantuviera el ritmo de las obras. La habilidad expositiva de don Mateo resultó muy eficaz. El rey concedió al obispo las rentas de cuatro bancos del mercado de carne de la ciudad, y gracias a ello Enrique pudo seguir con sus trabajos sin apenas retraso.

Pero todos aquellos fastos no sirvieron para nada. El nombramiento de don Alfonso como emperador no podía ratificarse hasta que no se aclarara la confusa situación de la existencia de dos emperadores electos. Los siete grandes electores del Imperio optaron por dejar pasar el tiempo y no pronunciarse de momento por ninguno de los dos candidatos.

Don Mateo, cuyo nombramiento como obispo había sido cuestionado por el papa Alejandro IV, le pidió al rey que arreglara de una vez la difícil situación económica del obispado, pues esa sería la única manera de calmar los ánimos de los canónigos, que observaban enojados cómo don Alfonso primaba al cabildo de León con la concesión de grandes donaciones que negaba al de Burgos. El obispo de Burgos le dijo al rey que si continuaba aquella situación, los castellanos entenderían que el reino de León era privilegiado con respecto al de Castilla, y aquella situación podría desembocar en una rebelión castellana.

Para acabar con los rumores que sostenían que don Alfonso prefería a León sobre Castilla, el rey y su esposa doña Violante participaron en una solemne ceremonia en la catedral de Burgos. Tuvo lugar el 11 de noviembre, y los dos esposos entraron en la catedral inaugurando oficialmente la portada principal. Ese mismo día, anunció diversas donaciones a la catedral y ordenó que todo el entorno del templo se mantuviera siempre limpio, con grandes multas a los que lo ensuciaran con basura o estiércol, y que se trasladaran de lugar unas carnicerías y pescaderías cercanas, pues los olores y los restos que emitían molestaban a las procesiones y a los desfiles ceremoniales.

6

Desde mediados de 1257, Teresa y Enrique ya no vivían juntos. Se seguían viendo varias veces al mes, aunque con cierta discreción. Formalmente seguían manteniendo sus domicilios respectivos, Teresa en el barrio de San Esteban y Enrique en su nueva casa del barrio de San Juan, y así constaba en los padrones del concejo, donde ambos estaban inscritos.

Aquel atardecer de principios de primavera de 1258, el cielo de Burgos tenía un tono rojizo. Teresa acababa de llegar a la casa del barrio de San Juan, donde la esperaba Enrique. Hacía dos semanas que no se veían y Enrique le había enviado un mensaje con un aprendiz con una invitación a cenar. Los dos amantes se besaron, como solían hacerlo siempre que se encontraban, y se dispusieron a cenar.

No habían tomado el primer bocado cuando el criado de Enrique le anunció que estaba en la puerta don Martín Fernández, y que quería verlo.

—Es un nombre muy común, ¿de quién se trata? —le preguntó al criado.

—Asegura que es el obispo de León.

Martín Fernández, notario real, había sido nombrado dos años antes obispo de León por el rey Alfonso, y ratificado en el puesto por el papa Inocencio IV, tras dos años y medio de sede vacante. Hasta entonces había sido un personaje muy próximo al rey, pero siempre ubicado en un segundo plano en la corte; desde que fuera nombrado obispo de León, su poder y su influencia habían salido claramente a la luz, así como la confianza que sobre él había depositado el soberano.

—Es un honor que vuestra eminencia visite esta casa —le dijo Enrique.

—Agradezco vuestra cortesía, maestro —respondió el obispo leonés sin dejar de observar a Teresa.

—Os presento a doña Teresa Rendol, es la maestra del taller de pintura, precisamente estábamos hablando de...

—Sé bien quién es doña Teresa; sus pinturas son las mejores de estos reinos.

—Gracias, eminencia —respondió Teresa haciendo una ligera inclinación con la cabeza.

—¿Puedo hablaros en confianza? —preguntó el obispo.

—No tengo secretos para doña Teresa.

—Preferiría hacerlo a solas.

Teresa hizo ademán de salir de la sala, pero Enrique la detuvo sujetándola con delicadeza por el codo.

—Estábamos a punto de cenar, tal vez os gustaría compartir mi humilde mesa. Doña Teresa es una magnífica conversadora.

El obispo de León, a su pesar, asintió.

—Os quiero hacer una propuesta. He sido designado obispo de León, la ciudad más importante y noble de estos reinos, y deseo que mi episcopado sea ornado con la construcción de una nueva catedral en el estilo francés. Con el beneplácito del rey contratamos al maestro Simón de Champaña para dirigir la obra. El maestro nos presentó sus planos, que aceptamos, y comenzamos a excavar los cimientos hace unos meses, pero para nuestra desgracia, el maestro Simón está muy enfermo.

—¿Qué le ocurre? —demandó Enrique.

—Se trata de una enfermedad repentina; su cuerpo ha quedado totalmente paralizado. Vengo a ofreceros la dirección de la fábrica de la catedral de León. He visto el trabajo que habéis realizado en la de Burgos, y os confieso que es excelente, pero yo deseo algo más. No me importa que mi catedral no sea la más alta ni la más grande de la Cristiandad, pero deseo que sea la más bella del mundo, y para ello no repararé en gastos. Además de las rentas de la diócesis, pondré a vuestra disposición, si es preciso, mi propia fortuna personal, y os aseguro que no es menguada. Os daré total libertad para que la construyáis a vuestro gusto, pero ha de ser la más hermosa de todas —dijo don Martín.

—Os agradezco vuestra oferta, eminencia, pero me debo a Burgos, al menos hasta que esta obra se termine.

—Su alteza está de acuerdo en que compaginéis ambas fábricas. Seréis el maestro de obra de las dos catedrales.

—Pero tal vez don Mateo, mi obispo, no esté de acuerdo...

—Don Alfonso ha pedido a los canónigos de Burgos que recen por su padre el rey don Fernando, y a cambio de sus oraciones les ha otorgado algunos privilegios y les ha confirmado otros, como las rentas sobre algunas salinas y los cuantiosos derechos sobre los puertos del Cantábrico. En los últimos meses el rey no ha cesado de conceder grandes dádivas y donaciones a Burgos. Todas las personas ligadas al cabildo de su catedral han quedado libres de impuestos, los caballeros de la ciudad que posean caballo con armas y dispongan de un mínimo de treinta maravedís de renta también han resultado ingenuos de pago, previo alarde público de sus armas y de su montura y siempre que residan dentro de las murallas. Sabéis bien que dichos caballeros tienen prósperos negocios mercantiles, poseen molinos y telares en Burgos y minas de hierro y fundiciones en Vizcaya, y que realizan transacciones mercantiles con Inglaterra y Flandes que les proporcionan mucho dinero; además, con las nuevas ordenanzas, don Alfonso les ha asegurado el control del gobierno del concejo, al garantizarse el reparto de los puestos más importantes. Durante cinco años los caballeros han provocado muchos conflictos, pero desde ahora, nadie en Burgos se opondrá a la voluntad de don Alfonso. Os lo aseguro.

»Esta nueva catedral es una empresa personal del rey Alfonso, y os propongo en su nombre que aceptéis la dirección de su fábrica. Ha sido él mismo quien me ha ordenado que viniera a veros y a ofreceros este trabajo.

—¿Habrá dinero suficiente? —preguntó Enrique.

—Por supuesto. Don Alfonso me ha dado su palabra y, para que no exista ninguna duda, el rey destinará a esa nueva catedral el tercio de las rentas reales.

—¿Y si estalla una guerra? Ya ocurrió en tiempo de don Fernando.

—Os aseguro que don Alfonso no es como su padre.

—¿Podré elegir a mis colaboradores? —Enrique sabía que un maestro de obra dirigía la fábrica de una catedral a partir de un proyecto inicial, pero que los cabildos y los obispos podían influir en el conjunto de la obra y sobre todo en los detalles.

—Podréis hacer cuanto deseéis, con plena libertad. Ya os he dicho que la única condición que pone el rey es que sea la más bella catedral de la Cristiandad. Su alteza ama la belleza por encima de cualquier otra cosa, y su espíritu es el más elevado que haya tenido rey alguno.

»Entonces ¿estáis de acuerdo?

—Falta fijar mis honorarios y los de...

—Los que tenéis ahora más un tercio. Además de exención de cualquier tributo, una casa en León mientras viváis en la ciudad, ropa y dos abrigos de pieles, y una gratificación anual si se cumplen los plazos que acordemos —dijo don Martín.

En tanto conversaban, el criado había servido la cena.

—¿Cuándo puedo comenzar? —preguntó Enrique.

—De inmediato. Ya os he dicho que están excavados los cimientos de la nueva catedral.

—Eso condicionará mis planes.

—Podéis hacer cuanto queráis. No os ponemos ninguna condición, sólo que os incorporéis enseguida. Entre tanto, id pensando en cómo será la nueva catedral; recordad, la más bella y luminosa del mundo.

Acabada la cena, don Martín se levantó, se despidió de Teresa y de Enrique, se colocó su capa sobre los hombros y se marchó de la casa.

—¿Estoy soñando o es cierto lo que me ha propuesto ese hombre? —le preguntó Enrique.

—Si no he escuchado mal, has aceptado dirigir la obra de la nueva catedral de León. Enhorabuena.

—Tendré que ir a esa ciudad. Desde Burgos hay seis días de camino, tal vez cinco si el clima es propicio, cuatro cabalgando sin parar. Creo que ha llegado el momento. Hace tiempo que no he vuelto a proponértelo, pero ahora existe una razón para que nos casemos. Quiero que seas mi esposa, te lo pido con todo mi corazón.

Teresa aspiró hondo.

—No. No puede ser, sabes que no puede ser. No puedo traicionar ni a mi padre ni a mis creencias.

—Pero ¿qué te importa una ceremonia en la que no crees?

—Mis padres tuvieron que huir de Languedoc a causa de sus creencias. Renunciaron a una vida cómoda y se marcharon sin saber qué les depararía el futuro. No puedo, no puedo.

Teresa lloró. La maestra de pintura tenía cuarenta y dos años, pero al no haber tenido hijos su apariencia era la de una mujer mucho más joven.

—Ya he estado en alguna otra ocasión lejos de ti, y no deseo que eso vuelva a suceder, pero nuestra situación no puede seguir así.

—En ese caso olvidemos estos años y sigamos cada uno nuestro camino —dijo Teresa con tal frialdad que Enrique sintió como si se le helara la sangre en las venas.

—¿Eso es lo que deseas?

—Tú quieres construir ese templo. Siempre has deseado planear una catedral que fuera obra tuya desde la primera hasta la última piedra. Ahora tienes la oportunidad de cumplir tu más preciado sueño. Yo sólo soy un estorbo.

—Sí, ese ha sido siempre mi sueño, pero tú eres más importante que cualquier ambición que yo pueda tener. Anhelo construir esa catedral, no he pensado en otra cosa desde que tengo conciencia, desde que vi a mi padre dirigir la fábrica de Chartres, pero lo dejaré todo por una sola palabra tuya; una sola frase de tus labios, y le diré a ese obispo que se busque a otro maestro de obra.

Teresa miró a Enrique, le acarició la mejilla y le dijo:

—No sería capaz de frustrar tus sueños. No hay otra salida. Adiós.

Teresa no durmió aquella noche en casa de Enrique. Las paredes de su alcoba de la casa del barrio de San Esteban fueron testigos de una madrugada de dolor casi insoportable. Estaba segura de que había perdido a Enrique y de que nada sería como antes.

A comienzo del verano Enrique viajó hasta León. En apenas cinco días recorrió amplias llanuras en las que se elevaban algunos cerros y páramos sobre los que volaban aves rapaces. El paisaje era un mar de cereales dorados en los que de vez en cuando serpenteaban cintas verdes a las orillas de los ríos, perfilados con hileras de álamos y chopos. En lo alto de algunas iglesias las cigüeñas había tejido nidos en los que alimentaban a sus pollos recién incubados. En los meses anteriores todo cuanto le había prometido don Martín se había cumplido. El rey Alfonso recibió en audiencia privada a Enrique y le aseguró que quería convertir la nueva catedral de León en la más hermosa de su reino y a ello dedicaría un tercio de las rentas, previa autorización del papa Alejandro IV.

Enrique visitó en compañía de don Martín y de varios canónigos de León los terrenos sobre los que, siguiendo el plano de Simón de Champaña, se habían excavado los cimientos de la nueva catedral.

—¿Y entre tanto esta catedral se consagre, dónde celebráis los oficios religiosos? —preguntó.

—En la iglesia de San Isidoro; es el panteón real de los reyes de León —le dijo don Martín.

—Sí, claro. Conozco ese templo. Lo visité hace algunos años, cuando peregriné hasta Compostela. Recuerdo que tenía unas pinturas murales muy coloristas.

—Como podéis ver, don Enrique, el espacio del que disponemos para la nueva catedral es amplio y está situado en la zona más alta de la ciudad, de modo que esta catedral lucirá más que la de Burgos.

En el amplio solar elegido destacaban las zanjas de los cimientos ya excavadas.

—¿Ha habido algún proyecto anterior a este del maestro Simón? —preguntó Enrique.

—Sí, antes incluso que en Burgos. Por lo que he podido ver en los documentos que se guardan en el archivo de la diócesis se excavaron parte de los cimientos para una nueva catedral en el año 1205, pero nada más se hizo desde entonces. En aquel tiempo los reinos de León y de Castilla estaban separados y el rey leonés debía de tener problemas más importantes que construir una gran catedral, o tal vez el obispo que ordenó excavar los cimientos no consiguió las rentas necesarias para continuar las obras. Bueno, hay una razón que uno de los más viejos canónigos me ha explicado en alguna ocasión —dijo don Martín bajando la voz, como si se tratara de un secreto que no convenía airear.

—¿Y cuál es? —demandó Enrique.

—Se dice que al excavar los cimientos se encontraron restos de un antiguo templo pagano, tumbas de gigantes y lápidas con inscripciones dedicadas a los falsos dioses de los romanos. Aquellos hallazgos fueron considerados como un mal augurio y se decidió abandonar el proyecto porque no se quería construir la nueva catedral sobre esos restos abominables.

—Al parecer, vos no creéis en esas supercherías.

—Hemos purificado el lugar. Hace unos meses, poco después de ser nombrado obispo de León, y cuando me enteré de este asunto, ordené realizar una ceremonia de purificación. No os preocupéis, si alguna vez se celebraron cultos a los falsos dioses en este lugar, ya ha quedado totalmente limpio. Toda esta área se asperjó con agua bendita y se sacralizó con el sagrado óleo; alrededor del perímetro de la futura catedral se realizó un vía crucis y se rezaron oraciones.

»Y os he de confesar algo más... Se dice que hay una maldición, y que el maestro Simón ha enfermado a causa de ella.

—Comenzaré a trabajar aquí mañana mismo —asentó Enrique.

En tan sólo dos semanas, Enrique presentó su proyecto.

—No voy a cambiar el plano del maestro Simón. Los cimientos ya están excavados y replantear todo supondría un gran retraso. La planta que el maestro de Champaña ha dibujado es exactamente igual que la de la catedral de Reims: cinco capillas en la cabecera, girola simple, crucero apenas acusado en planta con cinco naves longitudinales y tres transversales y nave mayor con tres naves a su vez y cinco tramos, a diferencia de Reims, que tiene nueve.

»Por el contrario, todo el resto del edificio responderá a la necesidad de captar la luz. Me dijisteis en Burgos que esta catedral tenía que ser la más hermosa del mundo, y os aseguro que lo será. Voy a rasgar los muros de arriba abajo, de tal modo que sólo existan pilares de piedra y vidrieras, no habrá muros de piedra, sólo luz, luz, luz.

»Quizá la catedral que ha comenzado a construir el obispo Juan Arias en Compostela sea más grande, pero no será más hermosa que esta.

Teresa Rendol estaba retocando la pintura de unos paños en una tabla con la Resurrección de Jesús. Había logrado tal perfección en pintar gasas transparentes que parecían telas reales pegadas a la tabla.

Domingo de Arroyal, el segundo maestro del taller, la interrumpió.

—Perdonad, maestra —Domingo seguía llamándola así pese a poseer su mismo grado—, os traigo una noticia que quizá os interese, aunque creo que no va a gustaros, pero tarde o temprano os ibais a enterar y creo que es mejor que sea yo quien os la comunique.

—¿Qué ocurre? —Teresa, a la vista de la gravedad que reflejaba el rostro de Domingo, dedujo que se trataba de algo importante y dejó el pincel sobre la mesa.

—Don Enrique va a contraer matrimonio con la joven Matea, la hija de Pedro González, un rico mercader que exporta lana de Castilla e importa paños de Flandes e Inglaterra; también posee una mina de hierro y una ferrería. Además es uno de los miembros más influyentes del concejo y es caballero. Matea tiene... dieciséis años.

Teresa no mostró ninguna reacción, ni un sólo músculo de su cara se movió.

—Gracias por la información, Domingo.

—Lo siento, maestra, lo siento mucho.

—No, no importa. Tenía que ocurrir; en verdad, yo jamás supuse que esperara tanto tiempo para decidirse.

Cuando Domingo de Arroyal salió de la estancia, Teresa se derrumbó sobre una silla y comenzó a llorar. Tenía cuarenta y seis años, siempre había rechazado todas las peticiones de matrimonio de Enrique, y no le había dado ningún hijo; no podía esperar otra cosa que lo que inevitablemente más tarde o más temprano tenía que suceder.

Enrique se casó con Matea en la catedral de Burgos. El cabildo consintió en que lo hiciera en el altar mayor y que oficiara la ceremonia el nuevo obispo, a pesar de que su nombramiento no había sido ratificado todavía por el Papa.

La pareja de recién casados salió de la catedral por la puerta del Perdón, la principal, que ya lucía todo su esplendor, con la escena de la Ascensión de la Virgen a los cielos escoltada por hileras de ángeles y santos sobre la del centro, la Coronación sobre la de la derecha y la Anunciación sobre la de la izquierda. Sobre las tres puertas destacaban toda una serie de figuras de reyes y profetas a modo de caballeros idealizados; entre ellas ocupaban un lugar de honor las de los reyes Alfonso VI y Fernando III y las de los obispos Arterio y Mauricio, monarcas y prelados impulsores respectivamente de la primera y la segunda catedral.

Nada más casarse, Enrique se instaló en una lujosa casa de la calle de las Armas, que el padre de Matea le había entregado como dote de boda, además de tres mil maravedís, una jarra, dos vasos, cuatro escudillas y cuatro cucharas de plata, dos bacines de latón, una mula, un borrico, una yegua y dos muletos. Maestro de obra, casado con una de las más ricas herederas de Burgos, Enrique ya podía entrar en la mejor de las cofradías de la ciudad. En esa calle vivían muchos caballeros e infanzones. Pero a las pocas semanas, Enrique de Rouen se trasladó con su joven esposa a León. Sobre los cimientos de la cabecera de la nueva catedral ya estaban comenzando a levantarse las cinco capillas de la cabecera.

Enrique celebró una reunión con todos los maestros y primeros oficiales de los talleres de León en un cobertizo de madera construido al lado de la obra; muchos de ellos ya habían trabajado a sus órdenes en Burgos, otros habían sido contratados por el propio Enrique y unos pocos procedían de Francia.

—Amigos. El señor obispo de León nos ha hecho un encargo sencillo pero claro: construir la catedral más hermosa del mundo. El maestro Simón dejó dibujado un plano y excavados unos cimientos que yo he respetado. Pero a partir de aquí vamos a levantar un templo nuevo. Sé que alguno de vosotros creerá que no es posible construir un edificio como el que propongo, pero os aseguro que se puede hacer. Mi intención es aprovechar nuestra experiencia en la construcción de la catedral de Burgos y la técnica que ha utilizado el maestro Jacques en la Santa Capilla de París para a partir de ahí crear un edificio audaz, como nunca antes se ha visto.

»Una catedral del nuevo estilo de la luz no sólo representa la casa de Dios, como cualquier otra iglesia, ha de ser la misma casa de Dios, es decir, una imagen del cielo. Pero a la vez es la fortaleza donde se defiende la verdadera fe, el santuario de la ciudad y del pueblo. En este edificio tenemos que conseguir que se refleje todo esto y que se haga en perfecta armonía, la misma con la que el Creador construyó el universo. Dios fue el primer arquitecto. Nosotros no podemos reproducir su obra, pero podemos imitarla a escala humana.

»Esta catedral ha de ser como la música, y la música que en ella suene debe reflejar un universo en armonía.

»En cuanto a la manera de organizar el trabajo debe quedar claro que no podemos repetir los errores que cometimos en Burgos. No permitiré que en ningún taller trabajen aprendices de menos de doce años. Antes de esa edad ni se tiene la fuerza suficiente ni el sentido común para realizar ciertos trabajos. Ningún aprendiz será promovido a la categoría de oficial antes de siete años de aprendizaje, por muy experto que aparezca o que demuestre ser en el manejo del escoplo, de la gubia o del pincel. Sólo podrán acceder al grado de maestro aquellos oficiales que alcancen la destreza suficiente en todos los oficios:

arquitectura, escultura, pintura, carpintería y vidrio. Para ello deberán presentar una obra de su especialidad ante un jurado de tres maestros, y deberán responder durante toda una semana a las preguntas que ese tribunal les plantee.

»Cada taller se organizará en gremios y cada gremio deberá constituirse no sólo como lugar de trabajo sino también como un verdadero centro de educación. Los maestros deberán enseñar con eficacia a los oficiales, y estos, a los aprendices.

»Espero que estas instrucciones queden claras para todos. El trabajo de cada uno de nosotros ha de ser el mejor que hayamos hecho nunca.

—¿Habrá dinero suficiente para construir esta catedral? —preguntó uno de los maestros de taller.

—El rey en persona y el obispo don Martín me lo han garantizado.

—He oído que las finanzas de su alteza no son precisamente muy boyantes. Mi hermano —continuó el maestro carpintero— trabaja en la corte y me dijo hace unas semanas que han reducido a ciento cincuenta maravedís diarios el gasto para alimentación de los miembros de la casa real. El camarero del rey les dijo que todos los oficiales de la corte debían comer más mesuradamente.

—Con ciento cincuenta maravedís se pueden comprar cinco casas. No me parece que esa reducción sea demasiado grave. Además, algunos oficiales de la corte estaban demasiado gordos. En cualquier caso, el rey puede recurrir al préstamo, no en vano ha impuesto a los prestamistas judíos una reducción del interés anual al treinta y tres por ciento —dijo Enrique.

—Parecéis muy seguro de que no faltará dinero para esta catedral. Mi experiencia en Burgos me dice que cuando se necesitan fondos para la guerra, estos suelen detraerse de estas obras —insistió el maestro carpintero.

—El obispo don Martín es un hombre inmensamente rico. En Burgos me prometió que si faltaban las rentas reales o las de la propia diócesis, garantizaba la continuación de la fábrica con su propio peculio.

»Don Alfonso necesita su propia catedral. Su padre impulsó las de Burgos y Toledo, y ahí están para su mayor gloria; la de León ha de ser la gran obra de don Alfonso.

Las palabras contundentes de Enrique convencieron a los asistentes.

7

La nieve caía sobre Burgos. Desde la ventana de su casa del barrio de San Esteban, Teresa Rendol contemplaba cómo los copos enormes pero ligeros se posaban con suavidad sobre el suelo totalmente cubierto de blanco.

La maestra de pintura había cumplido cuarenta y seis años. Sus ojos melados mantenían el brillo dorado de su juventud, pero varias arrugas y algunas pequeñas manchas denotaban que el paso del tiempo estaba dejando sus inevitables huellas.

El maestro de obra de las catedrales de Burgos y de León, pensó Teresa, estaría con su joven esposa, acostada en el lugar del lecho que durante tantos años había ocupado ella. Teresa sintió un escalofrío e instintivamente se acomodó la manta de lana que había colocado sobre sus rodillas. En la estancia donde se encontraba crepitaban varios troncos en la chimenea y el fuego que desprendían producía un calor agradable. Supo entonces que aquella extraña sensación de frío procedía de su interior.

Por primera vez, Teresa dudó. Durante toda su vida había sido fiel a sus creencias cátaras. Por ellas había sacrificado el amor con Enrique, por ellas había sufrido el dolor de su amante, por ellas había rechazado una y otra vez las propuestas de matrimonio del hombre al que amaba con todo su corazón, por ellas se encontraba sola...

Su criada, una jovencita de doce años a la que acababa de recoger en su casa a cambio de cama y comida, entró en la estancia con una escudilla de caldo de gallina y un plato con pescado en salazón. Teresa había pasado toda la mañana pintando y no había tomado nada desde el desayuno. La maestra agradeció a la muchacha el caldo pero dejó la escudilla sobre la mesa sin beber un solo sorbo.

—Deberíais beberlo antes de que se enfríe, señora —dijo la criada.

—Lo haré, Juana, lo haré.

Cuando Juana salió de la estancia, los ojos de Teresa se inundaron de lágrimas. Entonces tomó la escudilla entre sus manos, sintió el calor del líquido y se la llevó a los labios. Una lágrima cayó sobre el caldo caliente y humeante.

Enrique regresó a Burgos mediada la primavera de 1259 y lo hizo con su esposa Matea, a la que durante dos meses le había faltado el flujo menstrual. Una partera de Burgos le confirmó que estaba preñada. Con dos obras tan importantes a la vez, Enrique sabía que tendría que viajar una o dos veces al año y repartir su tiempo entre Burgos y León. De vuelta a Castilla, Enrique pensó en visitar a Teresa. No estaba seguro de cómo respondería su antigua amante. Desde que se separaran con un simple adiós, no se habían vuelto a ver y ahora la situación era bien distinta a la del momento de la despedida. Enrique estaba casado con una muchacha que bien podría ser su hija y que además estaba embarazada del hijo que siempre quiso tener con Teresa.

En varias ocasiones, Enrique se acercó hasta la casa de Teresa, en el barrio de San Esteban, y en alguna de ellas a punto estuvo de llamar a la puerta, pero no pudo hacerlo. Por fin, una mañana se atrevió.

Juana, la joven criada, fue quien abrió la puerta. Enrique se identificó como el maestro de obra de la catedral y preguntó por doña Teresa Rendol. Instantes después, Teresa apareció en el zaguán. Los dos viejos amantes se quedaron uno frente a la otra, en silencio, observándose mutuamente. Enrique supo que seguía amando a aquella mujer, y Teresa sintió de nuevo que su corazón cobraba la vida que había perdido en los últimos meses.

—Te creía en León, con tu esposa —mintió Teresa, que sabía que Enrique había regresado a Burgos.

—Tengo que dirigir dos obras y debo repartir mi tiempo entre estas dos ciudades. Ahora le toca a Burgos.

—¿Qué tal se encuentra tu joven esposa?

—Está embarazada.

Teresa sintió como si un latigazo invisible le hubiera azotado el corazón, pero no dejó entrever el menor gesto de dolor.

—Me alegro por ti. Creo que nunca hablamos de ello, pero sé que deseabas tener un hijo.

—Soy el último de los Rouen; conmigo se hubiera acabado un linaje de maestros de obra que viene de varias generaciones atrás, por eso tenía la obligación de perpetuarlo.

—¿Tú también crees en esa nueva moda de la continuidad del apellido? Ya no se trata tan sólo de la obsesión de reyes y nobles, ahora se ha instalado esa ansiedad entre los caballeros de Burgos. Esa obsesión es tan grande que en las Siete Partidas incluso se ha aceptado que los hijos bastardos tengan reconocidos legalmente derechos semejantes a los legítimos.

—Son los nuevos tiempos.

—Nunca fueron tan viejos.

—Debí decirte lo de mi boda.

—No; fue mejor así. Entre nosotros ya no había nada, bueno, tal vez lo peor que puede ocurrirles a dos amantes: tedio y rutina. Ahora ya conoces carnalmente a otra mujer, más joven que yo y supongo que más bella. En apenas un año las cosas han cambiado mucho, pero tal vez debió ser así hace mucho tiempo. ¿Sabes?, hay quien dice que el amor adulterino está dotado de un alto contenido espiritual.

—¿Quién dice eso? —preguntó Enrique.

—Lo he leído en un libro de la biblioteca del monasterio de Las Huelgas. Ya sabes que sus abadesas siempre me han permitido consultar su biblioteca, incluso aquellos libros que guardan en secreto a causa de su contenido. Te asombrarías si supieras los libros que esconden en su fondo reservado. Decía ese libro que una buena «cabalgada» entre amantes desata una violencia pasional y desbocada en la que se pierde todo control y toda capacidad de raciocinio.

—La Iglesia condena esos actos.

—Pero los ha consentido siempre; decenas de clérigos viven amancebados sin ocultarlo. Claro que ahora el concejo ha entrado de lleno a regular estos asuntos. Desde que se renovó el concejo, los caballeros que han copado los principales oficios de la ciudad están empeñados en convertirse en garantes de la moralidad pública. ¿Sabes que han dictado un estatuto por el cual se imponen duras penas por emplear palabras obscenas o por blasfemar? También quieren que se persiga a los que viven amancebados y que se les condene por lo que llaman «fama pública», es decir, por vivir con una mujer o con un hombre sin estar casados. ¿Cuánto tiempo hemos vivido nosotros así? ¿Veinticinco, veintiséis años? Hace tanto de ello que ni siquiera soy capaz de recordarlo. Menos mal que lo dejamos a tiempo, justo a tiempo.

»Hipócritas. Esos mismos caballeros que condenan el amancebamiento son los principales clientes de los burdeles. Le llaman "poner la pierna encima" a apropiarse de la mujer de otro o a fornicar con una soltera, pero son capaces de permitir que en los burdeles se comercie con niñas de doce años.

—Los prostíbulos son un mal necesario, siempre ha sido así. Sirven para que los jóvenes se desfoguen allí y no causen peores males dejando correr su impulso.

—Pero son ellos, esos caballeros pretenciosos, los que permiten que exista ese mal y los que incluyen el alquiler de los burdeles entre las rentas que recibe la ciudad. Condenan el amancebamiento, pero cuando son ellos los que lo practican pueden legalizarlo mediante un contrato de barraganería. Y la Iglesia, aunque dice que no lo acepta, lo consiente y admite que cuando dos que viven amancebados se quieren separar, basta para ello con que declaren que no desean seguir viviendo en pecado. Burgos está lleno de mancebas, mujeres solteras que viven con un hombre a cambio de servirle de placer y consuelo todas las noches.

»Recuerdo aquellos tiempos en los que en esta ciudad se podía pasear por sus calles y sentir el aire fresco en el rostro, aquella sensación de libertad de la que tanto me hablaba mi padre, aquella época en la que nadie preguntaba quién eras, qué hacías ni de dónde venías.

—Tal vez las cosas nunca fueran en verdad así, y ahora las estés idealizando, Teresa.

—Es posible, pero ahora un marido cornudo tiene derecho a matar a su esposa y a su amante, y así lo reconoce el Fuero

Real. ¿Te das cuenta? Eso significa que la muerte y la venganza han triunfado sobre el amor y sobre la vida. Violar a una mujer, que ahora llaman «conocer carnalmente por fuerza», apenas tiene castigo, pero prostituir a una jovencita de doce años es legal en el burdel. ¿Dónde quedaron aquellos tiempos en los que las damas eran idealizadas por los caballeros y los poetas? ¿Qué sería ahora de Leonor de Aquitania? Un hombre casado puede tener cuantas amantes soporte su bolsa, y a su esposa no le queda otro remedio que consentirlo, pero si una mujer casada tiene un amante, puede morir por ello.

»Dios, ¡cuánto te echo de menos! —dijo Teresa de repente.

Teresa extendió sus manos hacia Enrique, que se acercó a la maestra y la abrazó.

—¿Qué nos ha pasado? —preguntó el arquitecto.

—Nuestro destino, Enrique, era nuestro destino.

Sin que sus cuerpos pudieran responder a otra cosa que a la pasión, Teresa y Enrique volvieron a hacer el amor, después de muchos meses. Lo habían hecho en tantas ocasiones, se conocían tan bien, sabía tan al detalle cada uno de ellos lo que deseaba el otro que aquel reencuentro fue enormemente placentero.

El atardecer los sorprendió abrazados en el lecho.

—Tal vez debí aceptar tus propuestas de matrimonio —dijo Teresa.

Los matrimonios entre personas pertenecientes a la misma clase, sobre todo a las clases elevadas, jamás eran por amor, sino fruto de la conveniencia política o económica de los padres. Los caballeros de Burgos siempre se casaban con mujeres ricas, hijas de otros caballeros, de modo que los lazos de sangre y las relaciones económicas primaban sobre las querencias de los esposos.

—Debo marcharme, mi esposa...

—Tu joven esposa, claro.

—¿Volveré a verte? —le preguntó Enrique.

—Siempre que tú quieras; desde hoy no soy otra cosa que tu barragana.

A finales del verano de 1259 toda la catedral de Burgos estaba bajo tejado; las tres portadas, acabadas, y las torres de la fachada principal, a punto de ser rematadas. Enrique dejó en Burgos a su esposa Matea, cuyo estado de gestación ya era notorio, y viajó a León, donde las obras de la cabecera seguían a un ritmo vertiginoso. Su plan consistía en abrir todos los espacios posibles a la luz, con lo cual los muros de piedra eran pocos y en consecuencia el volumen de piedra que se debía labrar, escaso, por lo que la obra avanzaba muy deprisa.

Por León aparecieron varios vendedores de reliquias. En cuanto se corrió la voz de que don Alfonso estaba construyendo una gran catedral en esa ciudad, todos los vendedores de reliquias acudieron con sus productos. Burgos poseía una capilla de las reliquias, que era la más visitada y la que recibía mayor cantidad de limosnas, la Santa Capilla de París se había construido exclusivamente para guardar las más preciadas reliquias de la corona de Francia, la catedral de Oviedo conservaba el arcón con las reliquias que provocaron la admiración del mismísimo Rodrigo Díaz de Vivar, el Cid, de modo que León no podía ser menos.

Enrique intentó convencer al cabildo leonés para que no adquiriera algunas de las reliquias que le ofrecían, pues intuía que eran falsas. Muchas de ellas venían con su certificado de autenticidad, algunos emitidos por notarios de ciudades de Oriente en latín, una lengua que seguramente no se conocería en esos países, y cuya redacción era tan burda que resultaba evidente su falsificación.

Algunos canónigos, sabedores de la falsedad de aquellas reliquias, optaron no obstante por comprarlas; en unos casos porque aseguraban que una catedral con abundantes reliquias era un estupendo reclamo para los peregrinos y en otros porque cobraron sustanciosos porcentajes por recomendar su adquisición. En aquellos días la Iglesia estaba predicando la necesidad de una nueva cruzada y entre los cristianos se había instalado una especie de euforia religiosa, una corriente de espiritualidad que lo impregnaba todo.

El primer hijo de Enrique y Matea nació poco antes de Navidad. Lo bautizaron en Burgos con el nombre de Juan, en recuerdo del abuelo paterno. El niño nació robusto y con buena salud: sobreviviría. El arquitecto imaginó por un instante que aquel niño debería haber sido de Teresa.

En verdad que los tiempos estaban cambiando. El extraordinario impulso del que la Cristiandad disfrutara en el último siglo y medio estaba llegando a su fin. El papado y los reyes de Occidente seguían convocando a la cruzada y a la guerra contra el islam, pero el ímpetu de los primeros momentos había dado paso a la resignación de quienes sabían que los últimos enclaves cristianos en Tierra Santa se perderían en pocos años. La derrota y cautiverio del rey Luis de Francia, liberado sólo después de que se abonaran por su rescate medio millón de libras al sultán egipcio Baibar, supuso un golpe casi definitivo a los ideales que encabezara el noble Godofredo de Bouillon en la Primera Cruzada, cuando en 1099 los cristianos lograron conquistar Jerusalén. Pero de aquellos éxitos hacía ya mucho tiempo, e incluso en la península Ibérica la guerra contra los musulmanes se había frenado tanto que estaba prácticamente detenida. El sueño de Fernando III tardaría en cumplirse.

Don Alfonso parecía haber perdido todo su interés en la guerra contra los sarracenos del sur, que habían logrado establecer un sólido reino en torno a la ciudad de Granada, cuyo comercio florecía gracias a los intercambios comerciales con el norte de África y al control del mercado del oro que procedía de unas montañas doradas de las que algunos viajeros decían que se alzaban hasta las nubes en el centro de África, una tierra desconocida para los castellanos. El hijo de Fernando III se había vuelto receloso y taciturno y pasaba casi todo el tiempo entre los sabios de su corte en las escuelas de Toledo, donde se traducían los textos científicos de los antiguos, o debatiendo con sus consejeros sobre la mejor manera de gobernar sus reinos. En algunas veladas, el rey se rodeaba de los últimos trovadores y juglares. Perseguidos por sus mordaces y duras críticas contra las altas dignidades eclesiásticas, los poetas satíricos y burlescos huían de la Inquisición que se extendía por la cristiandad occidental y llegaban a Castilla a través del Camino Francés, buscando refugio en la última corte de Europa donde tenían acogida y cobijo. Acompañado por los últimos goliardos, los poetas que en los dos siglos anteriores hicieran de la libertad y el vagabundeo un modo de vida, el rey de Castilla y León componía poemas que sus escribanos anotaban en cuadernos de papel y que más tarde él mismo corregía. A don Alfonso le gustaba recitar poemas en la dulce lengua de los gallegos, porque aseguraba que era mucho más musical y apropiada para la lírica que la áspera lengua castellana.

A veces, el monarca participaba en las investigaciones de los sabios, de los que aprendía astronomía, astrología y física, y con los cuales experimentaba con el uso de ácidos y amalgamas en torno a los secretos de la alquimia, a pesar de las reticencias de sus consejeros religiosos, que consideraban estas prácticas como próximas a la herejía. Todo ello ayudaba a don Alfonso a olvidar, siquiera durante las largas veladas del invierno, los problemas económicos que se sucedían sin otra respuesta que devaluar una y otra vez la moneda.

El obispo don Mateo murió tras sólo dos años de episcopado en Burgos y fue sustituido por don Martín González. Enrique ya había perdido la cuenta del número de obispos que se habían sucedido desde don Mauricio, el único que en verdad soñaba con una nueva catedral de cuantos había conocido.

A sus cincuenta años, el maestro de obra se sentía rejuvenecido gracias al encargo de construir la nueva catedral de León y al nacimiento de su hijo Juan. En los primeros meses de vida del niño, Enrique pasó muchas horas junto a la cuna de madera que le regalara el hijo del maestro Sarracín, en uno de cuyos laterales el joven oficial carpintero había tallado las figuras, muy esquemáticas, de la Virgen con el Niño y a sus pies, dos palomas con los cuellos entrelazados.

Enrique había construido la fachada oeste, la principal de la catedral de Burgos, imitando el modelo de Nuestra Señora de París, que se estaba imponiendo en la mayoría de las obras. Con la catedral burgalesa a falta de algunos detalles y del remate de las torres, Enrique se volcó por completo en la de León. En una entrevista con el nuevo prelado burgalés, el sagaz don Martín, le recomendó la contratación de un maestro de obra que le sustituyera en la dirección de la fábrica de Burgos cuando él tuviera que desplazarse hasta León.

El elegido fue un destacado oficial llamado Juan Pérez, que había estado trabajando con Enrique desde hacía veinte años. Esa circunstancia le daba la seguridad de que sus órdenes se cumplirían estrictamente. Don Martín estuvo de acuerdo y Juan Pérez recibió su título de maestro de obra tras un examen al que fue sometido en Burgos por el propio Enrique de Rouen y por todos los maestros de los distintos talleres de la catedral.

En Burgos se acababa de expedir el primer título de maestro de obra, que don Alfonso certificó enseguida y le dio validez para todo el reino. Enrique estaba muy orgulloso por ello; ya era como su padre y como su tío, ya tenía discípulos que habían alcanzado el más alto grado en los gremios de los constructores de catedrales.

Días antes de partir hacia León, Enrique visitó a Teresa. A pesar de su ruptura y del matrimonio del arquitecto, los dos maestros se seguían viendo una o dos veces cada semana. Procuraban hacerlo con la mayor discreción, utilizando a sus criados más leales para concertar las citas. En aquellos encuentros clandestinos, tal vez por el dulce sabor que produce rebasar las fronteras prohibidas, los dos amantes volvieron a recuperar buena parte de la pasión que una vez perdieran.

Sus encuentros amorosos tenían lugar de noche. Enrique aprovechaba el atardecer y las primeras sombras del ocaso para deslizarse sigilosamente por las calles de Burgos hasta la casa de Teresa en el barrio de San Esteban. Pasaban juntos la velada y, antes del amanecer, Enrique regresaba a su vieja casa del barrio de San Juan, que todavía conservaba a pesar de que desde que se casara con Matea vivía habitualmente en la gran casa de la calle de las Armas que su suegro le entregara como dote de bodas.

—Dentro de unos días regreso a León. El buen tiempo ya está llegando y quiero encargar las trazas de las primeras vidrieras, de manera que los tallistas tengan trabajo el próximo invierno. He pensado en ti para que hagas los dibujos que luego copiarán los vidrieros; ¿aceptas? —le dijo Enrique a Teresa tras una noche de amor, poco antes del amanecer.

Un gallo cantó mientras Enrique, esperando la respuesta de Teresa, se calzaba las botas de cuero con parsimonia.

—Me encantaría, pero para ello debería ir a León, y nuestra

presencia juntos en esa ciudad despertaría no pocas sospechas. Nadie ha olvidado lo que durante tanto tiempo fuimos.

—No viviremos en la misma casa; yo dispongo de una pequeña casita junto a la catedral que ha puesto el cabildo a mi disposición, y tú podrías alquilar una mientras tengas que estar en León; si no lo deseas, no nos veremos más que en el trabajo. No creas que te hago esta oferta por tenerte cerca de mí; creo que eres la mejor en tu oficio y deseo que las vidrieras de la catedral de León sean las más bellas de cuantas jamás se hayan fabricado.

—Tú y yo, en León, sin tu mujer, ¿estás loco? Acabaríamos viviendo juntos, y lo sabes, y nos sorprenderían al fin. El adulterio se castiga ahora con azotes en la plaza pública o en las puertas de la ciudad, y los adúlteros son paseados por las calles desnudos y atados. ¿Quieres verte así?

—Eso sólo ocurre si la adúltera es la esposa, y que yo sepa, tú no estás casada. Nunca quisiste estarlo por esa condenada fidelidad a las creencias cátaras que te enseñó tu padre.

—Todo el mundo en Burgos pensará que nos vamos a León para vivir juntos lejos de tu esposa. Tu suegro es uno de los caballeros más poderosos de esta ciudad. ¿Recuerdas lo que me contaste de Abelardo y Eloísa? Ese hombre podría ordenar que te hicieran lo mismo que a Abelardo si se entera de tu infidelidad.

—Lo único que pensarán es que para la más hermosa catedral del mundo hacen falta los maestros más preparados. Y todos saben que tú eres la mejor.

»Ya he dibujado el boceto de cómo serán las trazas de los tres rosetones de las tres portadas, y las vidrieras de todas la ventanas, pero es preciso dibujar los motivos para que luego sean rellenados con el vidrio, así como la distribución de los colores. Te necesito para ello.

—¿Cuándo tendría que hacer ese trabajo?
—Los bocetos deberían estar listos para dentro de un año.
—De acuerdo —aceptó Teresa.
—Bien, eso está muy bien.
Enrique besó a su amante, que seguía recostada en la cama, se ajustó el jubón, se cubrió los hombros con el capote y salió de la casa cuando las tempranas luces del alba comenzaban a descubrir los primeros colores.

El cabildo de Burgos le encargó a Enrique que trazara los planos del futuro claustro. Acabada la catedral, los canónigos querían disponer de un claustro como el de los grandes monasterios y las viejas catedrales. El claustro era propio de otra época y no tenía ningún sentido en el nuevo arte de la luz, pero en Castilla y León no podía entenderse un edificio religioso de semejante magnitud sin un claustro que lo complementara. El viejo claustro de la primitiva catedral todavía estaba en pie, pero al lado de la nueva desentonaba de tal modo que nadie dudó que era urgente sustituirlo por uno acorde con el templo.

Enrique de Rouen se reunió con Juan Pérez, el segundo maestro de obra, y ambos dibujaron la traza del claustro que se construiría pegado a la catedral, entre la puerta del Sarmental y la cabecera. Enrique lamentó aquella decisión del cabildo, pues creía que la presencia del claustro restaba elegancia a la catedral, pero no tuvo más remedio que aceptar aquella exigencia.

Mediada la primavera, el obispo de Burgos le comunicó a Enrique que había hablado con el rey don Alfonso y que ya habían fijado una fecha para la consagración de la catedral. Sería el día 20 de julio. Entre tanto, el papa Alejandro VI concedió un año y cuarenta días de indulgencia a quienes visitaran la catedral el día del aniversario de su dedicación y los ocho días siguientes, y cien días a quienes la visitaran a lo largo de aquel año.

El 20 de julio la catedral de Burgos fue consagrada con toda solemnidad; todavía faltaban por colocar algunas esculturas en las partes más altas, pero la obra arquitectónica estaba completamente acabada. La consagración atrajo a todos los burgaleses y a mucha gente de la comarca. La ciudad estaba llena, días antes incluso, de puestos callejeros en los que se vendían todo tipo de alimentos, algunos nunca vistos antes, y numerosos productos traídos de Francia, Italia, Alemania e incluso de África y de Oriente.

Cuando el obispo don Martín consagró la catedral con el agua bendita que asperjó con el hisopo y dispersó el humo del incienso, Enrique de Rouen se sintió confortado, y por un instante pensó que era el ser más afortunado del universo. En la fachada principal, el programa escultórico ideado por Enrique de Rouen se había convertido por instigación del rey Alfonso en una exaltación de la monarquía castellano-leonesa. Flanqueando las jambas de la puerta mayor había colocado dos parejas de esculturas que representaban una al rey Alfonso VI y al obispo Asterio, constructores de la vieja catedral y responsables de la fundación de la sede episcopal burgalesa, que el conquistador de Toledo trasladó desde Oca, y la otra al rey Fernando III y al obispo Mauricio, fundadores de la nueva catedral. Así se representaba la unidad del poder real y de la Iglesia, la legitimidad absoluta de la monarquía, su continuidad dinástica y su carácter divino.

Sin apenas tiempo para disfrutar de aquellos días de regocijo, Enrique tuvo que viajar hasta León, donde pudo trabajar con más libertad. La nueva catedral que siempre había soñado construir estaba comenzando a alzarse desde la cabecera. Las obras iban muy deprisa, tanto que Enrique creyó que a ese ritmo acabarían en diez años. Cerca de la cantera habían instalado una sierra hidráulica que desarrollaba el trabajo de veinte hombres. Nadie había construido nunca una de aquellas catedrales con semejante celeridad.

El maestro de Rouen estuvo tres meses en León. Su esposa y su hijo se habían quedado en Burgos, y Teresa también. Durante todas aquellas semanas en León, Enrique apenas sintió su soledad. Trabajaba desde la salida del sol hasta que las sombras de la noche estival lo cubrían todo y apenas dedicaba unos breves momentos a alimentarse. Iba de un lado para otro dando instrucciones a los maestros de los talleres, inspeccionando la calidad de los materiales, revisando que los canteros tallaran los sillares con la perfección que requería aquella catedral, comprobando que la argamasa tuviera la mezcla oportuna para que al fraguar resistiera el paso del tiempo sin alterarse, y todo ello lo hacía con tal vitalidad que parecía un joven maestro que acabara de recibir su título y estuviera realizando su primer trabajo.

Mediado el otoño regresó a Burgos. La llegada del frío obligaba a paralizar las obras exteriores, pues la argamasa no fraguaba bien al helarse el agua con la que se batían la cal y la arena. Durante los meses más gélidos del año, en los talleres se aprovechaba el tiempo para ir preparando material de cara a la siguiente primavera. Los canteros avanzaban tallando sillares que más tarde colocarían en sus lugares correspondientes los albañiles; las fraguas, ahora dotadas de hornos más altos y fuelles más potentes, fabricaban herramientas, clavos y grapas, y los carpinteros ensamblaban las cimbras de madera para construir los arcos de ventanas, puertas y bóvedas.

Ya en Burgos, Enrique supo por unos peregrinos que el gran maestro Pedro de Montereau, reputado como uno de los mejores arquitectos de Francia, había acabado de construir el lado sur del transepto de Nuestra Señora de París, con lo que se había acabado la que decían que era la catedral más bella de toda Francia.

8

Teresa Rendol recibía tantos encargos que su taller apenas daba abasto a producir para semejante demanda. Todos los ricoshombres, caballeros, comerciantes adinerados, parroquias y monasterios de Burgos querían poseer un cuadro o en su caso un retablo salido del taller de la hija de Arnal Rendol.

La maestra ya no pintaba una obra completa. Ante tantos encargos se limitaba a dibujar sobre la tabla preparada con estuco el dibujo de la futura escena y después encomendaba a alguno de sus oficiales que fuera rellenando con pintura cada uno de los espacios contorneados por las líneas de sus dibujos, siempre bajo su atenta dirección. Ella se ocupaba personalmente de pintar los motivos más difíciles, y solía reservarse los ojos, la nariz, los labios y las manos de las principales figuras. Sólo ella era además capaz de pintar aquellas telas transparentes que parecían velos de gasa pegados al cuadro y que ninguno de sus oficiales, ni siquiera el segundo maestro del taller, era capaz de realizar con tanta perfección.

Estaba precisamente retocando uno de aquellos paños, que cubría el rostro de una María Magdalena plañidera llorando ante el sepulcro vacío de Jesucristo, cuando uno de sus aprendices le entregó un pedacito de papel doblado en varios pliegues. Lo desplegó con cuidado y leyó el texto que contenía y que era muy escueto: «Iré esta noche». Teresa apretó en la palma de su mano el billetito de papel y sintió que su corazón se aceleraba.

La maestra se bañó, cepilló sus cabellos y se perfumó con agua de Colonia. Mientras frotaba su cuerpo con un paño de estameña pudo apreciar los cambios que se habían producido en él. La tersura de su piel no era la de la juventud, sus pechos no eran tan firmes y tersos, algunas manchas marrones se extendían por varias zonas de su piel y algunas arrugas surcaban su rostro. Pero a sus cuarenta y ocho años mantenía la tersura del vientre, tal vez por no haber estado nunca embarazada, la delicadeza de sus manos, que cuidaba con esmero, y el brillo de sus ojos melados. Pero dos, tres años más, y los últimos fulgores de la belleza de la juventud desaparecerían para dar paso a los primeros síntomas de la anciana que no tardaría en manifestarse.

En un pequeño pebetero quemó una ramita de sándalo y por la estancia se expandió un aroma exótico y embriagador; alimentó el fuego de la chimenea y encendió dos cirios de cera y un candil de aceite, creando así un ambiente cálido y mágico a la vez.

Teresa había ordenado a todos los miembros de su taller que la dejaran sola aquella noche. Ni siquiera su criada, una joven cuya familia vivía en un pueblo cercano a Burgos, estaba en casa. Teresa le había dicho a mediodía que le daba permiso para que fuera a su aldea a visitar a sus padres y que no regresara hasta dos días después.

Enrique salió de su casa de la calle de las Armas entre las primeras sombras de la noche. Le dijo a Matea que no regresaría hasta el día siguiente. La joven esposa no comentó nada; educada por su rica familia de mercaderes para obedecer sin rechistar cualquier orden del padre o del esposo, acataba lo que su marido le ordenaba y se limitó a mecer entre sus brazos a su hijito.

El arquitecto llamó a la puerta de Teresa y esta la abrió intentando no hacer ruido. Enrique se deslizó al interior del zaguán, empujó la puerta para cerrarla con un pie y besó a Teresa con pasión.

—Tu joven esposa no calma tu ardor —le dijo—. Le falta experiencia.

—La nueva ley perdona a los jóvenes si estos no pueden mantener su castidad debido a sus impulsos vitales.

—Ya no eres un joven —dijo Teresa.

—Tú me haces volver a serlo.

Enrique acarició los cabellos de Teresa, que caían sueltos sobre sus hombros, y aspiró el aroma fresco y delicado del agua de Colonia.

Hicieron el amor a la luz de las tres llamas y de las brasas de la chimenea, que parecían teñir de rojo el aire de la alcoba.

—¿Sabes cuánto tiempo hace que vivimos esta misma situación? —le preguntó Teresa.

—Perfectamente: veintiséis años, aunque no siempre ha sido la misma.

—He leído que algunos poetas hablan cada vez más del amor como algo eterno, un sentimiento tal que ni siquiera la vejez puede arruinar. ¿Nos estará ocurriendo eso?

—Me parece que no han oído los poemas que se escuchan por León y por Galicia. Algunos son atribuidos al mismo rey don Alfonso, y en ellos no sale precisamente bien parado el amor eterno. Escucha este; me lo enseñó este verano en León el maestro de la herrería, dicen que su autor es el rey Alfonso. Lo escribió al saber del éxito amoroso de un clérigo que tenía muchas amantes y que fornicaba con la que en cada momento le apetecía. Usaba una táctica muy ingeniosa para ello; a la mujer que quería follarse le decía que apreciaba en ella síntomas de estar endemoniada y que la única manera de sacarle de dentro el espíritu del Maligno era fornicar hasta que quedara redimida.

—Lo que de verdad querían esas mujeres era que las montara el cura.

—Así es. Seguramente tenían el mal de san Marcial.

—¿Qué es eso? —se extrañó Teresa.

—También lo llaman furor uterino, o fuego en el coño; vamos, que hay mujeres que no pueden estar un momento sin que alguien se las folle. Pero escucha el poema.

Juan Rodríguez le preguntó a Balteira
cuáles eran sus medidas, para coger madera,
y ella dijo: Para hacerlo bien debes coger el tamaño justo,
así y no menor, de ninguna manera.
Y dijo: Esta es la buena manera
y, además, no sólo la he dado a vos,
y puesto que sin compás la he de meter,
tan larga debe toda ser
que pueda entrar entre las piernas de la escalera.
A Mayor Muñiz le dio otra semejante
y ella vino a cogerla con gusto
y María Arias hizo justo lo mismo
y Alvela, la que estuvo en Portugal;
ellas la cogieron en la montaña.
Y dijo: Esta es la medida de España,
que no la de Lombardía ni la de Alemania,
que sea tan gruesa no es malo
pues delgada no va bien para la raja.
Y de esto yo sé más que Abondaña.

—¿Estás seguro de que don Alfonso ha escrito eso? —preguntó Teresa.

—Nadie lo duda. El arte de trovar es considerado por muchos como la más perfecta de cuantas artes ha inventado el hombre. Trovar sólo es propio de hombres cultos y su alteza lo es. Escucha este otro poema, todavía es más directo.

Fui a poner la mano el otro día
en el coño de una soldadera,
y me dijo: «Quita de ahí, sinvergüenza,
que ahora no es el momento
de que me follen, pues es el tiempo
que prendieron a Nuestro Señor en la pasión:
sal de mí, pecador,
porque no he merecido mucho mal».

—No me imagino a un rey recitando semejantes versos en la corte.

—Pues escucha este otro; su autor no es don Alfonso, sino un poeta gallego amigo suyo llamado Alfonso Eanes do Coton. Cuando me lo recitaron, me aseguraron que don Alfonso se reía a carcajadas al oírlo.

Mariña, en tanto disfrutas
yo lo tengo por desaguisado,
y estoy muy maravillado
de ti, porque no revientes:
porque te tapo con esta mi boca
tu boca, Mariña,
y con estas narices
yo tapo, Mariña, las tuyas;
y con mis manos tus orejas,

y los ojos y las pestañas;
te tapo primero cuando te cojo
con mi picha, tu coño,
como nunca vi ninguno,
y con los dos cojones el culo.
¿Cómo no revientas, Mariña?

—No parece un amor demasiado eterno, sino carnal, sólo carnal —asentó Teresa.

—No todo el amor es así, aunque a veces sólo se manifieste de esa manera.

Enrique felicitó a Juan Pérez. El segundo maestro de obra de Burgos había hecho en aquellos meses un gran trabajo. Siguiendo las instrucciones que Enrique le dictara antes de salir hacia León, había organizado el taller de escultura de manera magnífica. Había dividido a los integrantes del taller en varios equipos, valorando las diferencias cualitativas de cada uno de los miembros, maestros de taller, oficiales y aprendices, y distribuyéndolos en función de sus capacidades y de sus concordancias estilísticas. Cada equipo tenía al frente a un maestro de taller y contaba con dos o tres oficiales y dos o tres aprendices, y todos trabajaban coordinados de modo que cada uno de ellos sabía perfectamente cuál era su misión en el equipo. Ni siquiera el taller de la catedral de Amiens había alcanzado tal grado de coordinación. A fines de aquel año ya comenzaron a trabajar en las esculturas del claustro.

En primavera empezaron las obras del claustro, a la vez que se derribaba el viejo, que era lo único que quedaba en pie de la primera catedral. Con un taller tan organizado, Enrique prometió al obispo don Martín que estaría acabado en diez años.

El claustro sería además el mejor lugar para mostrar la escultura de los reyes Fernando III y Beatriz de Suabia, que don Alfonso había encargado a Enrique para ensalzar a su madre ante su madrastra. Las dos figuras reales talladas por el propio Enrique mostraban al rey Fernando ofreciéndole delicadamente a su primera esposa el anillo de bodas. Aquel grupo, nunca labrado hasta entonces, iría colocado en la panda norte de claustro.

La distribución de los equipos del taller de escultura de Burgos y su propia composición provocaron un gran cambio en la concepción de las esculturas. Tradicionalmente maestros y oficiales trabajaban la talla según un patrón fijo y predeterminado, donde casi nada se dejaba a la inspiración de cada maestro u oficial. Por el contrario, la dinámica del nuevo taller hacía posible que hubiera mucha mayor libertad de intervención, por lo que las figuras se tallaban con tal individualismo de rasgos que cada escultura de un ser humano parecía estar copiada no de un modelo común sino de un personaje concreto.

El maestro Simón de Champaña, tras cuatro años enfermo, murió. Durante todo ese tiempo Enrique no pudo cruzar ni una sola palabra con el hombre que había trazado el plano de la catedral de León, pues tras la repentina enfermedad sufrida apenas podía moverse y había quedado impedido para hablar o comunicarse de cualquier otro modo.

Conforme se iban alzando los pilares de esa catedral se hacían más evidentes las diferencias con la de Burgos, tanto que nadie hubiera dicho que ambas habían salido de la misma mano, aunque la cabecera de Burgos había sido trazada por Luis de Rouen, y no por Enrique, y el plano de la de León era igual que el de Reims, pero a una escala de dos tercios. «De nuevo las proporciones relacionadas con el número de Dios», pensó Enrique.

Teresa seguía al frente de su taller; Enrique, viajando entre Burgos y León, y Matea, cuidando al pequeño Juan, a quien

Enrique contemplaba a menudo e intentaba imaginar cómo hubiera sido el hijo que nunca tuvo con Teresa.

Por el Camino Francés seguían llegando año tras año miles de peregrinos que traían a Castilla y León noticias, productos y libros que iban dejando por las diferentes etapas que recorrían. Unos contaban milagros acaecidos en París o en Bourges, otros cantaban canciones escritas en Londres o en Milán, otros hablaban de una tierra de maravillas que se extendía en el extremo oriental del mundo, donde el oro era tan abundante que todas las casas tenían sus tejados construidos de este precioso metal; era el reino del preste Juan, un emperador cristiano cuyo ejército no tardaría en avanzar hacia Occidente para ayudar a los cristianos a acabar con el islam y recuperar definitivamente los Santos Lugares. Y entre tanto, el claustro de Burgos y la nueva catedral de León seguían creciendo hacia el cielo, recordando a los hombres cada día que era posible construir cuanto se propusieran.

En sus palacios del sur, en Sevilla o en Córdoba, el rey Alfonso se había rodeado de un boato propio de los sultanes de Oriente. Sus traductores habían vertido al latín decenas de libros de ciencia, medicina y astronomía, pero también algunos cuentos, poemas y narraciones que hablaban de un tiempo feliz en el que las ciudades estaban llenas de maravillas. El rey incorporó a sus ceremonias de corte parte del boato y de las formas estéticas que pudo aprender en los tratados árabes.

El rey Alfonso conquistó la ciudad de Niebla, donde por primera vez se utilizó una sustancia llamada pólvora, un polvo negro mezcla de azufre, salitre y carbón vegetal que provocaba una gran explosión si ardía comprimido en un recipiente. Algunos creyeron que el rey al que ya llamaban Sabio no tardaría en entrar triunfante en Granada, Málaga y Almería, las tres únicas grandes ciudades que faltaban por conquistar, pero otros sostenían que tal vez hubiera que esperar mucho más tiempo.

Matea quedó de nuevo embarazada y tuvo un segundo hijo. Fue una niña a la que bautizaron con el nombre de Isabel, el de la madre de Enrique. La niña nació con los ojos azules y el pelo rubio, como su abuela. Ese mismo día nació en Burgos una niña pelirroja; la madre, una joven inglesa casada con el rico mercader García de Sanchester, también de origen inglés, fue acusada de haber sido fecundada por el demonio. Pero el obispo zanjó la cuestión declarando que había sido engendrada por su padre verdadero cuando la joven esposa estaba en los días de la menstruación. Don Martín recriminó por ello a los dos esposos, pese a que García insistió en que no fue así, y les impuso una penitencia.

Teresa dibujó las vidrieras de León siguiendo el programa que había establecido el cabildo de acuerdo con Enrique de Rouen. El maestro de Chartres había concebido tres grandes rosetones, uno en cada una de las tres fachadas, como focos fundamentales de luz. Los grandes maestros constructores de catedrales seguían el canon que enunciara el abad Suger al crear el nuevo estilo y concebir los nuevos templos como verdaderas obras teológicas; Suger había afirmado que la nave debía brillar encendida de luz, y eso era lo que pretendía hacer Enrique en León.

—Busco la luz, la forma de atrapar la verdadera luz dentro de este edificio. Al exterior van colocadas las esculturas, las escenas que anuncian a los creyentes el premio o el castigo eterno, pero dentro de la catedral sólo habrá luz. Decía uno de mis maestros que las ventanas con vidrieras deben ser escrituras divinas que viertan la claridad del verdadero sol, es decir, de Dios, en la iglesia, iluminando los corazones de los fieles a través de sus ojos.

Enrique de Rouen hablaba así ante Teresa Rendol a la vista de la fábrica de la catedral de León, cuyos pilares y contrafuertes comenzaban a perfilarse sobre el horizonte de las montañas nevadas del norte. Ambos amantes habían viajado desde Burgos una vez que Teresa aceptara pintar las escenas que luego servirían de patrón para trasladarlas al vidrio y colocarlas en los ventanales de la catedral de León.

En los últimos años, y a causa de la enorme cantidad de vidrieras construidas para las catedrales del nuevo estilo, en la técnica del vidrio se habían logrado espectaculares avances. Los primeros maestros vidrieros habían estado obsesionados por lograr la mayor claridad y transparencia en sus vidrios, pero varios años después se procuraba sobre todo conseguir un efecto de profundidad, y para lograrlo se oscurecían los vidrios con respecto a los de los primeros modelos.

En cuanto llegó a León, Teresa se puso a dibujar las escenas que iban a ir en cada una de las vidrieras. En cierto modo cada vidriera era como un mural, aunque dibujado con vidrio y no sobre un muro. La vidriera enseñaba una escena y describía una situación, exactamente igual que una pintura.

La maestra de pintura aprendió mucho trabajando con los oficiales del taller de vidrio, pero ella supo transmitirles el gran conocimiento que poseía para combinar diferentes colores y lograr así unos efectos jamás conseguidos hasta entonces. Teresa supo combinar, como ya lo hacía en los murales o en los retablos, los colores cálidos y los fríos para dar sensación de volumen, logrando en las escenas de las vidrieras una doble sensación de calidez y gravedad a la vez.

—El amarillo, el rojo y todas sus gamas son cálidos, y por tanto próximos; el azul y el verde son fríos y lejanos —insistía la maestra a los vidrieros, que escuchaban atentos cada una de sus indicaciones.

Cuando las primeras vidrieras comenzaron a colocarse en los ventanales de la cabecera, Enrique y Teresa los contemplaron orgullosos.

—Puede que tengas razón, y que esta sea, cuando se acabe, la catedral más hermosa del mundo —dijo Teresa.

—Si es así se lo deberé a mi padre, a mi tío y al maestro Jacques. Y a ti. Sin tu trabajo y tus conocimientos este templo hubiera sido uno más —repuso Enrique.

—Yo me limito a dibujar los motivos que tú y el cabildo decidís para cada vidriera.

—No, haces mucho más. Eliges los colores, los combinas adecuadamente, sabes cuál es la mejor solución que se puede aplicar en cada lugar.

—Tal vez esté mancillando la memoria de mi padre. Él nunca hubiera aceptado este trabajo; decía que un pintor necesita grandes muros, y que es él quien debe dar luz a las escenas que pinta.

—No lo creo. Tu padre estaría hoy muy orgulloso de ti.

—Nunca renunció a sus principios.

—Eso le honra, pero a veces las cosas cambian y tenemos que adaptarnos a esos cambios. Hoy construimos con piedra, madera y vidrio, tal vez dentro de muchos años lo hagan de otra manera, tal vez recen a otros dioses, tal vez sientan de otra forma.

—Eso que dices suena a herético —ironizó Teresa.

—Bueno, lo que hoy es herejía mañana puede ser doctrina.

Enrique regresó a Burgos y Teresa se quedó en León trabajando en las vidrieras de la catedral. El taller de escultura burgalés requería de su presencia, pues estaban comenzando a colocar las últimas esculturas que coronaban pináculos y gárgolas de la catedral, y había que decidir algunas cuestiones importantes de la obra del claustro.

La maestra había cumplido cincuenta años y los primeros signos de la vejez se estaban asomando a su rostro. Tenía el pelo totalmente cano, aunque seguía tiñéndoselo, arrugas en la frente, en torno a los ojos y en las comisuras de los labios, y su cuerpo había perdido buena parte de la tersura y elasticidad de antaño.

Hacía ya muchos meses que no le acudía el flujo menstrual propio de las mujeres, precisaba utilizar los anteojos para pintar y sufría algunos dolores, todavía no demasiado intensos, en la espalda y en las articulaciones. Un tarde, de regreso a la pequeña casa que había alquilado en León, se sintió enferma. Jamás había tenido hasta entonces ningún percance, ni ninguna enfermedad. Sólo algunos dolores en la espalda, propios de su profesión y de tanto tiempo en pie pintando frescos o retablos, y algunas molestias en el cuello. Pero aquel día sintió que su cuerpo ardía como si hubieran encendido un fuego en su interior, mientras sentía escalofríos y una sudoración helada sobre su piel.

Durante seis días permaneció en cama, justo cuando más necesaria era en el taller. Uno de los oficiales vidrieros se quejó ante el obispo por la ausencia de la maestra. El oficial sostuvo que las mujeres no tenían que realizar ese tipo de trabajos.

El obispo atendió las reclamaciones de aquel hombre y mandó llamar a su presencia a Teresa. La maestra intentó convencer al enviado del obispo de que no podía salir de casa, pues su estado de salud era muy precario y podría empeorar, pero el mensajero del obispo insistió en que tenía que presentarse de inmediato ante su eminencia. Teresa se incorporó con ayuda de Juana, su inseparable criada, que la había acompañado desde Burgos, y se vistió abrigándose con una capa de lana forrada con piel de zorro. Y muy despacio, apoyándose en Juana, se dirigió a presencia del obispo.

Su eminencia el obispo de León no la recibió enseguida, sino que la hizo esperar un buen rato, hasta que al fin le concedió audiencia.

—Doña Teresa, ha habido algunas quejas acerca de vuestro trabajo en la fábrica de la catedral. Hay una denuncia causada por vuestras reiteradas faltas de asistencia al trabajo.

—Eminencia, he estado, todavía lo estoy, muy enferma. Me aquejan unas fiebres desde hace unos días y apenas puedo tenerme en pie.

—Vuestra condición femenina debe de ser la causa de vuestra debilidad.

—Tal vez, eminencia, tal vez, pero puedo aseguraros que jamás hasta ahora había faltado un solo día a mi trabajo.

—Bueno, en ese caso será por culpa de vuestra edad, ya no sois joven.

—También tenéis razón, señor obispo, pero en los varios meses que llevo en León he visto enfermar y causar baja en el trabajo a muchos hombres jóvenes y sanos debido a diversas enfermedades. Y en cuanto a la edad, eminencia, no creo que sea causa suficiente, aunque sí es cierto que con el paso del tiempo se deteriora el cuerpo y la mente, pero recuerdo ahora que una mujer llamada Hildegarda de Bringen murió a los noventa y nueve años, casi el doble de los que yo tengo. No sé si conocéis su historia; fue una mujer extraordinaria que tuvo visiones místicas, escribió libros de ciencias, de física y de medicina y escribió canciones y dramas. Fue un ejemplo vivo de que ni su condición de mujer ni su edad supusieron debilidad alguna.

—No opinan así la mayoría de los sabios. El infante don Fadrique ha hecho traducir el *Sendebar* o *Libro de los engaños y de los asayamientos de las mujeres*; allí puede leerse que la mujer suele causar la ruina del hombre.

—Os recuerdo, eminencia, que fue una mujer, María, la elegida por Dios para traer al mundo a su hijo, y que vos mismo habéis sido engendrado en el vientre de una mujer.

—Cuidado, doña Teresa, estáis yendo demasiado lejos.

—Lo siento si os he molestado, pero mi ausencia sólo ha sido motivada por una enfermedad. ¿Sabéis cuántos hombres de los que aquí trabajan han estado enfermos en las últimas semanas?

—Está bien, está bien, reponeos y volved a trabajar con la energía de siempre.

9

Los musulmanes sometidos del reino de Murcia se sublevaron y don Alfonso acabó con aquella revuelta de manera contundente. El rey de Castilla y León había conquistado ese reino siendo príncipe y después, ya como soberano, había incorporado las ciudades de Niebla y de Cádiz a la Cristiandad. Don Alfonso no estaba tan interesado como su padre en echar al mar a los musulmanes que quedaban en la península, ni la nobleza castellana y leonesa tenía ya las mismas fuerzas, ni la gente de sus reinos abundaba lo suficiente como para poblar las futuras conquistas. Algo estaba pasando en Europa porque ya no llegaban tantos pobladores dispuestos a quedarse en esta tierra como ocurriera décadas atrás; y sin gente para poblar las conquistas, aunque se ocupara una ciudad, no había después modo alguno de mantenerla.

También había menos riqueza y las cosechas no habían vuelto a recuperar el nivel de producción que alcanzaran en la primera mitad del siglo. Parecía como si el impulso vital se hubiera detenido y se estuviera a la espera de que algo trascendente fuera a ocurrir.

Enrique regresó a León y conoció entonces los problemas que había tenido Teresa con el obispo; uno de sus hombres de confianza le confesó que la destreza de la maestra causaba recelos en algunos oficiales, que se sentían molestos al tener que acatar las órdenes de una mujer.

El arquitecto reunió a todos los oficiales de los diversos talleres.

—Jamás he escuchado música más deliciosa que la interpretada por mujeres trovadoras tocando laúdes y violines, jamás he visto mayor delicadeza que la que se contiene en las manos de una mujer y jamás he conocido a nadie que supere la calidad de las obras de doña Teresa Rendol.

»Cuando me hice cargo de la fábrica de esta catedral dejé bien claro cuáles eran mis exigencias para cada uno de los que ibais a trabajar en ella: sólo quería, y sigo queriendo, lo mejor de cada uno de vosotros. Entre las casi cien personas que trabajan en los talleres hay al menos treinta y cinco mujeres. Nunca ha habido ninguna queja de su trabajo hasta que alguien denunció ante el obispo a doña Teresa. No pretendo saber quién es ni cuál fue su motivación, si es que puede existir alguna para semejante villanía, pero al autor de esa denuncia y a cuantos piensan como él, quiero decirles que aquí se valora a cada hombre y a cada mujer por sus obras, y únicamente por ellas.

»Hace treinta años que obtuve en París mi diploma de maestro de obra; entonces juré tres cosas: no construir ni castillos ni prisiones, hacer el bien y procurar la felicidad de los seres humanos. Mi trabajo consiste en levantar catedrales en las que se pueda ver siquiera un reflejo de la grandeza de la creación. En estos treinta años he podido contemplar algunas de las mejores obras que han construido los hombres, y en todas ellas, en todas, está presente la mano de alguna mujer. Una mujer nos dio la vida a todos y a una de ellas están dedicadas todas las nuevas catedrales del estilo de la luz.

»Por todo ello no consentiré que nadie murmure, menosprecie a otro o difunda falsedades. La construcción de una catedral como esta no sólo requiere de un plan armónico y de la geometría adecuada, sino también que exista esa misma armonía entre cuantos trabajan en ella. Esta catedral será al fin la que represente el triunfo de la luz sobre las sombras, por eso todos cuantos trabajan aquí han de ser personas lúcidas y bondadosas.

Los argumentos de Enrique sonaron contundentes y rotundos. Tras ellos nadie pronunció una sola palabra. Acabado el discurso, Enrique ordenó que cada uno marchara a su trabajo y que no olvidaran nunca lo que les había dicho.

—Agradezco mucho tus palabras —le dijo Teresa una vez que se marcharon los oficiales—. Has sido muy valiente.

—Te lo debía. ¿Sabes?, antes de aceptar el encargo de venir a Burgos pasé una semana con mi madre en Chartres. Fueron unos días hermosos que de vez en cuando recuerdo con emoción. Fue la última vez que la vi. Ella me enseñó a amar las cosas sencillas, lo cotidiano. También se lo debía a ella.

—Los has dejado impresionados; creo que a partir de ahora todavía te admirarán más.

—No lo he hecho para que me admiren, sino para que sepan qué pretendo.

—Debí casarme contigo; ni siquiera mis creencias cátaras debieron separarme de ti —lamentó Teresa.

—Ojalá hubieras aceptado alguna de mis reiteradas demandas.

Teresa miró fijamente los ojos de Enrique. El maestro había envejecido en los dos últimos años, pero conservaba los hombros fuertes y los brazos poderosos de quien está acostumbrado a manejar con frecuencia el martillo y el escoplo para tallar esculturas.

—Hubieras sido el mejor de los esposos —asentó Teresa.

Los castellanos aún tuvieron energía para conquistar Jerez y Medina Sidonia, pero los musulmanes de al-Ándalus habían logrado asentar un reino firme y estable en Granada y todo parecía indicar que acabar con ellos sería muy difícil.

Enrique regresó a Burgos a mediados de otoño. La traza del claustro de la catedral ya estaba casi acabada y el taller de escultura seguía funcionando a pleno rendimiento bajo la experta dirección de Juan Pérez. El obispo don Martín había decidido ampliar su palacio porque el que hasta entonces habitaba no guardaba consonancia con la catedral.

Ese mismo año un escudero fue capado en Burgos porque fue sorprendido fornicando con una mujer casada. Ya no había espacio para el amor libre que practicaba Teresa. Las últimas leyes promulgadas por el rey Alfonso habían endurecido la represión de todo lo relacionado con el cumplimiento de la moral que sobre el sexo predicaban las nuevas órdenes fundadas en el seno de la Iglesia. La pena de excomunión se aplicaba a quien yaciera con una mujer de religión, tanto a la fuerza como por su propia voluntad, pues se consideraba que cometía sacrilegio, pero nada se decía de los sacerdotes y clérigos, algunos de los cuales, como un clérigo de Cádiz, eran reputados como los mayores fornicadores del reino.

También se condenaba la mera búsqueda del placer. La ley de las Partidas exigía al marido que cuando «se ayuntara» con su esposa lo hiciera con intención de hacer hijos, en cuyo caso no existía pecado, «según Dios manda». Pero dictaba que cuando vencía el deseo de la carne y se buscaba el placer, los esposos cometían pecado venial porque se movían por la codicia del deleite y no por el mandato bíblico de hacer hijos.

Teresa acarició el cabello cano de su amante. Tras pasar unos meses en Burgos, el arquitecto había regresado a León, donde Teresa se había instalado definitivamente. Enrique se vistió despacio, como si deseara que aquel momento no acabara nunca.

—La edad no ha causado merma en tu fuerza, maestro —le dijo Teresa.

—Eres tú quien mantiene mi vigor.

—Ya no tengo la tersura de la piel de la juventud.

—Para mí es suficiente tu presencia.

—Mi cuerpo ha perdido el encanto de antaño.

—Dicen los tratados de medicina que a veces un hombre no puede copular con una mujer por desfallecimiento de su naturaleza, o porque la mujer tiene su coño tan cerrado que el varón no puede penetrarla, o por causa de la edad, que pronto será mi caso... Pero nada o muy poco hablan de la importancia del deseo y de la pasión que es capaz de despertar una mujer en la cabeza de un hombre. Tú despiertas esa pasión en mí, y lo haces desde el primer día que te vi.

—¿Y tu esposa, te despierta algo similar? Es mucho más joven, más hermosa que yo...

—Matea fue una necesidad. Yo quería un hijo, un nuevo arquitecto que perpetuara la saga familiar de los Rouen, los constructores de catedrales.

—Yo nunca pude darte ese hijo...

—Me dijiste que no querías darme un bastardo.

—Te mentí. Siempre deseé quedarme encinta de ti; hice cuanto pude, recurrí a ungüentos, pócimas, brebajes..., y a punto estuve de recurrir al maligno arte de los hechizos, pero creo que soy estéril. Mis creencias cátaras me impedían casarme contigo según lo hacen los cristianos que siguen los dictados del pontífice romano, pero no me impiden parir un hijo. Tu Iglesia admite que el matrimonio pueda anularse por impotencia del marido, yo no quería que tú me repudiaras por esterilidad.

En los días siguientes, Teresa y Enrique apenas se separaron un instante. Por las mañanas acudían a los talleres y a la obra de la catedral, donde Enrique supervisaba cada detalle y comprobaba y corregía si era preciso una y otra vez con la escuadra y la plomada que los pilares y los contrafuertes se alzaran con perfecta verticalidad; un pequeño error podía provocar un fallo en la estructura y el derrumbe de lo construido. A diferencia de lo que ocurriera en Burgos, donde los problemas financieros para la construcción de su catedral fueron muchos, en la de León el dinero abundaba.

Para los altivos leoneses su catedral no era sólo un logro del cabildo y del obispo, era el símbolo del triunfo de toda la ciudad, cuyos vecinos se sentían herederos de una historia milenaria. Se mostraban orgullosos de ser una fundación de los emperadores romanos, la gran ciudad a través de la cual llegó la civilización a las rudas tierras del noroeste ibérico. El solar que ocupaba el caserío, sobre una colina sagrada, se asentaba sobre las ruinas de la civilización que en otro tiempo gobernó el mundo.

Los leoneses hicieron de la empresa constructiva de la catedral algo muy suyo. Los comerciantes aportaron grandes sumas de dinero, los nobles donaron rentas y derechos, el cabildo y el obispo comprometieron incluso sus propias fortunas personales y el rey Alfonso hizo de esa obra un empeño personal.

Enrique contempló su obra satisfecho. Si los trabajos seguían a ese ritmo, si las rentas, donaciones y limosnas seguían llegando en cantidades similares, pronto vería acabada la catedral que tanto había anhelado construir.

—Guillermo de Lorris, un escritor de mi país de origen, escribió en una ocasión que la rosa es el objeto ideal que todo perfecto caballero desea recoger —le dijo Enrique a Teresa.

Los dos maestros estaban en el taller donde se estaban comenzando a fabricar los vidrios que, siguiendo los dibujos de Teresa, decorarían los ventanales de la catedral.

—Rosetones... rosas, claro.

—Sí. El rosetón es la principal ventana de una catedral de la luz. Mi padre me enseñó que el templo perfecto ha de tener tres: los dos del crucero y el de la portada principal, a los pies de la iglesia, en la fachada oeste. Y su forma es la de una rosa, pues esta flor significa la victoria de la vida sobre la muerte, es decir, el triunfo de la luz sobre las tinieblas.

—¿Y por qué no cuatro? —preguntó Teresa—. Un rosetón en el ábside provocaría efectos maravillosos a la salida del sol; entonces sí que representaría el verdadero triunfo de la luz. Elimina el ábside, construye una catedral con cuatro rosetones.

—Eso ya no es posible. Ya está levantada casi la totalidad de la cabecera, y además nunca se ha construido una iglesia sin un ábside. Allí debe ir el altar, lo dicen los preceptos de la Iglesia. Todos los templos tienen un lugar donde los fieles han de fijar sus ojos y su atención.

»Hace unos años el alfaquí de Burgos me permitió entrar

en su mezquita principal. Yo quería ver los delicados trabajos de sus carpinteros y sus yeseros. Y allí, en una pared que llaman de la *qibla* y que orientan hacia la ciudad sagrada de La Meca, colocan una hornacina llamada *mihrab*. No es un altar ni contiene ninguna imagen, ni siquiera un objeto, simplemente es un hueco en la pared, un punto de referencia hacia el cual miran todos los sarracenos cuando rezan. Eso le confiere un sentimiento de unidad.

»Por eso, el altar debe centrar la atención de los fieles cristianos. Allí se expone el cuerpo de Cristo y su sangre, y allí oficia el sacerdote, que con su ministerio consigue el milagro de la transustanciación: la conversión del pan y el vino en el cuerpo y la sangre de Cristo. Ahí es donde deben fijar su atención los fieles.

—Pero tú siempre has hablado de la luz, del triunfo de la luz, de la luz como fuente de la vida...

—Así es, pero los maestros de obras, y te lo dije en otra ocasión, no disponemos de absoluta libertad a la hora de trazar una catedral. ¿Acaso crees que un obispo admitiría que un rosetón le restara el protagonismo que asume cuando levanta la hostia en la consagración o cuando se dirige a los fieles en una homilía?

»Son hombres, y a veces llenos de defectos, como todos nosotros. Y entre esos defectos, y desde que el abad Suger hizo crear el nuevo estilo de la luz, está la ambición, el afán por disponer de la catedral más grande, más alta, más larga y más bella. Ya has visto cómo compiten los obispos entre sí para superar las obras del colega de la diócesis vecina. No les interesa la fe, sólo quieren ser reconocidos, dejar su huella, que el futuro los recuerde por haber hecho posible una obra hermosa.

—Algo similar pretendemos quienes pintamos retablos o quienes construís edificios.

—Tal vez, tal vez, pero tanto tú como yo buscamos la perfección a través de la belleza de nuestras obras, en tanto ellos sólo pretenden ser recordados por ellas.

Las primeras vidrieras estaban empezando a fabricarse. En los hornos se fundía arena de sílice bien lavada, a la que se incorporaban cenizas de haya. A la pasta resultante, una vez limpia de impurezas, se le añadían los óxidos metálicos que le conferían el color requerido para cada caso. Antes de que la masa se solidificara se extendía sobre una plancha de metal y se alisaba con un rodillo hasta conseguir un disco de grosor inferior a medio dedo. Después, y con la ayuda de una cuchilla de acero, se cortaba ese disco en los pedazos con la forma precisa, según los patrones de los dibujos de Teresa, y cada pedazo se montaba en un bastidor de varillas de plomo ya sobre la traza de arcos y columnas de piedra de los ventanales.

—Creo que esta catedral será la más hermosa del mundo, y en buena parte se debe a tus vidrieras —dijo Enrique.

—Yo sólo he realizado unos simples dibujos, siguiendo los motivos que tú y el cabildo me habéis indicado —repuso Teresa.

—Pero son los colores, tus colores. Mira estos azules. —Enrique cogió un disco de vidrio azul—. Son magníficos. Ya me imagino todos estos vidrios colocados en sus ventanales, dejando pasar la luz pero tiñéndola de una policromía fastuosa. Será como si hubiéramos atrapado el arco iris.

»En esta nueva catedral, la luz jugará una función única. Mi padre ordenó pintar el interior de la catedral de Chartres con un tono ocre amarillento; así, cuando la luz penetra por las vidrieras multicolores, adquiere una tonalidad dorada a pesar de filtrarse por vidrios azules, rojos, verdes y amarillos. Yo quiero lograr ese mismo efecto.

»Noventa ventanales y tres rosetones..., ni siquiera la Santa Capilla tiene tanta superficie de luz. Me hubiera gustado enseñarle este templo al maestro Jacques; su obra fue la que me inspiró para construir esta catedral.

—Era un gran hombre —dijo Teresa.

—¿Era? ¿Murió?... Nunca me dijiste...

—No, no sé si ha muerto. Cuando me fui de París se encontraba bien. Un ayudante suyo había sido contratado para acabar unas obras del lado norte del transepto de Nuestra Señora; se llamaba Juan de Celles, ¿lo recuerdas?

—Sí, claro, coincidimos en alguna ocasión. Un gran maestro, sin duda.

—Era alumno de Jacques, no podía ser malo.

—Admiras mucho a ese hombre. ¿Tuviste... —Enrique titubeó—, tuviste alguna relación con él?

—¿A qué te refieres? —demandó Teresa un tanto sorprendida.

—Bueno, vosotras las mujeres cátaras creéis que el amor es algo hermoso y que el placer del sexo no es ningún pecado, sino incluso una fuente de virtud.

—Bueno, no es exactamente así, pero si lo que te interesa es saber si copulé con Jacques, pues no, no lo hice. Jacques era un hombre maravilloso y refinado, pero entre sus gustos no estaban precisamente las mujeres.

—Esas prácticas las condena la Iglesia. El amor entre dos hombres es contra natura —asentó Enrique.

—¿Eso crees?

—Eso nos enseña la Iglesia y eso manda la ley. Ordenan las Partidas que los hombres que realicen un pecado en contra de la natura deben morir, salvo que sean menores de catorce años o que hayan sido forzados, como aseguran que ha sido el caso de algunos cautivos cristianos en prisiones de los sarracenos. Esa misma pena se establece para hombres y mujeres que forniquen con bestias. Y también ha de morir la bestia, «para amortiguar el recuerdo del hecho», dice nuestra ley.

—Una muestra más de la hipocresía de tu iglesia. ¿Sabes qué sucede dentro de los muros de algunos conventos?

»Es tu Iglesia la que permite que ocurra todo eso mientras condena lo que sus miembros practican. Los burdeles están llenos de muchachas a las que unos desaprensivos bellacos les roban cuanto ganan ofreciendo su cuerpo a sebosos mercaderes o a clérigos libidinosos.

—Pero si un señor lleva a una sierva al burdel, esta queda libre...

—¿Libre? Una mujer que entra en la putería jamás es libre. Siempre hay un malvado rufián que se aprovecha de ella. He leído que existen cinco tipos de alcahuetes: los que protegen a las putas en el burdel y se llevan lo que ellas ganan; los que andan como trujamanes alcahueteando por las calles buscando clientes para las putas que viven en sus propias casas a cambio de un porcentaje; los que crían en su casa a cautivas, siervas o mozas utilizándolas cuando les aprieta el deseo de su entrepierna, incluso prostituyéndolas en ocasiones con otros hombres; los maridos viles que obligan a sus esposas a putear para quedarse con el dinero, y el correveidile que consiente que su esposa haga fornicio en su propia casa por lo que le den.

»Tu Iglesia permite que muchas mujeres se hagan malas y que sus cuerpos se condenen por la maldad. Pero después, hipócrita, condena a todas las mujeres y nos convierte en la fuente de todo mal.

—Nosotros no vamos a cambiar esas cosas; tenemos que construir esta catedral, y para ello necesito tu ayuda.

Teresa dispuso que en las vidrieras del lado norte predominaran los colores fríos, sobre todo el azul que tanto le gustaba, mientras que las del lado sur las llenó de vidrios de tonos cálidos. Enrique le había dicho que los grandes maestros franceses creían que la vidriera era el lugar por el cual se tenía que manifestar el ritual de la teología de la luz que marcara san Dionisio, uno de los santos más venerados de Francia. El abad Suger había quedado arrebatado por la mística de la luz y desde entonces los constructores de catedrales se habían obsesionado con la luz, pero no una luz blanca y brillante, que para ello hubiera bastado con enormes ventanales sin más, sino una luz multicolor, como la del arco iris, de ahí la riquísima policromía que colocaban en sus vidrieras.

Con las nuevas técnicas de los vidrieros y con las nuevas catedrales, por primera vez en la historia los hombres podían sentir los efectos de la luz directa en color; una vidriera no era como un mural o un cuadro, que reflejaba la luz que recibía y sus colores, sino que convertía la luz intangible en color.

La catedral de León crecía hacia el cielo. Cuando se alcanzó la altura de las bóvedas y comenzaron a cubrirse los primeros tramos de la cabecera, a Teresa le pareció más esbelta y ligera que la de Burgos. Los ventanales eran mucho más abundantes y tan rasgados que casi llegaban hasta el suelo, y el triforio no era una galería de ventanas abiertas a la nave mayor, sino ventanales por los que entraba la luz directamente al interior del templo. En aquella catedral todo era abierto, todo era diáfano, todo estaba al servicio de la luz.

10

Ocurrió a mediados del año 1265. El papa Clemente IV ordenó al arzobispo de Sevilla que todas las décimas procedentes de las rentas eclesiásticas del arzobispado y por un plazo de tres años se entregaran al rey Alfonso de Castilla y León para poder hacer frente a la guerra contra los musulmanes. Enrique se enteró de la noticia estando en Burgos. Lo primero que le vino a la cabeza fue que pronto llegaría la orden de paralizar las obras de la catedral de León y del claustro de Burgos, pero no fue así.

Enrique dividía su tiempo entre Burgos y León, aunque el viaje se le hacía cada vez más pesado. Los dolores en la espalda habían ido en aumento y su vista comenzaba a fallar, sobre todo a lo lejos. Ya no era capaz de distinguir ni siquiera la forma de las esculturas colocadas en lo más alto de la catedral. Sus manos todavía eran fuertes y el pulso, firme, lo que le permitía seguir trabajando en la talla de esculturas, la disciplina en la que siempre había mostrado una mayor habilidad.

A sus cincuenta y cinco años su fama en Castilla y León era bien merecida, e incluso algunos viajeros y peregrinos la habían llevado más allá de la península. Aquel año un joven maestro de obra de Champaña se presentó en Burgos y luego en León, buscando a Enrique. Acababa de obtener su mandil y su compás en unos exámenes celebrados en Amiens, y había decidido viajar hasta Compostela porque un oficial del taller de escultura le había dicho que siendo todavía aprendiz había viajado con su cuadrilla hasta Burgos y allí había conocido al maestro Enrique, hijo del constructor de la catedral de Chartres, y que jamás había visto a nadie trabajar la piedra con la maceta y el escoplo con la perfección de ese hombre. Le dijo además que en la fábrica de la catedral trabajaban canteros y carpinteros sarracenos, y que algunos de ellos eran tan hábiles que labraban flores, lazos, hojas y figuras geométricas con una destreza que jamás había vuelto a ver.

El joven maestro dijo llamarse Hervé y estuvo varias semanas con Enrique y Teresa en León. Cuando regresó a Francia lo hizo con una carpeta de cuero repleta de dibujos en papel y en pergamino.

Enrique dibujó las dovelas del arco sobre una plancha de yeso con un compás y una escuadra.

—Así, así tiene que ser este arco. Fíjate en el doble centro, en la distancia entre las jambas, en la proporción.

Uno de los oficiales estaba atento a las explicaciones del maestro.

—Es así como lo hemos trazado, maestro —se disculpó el oficial.

—No, no. Tiene que ser más estilizado, y para ello tienes que bajar un pie el centro de los dos círculos que al cruzarse crean el arco ojival. Así, así. —Enrique insistió sobre el dibujo.

Teresa se acercó a los dos hombres. La maestra de pintura acababa de terminar el montaje de una de las vidrieras y quería la aprobación de Enrique para colocarla en su lugar.

—Mañana es el día de San Nicolás. Los estudiantes de León y los aprendices de los talleres celebran una gran fiesta. Todo el poder establecido se invierte. ¿Irás a verla?

—Había pensado salir hacia Burgos enseguida; quiero llegar antes de Navidad. Hace cinco meses que no veo a mis hijos.

—Es una fiesta muy divertida. Por una vez se consiente que los estudiantes se mofen de la Iglesia. Uno de ellos es nombrado obispo y a partir de ahí todo es burla y alegría.

—Tengo entendido que entre los estudiantes se rifan los favores de algunas putas del burdel; eso no debería gustarte.

—Tienes razón, no me gusta. Preferiría que esas mujeres se entregaran por placer y libremente a esos muchachos, pero me alegro de que esta fiesta pueda celebrarse porque pone de manifiesto la hipocresía de esos clérigos. Durante ese día todo puede ocurrir, incluso que la esposa de un noble o de un ricohombre acabe fornicando en cualquier taberna de la ciudad con el hijo de un carpintero. ¿Quién sabe?, hasta es posible que algún rico heredero ufano de su linaje sea hijo de algún porquerizo, fruto de cualquier noche de San Nicolás.

Enrique no se quedó a la fiesta, y Teresa se encerró en su casita de León. Por la noche se mantuvo despierta, atenta a los ruidos que llegaban desde la calle. Los jóvenes estudiantes y los aprendices de los talleres desfilaban disfrazados por las calles de la ciudad tocando instrumentos musicales y cantando canciones de los antiguos goliardos que ya apenas se escuchaban. El tiempo de las canciones de taberna había pasado, la época de los trovadores estaba tocando a su fin, sólo unos pocos conocían ya las canciones de Guillermo de Aquitania, Jaufré Rudel o Marcabrú. Las nuevas canciones eran las del estilo del mester de clerecía, toda ellas según un mismo patrón métrico de cuatro versos de catorce sílabas.

Todo estaba cambiando demasiado deprisa, y Teresa supo entonces que aquel tiempo había dejado de ser el suyo.

Enrique regresó a León en la primavera. La maestra lo vio acercarse a la catedral cubierto con su pelliza de piel marrón y su gorra de marta. Corrían los primeros días del mes de abril y el sol brillaba en lo alto, sobre un cielo azul y límpido, pero el viento del norte azotaba los páramos leoneses con tal fuerza que de vez en cuando llegaban, no se sabe de dónde, unos copos de nieve que parecían de cristal de tan helados.

—Hemos perdido la batalla —le dijo Teresa nada más ver a Enrique.

—¿La batalla?

—Esos malditos clérigos han triunfado. El viejo Aristóteles se ha impuesto a Platón y en las aulas de las universidades y de las escuelas se enseña que las mujeres somos seres perversos. La culpa la tienen esos clérigos, empeñados en condenar el placer del sexo pero ávidos de jóvenes doncellas que calmen su pasión insana.

—Tal vez esté llegando la Tercera Edad de la humanidad —dijo Enrique.

—¿Qué? —se extrañó Teresa.

—La Tercera Edad. Lo ha predicho un clérigo italiano, se llama Joaquín de Fiore, y predica que esa Tercera Edad del hombre ya está aquí. Dice este iluminado que la Primera Edad fue la del Padre; la Segunda, la del Hijo, y que ahora ha comenzado la Tercera, la del Espíritu Santo.

—Pues creo que no ha acertado con su profecía. Si algo ha comenzado ahora es la época del triunfo del dinero y de los negocios; nada más alejado del Espíritu Santo.

—El dinero es imprescindible para nuestro trabajo, ni tú podrías pintar ni yo construir catedrales sin oro y plata, sin las limosnas y las rentas que los obispos nos proporcionan. ¿Qué tal te encuentras? —le preguntó Enrique.

—Sobrevivo a los inviernos, soporto mi soledad y espero a que aparezcas en primavera. ¿Y tú?

—Bien. Las obras del claustro de Burgos van muy deprisa. Ya está construida más de la mitad. El taller de escultura funciona de maravilla y Juan Pérez ha sido un buen sucesor.

—¿Tu familia?

—Matea ha perdido un tercer hijo y los dos pequeños siguen creciendo. La niña llora a veces, sin que aparentemente le ocurra nada.

—«Los niños sólo saben llorar cuando les sucede algo» —dijo Teresa.

—*Tristán e Isolda*. ¿Dónde has encontrado ese libro?

—En la biblioteca de San Isidoro. Me hice amiga del bibliotecario y me ha prestado algunos libros. El invierno es demasiado largo aquí.

—Esa historia acaba mal.

—Nunca me hablaste de ella.

—Tal vez no lo hice porque su final es trágico; los dos amantes mueren.

—Todo el mundo tiene que morir —sentenció Teresa.

Quizá fuera que las cosechas eran peores, o que los inviernos eran más fríos y húmedos, o que los clérigos se inmiscuían en todos los asuntos de la vida de la gente, o que los nobles exigían más rentas a sus campesinos, o tal vez que las enfermedades eran más comunes que antes, pero existía la sensación de que las cosas iban a peor.

—Treinta años atrás todo parecía más fácil —comentó Teresa.

—Éramos jóvenes. Entonces todo era sencillo, y teníamos toda la vida por delante. La vida. Ahora recuerdo aquellos días en los que viajar por el Camino Francés era un continuo aprender. El viaje suponía para mí una sensación de hacer algo nuevo, pero estos últimos viajes de León a Burgos me cansan. El camino ya no es una aventura, sino una carga —le dijo Enrique.

Los maestros paseaban por el entorno de la catedral de León, cuya cabecera estaba acabada y los vidrieros comenzaban a instalar las vidrieras de los ventanales del ábside.

—En verdad es hermosa —dijo Teresa.

—Será la catedral de la luz, de líneas puras y perfectas. En Burgos tuve que retomar las obras que había iniciado mi tío

Luis, y me encontré con una catedral prácticamente planeada desde el principio. Allí, además, los canteros sarracenos introdujeron ciertos elementos que a mi tío le gustaron, como los triforios tan recargados y algunos elementos decorativos en capiteles y columnas. Aquí he optado por líneas simples, por una mayor pureza, por perfiles más nítidos. Luz y piedra, sólo luz y piedra.

—Pues aquellos trabajos de los canteros sarracenos de Burgos me parecen magníficos —dijo Teresa.

—Sí, son excelentes, y producen un efecto estético de gran riqueza, pero no para esta catedral. Si pudiera, limitaría la escultura sólo a las fachadas...

—Pero tú eres un gran escultor, tal vez el mejor.

Enrique bajó la cabeza.

—Era...

—¿Qué te ocurre? —le preguntó Teresa.

—No estoy seguro. La primera vez que me sucedió fue hace un año; estaba tallando el rostro de una escultura para el claustro de Burgos y mi mano izquierda comenzó a temblar. No podía lograr que se mantuviera quieta; es como si tuviera vida propia y no obedeciera a mi cabeza. En esa ocasión no le di demasiada importancia, pero luego se ha repetido en otras ocasiones, cada vez con mayor intensidad y frecuencia. Ya no soy capaz de lograr la perfección en el detalle que conseguía hasta hace un año. Tal vez me ocurra como creía don Mauricio, y esto sea un castigo de Dios por mi soberbia.

—Tú eres el hombre menos soberbio que conozco, y en los tiempos tan confusos que corren no creo que Dios tenga tiempo para dedicarse a cosas tan nimias.

—Todo parece invadido por una suerte de melancolía. Antes los poetas rimaban poemas de amor y de escarnio, donde todo era ligero y divertido, una permanente fiesta. Pero los nuevos poemas parecen tomar otro sesgo. El mismo rey don Alfonso ha escrito una canción en la que manifiesta su deseo de hacerse a la mar en un barco para buscar un lugar remoto en el cual pueda estar alejado de las intrigas y de las traiciones de la corte.

»La gente parece haberse olvidado del amor y de la vida, y están obsesionados con la muerte y con los castigos del infierno.

—Tu Iglesia siempre ha querido que las cosas fueran así. Tus clérigos odian la vida y el amor y predican muerte y castigos, y un infierno terrible y eterno para quien no siga sus preceptos. Ahí están sus iglesias, llenas de demonios, de tentaciones, de juicios, de condenados que arden en el infierno o que son devorados por monstruos horribles. ¿Recuerdas aquel viaje que hicimos juntos a Segovia? Yo quería pintar vida, esperanza y alegría, pero el párroco de la iglesia de San Esteban pretendía amedrentar a sus feligreses con escenas terribles. Bueno, nosotros al menos hemos tenido suerte, Enrique, y pudimos disfrutar de los tiempos alegres en nuestra juventud —asentó Teresa.

Un mensajero llegó a León con una carta para Enrique. El deán de la catedral de Burgos le comunicaba que el obispo don Martín había muerto y que requerían su presencia en la ciudad. El maestro se despidió de Teresa con un beso en la mejilla.

—¿Volverás? —le preguntó la maestra de pintura.

—Claro, siempre he vuelto. Anhelo ver colocadas todas esas vidrieras y contemplar cómo pasa la luz a través de los colores que tú has elegido. Cuando me envuelva esa luz, sabré que estoy bañado por lo que tú has creado.

Uno de los aprendices de Enrique le ayudó a subir a lomos de su mula. Teresa lo vio alejarse camino del este, y tuvo la sensación de que la vida al lado de aquel hombre, pese a tantas renuncias, había merecido la pena. Nadie podría robarle nunca sus recuerdos.

—Se van a ir todos, maestro, se van a ir todos.

Juan Pérez, el segundo maestro de obra de Burgos, recibió a Enrique de Rouen alarmado.

—¿Qué ocurre? —demandó extrañado Enrique.

—Diez canteros se han marchado en las dos últimas semanas. En Sevilla y en Córdoba ofrecen salarios de doce maravedís, en tanto aquí sólo podemos pagar cuatro. Y claro, estos desagradecidos se marchan en cuanto obtienen el título de oficial. A este paso o subimos los salarios o nos quedaremos sin nadie. Y encima estamos sin obispo, y el cabildo no quiere aprobar ninguna medida sin que haya nombrado un prelado nuevo.

—¿Diez, dices?

—Sí, y de los mejores. Tendremos que contratar nuevos canteros o formar aprendices más deprisa.

—Eso no. En su momento di instrucciones precisas. Ningún aprendiz obtendrá el grado de maestro si no ha cumplido siete años de aprendizaje.

En los meses siguientes Enrique de Rouen y Juan Pérez tuvieron que recomponer todo el taller de escultura, del que tan orgullosos estaban.

Parecían avecinarse todavía peores tiempos de los que ya corrían por los reinos de don Alfonso. Las Cortes de Castilla y León reconocían en sus sesiones que en el mundo había mucha carestía, los ricos mercaderes que importaban productos de lujo, desde Oriente dejaron de hacerlo, las rentas de los señores cayeron de manera notable y los precios subieron tanto que los mercados comenzaron a sufrir desabastecimiento. El oro escaseaba cada vez más y su precio con respecto a la plata casi se había duplicado a lo largo del siglo.

En el año 1268, unos meses después de la muerte del obispo Martín González, fue elegido obispo de Burgos Juan de Villahoz un personaje de la confianza de don Alfonso, pero este prelado sólo rigió la diócesis un año, pues murió al siguiente. Claro que desde que muriera el obispo don Mauricio, el cabildo de la catedral de Burgos se había habituado a vivir en una permanente indefinición, pues o los obispos que le sucedieron no habían parado apenas en Burgos o no habían tenido la personalidad arrolladora del que ordenó construir la nueva catedral.

Enrique permaneció en Burgos durante casi un año, esforzándose por resolver los problemas ocasionados por la marcha de los oficiales al sur y por la carestía de los precios; hasta tres maravedís le habían pedido por cada quintal de hierro de Valmaseda, imprescindible para que el taller de herrería siguiera funcionando y no se detuvieran las obras del claustro por falta de herramientas o de clavos y grapas. Pese a todo, el claustro de la catedral de Burgos seguía creciendo y ya estaban colocándose las arcadas del segundo piso. El mismo Enrique intentó avanzar trabajo tallando algunas esculturas, pero sus manos temblaban cada vez que cogía el martillo y el cincel, y aunque era capaz de esculpir figuras completas, estas ya no tenían la maestría que demostrara años atrás. Talló las figuras de don Mauricio y del rey Fernando III para uno de los pilares angulares del claustro, pero no logró alcanzar la perfección que había conseguido en la figura del parteluz del Sarmental.

El problema de Enrique era doble, pues había pensado trasladar parte del taller de Burgos a León para comenzar a esculpir las figuras de las portadas de la nueva catedral, que deberían comenzarse enseguida. Para suplir las carencias de personal tuvo que recurrir a los musulmanes de Burgos. Audallá era el jefe de la aljama burgalesa; tenía un negocio de tintes cerca del pontón del barrio de la Vega, al lado del hospital del Capiscol, y una tienda de utensilios de metal en la calle de la Calderería Vieja, mezclada entre otras tiendas y negocios de mercaderes cristianos. Enrique se entrevistó con Audallá en la casa de este, en plena morería burgalesa; Aciense, la jovencísima mujer del tintorero, les sirvió una bandeja con pastas de almendra y una infusión de abrótano con menta.

—Necesitamos gentes de vuestra religión como canteros para el taller del claustro de la catedral —le dijo Enrique.

—Vuestro tío empleó a muchos de los nuestros, pero el cabildo no quería que los «adoradores de Alá» —dijo Audallá con cierto sonsonete— pusieran sus inmundas manos en vuestro templo.

—Así fue, pero mi tío impuso su criterio, según recuerdo. Ahora os pido que me facilitéis nuevos tallistas. Vos, mejor que nadie, sabéis quiénes son los mejores.

—Cobrarán el mismo salario que los cristianos —espetó Audallá.

—Nunca ha sido así.

—En ese caso, no creo que haya buenos tallistas entre los creyentes musulmanes de Burgos.

—De acuerdo, la paga será la misma.

—¿El cabildo y el obispo aceptarán que así sea?

—Tenéis mi palabra.

Ocho canteros se presentaron a primera hora del lunes siguiente en el taller de cantería. Juan Pérez estaba eufórico.

—¡Ocho, y de los mejores! Conozco a algunos de ellos, a los que he visto trabajar en las puertas de las murallas, y son excelentes. Uno de ellos labraba cuatro sillares diarios para la puerta de San Esteban, y lo hacía con enorme precisión.

—Cobrarán lo mismo que los cristianos y descansarán el viernes —dijo Enrique.

—¡Uf!, eso va a ser difícil de explicar.

—No hay nada que explicar; les he dado mi palabra. En dos o tres semanas regreso a León. Vendrán conmigo seis oficiales canteros y otros tantos aprendices. Tengo que comenzar de inmediato la labra de las portadas del crucero.

Juan Pérez asintió. Admiraba tanto a Enrique que no cuestionaba una sola de sus decisiones.

Teresa Rendol estaba subida en lo alto de un andamio. Los vidrieros estaban colocando las vidrieras de la cabecera de la catedral de León siguiendo los esquemas que ella había dibujado. Las vidrieras se desplegaban en el suelo de la catedral y luego se iban montando en los ventanales pieza a pieza, sobre el entramado de hierro que se sujetaba a los arcos de piedra. Cada pieza era incorporada en el lugar indicado y los fragmentos de vidrio se unían unos a otros con guías de plomo.

La maestra estaba inspeccionando el trabajo, comprobando que cada pieza fuera colocada en su lugar exacto. Cuando miró hacia abajo lo vio allí. Estaba en pie, con los brazos en jarras, las piernas entreabiertas y la cabeza mirando a lo alto; llevaba puesta la gorra de piel de marta que usaba en los viajes y lucía su mejor sonrisa.

Al darse cuenta de que Teresa ya lo había visto, Enrique se quitó la gorra y la saludó agitándola. Ella bajó despacio del andamio, rechazando amablemente la ayuda que algunos oficiales y aprendices le ofrecían, y saltó los últimos dos peldaños de la escala de un brinco.

—Te dije que volvería —asentó el maestro.

Teresa extendió sus manos y Enrique las tomó con delicadeza. Las manos del arquitecto temblaban muy ligeramente.

Enrique planeó para las portadas de León los mismos motivos que en las de Burgos, aunque introduciendo notables transformaciones. El taller de escultura se puso a trabajar de inmediato en un barracón de madera junto a la portada sur del crucero. Enrique quería unas esculturas fieles a la realidad, en las que los hombres aparecieran reflejados tal cual son. Les dijo a los escultores que Dios había dado ojos al hombre para que pudiera percibir por ellos a todos los seres de la naturaleza tal como habían sido creados por Él. Aquel templo era la catedral de la luz y la creación no era otra cosa que el triunfo de la luz sobre las tinieblas, de manera que tenía que reflejarse la grandeza de la creación en todas las partes y en todos los elementos del templo.

Ya a solas con Teresa le explicó lo que pretendía.

—Esta catedral es una representación en piedra y en vidrio de la teología y de la mística de la luz que enseñó san Dionisio y que el abad Suger ordenó plasmar en esta forma. Deseo que el exterior sea una imagen material de la creación, ahí plasmaré el triunfo de la Iglesia que tanto odias, no me queda otro remedio, pero en el interior, ahí triunfará tu luz. Tu alma, tu vida, tu fuerza, Teresa, estarán para siempre presentes dentro de esta catedral. Nunca lo sabrá nadie, pero el triunfo de la luz no será otra cosa que el triunfo del amor, de tu amor. Cada una de las piezas de esta catedral ha sido planeada pensando en ti.

Teresa acarició la mejilla de Enrique.

—No merezco nada de eso —dijo Teresa.

—Mereces mucho más. Yo soy quien debí ceder hace tiempo.

—No, no te reproches nada. Por cierto, jaque mate.

Teresa movió una de las piezas sobre el tablero de ajedrez.

—Nunca he logrado vencerte.

—Es que cuando juegas no estás pensando en el juego, sino en otras cosas. El ajedrez requiere una concentración absoluta.

Enrique planeó las tres portadas de León a la vez. En la fachada sur repitió el motivo de la del Sarmental de Burgos y colocó a Cristo en majestad rodeado de los cuatro evangelistas con el tetramorfos, y en el parteluz labró la escultura del obispo don Martín, como hiciera con don Mauricio en Burgos. Para la portada norte planeó una imagen de Cristo en majestad dentro de una mandorla, rodeado de los cuatro evangelistas, y vírgenes y santos en las jambas. Y por fin, para la portada principal, en la fachada oeste y bajo un estrecho pórtico, colocó en el tímpano central a Cristo en majestad sobre un friso en el que a la derecha estaban los justos premiados con el paraíso y a la izquierda, ángeles músicos con palmatorias e instrumentos musicales; en el tímpano menor de la izquierda, una escena con el parto de la Virgen, y en el de la derecha, la Coronación de Nuestra Señora. El parteluz de la puerta principal estaría ocupado por una escultura de la Virgen María.

Cuando le contó a Teresa su proyecto, la maestra dudó:

—El cabildo y el obispo no te dejarán hacer eso. Estarán de acuerdo con todo, pero exigirán que en el friso aparezca el mal, y que a la izquierda de Dios estén situados los malvados condenados al infierno. Te pedirán que haya cabezas de monstruos, demonios, fuego para consumir a los pecadores...

—No cederé en eso. Seguiré tu ejemplo, lo que hiciste al renunciar a pintar aquellos frescos en San Esteban de Segovia.

—No, no asegures lo que no vayas a hacer. Esta catedral es tu obra, tu gran obra, nunca podrás renunciar a ella.

—Pero el interior no lo cambiarán jamás, porque tú eres el interior de esta catedral, y a eso no estoy dispuesto a renunciar. Que quede el mal fuera, lo absurdo, lo grotesco, el terror y el miedo, el infierno y todos sus demonios, pero dentro sólo habrá sitio para la luz, la luz multicolor que tú has creado, los colores del arco iris, la esperanza, la bondad... Todo lo que tú eres, todo lo que me enseñó mi padre.

Tal como estaban sucediendo las cosas, parecía evidente que aquello tendría que ocurrir. Acabados los tiempos de bonanza, los nobles no parecían dispuestos a perder ni un ápice de sus privilegios ni de sus rentas, y se sublevaron contra su rey. Don Nuño Lara encabezó la revuelta acusando a don Alfonso de querer acabar con los derechos seculares que pertenecían a los nobles por derecho y por linaje, y que todos los reyes de Castilla y León habían respetado. Don Nuño solía decir que si Castilla y León eran grandes, la causa de ello era su nobleza, gracias a la cual sus reyes habían logrado convertir a estos Estados en los más poderosos de toda la península.

Los nobles rebeldes buscaron la ayuda del viejo rey Jaime de Aragón, pese a que a lo largo de su reinado había tenido no pocos enfrentamientos con los nobles de su reino. Curiosa contradicción la de la nobleza castellana y leonesa, que pretendía el apoyo de un rey extranjero para conseguir mantener los privilegios que los propios nobles de la nación de ese rey le exigían a él a su vez.

Don Jaime, cargado de experiencia tras cincuenta y seis años de gobierno, se limitó a recomendar a su yerno el rey Alfonso que mostrara tolerancia hacia sus vasallos y que procurara dirimir sus asuntos mediante el pacto y no por la fuerza. Fracasado el intento de alianza con el rey de Aragón, los nobles castellanos y leoneses se dirigieron al rey de Navarra, cuyas posibilidades de expansión hacia el sur habían quedado cercenadas tras los tratados entre Castilla y Aragón y la fijación de fronteras entre ambos reinos.

Pese todo, la sublevación fue en aumento, y a los nobles que iniciaron la revuelta se unieron algunos hermanos de don Alfonso y la mayor parte de los ricoshombres de sus reinos. Los nobles protestaban por la supresión del Fuero Viejo de Castilla, que tantos derechos les confería, y por su sustitución por la Ley de las Partidas, que estimaban muy contraria a sus intereses. La nobleza no quería que se produjera un aumento de la autoridad real, pues pretendían seguir manteniendo en sus manos los derechos de mero y mixto imperio sobre sus vasallos.

Don Alfonso estaba confuso. Las deudas de la corte crecían, las rentas disminuían, y además necesitaba a los nobles para seguir manteniendo sus esperanzas de ser elegido algún día único emperador de Alemania. Don Alfonso, acosado y sin recursos, puso en marcha un ambicioso plan diplomático. Envió a varios obispos y consejeros leales para negociar el matrimonio de su hijo Fernando, su primogénito, con Blanca, la hija de Luis IX de Francia. La boda se celebraría en Burgos y a ella fue invitado el rey Jaime de Aragón.

El rey Alfonso se trasladó a Burgos y desde allí viajó hasta la localidad fronteriza de Ágreda, donde esperó la llegada de su suegro, el rey de Aragón. El 27 de noviembre de 1269 los reyes de Castilla y León y de Aragón entraron solemnemente en Burgos. El infante don Fernando, nieto de don Jaime, saludó a su abuelo y después a su padre, el rey Alfonso. Centenares de burgaleses se habían concentrado para presenciar aquella entrada real. Los dos monarcas cabalgaban sobre sendos corceles blancos. El rey don Jaime tenía más de sesenta años, pero su figura era formidable; su cabeza sobresalía un palmo por encima de las de los demás y su poderío físico seguía siendo impresionante.

Al día siguiente entró en la ciudad el cortejo de doña Blanca de Francia. El séquito era tan deslumbrante que ni siquiera Burgos, ciudad acostumbrada a celebrar las grandes ceremonias del reino, había presenciado nunca nada parecido. La princesa de Francia iba acompañada por decenas de paladines y caballeros, y entre ellos destacaban los príncipes Eduardo de Inglaterra y Felipe de Francia, llamado el Hermoso.

Enrique de Rouen y su esposa Matea fueron invitados a la boda, que se celebró el día 30 de ese mes. La princesa doña Blanca lucía espléndida, y el día, pese a lo avanzado del otoño, era luminoso y no demasiado frío. En los primeros bancos de la catedral se sentaba toda la nobleza del reino, con don Nuño de Lara y don Lope Díaz de Haro, los dos cabecillas rebeldes, en la primera fila. En la plaza unas muchachas cantaban los milagros de Nuestra Señora y otras danzaban mientras unos músicos tocaban rabeles y chirimías.

A la ceremonia siguieron torneos y justas caballerescas, y el rey armó caballero a su hijo don Fernando y al príncipe Eduardo de Inglaterra, su sobrino. Otros muchos nobles fueron armados caballeros, pero el infante don Sancho, el segundo hijo del rey Alfonso, se negó a recibir la orden de caballería. Este infante, orgulloso y lleno de ambición, odiaba a su hermano mayor, a quien consideraba con menos valores que él para ser el futuro rey.

Pocos días después de la boda se celebraron Cortes en Burgos y los reyes de Castilla y León y de Aragón marcharon juntos a Tarazona, ciudad fronteriza del reino de don Jaime. Con la comitiva real viajó Enrique de Rouen. Durante las Navidades, Enrique pudo observar en Tarazona las obras arquitectónicas que con ladrillo realizaban los musulmanes. Toda aquella comarca estaba muy poblada por «moros de paz», como los llamaban los aragoneses, y había pueblos enteros en los que no habitaba un sólo cristiano.

El arquitecto visitó una mezquita en un burgo cercano a Tarazona. Era un edificio de apenas veinte pasos de largo por diez de ancho, de una sola nave. Las paredes eran de ladrillo, revocadas en el interior con yeso batido. La techumbre era de madera, con un armazón de grandes vigas bien hacheadas, cuadradas, que sostenían un entramado de tablas, todo ello pintado con alegres motivos florales y geométricos. En la mezquita apenas había luz, sólo la que entraba por la única puerta, protegida por una celosía de madera.

La comitiva real regresó a Castilla, y Enrique se incorporó a su puesto de maestro de obra de la catedral. En aquellos días el cabildo estaba muy alterado, pues había fallecido el obispo don Juan de Villahoz, de breve episcopado, y se había abierto un duro enfrentamiento entre dos grupos de canónigos. La mayoría optaba por la candidatura de don Martín Gómez, deán de la catedral y personaje muy poderoso, pero tres de los canónigos más influyentes abogaban por don Pedro Sarracín, canónigo y arcediano de Valpuesta. Las tensiones fueron de tal calibre que la sede de Burgos quedó vacante durante los siguientes cinco años.

Desde Burgos, el rey Alfonso viajó a Álava; el rey creía que el malestar de los nobles se había apaciguado tras la boda principesca y las Cortes, pero la tensión volvió a estallar. Parecía que de nada habían servido los consejos de gobierno que el hábil Jaime de Aragón le había dado a su yerno en Tarazona. Como solía hacer en momentos de dificultad, el rey se refugió en los libros. Hacía unos años que había encargado la redacción de una gran historia, y dedicó varios meses a recabar de monasterios, catedrales y universidades el préstamo de todas las crónicas, anales e historias que contuvieran sus bibliotecas. De los más apartados rincones de sus reinos llegaron obras de Paulo Orosio, Paulo Diácono, Eusebio de Cesarea, Jordanes, San Jerónimo, San Isidoro de Sevilla, y además de Lucano, Ovidio, Floro, Valeyo, Patérculo, Justino, Pompeyo, Trogo y Eutropio. Se utilizaron además historias del Cid, cantares de gesta, romances, poemas épicos y relatos heroicos. Daba la impresión de que don Alfonso tenía prisa por cerrar un tiempo pasado, en espera quizá de comenzar otro mejor.

A mediados de 1270 acabaron las obras del claustro de la catedral de Burgos. Enrique se mostró muy satisfecho, aunque el éxito de la culminación del claustro quedó en su vida personal empañado porque un nuevo parto de Matea había sido muy difícil. El niño nació muerto, y aunque su esposa sobrevivió, fue a costa de no poder quedar nunca más embarazada. Los dos hijos de Enrique ocupaban buena parte de su tiempo en Burgos. Solía pasear con ellos por las riberas del Arlanzón y les contaba viejas historias que a él le habían narrado sus padres, allá en Chartres. Les hablaba de la catedral que construyó en aquella ciudad Juan de Rouen, el abuelo al que nunca conocieron, de los campos esmeralda en primavera y dorados en verano, de la ciudad de París y de sus mercados rebosantes de todo tipo de productos.

Enrique no viajó a León hasta mediados del año 1271; tenía sesenta y un años.

Teresa Rendol lo saludó con una sonrisa.

—La primavera pasada no viniste; los prados estaban más

hermosos que nunca y las veredas rebosaban de flores —le dijo.

—Estuve ocupado con el dichoso claustro de Burgos. Ya está acabado, pero ahora estamos modificando las capillas de la cabecera. Las ultrasemicirculares que construyó mi tío recordaban demasiado al viejo estilo; las estamos cambiando por otras poligonales, más acordes con la nueva arquitectura.

—A mí me gustaban. Te he echado de menos —le dijo Teresa.

Enrique la besó en la mejilla. En la chimenea unos leños crepitaban al fuego.

—He visto que ya habéis colocado todas las vidrieras de la cabecera; eso está muy bien.

—Sí, los vidrieros son extraordinarios, pero tus tallistas...

—Ya he visto algunas figuras. Bueno, el maestro de Amiens que esculpió el Sarmental era el mejor escultor de su tiempo. No existe ahora otro como él. Y mis manos..., casi no puedo ni sostener la maza.

La maestra de pintura acarició las manos de Enrique.

—Quiero que veas una cosa.

Teresa se levantó de la mesa y regresó al instante con dos códices de hojas de pergamino encuadernados en piel bermeja. Cogió uno de ellos, lo abrió y se lo enseñó a su amante.

—Son extraordinarias.

El códice estaba iluminado con delicadas miniaturas.

—Hace tres años que trabajo en este códice. Nunca había pintado miniaturas, pero a mi edad es lo más apropiado. Y el problema de la vista lo he solucionado con estos anteojos que me traje de París, gracias a los cuales puedo ver los pequeños detalles. Ya sabes que hace tiempo que mi vista no es demasiado precisa. Estas miniaturas representan las grandes ceremonias de la corte, pero también hay escenas de la vida de la gente. Es un encargo de don Alfonso, nuestro rey. Un correo suyo vino hasta León para decirme que «su alteza estaría muy honrado si la gran maestra Teresa Rendol iluminara uno de los códices para la biblioteca real». —Teresa imitó una voz muy engolada.

—Don Alfonso es un apasionado de los libros.

—Mira este otro; trata del juego del ajedrez.

Teresa abrió el segundo códice por una miniatura en la que dos reyes, uno musulmán y otro cristiano, jugaban una partida de ajedrez bajo una tienda de fieltro. Enrique observó el tablero; tal y como estaba desarrollándose la partida, ninguno de los dos contendientes tenía ventaja, pese a que el rey cristiano jugaba con las blancas.

—Esta partida acabará en tablas.

—Así es —precisó Teresa.

—Esta escena es una alegoría, ¿no?

—¿Tú qué crees?

—Conociéndote, creo que se trata de un mensaje.

—¿Y qué dice?

—Es un mensaje de paz —asentó Enrique.

—Sí, pero es un mensaje inútil. Nunca habrá paz mientras exista un rey o un noble dispuesto a conquistar el reino del otro. Mira bien el tablero: no hay reinas, no hay peones, sólo los dos reyes, dos caballos y dos torres.

—Tablas.

—Salvo que uno de los dos cometa un gran error —aclaró Teresa.

El maestro subió al andamio. Desde allá arriba, encaramado en lo alto de la catedral, sobre la suave colina, podía verse todo el paisaje que rodeaba la ciudad de León, las amplias llanuras al sur, las sierras nevadas al norte... La cabecera y el crucero de la catedral ya estaban cubiertos y la nave comenzaba a crecer hacia el oeste.

—El próximo mes vendrán a León mi esposa y mis hijos —le dijo Enrique a Teresa.

—Me gustará conocer a tu esposa, y a tus hijos. Yo no pude dártelos.

—Voy a quedarme en León todo este año y tal vez el próximo. Las obras de la catedral van bien, pero las esculturas de las fachadas no avanzan como quisiera. Además, el obispo está empeñado en que en la fachada principal haya demonios e infierno, y pecadores sufriendo por haberlo sido.

—Ya te dije que la Iglesia no te dejaría llenar las portadas tan sólo con vírgenes, santos, ángeles y apóstoles. Los clérigos necesitan amedrentar a la gente con las penas del infierno, ese es su sistema para dominar sus almas.

—Pero el interior sólo estará hecho de luz, sólo de luz. Todo el que entre en esta catedral sentirá cuanto tú y yo hemos compartido.

—Quiero mostrarte otras miniaturas.

Teresa abrió un tercer códice. Las escenas que contenía eran terribles: delincuentes ajusticiados en la horca, herejes ardiendo en la hoguera, pájaros sangrantes atravesados por las garras de aves de presa, moros de rostros horribles y cetrinos y judíos de nariz ganchuda, toros corneando a hombres que los acosaban con garrochas...

—Creí que nunca pintarías escenas como estas —se sorprendió Enrique.

—Es la realidad del mundo. He pasado toda la vida pintando vírgenes con niños, ángeles y querubines, santos y profetas. He reflejado una imagen falsa del mundo, la imagen que yo imaginaba o la que yo quería plasmar. Pero la realidad es esta: crueldad, muerte, ansiedad, torturas... Desde que los cruzados del Papa y del rey de Francia arrasaron los castillos de Montsegur y Quéribus, los cátaros ya no tenemos dónde ir; los que no renunciaron a ser «los perfectos» ardieron en la hoguera, y el resto se ha convertido a la «verdadera fe» de Roma. Esa es al fin la única realidad.

—Tú también eres realidad.

—Hace años que no pasa un sólo día sin que me arrepienta de no haberme casado contigo. Aunque tal vez haya sido mejor así. Ahora seríamos esposos, pero tú no calentarías mi lecho; otras mujeres mucho más jóvenes y bellas ocuparían mi lugar, y yo viviría tan sólo de recuerdos, aunque esos recuerdos los viviría a tu lado.

—Tal vez no hubiera sido así —supuso Enrique.

—¿Sabes cuándo fue la última vez que hicimos el amor? ¿Tres, cuatro años atrás? El tiempo deja una huella profunda en el alma que no podemos ver, pero sí son visibles las huellas que deja en el cuerpo.

—Sigues siendo una mujer magnífica.

—No me mientas. Ya no despierto en ti ninguna pasión, ningún deseo.

Enrique besó a Teresa.

—Tengo miedo —le dijo el arquitecto, que apoyó su cabeza en el pecho de la maestra de pintura.

Teresa acarició los cabellos canos de Enrique y susurró una canción en la que una mujer enamorada añoraba a su amante, que había partido a una tierra lejana para no volver jamás.

La presencia de Enrique en León supuso un impulso notable a las obras, sobre todo en el taller de escultura. En un año construyeron la portada norte y comenzaron a colocar las esculturas en la sur del crucero. Y aunque el resultado era mejor del previsto, Enrique lamentó no haber superado la calidad de las esculturas de Burgos, por lo que escribió una carta a su segundo en Burgos, el maestro de obra Juan Pérez, para que le enviara los mejores escultores del taller de Burgos para que trabajaran al menos en las esculturas de la portada principal de León.

Teresa conoció a los hijos de Enrique cuando estos acompañaron a su padre a visitar las obras de la catedral, a los pocos días de haber llegado con su madre a León. La maestra besó a los dos muchachitos, en cuyos ojos apreció la herencia de Enrique de Rouen.

—De nuevo hay problemas en estos reinos —le dijo Enrique mientras revisaban la composición de la vidriera del rosetón de la portada sur.

—¿Qué ocurre ahora?

—Que don Alfonso tiene en rebeldía a más de la mitad de la nobleza, que ambiciona la corona del Imperio, más ahora que ha muerto el otro elegido, Ricardo de Cornualles, que las cada vez más poderosas órdenes militares han dejado de apoyar al rey y que las ambiciones de algunos infantes hacen que se tambalee el reino.

—Eso no es lo que más te preocupa; hace unos días que te siento inquieto.

—Es esta catedral.

—Pero si es la más hermosa del mundo, aunque no tenga ni una sola pintura mural —ironizó Teresa.

—No es la catedral en sí, sino lo que significa para mí.

—Es tu gran obra; generaciones enteras te recordarán y te admirarán por ella.

—Es mi última obra. Hace varias semanas que me obsesiona una idea que no puedo sacar de mi cabeza. Esta catedral es un teorema, sólo un teorema que ha sido elegantemente resuelto: geometría y matemáticas, nada más.

—Pero la luz, la luz del interior, esa luz que tanto has perseguido...

—Sólo geometría, nada más que geometría —reiteró Enrique—. Un doctor inglés llamado Roger Bacon afirma que es imposible conocer las cosas de este mundo sin conocer las matemáticas, pero también asegura que sin experiencia no se puede saber nada suficientemente. Bueno, aquí, en esta catedral, hay matemáticas y experiencia, y ahí se acaba todo.

—No puedo creer lo que estoy oyendo, no puedo creer que quien dice todo esto sea el gran Enrique de Rouen.

—Pues así es. Creo que con esta catedral el nuevo arte ha alcanzado el límite de cuanto podía ofrecer. A partir de ahora se harán algunas variaciones, pero el nuevo estilo comenzará a consumirse.

—Eso ha ocurrido siempre —asentó Teresa—. El arte de los antiguos era grandioso, ¿recuerdas el acueducto que vimos en Segovia, o los que contemplamos en Francia? Pero ahora sólo son ruinas o monumentos inútiles. Tú has construido dos catedrales, y las dos son extraordinarias, ¿qué otra cosa pretendes?

—El sosiego, la calma, la tranquilidad..., sólo eso, sólo eso.

—Casi nunca podemos lograr nuestros sueños; yo nunca hice el amor contigo en un prado lleno de flores.

El otoño caía sobre León como un velo de melancolía. Las montañas del norte despertaron una mañana blancas de nieve y los pájaros migratorios desaparecieron de pronto, como si una llamada silenciosa pero irresistible los empujara hacia el sur. Sólo quedaban en el cielo algunas palomas que trataban de burlar el ataque inmisericorde de los halcones.

Teresa se levantó temprano. Desde que lo hiciera en Compostela, cuando era una joven oficial en el taller de Arnal Rendol, solía preparar ella misma el desayuno. Se lavó la cara, el cuello y las manos, se cepilló el pelo y encendió el fuego del hogar. En una olla de hierro puso agua, sal, un buen pedazo de tocino seco, berzas, alubias, una cebolla y un puñado de guisantes; después le añadió un poco de tomillo y dos hojas de laurel y dejó que cociera lentamente. Su fiel criada, Juana, apareció enseguida. Teresa la miró con una sonrisa, Juana ya no era aquella niña tímida y frágil que puso a su servicio en Burgos, sino una mujer espléndida, de pelo negro y brillante y rostro ovalado y hermoso.

La maestra se sentó a la mesa de la cocina y tomó un poco de queso, un pedazo de pan y un puñado de nueces. Había dormido muy bien, pero al poco de despertarse había sentido una fuerte palpitación en las sienes, a la que no le dio más importancia.

Aquella mañana le esperaba un duro trabajo. Se había citado con Enrique en la catedral de León para decidir los últimos detalles del gran rosetón de la fachada principal, que el maestro había decidido que sería de traza diferente a los dos gemelos de los brazos del crucero. Estos eran iguales en su traza de piedra, pero en el del lado sur predominaban los tonos cálidos, sobre todo el vidrio rojo, mientras que en el del norte Teresa había preferido, como en el resto de las vidrieras de ese mismo costado, que prevaleciera el color azul, más frío. La maestra quería potenciar con los colores dominantes en las vidrieras el diferente tipo de luz que recibía cada uno de los dos lados.

Teresa se despidió de Juana, cogió su capa y, al intentar colocársela sobre los hombros, sintió un terrible pinchazo en el interior de su cabeza y después un estallido dolorosísimo, como si le hubieran golpeado el cerebro con un golpe seco de martillo; de repente todo se volvió negro y silencioso.

Enrique comenzaba a impacientarse. Teresa se retrasaba pese a que siempre era puntual. El maestro vidriero, que estaba con él, señaló a Juana, que apareció corriendo por una de las calles que desembocaban en la plaza de la catedral.

—¡Maestro, maestro, doña Teresa, doña Teresa...! —la criada jadeaba nerviosa, casi sin aliento—, se ha caído, se ha desmayado y no me responde.

—¿Qué ha pasado, dónde está? —se sobresaltó Enrique.

—En casa, iba a salir pero cayó redonda al suelo, he ido a buscar ayuda porque no podía levantarla yo sola; ahora está en la cama, pero no se despierta —balbució Juana entre sollozos.

—Vamos.

Enrique, Juana y el maestro vidriero corrieron hacia la casa de Teresa. Cuando llegaron, la maestra de pintura estaba en la cama y con ella se había quedado una vecina, que se despidió tras recibir el agradecimiento de Enrique.

—Llama al físico judío del obispo. Dile que vas de mi parte y que venga enseguida —le ordenó el maestro a Juana.

Teresa parecía dormida, aunque sus labios crispados no eran un buen presagio. El tono de su piel era blanquecino, sus miembros estaban rígidos y su respiración era muy débil.

El médico judío apareció enseguida. Ya sabía qué había ocurrido, pues Juana se lo había contado de camino a casa. El judío tomó la muñeca de Teresa e intentó comprobar sus pulsaciones. Eran la mitad de lentas que las de una persona normal. Después le abrió el párpado con sus dedos y le tocó la frente y le palpó el cuello.

—¿Qué tiene? —preguntó Enrique.

—No hay calentura y los ganglios no están hinchados, pero su corazón late, aunque muy despacio, y está muy demudada de color. Tal vez tenga una hemorragia interna.

—¿Qué significa eso?

—Es probable que esté perdiendo sangre por una rotura de las venas del estómago o de los intestinos, pero eso no se puede saber.

—¿Tiene remedio?

—Le pondremos paños calientes en el estómago, en la cabeza y en el vientre; tal vez así reaccione. Si se despierta, que tome caldo caliente y leche, pero nada más.

A Teresa se le había reventado una vena del cerebro. A las pocas horas despertó, pero tenía completamente paralizado el lado derecho y apenas podía mover el izquierdo. Hablaba con mucha dificultad y su mirada era lejana y perdida.

—¿Qué me ha pasado? —balbució Teresa.

—Perdiste el conocimiento y has estado sin sentido varias horas.

La maestra intentó incorporarse en vano.

—No puedo moverme.

—Ni lo intentes, ahora descansa.

En los días siguientes Enrique no se separó un instante del lado de Teresa. La maestra tenía algunos momentos de lucidez y entonces hablaba con Enrique, aunque cada vez era más difícil entender sus palabras. El médico judío la visitaba todos los días, pero nada podía hacer por mejorar su estado. Teresa se apagaba poco a poco.

—Esta mujer tiene una fortaleza extraordinaria —comentó un día el médico.

—Lo que tiene son ganas de vivir —replicó Enrique.

Al octavo día, Enrique regresó a su casa. Matea estaba con sus dos hijos. Enrique se limitó a decirle a su esposa que no había ninguna esperanza de que Teresa se recuperara.

—Todavía sigues amando a esa mujer, ¿verdad? —le preguntó Matea.

Enrique no respondió.

—No, no me importa. Sé que siempre la has amado, aunque no entiendo por qué no llegaste a casarte con ella.

—Le queda muy poca vida.

—Vuelve a su lado; nosotros te estaremos esperando cuando regreses.

Dos días después Teresa Rendol, maestra de pintura, falleció. Un fraile de Santo Domingo se negó a darle la extremaunción porque dijo que no había constancia de que aquella mujer hubiera hecho la confesión anual y la comunión pascual obligatorias para la Iglesia. Tuvo que hacerlo uno de los canónigos de la catedral. El obispo ofreció un lugar sagrado, junto a la cabecera del templo, para enterrar a Teresa, pero Enrique se negó y dijo que aquella mujer debía ser enterrada en el interior de la catedral. Algunos canónigos se escandalizaron por ello, pues corría el rumor de que Teresa realizaba prácticas heréticas, pero sorprendentemente el obispo asintió.

Fue enterrada un día nuboso y gris en la catedral, en el suelo de la nave mayor, justo en un lugar donde Enrique calculó que incidirían los rayos del sol cuando penetraran por una de las vidrieras en el primer día del verano, en el punto exacto marcado por un rayo «del color azul del cielo de Burgos al mediodía».

Enrique talló en piedra un par de palomas enlazadas y las introdujo en el ataúd de Teresa. Cuando sellaron la tumba, el maestro se quedó sólo en la catedral. Se tumbó sobre el suelo y sintió el frío pero reconfortante contacto de las losas de piedra. Contempló las vidrieras, apagadas por la falta de sol, pero de repente, como un milagro, todo pareció encenderse. Una cascada de luz multicolor penetró como un torrente por todas las ventanas e iluminó la catedral como un tornasol esplendoroso. El interior de la catedral se convirtió en un caleidoscopio místico, una catarata tumultuosa de colores verdes, rojos, amarillos y azules.

Y entonces, Enrique comprendió que Teresa estaba allí y que viviría para siempre.

Las obras continuaron, las vidrieras que faltaban fueron colocándose en los lugares que había dejado planeados Teresa y los escultores llegados de Burgos, de Francia y del mismo León tallaron las esculturas para las tres portadas de la catedral.

Para el parteluz de la fachada principal, Enrique talló con sus manos una Virgen blanca. Fue como un milagro, porque mientras esculpió aquella figura, su pulso fue tan firme y poderoso como en los mejores días de su plenitud. La Virgen sostenía a su niño en su brazo izquierdo y pisaba un dragón. Cuando lo esculpió, Enrique quiso simbolizar en ese monstruo todo aquello que había odiado Teresa. Nadie lo dijo, pero cuando el maestro acabó la escultura, todos supieron que aquella imagen, tal vez la mejor que jamás esculpió Enrique, era el fiel reflejo de Teresa Rendol.

Con las obras bien encauzadas en León, Enrique regresó con su familia a Burgos. Nada más llegar visitó el antiguo taller de Teresa en la casa del barrio de San Esteban. Allí le comunicó a Domingo de Arroyal, el maestro heredero de Teresa, la muerte de la maestra. Enrique se alegró cuando vio que dos mujeres y otras dos muchachitas estaban pintando en el taller.

En los cuatro años siguientes Enrique de Rouen permaneció en Burgos. En ese tiempo acabó la reforma de las capillas poligonales de la cabecera de la catedral, más acordes con el nuevo templo y con las modas que venían de Francia, y viajó en un par de ocasiones a León para revisar su fábrica. Dentro de su catedral, al lado de la tumba de Teresa, solía pasar mucho rato, recordando cada uno de los momentos que había vivido con aquella mujer y soñando un tiempo imaginario que nunca pudo ser.

Entre tanto, los reinos de Castilla y León atravesaban tiempos confusos. Los nobles y las poderosas órdenes militares mantenían su rebeldía y el rey Alfonso, acorralado por tanta disidencia, aceptó restituir los fueros antiguos que tantos privilegios otorgaban a la nobleza, tal vez desencantado porque Rodolfo de Habsburgo fue elegido emperador de Alemania y decayeron definitivamente los derechos del castellano-leonés. El rey Alfonso hizo un último esfuerzo para defender sus derechos al trono imperial y fue a entrevistarse con el Papa, con el que no llegó a ningún acuerdo. Ante tantos fracasos, el rey de Castilla y León se refugió en una de sus pasiones, el estudio de la historia, y participó activamente en la redacción de la *Crónica General* que había encargado a varios cronistas años atrás.

El príncipe don Fernando de la Cerda, el heredero del rey Alfonso el Sabio, falleció en agosto de 1275 combatiendo en el sur contra los benimerines, una nueva secta de fanáticos musulmanes llegados de África que creían que podían recuperar las tierras perdidas en al-Ándalus. Dejó dos hijos, pero su hermano don Sancho reclamó para sí el derecho de sucesión al trono, consiguiendo fuertes apoyos, entre otros los de las poderosas órdenes militares y el del siempre taimado Lope Díaz de Haro, el potentado señor de Vizcaya. El revuelo que se levantó en el reino fue enorme, pues los hijos del fallecido infante reclamaron sus derechos legítimos recabando el apoyo del rey de Aragón, pues su madre, doña Violante, era al fin y al cabo hija del gran Jaime I.

Burgos tuvo, tras cinco años de sede vacante, un nuevo obispo, el toledano don Gonzalo Pérez, hasta entonces obispo de Cuenca y hombre de total confianza del rey porque era su notario privado. El rey Alfonso quiso anexionarse sin éxito el reino de Navarra, pero los navarros consiguieron mantener su independencia.

En 1276, y en Cortes celebradas en Burgos en medio de enormes dificultades económicas, el infante don Sancho fue al fin reconocido como heredero al trono y nombrado mayordomo del reino.

En la primavera de 1277, a los sesenta y siete años de edad, Enrique viajó hasta León en el que sería su último viaje. La catedral estaba casi terminada. El maestro recorrió el exterior del templo y contempló las esculturas de las fachadas; le parecieron menos rotundas que las de Burgos, pero provistas de mayor movimiento, con una mejor concepción de la simetría, mayor riqueza en los pliegues de los vestidos y un modelado de las cabezas más delicado. En la plaza, dos mujeres cantaban canciones y bailaban al son de un atambor. Un peregrino las observaba ensimismado. Después entró en el templo. «Estas catedrales han sido posibles gracias a la geometría y a la proporción perfecta del número de Dios, pero sólo Teresa fue capaz de imaginar un universo como este», pensó al contemplar el efecto que la luz y el color producían en el interior de la catedral. Ese día era el primero del verano y el sol brillaba como nunca. El maestro se acercó hasta la tumba de Teresa y esperó a que al mediodía el rayo de luz solar incidiera sobre el vidrio azul y se reflejara en la losa bajo la que descansaba el cuerpo de su amada. Por un instante la luz azul bañó el suelo, en el centro de la nave mayor, y Enrique se sintió muy feliz. El alma de Teresa estaba allí, y así sería durante todos los días en que la luz envolviera las piedras de la catedral e inundara de colores su interior.

De regreso a Burgos, Enrique y su hija Isabel, que ya tenía quince años y que había acompañado a su padre a León, se detuvieron en Sahagún para pasar una noche. En el hospital de peregrinos había varios enfermos que tenían fiebre alta y los ganglios hinchados. Alguien dijo que se trataba de la peste. A la mañana siguiente, antes de partir, Enrique e Isabel bebieron agua de una tina que había a la entrada del hospital para refrescar a los peregrinos que llegaban sedientos en aquellos calurosos días de comienzos del verano. De esa misma tina había bebido el día anterior uno de los enfermos de fiebre.

Cuando llegaron a Burgos, a principios del mes de julio, padre e hija se sintieron mal y tuvieron un fuerte acceso de fiebre. Enrique vomitó y sintió un terrible ardor en su estómago y una calentura interior tal que pensó que en cualquier momento comenzaría a arder desde dentro. Enseguida comprendió que él y su hija habían contraído la peste, tal vez al estar en contacto con aquellos enfermos del hospital de Sahagún.

Enrique guardó cama durante seis días, empapado en un sudor frío y aquejado de terribles dolores en las articulaciones. Apenas podía respirar, y tragar un poco de caldo o de leche se convertía en un verdadero tormento. Su hija Isabel presentaba los mismos síntomas.

Entre la duermevela y el delirio, la imagen de Teresa, joven y plena, aparecía una y otra vez en sus ensoñaciones. La veía acercarse hacia él en un prado lleno de flores, con los brazos extendidos, con su sonrisa franca y limpia y sus ojos melados brillantes y luminosos. Se reía, giraba sobre sí misma como una peonza, llena de gracia y de delicadeza, y de ese movimiento surgían rayos de luz multicolor que llenaban todo de vida.

—El mundo es demasiado grande —susurró Enrique.

El maestro de obra de las catedrales de Burgos y de León falleció al mediodía del 10 de julio de 1277; pocos instantes después lo hizo su hija Isabel. Ambos fueron enterrados juntos. Aquel día el sol brillaba luminoso y pleno sobre el cielo de

Burgos, que lucía un azul esplendoroso, «el azul más bello del mundo». A esa misma hora los rayos del sol penetraban por las vidrieras de la catedral de León como un torrente de luz desbordado desde una catarata multicolor. Teresa y Enrique vivían al fin.

NOTA DEL AUTOR

Fernando III (1201-1252), rey de Castilla y León, fue canonizado y la Iglesia católica lo considera santo. Su hijo Alfonso X (1221-1284) es conocido como el Sabio, y su mecenazgo cultural fue uno de los más importantes del Medievo. Sancho IV (1247-1296) fue ratificado como heredero al trono de Castilla y León en las Cortes de Segovia de 1278, en contra de los derechos de los herederos legítimos, los infantes de la Cerda, hijos del príncipe don Fernando. Don Sancho exigió la abdicación de su padre Alfonso X y en las Cortes de Valladolid, las ciudades y la nobleza le apoyaron y le confiaron el gobierno del reino, aunque sin ostentar el título de rey, que se reservó para Alfonso X hasta que muriera. Cuatro años después, las Cortes decidieron la deposición de Alfonso X; sólo Murcia, Jaén, Córdoba y Sevilla lo mantuvieron como soberano. Ese año de 1282 estalló una guerra civil y Alfonso X comenzó a recuperar apoyos. A mediados de 1283 ya había conseguido el control de todos sus reinos. Sintiéndose morir, Alfonso X pidió que su corazón fuera enterrado en el monte del Calvario, en Jerusalén. El rey Sabio falleció el 4 de abril en Sevilla. Desde entonces, Castilla y León atravesaron una larguísima crisis que duró toda la Baja Edad Media. Granada, el último reino musulmán en la península Ibérica, no fue conquistado hasta 1492.

Entre 1180 y 1277, ochenta catedrales y quinientas abadías y monasterios fueron construidos sólo en Francia, y varios centenares más en el resto de Europa, en el nuevo estilo de la luz, el gótico. En la península Ibérica, de la catedral gótica de Compostela sólo llegaron a realizarse los cimientos de la cabecera, pues enseguida se abandonó ese gran proyecto; hoy sigue en pie el templo románico. Las catedrales de Burgos, León y Toledo fueron acabadas en la segunda mitad del siglo XIII, aunque fueron complementadas con añadidos y ampliaciones en las centurias siguientes. Son consideradas los mejores ejemplos del gótico hispano del siglo XIII. A pesar de su magnitud, del tiempo empleado en levantarlas, de las muchas personas que intervinieron en su fábrica y de su trascendencia social y artística, apenas existen documentos sobre la construcción de las catedrales góticas, y la identidad de la mayoría de sus maestros y oficiales constructores sigue siendo un misterio. Pero son una prueba palmaria de que hubo un tiempo en la llamada Edad Media en el que el ser humano se supo capaz de poder emular la grandeza de la propia creación, y eso fue posible porque unos cuantos iluminados encontraron la armonía de la proporción gracias a una simple relación matemática a la que llamaron el número de Dios.

Un elevado porcentaje de las gentes que trabajaron en la construcción de las catedrales fueron mujeres. Algunas de ellas fueron maestras de taller e incluso maestras de obra, como Sabine de Pierrefonds, que esculpió estatuas en la catedral de Nuestra Señora de París y formó taller con oficiales y aprendices. Otras fueron grandes pintoras de frescos, retablos y miniaturas, pero la historia académica, dominada y monopolizada durante siglos por hombres y por un sistema cultural basado en el dominio político y en la exclusión social, las ha relegado. Media humanidad, las mujeres, ha sido olvidada y marginada, cuando no despreciada y humillada por un sistema basado en el principio absurdo de que el hombre es superior a la mujer «por naturaleza».

Teresa Rendol y su padre Arnal Rendol son los dos únicos personajes protagonistas inventados en esta novela; todos los demás fueron reales y vivieron en aquella larga centuria luminosa, el siglo del culto al amor y a la inteligencia, comprendida entre 1120 y 1250, en la que por una vez, sólo por una vez en la historia anterior al siglo XX, las mujeres lograron alcanzar, por sí mismas, un lugar casi parejo al del hombre. Teresa Rendol es un personaje de ficción, pero su ideal de vida palpita en cada ser humano que cree que un mundo mejor, más justo y más libre es, pese a todo, posible. Teresa Rendol nunca existió... ¿o tal vez sí?

ÍNDICE

«Para viajar lejos no hay mejor nave que un libro».

EMILY DICKINSON